पिघलती धूप में साये

अमर कुशवाहा

राधाकृष्ण पेपरबैक्स

पहला पुस्तकालय संस्करण
राधाकृष्ण प्रकाशन प्राइवेट लिमिटेड द्वारा
2018 में प्रकाशित

राधाकृष्ण पेपरबैक्स में
पहला संस्करण : 2020
पहली आवृत्ति : 2022

राधाकृष्ण पेपरबैक्स : उत्कृष्ट साहित्य के जनसुलभ संस्करण

राधाकृष्ण प्रकाशन प्राइवेट लिमिटेड
जी-17, जगतपुरी, दिल्ली-110 051
द्वारा प्रकाशित

शाखाएँ : अशोक राजपथ, साइंस कॉलेज के सामने, पटना-800 006
पहली मंजिल, दरबारी बिल्डिंग, महात्मा गांधी मार्ग, इलाहाबाद-211 001
36 ए, शेक्सपियर सरणी, कोलकाता-700 017

वेबसाइट : www.radhakrishnaprakashan.com
ई-मेल : info@radhakrishnaprakashan.com

बी.के. ऑफसेट
नवीन शाहदरा, दिल्ली-110 031
द्वारा मुद्रित

मूल्य : ₹250

PIGHALTI DHOOP MEIN SAYE
Novel by Amar Kushawaha

ISBN : 978-81-8361-981-3

अमर कुशवाहा

जन्म : 1 जनवरी, 1985 को उत्तर प्रदेश के सिद्धार्थ नगर ज़िले के बाँसी तहसील के 'गौरी' नामक एक छोटे से गाँव में।

शिक्षा : प्रारम्भिक शिक्षा पास के गाँव 'जोगिया बुजुर्ग' में स्थित सरकारी विद्यालय में हुई। दीनदयाल उपाध्याय गोरखपुर विश्वविद्यालय, गोरखपुर से स्नातक।

सिविल सर्विस परीक्षा–2011 में इतिहास और हिन्दी साहित्य विषय के साथ 'भारतीय प्रशासनिक सेवा (IAS)' में चयन।

मसूरी स्थित 'लाल बहादुर शास्त्री राष्ट्रीय प्रशिक्षण अकादमी' से प्रशिक्षण उपरान्त तमिलनाडु के विरुदुनगर ज़िले के 'शिवकाशी' राजस्व प्रभाग में 'सब–कलेक्टर' के पद पर सितम्बर 2014 में नियुक्ति।

सम्प्रति : तमिलनाडु के नीलगिरी ज़िले के मुख्यालय ऊटी में 'परियोजना निदेशक, पहाड़ी क्षेत्र विकास कार्यक्रम' के पद पर कार्यरत।

सम्पर्क : amar.kushwaha007@gmail.com

पिघलती धूप में साये

आरम्भ

एक कमरा था। कुछ किताबें थीं। और फ़र्श पर गिरा हुआ एक पत्र।

बहुत ही अकेला रह गया था साकार। ऐसा नहीं था कि वह हमेशा से ही अकेला हो, पर साथ-साथ चलने वाले क़दम जो एक डोर से बँधे थे, अचानक किसी दूसरी ओर चल पड़े थे, जैसे उसका कोई अर्थ ही नहीं! कोई अस्तित्व ही नहीं! तब साकार को नितान्त अकेला होना ही पड़ा। साकार का अकेलापन कुछ अधिक ही व्यापक और घना हो उठा था। क्योंकि साकार पहले से ही स्वयं के अस्तित्व की खोज में घिरा हुआ घिसट-घिसटकर चल रहा था। साँस ले रहा था। बस!

कई वर्ष पूर्व साकार और अनिमेष साथ रहा करते थे। दिन भर न जाने कितने विषयों पर गम्भीर चर्चाएँ किया करते थे। और चर्चाएँ भी ऐसी जो न सुबह देखती थीं, न ही शाम। दोनों ने साँसों की तरह इसकी आवश्यकता को महसूस किया था, क्योंकि इस बहाने दोनों ख़ुद को यह विश्वास दिला पाते थे कि वे केवल दीवारों और पुस्तकों से घिरे हुए नहीं हैं, उनके आस-पास कुछ और भी चीजें हैं, जिनमें जीवन है, जो उनके विचारों को केवल काटती ही नहीं, बल्कि उन्हें और भी परिष्कृत करती रहती हैं।

कहने को तो वह नगर बहुत ही तेज़ चला करता था, लेकिन जहाँ झुग्गी-झोंपड़ियाँ हुआ करती थीं वहाँ देखते ही देखते अनधिकृत कॉलोनियाँ खड़ी हो गईं। बाद में राजनीतिक समीकरण के चलते अधिकृत कॉलोनियों में बदल गईं। किन्तु उसी नगर के उत्तरी हिस्से में बसा एक क्षेत्र कछुए की अपनी ही चाल से चलता रहता था—बिना थके, बिना रुके, निरन्तर! वहाँ कभी रात नहीं होती थी। वहाँ कभी सुबह भी नहीं हुआ करती थी। उगते समय सूर्यदेव लाली लिये होते हैं, यह सबको पता था, पर प्रत्यक्ष दर्शन किसी ने भी वर्षों से नहीं किए थे। वहाँ केवल एक ही सत्ता थी, जो नियत थी, स्थिर थी, और वह थी—पढ़ने की समय-सारिणी, जिसे सब अपने-अपने ढंग से मनसा-वाचा-कर्मणा में उतार मन्द-मन्द चाल से चलते चले जा रहे थे।

प्रकृति में अनेक विरोध एक साथ दिखते हैं। वहाँ सब कुछ धीमे ज़रूर चलता था, लेकिन सेंसेक्स के वार्षिक दर में भी इतनी वृद्धि नहीं हो पाती जितनी वहाँ के मकानों के किराये में।

वहाँ की ट्रेन तभी रफ़्तार पकड़ती थी जब किसी परीक्षा की तिथि समीप आ पहुँचती थी।

एक बस-स्टॉप था जहाँ से होकर 333 नम्बर की बस गुजरा करती थी। उसके ठीक सामने वाली चाय की दुकान, जिसका नाम ही 333 पड़ चुका था, उस समय वीरान-सी दिखने लगती थी। अग्रवाल स्वीट्स की जलेबियों की मिठास फीकी पड़ जाती थी, तो बत्रा सिनेमाघर की अधिकांश सीटें ख़ाली रह जाती थीं। और अचानक से उन लोगों के जीवन में तेज़ी आ जाती थी जो उस वर्ष परीक्षा में भाग लेने वाले होते थे। न जाने कितनी पुस्तकों के अध्याय दुहराने होते थे! कितने ही कोचिंग्स के नोट्स पढ़ने होते थे! समसामयिकी का पूरा ध्यान रखना पड़ता था। और वह भी बस कुछ दिनों के भीतर ही।

यह है अपनी राजधानी दिल्ली के उत्तरी क्षेत्र का एक कोना, जिसे सब लोग मुखर्जी नगर के नाम से जानते हैं। लेकिन यह मुखर्जी नगर का रोग केवल मुखर्जी नगर तक ही सीमित नहीं रहा, बल्कि धीरे-धीरे बढ़कर भाई परमानन्द कॉलोनी, ढाका गाँव, निरंकारी कॉलोनी और गांधी विहार जैसे अनेक क्षेत्रों में फैल चुका था।

इनमें से प्रत्येक जगह के नामकरण और अस्तित्व के बारे में बड़ी दिलचस्प कहानियाँ हैं। किन्तु यह कहानी भारत के सबसे कठिन प्रतियोगी परीक्षा 'प्रशासनिक सेवा' की नहीं है। यह समझना भी भयंकर भूल होगी कि यह कहानी मुखर्जी नगर या फिर दिल्ली महानगर की है। यह कहानी 'साकार' की है, जो अपने बन्द कमरे में बैठे फफक-फफककर रो रहा है। यह कहानी केवल साकार की नहीं है। यह कहानी उस 'साकार' की भी है जिसने ग्रामीण परिवेश में जन्म लेकर बड़े सपने देखे। सामाजिक और मानसिक यातनाएँ झेलते हुए भी अन्त तक लड़ता ही रहा— कभी दूसरों से, तो कभी ख़ुद से। अनेक बार हारा, अनेक बार टूटा, फिर उन्हीं टुकड़ों को जोड़कर उसने अपना इतिहास लिखा।

आर्थिक उदारीकरण और भूमंडलीकरण के युग में गाँवों ने भी धीरे-धीरे अपना रूप परिवर्तित करना स्वीकार कर लिया था। वे सपने, जो केवल बड़े शहरों की जागीर हुआ करते थे, भारतीय गाँवों के अन्दर भी चुपके से अपने पाँव पसारने लगे थे। जहाँ कभी केवल गाय-बैल और खेत-खलिहान ही परम्परा में दिखा करते थे, वहाँ टेलीफ़ोन और बिजली के तारों ने ऐसे गाँवों का नक्शा बदलने की शुरुआत कर दी थी। पहले कोई भी गाँव एकदम अलग-थलग कटा हुआ-सा पड़ा होता था, लेकिन भूमंडलीकरण ने गाँवों को मुख्य धारा से जोड़ने में तेज़ी ला दी थी।

परन्तु अस्सी और नब्बे के दशक की एक ज़मीनी हक़ीकत यह भी रही कि जिस वेग से गाँवों में सपनों ने प्रवेश किया था, ठीक उसी वेग से पुरातन और दकियानूसी परम्पराएँ गाँवों से नहीं निकल पाई थीं। नतीज़ा यह रहा कि वे स्वप्नों के मार्ग में बार-बार आती रहीं और स्वप्नद्रष्टा बिखरता रहा। साकार का जन्म भी

उसी परिवेश और संक्रमण के दौर में हुआ था, जहाँ न केवल दो पीढ़ियों के विचारों के बीच संघर्ष था बल्कि उनके स्वप्नों में मतभेद भी थे। जीवन केवल काले और सफ़ेद रंगों से नहीं बना होता, बीच-बीच में हज़ारों और रंग भी आते रहते हैं। जहाँ पुरानी पीढ़ी यह मानती रही कि किसी एक स्वप्न को पूरा करने के लिए अन्य सपनों की आहुति देनी पड़ती है; वहीं नई पीढ़ी सारे स्वप्नों को एक साथ पूरा करना चाहती थी। साकार भी ऐसे कुछ स्वप्नों में उलझ चुका था। कहते हैं कि कभी-कभी एक चुनाव जीवन की पूरी रूप-रेखा बदलकर रख देता है, जबकि चुनाव अपने-आपमें स्वतंत्र नहीं होता। कई बार वह चुनाव, अगले कई चुनावों की सीढ़ी का प्रथम पायदान होता है जहाँ पाँव रखने के बाद वापस लौटने का मार्ग बन्द हो जाता है। एक चुनाव के पीछे ढेर सारे कारक होते हैं : कुछ अधिक महत्त्वपूर्ण तो कुछ कम। कुछ पुराने तो कुछ तात्कालिक। साकार को भी चुनाव करना ही पड़ा था। उसके चुनाव को प्रामाणिक होना था अथवा नहीं, इसका निर्णय समय को ही करना था।

दिल्ली : 2006

साकार और अनिमेष का प्रथम परिचय सन् दो हज़ार छह में हुआ था, जब अनिमेष भी प्रशासनिक सेवा के बड़े सपने मन में लिये तैयारी के लिए मुखर्जी नगर आया था। सुबह के ग्यारह बजे के आस-पास एक ऑटो में सारा सामान लादकर अनिमेष भाई परमानन्द कॉलोनी पहुँचा था। ऑटो से सामान उतारकर कमरे में रखवाने के दौरान ही अनिमेष को पता चला कि जिस कमरे को उसने तेरह सौ रुपये मासिक किराये पर लिया था, वह साझा-आधार पर था; अर्थात् वह कमरा केवल उसके लिए ही नहीं था, उसे किसी और के साथ साझा भी करना था। अनिमेष को पहले तो बहुत ग़ुस्सा आया कि उसे प्रॉपर्टी डीलर को आड़े हाथों लेना चाहिए, लेकिन तेरह सौ रुपये मासिक पर मुखर्जी नगर क्षेत्र में ख़ुद के लिए एक कमरा ढूँढ़ना बड़ा ही कठिन कार्य था। और तो और, तेरह सौ रुपये से एक रुपया ज़्यादा ख़र्च करना भी उसके सामर्थ्य से बाहर था। उसे अपने घर की आर्थिक स्थिति के बारे में अच्छे से पता था। वह अपने थोड़े से आराम के लिए घर पर और आर्थिक बोझ नहीं डाल सकता था।

जब अनिमेष ने कमरे के अन्दर क़दम रखा तो उसने पाया कि वहाँ पहले से ही एक और जीव का वास था। प्रथमद्रष्ट्या उसे ऐसा लगा मानो साक्षात रामदेव बाबा ही उस कमरे में उसके साझेदार थे, जो दीवार से सटे अपने बिस्तर के एक कोने में अपने शरीर पर न्यूनतम कपड़ों के साथ प्राचीन इतिहास की पुस्तक के साथ न जाने कितनी ही प्राचीन गुफाओं-कन्दराओं आदि के दरीचें खोल रहे थे। दिल्ली

में उस समय मानसून का आख़िरी समय चल रहा था, जिसके कारण उमस हद से ज़्यादा थी। और न्यूनतम साधनों में अधिकतम रूप से गर्मी से बचने का इससे बेहतर कोई और उपाय हो ही नहीं सकता था। साँवला रंग, चिपटी नाक, ऊँचा माथा, सिर पर थोड़े से बचे हुए बाल और लगभग पाँच फ़ीट-पाँच इंच की लम्बाई के उस शख़्स में प्रथमद्रष्ट्या अनिमेष को ऐसी कोई ख़ूबी नज़र नहीं आई, जो किसी भी व्यक्ति को बरबस ही अपनी ओर आकर्षित कर सके।

आदतन अनिमेष ने अपना हाथ आगे बढ़ाया और उसको सम्बोधित करते हुए बोला, "अनिमेष!"

अभी तक उसे इस स्थिति का जरा-सा भी आभास नहीं हुआ था कि उस छोटे से कमरे में कोई और भी रहने के लिए आ चुका है। अनिमेष के इस तरह अचानक बोलने से वह चौंक उठा और नज़रें उठाकर ऊपर की ओर देखा। उत्तर में उसने भी अपना हाथ आगे कर मिलाते हुए बोला, "साकार!"

केवल इतना ही कहा उसने, और पुनः अपने प्राचीन इतिहास में खो गया।

अनिमेष ने जीवन में प्रथम बार ऐसा देखा था कि कोई व्यक्ति बाहरी दुनिया से इस कदर कट जाए कि उसके आस-पास कुछ नया घटे और वह न तो जानने की कोशिश करे और न ही कोई रुचि दिखाए—बस, अपने ही कार्य में मशगूल रह जाए!

अनिमेष ने कमरे को ध्यान से देखा—बमुश्किल दो बेड बिछाने के बाद बीच में तीन फ़ीट की जगह बच पाई थी। तीन तरफ़ से पक्की दीवार नहीं थी बल्कि प्लाईवुड से इस कमरे को बाक़ी कमरे से अलग किया गया था। और वह भी आठ फ़ीट ऊपर तक पहुँचकर ख़त्म हो गया था, जिसके कारण वास्तविक छत और प्लाईवुड की दीवार की आख़िरी सीमा में लगभग दो फ़ीट का अन्तर था। अगर कोई चाहता तो बिना दरवाज़ा खोले ही प्लाईवुड की दीवार फाँदकर कमरे के अन्दर आ सकता था।

धीरे-धीरे अनिमेष अपना सारा सामान गत्ते के डिब्बे से निकालकर कमरे में व्यवस्थित रूप से रखने लगा—एक छोटा गैस सिलेंडर जिसके ऊपर एक बर्नर लगा हुआ था, उसकी सारी पुस्तकें, थोड़े से कपड़े और एक म्यूजिक सिस्टम!

अनिमेष ने बिस्तर लगाना शुरू किया तो लोहे के फोल्डिंग बेड और फ़र्श की रगड़ से तेज़ आवाज़ हुई। साकार का ध्यान भंग हो गया। जब उसने पलटकर देखा तो उसकी दृष्टि सीधे मेज़ पर रखे गए अनिमेष के म्यूजिक सिस्टम पर पड़ी और उसकी आँखें आश्चर्य से फैल गईं।

विश्वामित्र का ध्यान भंग करने के लिए मेनका को न जाने कितनी लीलाएँ रचनी पड़ी थीं! कितने भाव-भंगिमाएँ बनाने पड़े थे! तब शायद इन्द्रदेव ने यह नहीं सोचा होगा कि भविष्य में चारपाइयों की चरमराहट से भी भविष्य के विश्वामित्रों का ध्यान भंग हुआ करेगा! हाँ, यह अलग बात है कि मिथकों के विश्वामित्र और

आधुनिक काल के विश्वामित्र के ध्यान की तीव्रता में काफी अन्तर है! और यह अन्तर हो भी क्यों न? प्रदूषण ने सर्वत्र अपना प्रभाव जो फैला रखा है! वैसे यह एक शोध का विषय भी हो सकता है। अनिमेष अपनी ही सोच पर हँस पड़ा।

कुछ महीनों के उपरान्त साकार और अनिमेष अच्छे मित्र बन चुके थे।

एक दिन 333 के अड्डे पर बैठकर साकार ने उस दिन अनिमेष के म्यूजिक सिस्टम पर पड़ी अपनी अचंभित दृष्टि पर प्रकाश डाला।

साकार ने अनिमेष से कहा, ''उस दिन तुम्हारे म्यूजिक सिस्टम को देखकर मुझे यही लगा कि अब मेरी पढ़ाई हो चुकी! देखने में तुम बिलकुल बच्चों से दिखे थे जो संगीत सुने बिना मानेगा नहीं। मैंने सोचा कि तुम्हें बाद में समझाना ही पड़ेगा कि इस परीक्षा-विशेष की तैयारी में इस यंत्र का कोई भी योगदान नहीं!''

''साकार, एक बात बताओ, अगर जीवन में कोई रस ही नहीं होगा तो जीवन नीरस-सा नहीं हो जाएगा? जीवन में रस भरता कौन है? जीवन में रस भरती हैं ढेर सारी यादें, जो हमें अपने मित्रों, नाते-हितों के संग समय बिताने से मिलती हैं। अब यहाँ यह सम्भावना लगभग शून्य के बराबर है कि कोई इतनी दूर हम लोगों के साथ समय बिताने के लिए आए। ऐसी स्थिति में संगीत ही एक ऐसा माध्यम होता है जो हमारे जीवन में रस की अनुभूति करा सकता है! और संगीत का काम एक म्यूजिक सिस्टम ही कर सकता है।'' अनिमेष बोला।

साकार ने अपनी बढ़ी हुई दाढ़ी खुजलाई। वह दोनों हाथों को हवा में लहराकर कोई आकार बनाते हुए बोला, ''तुमसे यह किसने कहा कि हम लोगों के जीवन में एकरसता है? एकरसता तो तब कहा जाता जब हम केवल एक ही रस में डूबे रहते। उदाहरण के लिए तुम मुझे देख लो। जब तक मन करता है, इतिहास के पन्ने टटोलता रहता हूँ। फिर कुछ घंटों बाद दर्शनशास्त्र के। कभी भूगोल शास्त्र के तो कभी राजनीति शास्त्र के। एकरसता कहाँ है? हर क्षण मैं अलग-अलग विषय में डूबा रहता हूँ—भिन्न-भिन्न, अलग-अलग। सारे रस इनसे बाहर थोड़े ही हैं?''

ऐसे थे साकार साहब! हिन्दी साहित्य के काव्यशास्त्रियों द्वारा वर्णित रसों से इतर भी कैसे कोई और रस हो सकता है, इसकी व्याख्या साकार साहब ने बिना किसी लागलपेट के कर दी थी। अब विवाद की कोई स्थिति नहीं बचती थी, अन्यथा संगीत और रस से शुरू हुआ यह अध्याय कब दर्शन के क्षेत्र में प्रवेश कर जाता, इसका पता ही नहीं चलता। और अन्त में ईश्वर की सत्ता पर प्रश्नचिन्ह लगने के उपरान्त ही ख़त्म होता, और मजबूरी में अनिमेष को फिर घंटों दर्शन की बातें सुननी पड़ जाती। इससे बचने के लिए अनिमेष ने अपने स्वभाव के विपरीत चुप्पी साध ली और 333 वाले भैया से दो चाय लाने को बोल दिया।

कितना कठिन होता है—किसी को अपने हृदय में स्थान देना, और जब वह हृदय में पूरा बस जाए तो अन्त में समाज के अनगिनत दबाव में उसे अपनी यादों से वीरान करना! बहुत ही कठिन हो जाती है वह सुबह, जिसकी रात में किसी की यादें स्वप्न का रूप धरकर आई थीं! और आँख खुलने पर व्यक्ति किंकर्तव्यविमूढ़ रह जाए! वह वापस स्वप्न में नहीं जा सकता और वर्तमान उसे काटने को दौड़ने लगता है। वह चाहता है कि पुनः अपनी आँखें बन्द कर ले लेकिन ऐसा नहीं करता, क्योंकि वह जानता है कि यह केवल आत्म-प्रवंचना ही साबित होगी! फिर भी, कुछ पल के लिए ही सही, वह ठीक उसी स्वप्न में लौट जाना चाहता है। बहुत कोशिश करता है, छटपटाता भी है—हाय रे वर्तमान और उसका चेतस मन! उसे उस अवचेतना के क्षण में जाकर दो पल जीने की ठाह नहीं देता। जब तक व्यक्ति समस्या से अनभिज्ञ है, क्रिया और कारण से दूर है, तब तक चाहे कुछ भी होता रहे, उसे उतना कष्ट नहीं पहुँचता। किन्तु जब उसे क्रिया और कारण का ज्ञान हो जाता है, फिर उसका चेतस मन उसे स्वयं ही उसकी अवचेतना से दूर करता चला जाता है। किसका दोष है यह? चाहकर भी, कुछ पल के लिए ही सही, वह अपने स्वप्न में पुनः शामिल नहीं हो सकता। अगर सिग्मन फ्रायड कहीं मिल जाते तो उनसे जानने की ज़रूर कोशिश करता। उन्होंने स्वप्नों की दुनिया के ढेर सारे छिपे राज़ खोल तो दिये, काश, उसी स्वप्न के घेरे में पुनः जाने का मार्ग भी बतला देते!

उस सुबह भी कुछ ऐसा ही हुआ था। प्यास से अनिमेष की नींद सुबह लगभग पाँच बजे खुल गई। उसने देखा कि साकार बिस्तर के एक कोने में पसीने से लथपथ बैठे हुए काँप रहा है। अनिमेष डर गया। उसे थोड़ी हैरानी भी हुई कि दिसम्बर की इस हाड़कँपाती ठंड के महीने में सुबह के पाँच बजे कोई कैसे पसीने से तरबतर हो सकता है?

"साकार, साकार?"

अनिमेष के दो बार पुकारने पर भी साकार अपनी जगह से नहीं हिला-डुला, मानो उसने अनिमेष की आवाज़ सुनी ही न हो, जबकि वह ठीक अनिमेष की ओर ही देखे जा रहा था—निर्निमेष!

अनिमेष थोड़ा डरते हुए आगे बढ़ा। उसने साकार के कन्धों पर हाथ रखकर उसे झिंझोड़ा।

"नहीं!" अचानक साकार चिल्लाया। जैसे दहकते अंगारों पर उसके पाँव पड़ गए हों!

अनिमेष ने कुछ नहीं किया—बस, प्रश्नवाचक दृष्टि से उसे निहारता रहा।

कुछ क्षण उपरान्त साकार की आँखों से आँसू निकले और उसके चेहरे को भिगोते हुए नीचे गिरने लगे—टप...टप!

"साकार! साकार! अचानक तुमको क्या हो गया? कुछ बोलो भी!" उसे अपनी ओर खींचते हुए अनिमेष बोला।

अचानक अनिमेष से लिपटकर साकार फफक-फफककर रो पड़ा।

अनिमेष ने उसे चुप नहीं कराया। बस, उसकी पीठ थपथपाता रहा।

पिछले कुछ महीनों से उसने साकार को यंत्रवत ही काम करते देखा था—समय पर उठना और पढ़ना। किन्तु आज साकार का इस तरह से रोना उसे बहुत ही अचंभित कर देने वाला था। भले ही दोनों के बीच एक अच्छी मैत्री की शुरुआत हो चुकी थी लेकिन तब तक साकार ने अपने जीवन के अनछुये पहलुओं को अनिमेष से साझा नहीं किया था। विश्वास कोई एक दिन में नहीं पैदा हो जाता। समय लगता है। और उतना ही समय साकार को भी लगा।

"साकार, पहले शान्त हो जाओ और अपने आँसू पोंछो। ज़रूरी नहीं कि हर तकलीफ़ केवल आँखों के रास्ते ही निकले!" अनिमेष साकार को चुप कराते हुए बोला।

साकार थोड़ा शान्त हुआ और अनिमेष से अपने-आपको अलग किया। कमरे में अभी तक केवल एक छोटे बल्ब की ही रोशनी पसरी हुई थी। अनिमेष बिस्तर से उठा और ट्यूबलाइट ऑन कर दिया। पूरा कमरा तुरन्त ही प्रकाश से नहा उठा। साकार ने रोशनी से चुँधियाकर अपनी आँखें बन्द कर लीं।

"अनिमेष! ट्यूबलाइट बन्द कर दो। यह प्रकाश मुझे खाने को दौड़ता है।" साकार हड़बड़ाकर बोला।

"इस तरह अँधेरे को अपना साथी मत बनाओ साकार! कुछ पल के लिए अँधेरा आराम तो दे सकता है पर वह तुम्हें अपनी गिरफ़्त में ले लेगा। तब चाहकर भी तुम उससे निकल नहीं पाओगे। प्रकाश ने कभी किसी को क़ैद नहीं किया। पहले थोड़ा पानी पियो।" साकार को पानी की बोतल पकड़ाते हुए अनिमेष बोला।

"आज ठंड कुछ ज़्यादा है। दिसम्बर की शुरुआत में ही इतनी ठंड? अद्‌भुत है!" साकार पानी पीते हुए बोला।

अनिमेष प्रसन्न हो गया। कम-से-कम साकार अपने आन्तरिक मन से बाहर तो आ गया था, और वह उसे पुनः पीछे नहीं जाने देना चाहता था। इसलिए वह बोला, "साकार, चलो, 333 पर चलते हैं। वहीं से चाय पीकर आते हैं। अब सोने का कोई मतलब रहा भी नहीं।"

"पर इस समय चाय की दुकान खुली होगी? ठंड का मौसम है और अभी केवल सुबह के साढ़े पाँच ही बजे हैं!" साकार घड़ी देखते हुए बोला।

"अब तो वहाँ पहुँचकर ही पता चलेगा। अगर बन्द भी हुई तो पप्पू को जगाकर खुलवा लेंगे, जैसे हम लोग गर्मियों में किया करते थे।" अनिमेष बोला।

कमरे से 333 का अड्डा कोई ख़ास दूर नहीं था। यही कोई पाँच मिनट पैदल जाने में लगते थे। सीढ़ियों से उतरकर कुछ दूर चलते ही बाईं ओर गुरुद्वारा दिखा।

"मानना पड़ेगा, कार्ल मार्क्स ने सच ही कहा था—धर्म अफ़ीम की तरह होता है। इतनी ठंड में भी धार्मिक स्थलों पर लोग प्रतिदिन सुबह-सुबह पहुँचकर अपनी आराधना शुरू कर देते हैं!" गुरुद्वारे के प्रांगण में कुछ लोगों को साफ़-सफ़ाई करते देख साकार बोला।

"इसे अफ़ीम कहना थोड़ी ज्यादती होगी। कार्ल मार्क्स का दौर और समाज कुछ और था और यहाँ कुछ और। कई बार शब्दों का ग़लत चुनाव नये अर्थ को आमंत्रित कर देता है। श्रद्धा और भक्ति का नशा अफ़ीम के नशे से कहीं बढ़कर होता है। अफ़ीम का नशा जहाँ शारीरिक नुकसान पहुँचाया करता है; भक्ति के नशे से शारीरिक नुकसान नहीं पहुँचता, बल्कि इससे आध्यात्मिक बोध ही जाग्रत् होता है जो कहीं-न-कहीं व्यक्ति के मन और मस्तिष्क को शान्ति प्रदान करता है।" रास्ते में बाईं ओर स्थित लक्ष्मी-नारायण के मन्दिर को प्रणाम करते हुए अनिमेष बोला।

सड़क पर कुछ लोग टहल रहे थे। गर्मियों की सुबह में पौ फटने तक पढ़ने के बाद जब भी दोनों 333 पर चाय पीने के लिए जाते थे तो कुछ चेहरे प्रायः प्रतिदिन ही दिख जाया करते थे। वही जाने-पहचाने चेहरे आज भी दिखे। चाय की दुकान अभी खुली नहीं थी।

"पप्पू! पप्पू! आनन्द!" अनिमेष ने पुकारा।

पुकारने के बाद बरसाती से बनी झुग्गी से निकलकर पप्पू बाहर आया।

"गुड मॉर्निंग भैया जी! आज ठंड में इतनी सुबह-सुबह?" उसने पूछा।

"गुड मॉर्निंग पप्पू जी! हम लोगों के लिए क्या गर्मी और क्या सर्दी! हमारा मौसम एक जैसा ही होता है। दो चाय पिलाइए!" साकार बोला।

"ठीक है," बोलकर पप्पू ने अपना सारा सामान बाहर निकाला और चाय बनाने की तैयारी करने लगा।

वैसे गर्मियों में उसकी चाय की दुकान पर सुबह पाँच बजे ही चाय मिल जाया करती थी और सुबह की पहली-पहली चाय लगभग ये दोनों ही पिया करते थे। दोनों दुकान के ठीक सामने वाली प्याऊ के चबूतरे पर जाकर बैठ गए।

"साकार! अब मुझे बताओ कि आख़िर बात क्या थी, जो तुम इतनी सुबह-सुबह ही परेशान हो उठे थे? अगर बताना चाहो तो! मन हल्का महसूस होगा। कभी-कभी जो राह ख़ुद को नहीं नज़र आती, संगी-साथी दिखा देते हैं।" अनिमेष बोला।

"बताऊँगा अनिमेष! तुम्हें नहीं बताऊँगा तो फिर किसे? तुम मेरे जीवन के पहले मित्र हो। कुछ पुरानी यादें थीं जो स्वप्न का रूप धरकर आई थीं, और कुछ नहीं। किसी और दिन तुमसे साझा करूँगा। अभी तो मैं शान्त हूँ। सब बताऊँगा तुम्हें।" साकार अनिमेष को देखते हुए बोला।

अनिमेष ने दुबारा नहीं पूछा। केवल साकार के कन्धे पर हाथ रखकर हल्का-सा मुस्कुरा भर दिया। बदले में साकार भी मुस्कुरा उठा। थोड़ी देर में ही चाय आ गई और दोनों चाय पीने लगे।

सुदूर बैठा इस देश में
आँख की तरह खुलता हूँ बार-बार
आकाश की तरह फैलता हूँ हर बार
तो तुम, केवल तुम
रोशनी बनकर पसरी होती हो मुझमें
शायद यही प्रेम है!

आज़मगढ़ : 1999

''**नहीं!** तुम्हारा यह पत्र मैं नहीं ले जाऊँगा। मैं क्यों लेकर जाऊँ? क्या मैं यहाँ तुम्हारा पत्र ले जाने के लिए आया हूँ?'' साकार चीखते हुए बोला।

''अगर आप लेकर चले जाएँगे तो क्या हो जाएगा? आप कोई छोटे तो नहीं हो जाएँगे। वैसे भी वहाँ कोई फ़ोन तो है नहीं। कितने दिन हो गए, दीदी से मेरी कोई भी बात नहीं हुई है। और उन्होंने भी मुझे कोई चिट्ठी नहीं लिखी। शायद, मेरा पत्र पढ़कर उन्हें मेरी याद आ जाए और वह कोई चिट्ठी भेज दें! मुझे उनकी बहुत याद आ रही है।'' शुची मासूमियत से बोली।

साकार आगबबूला हो गया और ग़ुस्से से बोला, ''तुम्हारे कहने का क्या मतलब है? क्या मेरा घर ग़रीबखाना है, जो वहाँ पर फ़ोन नहीं है और तुम्हारे यहाँ फ़ोन है? तुम यही कहना चाह रही हो न?''

शुची रुआँसी होते हुए बोली, ''मैंने आपसे कब ऐसा कहा? ख़ुद ही सब उलटा-पुलटा सोचते हैं और इल्ज़ाम मेरे ऊपर मढ़ रहे हैं!''

''मैं इल्ज़ाम-उल्जाम कुछ भी नहीं जानता। तुमने मेरे घर का मज़ाक़ उड़ाया है, तो उड़ाया है! थोड़ी बहुत सुन्दर हो तो दिमाग़ सातवें आसमान पर रहता है तुम्हारा? मुझे तुम्हारी सुन्दरता से कोई फ़र्क़ नहीं पड़ता जो मैं तुम्हारी कोई भी बात सुन लूँगा।'' साकार और भी ग़ुस्से में आकर बोला।

''मैंने कब कहा कि मैं ज़्यादा सुन्दर हूँ? और अगर हूँ भी तो अपने लिए हूँ। आपको उससे क्या?'' शुची भी ग़ुस्से से बोली।

शुची की इतनी हिम्मत कि मुझसे ग़ुस्सा दिखाए! और साकार आगे बढ़ा और शुची का हाथ पकड़कर मरोड़ दिया। मारे दर्द के शुची रोने लगी।

उसके रोने की आवाज़ सुनकर शुची की माँ कमरे में आईं और शुची को रोती देखकर साकार से पूछा, "क्या हुआ शुची को? यह रो क्यों रही है?"

जवाब में साकार कुछ भी नहीं बोला, बल्कि पैर पटकता हुआ बिस्तर तक गया और धम्म से उस पर बैठ गया।

माँ शुची की ओर मुड़ीं।

"शुची, तुम ही बताओ, आख़िर हुआ क्या है? पहले रोना बन्द करो!" शुची की माँ उसे चुप कराने की कोशिश करने लगीं। "तुम दोनों अकेले एक साथ छोड़ने लायक ही नहीं हो। मौका पाते ही दोनों एक-दूसरे से लड़ बैठते हो। दोनों बड़े हो गए हो लेकिन तुम दोनों का बचपना अभी तक गया नहीं। तुम चौदहवाँ पूरा कर रही हो और यह सोलह, आख़िर किस उम्र तक बचपना जारी रहेगा?" वह ग़ुस्से में दोनों से बोलीं।

उधर कड़ाही में पूरी जलने लगी थी।

"मैंने कुछ भी नहीं किया है मम्मी! आप अपनी लाडली से पूछिए। मैं क्या सबसे लड़ाई करता फिरता हूँ? हर बार यही मुझसे लड़ती है!" साकार अभी भी ग़ुस्से में था।

माँ शुची की ओर देखते हुए बोलीं, "देखो शुची! लड़ना अच्छा नहीं होता। और वैसे भी साकार तुम्हारे जीजा जी का छोटा भाई है। तुम्हें उससे लड़ना नहीं चाहिए, बल्कि उसका सम्मान करना चाहिए।"

"सब लोग केवल मुझे ही बोलते हैं, इनको कोई कुछ भी नहीं बोलता। जब मैं दीदी के घर गई थी, वहाँ तो मैं मेहमान थी लेकिन वहाँ भी यही साहब मेरे ऊपर हुक्म चलाया करते थे। और अब मेरे घर पर भी मेरे ही ऊपर हुक्म बजाते रहते हैं! क्या मैं इतनी बुरी हूँ? मैं तो सिर्फ़ एक चिट्ठी दे रही थी इनको कि घर जाएँगे तो दीदी को दे देंगे। भला बताइए, मैंने इसमें कुछ ग़लत किया? उल्टे मेरे ऊपर भड़क गए और कहने लगे, 'क्या मैं डाकिया हूँ जो तुम्हारी चिट्ठी लेकर जाऊँ?' " शुची रुआँसी होते हुए बोली।

"तुमको तो अच्छी तरह से पता है न कि वह अपने घर में सबसे छोटा है और सबका लाडला भी? इसीलिए थोड़ा जिद्दी भी है। पर तुम्हें तो जिद नहीं करनी चाहिए थी न!" माँ शुची को समझाते हुए बोलीं।

"अच्छा! वह अपने घर के सबसे छोटे हैं तो क्या मैं अपने घर की दादी-अम्मा हूँ? मैं भी तो अपने घर में सबसे छोटी हूँ! वह लाडले हैं, तो क्या मैं फेंकी हुई हूँ?" शुची की आँखों में फिर से आँसू आ गए।

"तुम दोनों को कोई नहीं समझा सकता। साकार, चलो, तुम मेरे साथ दूसरे कमरे में चलो। एक जगह रहोगे तो फिर लड़ने लगोगे।" इतना कहकर माँ ने साकार का हाथ पकड़ा और उसे अपने साथ दूसरे कमरे में लेकर चली गईं।

शुची थोड़ी देर ऐसे ही सिसकते हुए खड़ी रही और सोचने लगी कि सब साकार का ही पक्ष लेते हैं, उसकी तो कोई भी नहीं सुनता! जनाब चाहे यहाँ रहें या कहीं और—बस, सब उनका ही कहना मानते रहें! बदले में वो किसी की भी नहीं सुनेंगे...स्वार्थी! अब मुझसे बोलकर तो देखें—'शुची, जरा एक कप चाय बना देना!' ठेंगा दिखाऊँगी...पूछूँगी भी नहीं। चाय बनाना तो दूर की बात है। यही सब सोचती और सिसकती हुई वह बिस्तर पर लेट गई और थोड़ी देर बाद उसकी आँख लग गई।

आज साकार आज़मगढ़ आया हुआ था। शुरुआती समय में अक्सर शुची से उसकी अनबन हो जाया करती थी। अधिकतर समय वर्चस्व और अधिकार ही कारण हुआ करता। शुची अपने घर की सबसे छोटी थी तो साकार अपने घर का महाजिद्दी। हर बात को वह अपने अहम् पर ले लिया करता था और अपनी बात मनवाकर ही दम लेता था। वह इस कदर जिद्दी था कि जब उसके बड़े भैया का विवाह हुआ और बारात दुलहन लेकर वापस उसके घर पहुँची तो रात के सोने के समय वह सबसे भिड़ गया—आख़िर बड़े भैया उसके साथ क्यों नहीं सोएँगे?

अभी तक तो तीनों भाई सारे काम साथ-साथ ही किया करते थे और साथ ही सोया भी करते थे। और छोटे होने की वजह से साकार अक्सर बड़े और मँझले भैया के बीच में ही सोया करता था। जब उसे पता चला कि उस दिन से बड़े भैया किसी दूसरे कमरे में उससे अलग सोया करेंगे, तब उसे बड़ी भाभी पर बहुत ग़ुस्सा आया। वह होती कौन है इतना बड़ा बदलाव करने वाली? अभी-अभी तो घर में क़दम रखे हैं और सब कुछ उलटना-पुलटना चाहती हैं?

सबने मिलकर बहुत समझाया, लेकिन साकार तो साकार था, किसी की बात माने तब न! आख़िरकार अपनी सुहागरात को भी बड़े भैया को उसके साथ ही सोना पड़ा। जब वह गहरी नींद में सो गया तब जाकर बड़े भैया चुपके से उठकर बड़ी भाभी के कमरे में जा पाए थे।

सुबह जब साकार की नींद खुली तो उसने बड़े भैया को अपनी बगल में न देखकर भाभी के कमरे से बाहर निकलते देखा तो उसने आसमान सिर पर उठा लिया। उसकी बड़ी भाभी से सीधी दुश्मनी हो गई। वह हर बात में उनका विरोध करने लगा। वह इसी कोशिश में लगा रहता कि कैसे सब भाभी को डाँटें।

इसके ठीक विपरीत बड़ी भाभी बहुत ही परिपक्व और समझदार महिला थीं। उन्होंने इस स्थिति को अपने ही ढंग से अच्छी तरह सँभाला—ख़ास कर साकार की ग़लतियों पर भी उसका बचाव करके। उसकी मनपसन्द का खाना बनाकर उन्होंने साकार का मन फेर दिया और लगभग विवाह के तीन-चार महीनों के अन्दर ही बड़ी भाभी साकार के लिए दुनिया की सबसे अच्छी बड़ी भाभी की पदवी प्राप्त कर चुकी थीं।

दोपहर के खाने के लिए शुची को जगाने की माँ ने यथासम्भव कोशिश की पर वह ग़ुस्से के मारे नहीं उठी। वैसे ही कमरे में बिस्तर पर पड़ी रही। फिर शाम तक कोई भी उसके पास नहीं गया। लेकिन जब रात हो गई और रात के खाने के लिए भी वह उठकर नहीं आई, तब माँ परेशान हो गईं।

''इतना भी हठ अच्छा नहीं होता है शुची! चलकर खाना खा लो, फिर सो जाना। मैं कुछ भी नहीं बोलूँगी। आख़िर खाने से क्या दुश्मनी है तुम्हारी?'' शुची के कमरे में माँ आकर बोलीं।

शुची ने पलटकर देखा लेकिन कुछ भी नहीं बोली, बल्कि तकिए में चेहरा छिपाकर लेट गई।

''लड़कियों को थोड़ा समझदार और सहनशील होना पड़ता है शुची, यह बात कब सीखोगी तुम? आठ–दस वर्ष बाद ब्याहकर किसी दूसरे के घर जाना होगा तुम्हें, क्या तब तक ऐसी ही ज़िद्दी रहोगी?'' माँ ने पूछा।

शुची ने इस बात पर भी कोई प्रतिक्रिया नहीं दिखाई।

''ठीक है फिर, ऐसी ही पड़ी रहो! तुम्हें जब मेरी परवाह ही नहीं है तो तुम्हें समझाने का कोई अर्थ नहीं।'' यह बोलकर माँ कमरे से बाहर निकल बालकनी में आ गईं।

साकार बालकनी में ही बैठा कोई किताब पढ़ रहा था। वह भी वहीं बगल की कुर्सी पर आकर बैठ गईं। जब काफ़ी देर हो गई और वह कुछ भी नहीं बोलीं तो साकार ने किताबों से अपना ध्यान हटाकर उन्हें देखा। वह बिना कोई आवाज़ किए चुपचाप रो रही थीं।

उसे जब कुछ भी समझ में नहीं आया तो उसने पूछा, ''मम्मी, आप रो क्यों रही हैं?''

उन्होंने चेहरा घुमाकर साकार की ओर देखा और बोलीं, ''जब तुम लोग माँ–बाप बनोगे तब जाकर पता चलेगा कि मैं अभी क्यों रो रही हूँ। आजकल के बच्चे! बस, हर समय हर बात पर केवल जिद ही करनी है! कोई चाहे कितना परेशान ही क्यों न हो जाए लेकिन ये बच्चे अपनी जिद नहीं छोड़ सकते। क्या हम लोग कभी बच्चे नहीं थे? अपने बचपन में हम लोगों ने ऐसा तो कभी नहीं किया था! दोपहर में भी शुची ने कुछ नहीं खाया और अभी रात के खाने के लिए बुलाने गई तो मुँह फेर दूसरी ओर लेट गई। कल को तबियत खराब हो जाएगी तो परेशानी तो मुझे ही उठानी पड़ेगी न! भला कोई ऐसा भी करता है क्या?''

साकार ने थोड़ी देर सोचा और फिर बोला, ''आप शान्त हो जाइए मम्मी, मैं उसे मना कर लाता हूँ।''

''नहीं बेटा, तुम रहने दो। तुम जाओगे तो कहीं फिर से लड़ाई न हो जाए!'' माँ परेशानी में बोलीं।

"ऐसा कुछ भी नहीं होगा मम्मी! मैं उसे लेकर आता हूँ। आप तब तक खाना गरम कर लीजिए।" कहकर साकार सीधे उसके कमरे के अन्दर चला गया।

शुची रोती हुई बिस्तर पर पड़ी हुई थी। साकार को समझ में नहीं आ रहा था कि वह शुची को कैसे मनाए, जबकि बाहर बड़े ही विश्वास से बोलकर आया है कि वह शुची को मनाकर लाएगा? वह कुछ देर ऐसे ही खड़ा रहा फिर उसने हिम्मत करके शुची के हाथ पर हाथ रखा और बोला, "शुची, उठो। चलो, खाना खा लो।"

शुची ने साकार का हाथ झटक दिया और उसी तरह सिसकती पड़ी रही।

"शुची, तुम ग़ुस्सा मुझसे हो न, फिर खाने से क्यों नाराज़गी? मम्मी से भी तुम कुछ नहीं बोलीं। वह बाहर परेशानी में बैठी रो रही हैं!" साकार बिस्तर पर बैठते हुए बोला।

शुची ने तकिया परे सरकाया और उठकर बिस्तर पर बैठ गई लेकिन फिर भी कुछ नहीं बोली। पूरा चेहरा रो-रोकर सूज गया था और बाल अस्त-व्यस्त बिखरे पड़े थे।

साकार ने अपना हाथ आगे बढ़ाया और उसका हाथ अपने हाथों में लेते हुए बोला, "चलो, अगर मेरी ही ग़लती है तो मैं तुमसे क्षमा माँगता हूँ। अब तो खाने के लिए चलो! लाओ, वह चिट्ठी मुझे दे दो, मैं बड़ी भाभी को दे दूँगा।"

शुची ने साकार की ओर देखा और बोली, "मैंने उसी समय चिट्ठी फाड़कर खिड़की से बाहर फेंक दी थी। ऐसी चिट्ठी रखने का क्या फायदा जिससे घर में कलह हो जाए!"

साकार ने उसके आँसू पोंछ डाले। शुची ने विरोध नहीं किया। साकार बिस्तर से उतरा और हाथ पकड़कर शुची को भी बिस्तर से उतारते हुए बोला, "अब आगे से तुमसे कभी भी झगड़ा नहीं करूँगा। जाओ, पहले अपना चेहरा धोकर आओ। सब साथ में खाना खाएँगे। मम्मी ने भी दोपहर से कुछ नहीं खाया है।"

शुची कुछ भी नहीं बोली। बस, एक आज्ञाकारी शिष्या की भाँति कमरे से तुरन्त बाहर निकल गई। पीछे-पीछे साकार भी बाहर आ गया।

"**यह** तुम पढ़ते समय इतनी हिलती-डुलती क्यों रहती हो? एक जगह सीधी होकर नहीं बैठ सकतीं? विज्ञान पढ़ रही हो, कि नृत्यशास्त्र?" साकार ग़ुस्से में बोला।

"मुझे भी पता है कि यह विज्ञान की पुस्तक है, न कि नृत्यशास्त्र की, पर मैं पालथी मारकर बिना हिले-डुले नहीं पढ़ सकती। पढ़ाना आपको आता नहीं और पढ़ने वाले की शिकायत करते फिरते रहते हैं! ठंड में सुबह के पाँच बजे जागकर कौन पढ़ता-पढ़ाता है?" शुची बोली।

"अच्छा! मुझे नहीं पता था कि तुम्हें पढ़ने के लिए पहले पंडित जी से मुहूर्त निकलवाना पड़ता है। चुपचाप बैठकर इस पुस्तक पर ध्यान दो! यह बताओ कि पृथ्वी अपने अक्ष पर क्यों घूमती रहती है?" साकार ने पूछा।

"अब यह तो पृथ्वी ही बता सकती है। शायद उसका घूमने का मन करता हो!" शुची मुस्कुराती हुई बोली।

किताब को बन्द कर एक तरफ़ रखते हुए ग़ुस्से से साकार बोला, "जब तुम्हारा पढ़ने का मन नहीं था तो मुझसे पढ़ाने के लिए क्यों बोली थीं? और अभी मम्मी कोई काम बोल दें तो तुरन्त किताब खोलकर बैठ जाती हो—आलसी कहीं की! पृथ्वी तुम्हारी तरह नहीं है कि जब मन करेगा, तभी घूमेगी!"

"आपने कल बोला था कि मुझसे कभी झगड़ा नहीं करेंगे, फिर ऐसा क्यों? सब आपकी तरह पढ़ाकू तो नहीं हो सकते!" शुची मासूमियत से बोली।

"जब बोला था तब बोला था, और मैं कहाँ लड़ाई कर रहा हूँ! तुम्हारे पास हमेशा कोई-न-कोई कारण ज़रूर होता है जिससे तुम बात बढ़ा सको।" साकार ग़ुस्से में बोला।

"अच्छा, ठीक है, फिर से पढ़ाइए। मैं सीधे बैठकर पढ़ूँगी।" विज्ञान की किताब खोलते हुए शुची बोली।

ग़ुस्से में होते हुए भी साकार शुची को मुँह बनाते देख मुस्कुरा उठा, और अगले दो घंटों तक शुची को पढ़ाता रहा।

"शुची, अब एक कप चाय पिलाओ!" पढ़ाने के बाद साकार बोला।

"अच्छा? कल आप मेरी एक चिट्ठी ले जाने को नहीं तैयार थे, और चाय चाहिए तो शुची, चाय बनाओ!" शुची मुँह बिचकाते हुए बोली।

"आज दो घंटे तुम्हें पढ़ाया भी है। उसी का पारिश्रमिक समझकर पिला दो। मैं निवेदन नहीं कर रहा, और अगर नहीं बनानी है तो बोलो, मैं मम्मी से बोल देता हूँ।" साकार मुँह टेढ़ा करते हुए बोला।

"गुस्सा तो हमेशा आपकी नाक पर धरा रहता है। बनाकर लाती हूँ। मेरे घर में मुझसे कोई भी काम नहीं करवाता।" शुची यह बोलकर पैर पटकते हुए किचन की ओर चली गई।

तभी मुख्य दरवाज़े पर हल्की-सी दस्तक हुई। शुची किचन में थी और माँ बाथरूम में, इसलिए साकार को ही दरवाज़ा खोलना पड़ा। देखा तो उसके मँझले भैया एक बैग लिये हुए खड़े थे।

"क्या हुआ? इतनी सुबह-सुबह मुँह क्यों फुलाये हुए हो?" साकार को देखते ही मँझले भैया बोले।

साकार कुछ नहीं बोला। बस, झुककर मँझले भैया के पाँव छुए और उनका बैग लेकर सीधे अन्दर की ओर चल पड़ा। तभी शुची चाय का कप लिये हुए किचन से बाहर निकली।

"यह क्या शुची, केवल एक कप चाय? मतलब सिर्फ़ छोटे से ही लगाव है, मुझसे नहीं?" शुची के हाथ में केवल एक कप देखकर मँझले भैया मुस्कुराते हुए बोले।

शुची ने शरमाकर नज़रें नीचे झुका लीं। मँझले भैया के पास जाकर झुककर उनके पाँव छू लिए और बड़ी ही मासूमियत से बोली, ''मुझे थोड़े ही पता था कि आप भी आने वाले हैं, नहीं तो मैं दो कप चाय बनाकर लाती।''

''इससे पहले भी मैं कई बार आ चुका हूँ पर तुमने मुझे कभी चाय बनाकर नहीं पिलाई। मैंने तुम्हें किसी और के लिए भी चाय बनाते कभी नहीं देखा!'' मँझले भैया मुस्कुराते हुए बोले।

शुची केवल मुस्कुरा भर दी।

''भैया, आप इतनी सुबह कहाँ से आ रहे हैं?'' साकार ने मँझले भैया से पूछा।

''कल एक परिचित का विवाह था—आज़मगढ़ में। रात को अधिक देर हो गई तो वहीं रुक गया था। सोचा, सुबह सबसे मिलकर और तुमको साथ लेकर गाँव निकल जाऊँगा। तुम जल्दी से तैयार हो जाओ...शुची, तुम भी तैयार हो जाओ। चलो, अपनी दीदी से मिल आओ।'' मँझले भैया बोले।

''नहीं, जीजा जी, कुछ दिन बाद मेरी छमाही परीक्षा शुरू होने वाली है, और वैसे भी मैं दीदी से ग़ुस्सा हूँ। उन्होंने इतने दिनों से मुझे एक चिट्ठी तक नहीं लिखी है।'' शुची बोली।

तब तक शुची की माँ भी नहाकर आ गईं। सब लोग बैठकर बातें करने लगे।

नाश्ता करने के बाद दोनों भाई मोटरसाइकिल से अपने घर के लिए निकल गए।

दिल्ली : जून, 2009

''**साकार!** कितना समय ले रहे हो तैयार होने में? मुझे शाम की ट्रेन भी पकड़नी है। उससे पहले जितनी जल्दी सम्भव हो सके, मैं सारी ख़रीदारी कर लेना चाहता हूँ।'' अनिमेष बोला।

''भाई, तैयार तो हो रहा हूँ। अब तुम्हीं ने तो आख़िरी दिन ख़रीदारी करने का प्लान बनाया था, इसमें मैं क्या कर सकता हूँ? ऊपर से शुची भी दिल्ली आई हुई है। अभी अपने एक परिचित के यहाँ ठहरी हुई है। वह भी मिलने आ रही है। इसीलिए तुमने यह सब ताम-झाम पहनने को बोला है मुझसे। इसी वजह से समय लग रहा है।'' साकार बनावटी ग़ुस्से से बोला।

''मैं मित्र हूँ तुम्हारा, हमेशा तुम्हारा भला ही चाहूँगा। अब मैं यह नहीं चाहता कि इतने वर्षों के बाद पहली बार तुम शुची से बाहर मिल रहे हो तो उसे तुम पुराने साकार दिखो। शुची को भी तो यह देखकर ख़ुश होने दो कि उसके साकार को कपड़े पहनने का ढंग आ गया है—वह भी सही तरीक़े से!'' अनिमेष मुस्कुराते हुए बोला।

"क्या मतलब है तुम्हारा? इससे पहले मैं क्या बिना कपड़ों के ही घूमा करता था?" साकार ने पूछा।

"अरे नहीं यार! कपड़े तो तुम पहले भी पहना करते थे, पर वही जो तुम्हारे ऊपर बिलकुल भी जँचते नहीं थे। ऊपर से तुम साफ़ कपड़े भी कहाँ पहना करते थे? शुची को तो अभी भी वही पढ़ाकू साकार ही याद होगा, जो पढ़ने के आगे अपने कपड़ों पर जमी मैल भी नहीं देखा करता था।" अनिमेष बोला।

"ठीक है भाई, मैं हार मानता हूँ तुमसे! तुमसे इस विषय पर बहसबाजी में मैं नहीं जीत पाऊँगा। पर आज इसकी क्या जरूरत थी? मेरा नया रूप तो वह पिछले वर्ष मँझले भैया के विवाह में देख ही चुकी है।" साकार बोला।

"हाँ, क्यों नहीं! लेकिन तब वहाँ पर विवाह का माहौल था। और ऐसे माहौल में सब बनते-ठनते तो हैं ही, तो तुम्हारा सजना-सँवरना कुछ विशेष नहीं हुआ। किन्तु हाँ, आज यह विशेष होगा।" अनिमेष समझाते हुए बोला।

"यह बात भी सही है तुम्हारी। शुची तुम्हें कैसी लगी? मँझले भैया के विवाह के समय तो तुम मिले ही थे!" साकार ने पूछा।

"अभी इस प्रश्न का उत्तर देना मेरे लिए बहुत कठिन है। मुझे तो वह बिलकुल वैसी ही लगी, जैसा कि तुम मुझे बताया करते थे, बल्कि उससे भी कहीं अधिक सुन्दर। अच्छी। लेकिन न जाने क्यों, मुझे वह अपने-आपमें थोड़ी सिमटी-सिमटी-सी लगी!" अनिमेष सोचते हुए बोला।

"शायद तब वह अपने मन के भावों को अन्दर ही दबाने की कोशिश कर रही होगी, ताकि किसी को जरा-सी भी भनक न लग सके। वैसे भी इस कला में वह पारंगत है। विवाह में केवल दो दिनों के लिए ही वह मेरे घर पर आई थी। तुम्हें तो पता ही है कि विवाह वाले घर में सैकड़ों काम होते हैं और मैं उन्हीं में व्यस्त रहा था, इसलिए शुची को ज़्यादा समय भी नहीं दे सका। पर उससे तुम्हारी बातें तो हुई ही थीं। मेरे बारे में तुमसे शुची ने कुछ कहा?" साकार शर्ट के बटन बन्द करते हुए बोला।

"हाँ, बातें तो हुई ही थीं, और तुम्हें पता है, उसके और मेरे बीच बातों का केवल एक ही आधार था और वह तुम थे। मैं तो केवल तुम्हारी ही बात करना चाह रहा था लेकिन वह पूरी कोशिश कर रही थी कि मैं तुम्हारी बात न कर पाऊँ। लेकिन एक बात तो मुझे माननी ही पड़ेगी कि जो स्थान उसने अपने जीवन में तुम्हें दे रखा है, वह चाहकर भी किसी और को कभी नहीं दे पाएगी!" अनिमेष ने साकार को आश्वस्त करते हुए कहा।

"तुम यह किस आधार पर कह सकते हो? क्या केवल मेरी बातें सुनकर?" साकार ने पूछा।

"नहीं मित्र! मैं केवल तुम्हारी बातें सुनकर नहीं बोल रहा, बल्कि मेरा अपना भी कुछ आधार है। कुछ याद है तुम्हें, जब मँझले भैया की बारात दुलहन लेकर वापस

घर पहुँची थी, तो शाम को किसी बात पर बड़े भैया तुम्हारे ऊपर नाराज़ हो गए थे? थोड़ी देर बाद जब तुम्हें चाय पीने का मन हुआ तो तुमने बड़ी भाभी से अपनी इच्छा जाहिर की, लेकिन तभी बड़े भैया ने साफ़-साफ़ बोला कि अभी कोई भी चाय नहीं बनाएगा और एक घंटे के बाद ही सबको चाय मिलेगी! पूरा घर रिश्तेदारों से भरा पड़ा था, फिर भी तुमने केवल शुची को आवाज़ लगाई और उसे चाय बनाने के लिए बोला। बड़े भैया नाराज़ थे इसीलिए बड़ी भाभी ने शुची को चाय बनाने से मना किया कि तभी बड़े भैया भी वहीं पहुँच गए और उन्होंने शुची को चाय बनाने से मना कर दिया था। सबके मना करने पर शुची थोड़ी देर रुक तो गई थी लेकिन जब तुमने दुबारा शुची से कहा तो सबके मना करने के बावजूद सारे रिश्तेदारों की मौजूदगी में वह तुम्हारे लिए चाय बनाकर लाई। महत्त्व केवल चाय का नहीं है, बल्कि महत्त्व इस बात में है कि उसने सबकी बातें नकारकर तुम्हारा आदेश माना था। मेरे लिए इससे बड़ा आधार और क्या हो सकता है? प्रत्यक्षम् किम् प्रमाणम्?'' अनिमेष बोला।

''हाँ, यह तो है। उसी रात बड़े भैया बड़ी भाभी से यहाँ तक बोले थे कि वह माने या न माने लेकिन साकार और शुची के बीच जरूर कुछ है। बहरहाल, यह सब बातें छोड़ो और देखो, ठीक वैसे ही मैं तैयार हो गया हूँ जैसा तुमने बोला था। चलो, अब चलते हैं!'' साकार चहकते हुए बोला।

''पर श्रीमान! हम लोगों को कहाँ जाना है, यह तो मुझे भी पता है, लेकिन शुची जी कहाँ मिलेंगी, यह तो तुम्हीं बताओगे?'' अनिमेष ने पूछा।

''आज सुबह जब फ़ोन पर उससे बात हुई थी तो उसने मंडी हाउस मेट्रो स्टेशन आने को बोला था, लेकिन मैं उससे समय पूछना भूल गया। शायद ग्यारह बजे के आस-पास बोली थी। कोई बात नहीं, हम लोग ऐसा करते हैं कि उसी मेट्रो स्टेशन पर चलकर प्रतीक्षा करते हैं।'' साकार ने सुझाव दिया।

''दूसरों को प्रतीक्षा करवाने वाला आज ख़ुद प्रतीक्षा के लिए व्याकुल है! शास्त्रों में इसे ही दुनिया का आठवाँ आश्चर्य कहा गया है।'' साकार की ओर देखते हुए अनिमेष बोला।

साकार झेंप गया।

थोड़ी देर बाद ही दोनों मंडी हाउस मेट्रो स्टेशन पहुँच चुके थे और वहीं स्टेशन पर खड़े होकर शुची के आने की प्रतीक्षा करने लगे।

अनिमेष से छिपकर साकार बार-बार आने-जाने वाली मेट्रो रेल की खिड़कियों से अन्दर झाँक लिया करता था, पर उसे यह पता नहीं था कि यह बात अनिमेष से छुप नहीं सकी। उसे साकार की व्याकुलता देखकर हँसी आ रही थी। लेकिन अनिमेष हँसा नहीं, अन्यथा साकार बुरा मान जाता।

तभी दूर से शुची आती दिखाई पड़ी। हल्के पीले रंग का सलवार-कमीज़, ऊपर हरा-पीला मिश्रित रंग लिये हुए ओढ़नी, दाहिनी कलाई में पीले रंग के मोटे-

मोटे तीन कंगन, बाएँ हाथ में पट्टों वाली घड़ी, कानों में सोने की बालियाँ और बालों को एक रबर बैंड में फँसाये शुची साकार को ठीक वैसी ही लगी जैसी पहली बार उसने उसे देखा था।

शुची को दूर से आते देख अनिमेष ने स्टेशन पर एक स्तम्भ की आड़ में ख़ुद को छिपा लिया।

शुची ने आँखों के इशारे से ही साकार से अनिमेष के बारे में पूछा, क्योंकि साकार ने सुबह ही फ़ोन पर अनिमेष के भी साथ आने के बारे में शुची को बता रखा था। साकार ने मुड़कर पीछे की ओर देखा लेकिन अनिमेष उसे दिखाई नहीं दिया। मौके का फायदा उठाकर शुची ने झुककर साकार के पाँव छू लिये और बदले में साकार ने शुची के सिर पर हाथ रख दिया। अपनी जेब से दो चॉकलेट निकालकर साकार ने शुची को थमा दिये। शुची ने चॉकलेट अपने पर्स में रख लिये। जब साकार ने अनिमेष को फ़ोन किया तो अनिमेष स्तम्भ के पीछे से निकलकर बाहर आया।

उसको देखते ही साकार बोला, ''अचानक तुम कहाँ ग़ायब हो गए थे? मुझे लगा, कहीं ग़लती से मेट्रो में बैठकर कहीं और तो नहीं निकल गए? चिन्ता होने लगी थी।''

साकार की बातें सुन अनिमेष मुस्कुराते हुए बोला, ''कुछ नहीं यार! वो स्तम्भ देख रहे हो न, उसी के पीछे छिप गया था।''

अनिमेष की बात सुन शुची की आँखें बड़ी हो गईं और उसने पूछा, '' आपको ऐसा करने की क्या ज़रूरत पड़ गई?''

''बस, आप दोनों को मौका देना चाहता था, ताकि वह कर सको जो मेरी उपस्थिति में नहीं कर पाते!'' अनिमेष मुस्कुराते हुए बोला।

शुची ने लाजवश अपनी आँखें नीची कर लीं।

उसे देख अनिमेष बोला, ''अरे इसमें इतना शरमाने वाली कौन-सी बात है? पाँव ही तो छुए हैं आपने!''

यह सुनकर साकार मुस्कुराने लगा और शुची के चेहरे पर भी मुस्कान बिखर गई।

''तो कैसी लगी हमारी दिल्ली आपको?'' साकार ने शुची से पूछा।

''हमारी दिल्ली? आप कब से दिल्ली के हो गए? केवल कपड़े बदल लेने भर से कोई दिल्लीवाला थोड़े ही हो जाता है!'' शुची साकार के व्यवस्थित कपड़ों की ओर देखते हुए बोली।

''अरे, इसका कहने का यह मतलब है कि आप पहली बार दिल्ली आई हैं, तो कैसा लगा यह महानगर? क्या करें हमारे बेचारे साकार साहब भी! सुबह से काफ़ी उत्साह में हैं। इसलिए थोड़ी-बहुत ग़लतियाँ कर ही दे रहे हैं।'' अनिमेष साकार को देखते हुए बोला।

''अब तुम्हें देरी नहीं हो रही है क्या, जबकि सुबह से हल्ला मचा कर रखे थे? चलो, जो भी ख़रीदारी करनी है, करो और तत्काल निकल लो!'' साकार बोला।

"निकल जाएँगे, निकल जाएँगे, इतनी जल्दी भी क्या है? वैसे भी मैं कबाब में हड्डी नहीं बनूँगा।" अनिमेष बोला।

शुची नीचे देखने लगी।

अनिमेष ने बोलना जारी रखा, "पहले हम लोग शालीमार बाग़ के शॉपर्स स्टॉप मॉल जाएँगे! वहीं कुछ ख़रीदारी करेंगे। और कुछ खाने के बाद मैं निकल जाऊँगा।"

"आपको ख़रीदना क्या है?" शुची ने अनिमेष से पूछा।

"मुझे अपने लिए कुछ भी नहीं ख़रीदना है। हम दोनों के एक मित्र हैं—बहुत ही ख़ास! कुछ समय पूर्व ही घरवालों ने उनके प्रेम को विवाह में बदलने का निर्णय लिया है। काफ़ी उत्साह में वह कुछ सामान ख़रीदना भूल गए। कुछ दिन बाद ही उनका विवाह है। उन्हीं का हुक्म बजाना है।" अनिमेष ने उत्तर दिया।

"काफ़ी भाग्यशाली हैं आपके मित्र! अन्यथा प्रेम को विवाह में बदलना भारतीय समाज में अभी भी अत्यन्त कठिन है।" शुची बोली।

"बात तो आपकी सही है लेकिन जहाँ तक मैं समझ पाया हूँ, इसका केवल एक ही मुख्य कारण हो सकता है और वह है माता-पिता के अधिकारों में कटौती। माता-पिता बचपन से ही अपने बच्चों पर पूर्ण अधिकार समझते हैं और यह सही भी है। उन्हें बचपन से ही अच्छी परिवरिश देकर बड़ा करते हैं और अपने अनुरूप उन्हें ढालने की कोशिश करते हैं। लेकिन वह एक ज़रूरी बात भूल जाते हैं कि बच्चे के दिमाग़ और उसकी भावनाओं का विकास केवल उनकी परिवरिश के तरीकों पर निर्भर नहीं रहता। उसके अलावा भी वह अन्य बातें अलग-अलग लोगों से सीखता है। इक्कीसवीं सदी में सूचनाओं का आदान-प्रदान बहुत तेज़ भी हो गया है। और इन सबके बीच जो समय का अन्तराल रहा, वह सोच में भी ढेर सारा परिवर्तन ला देता है। किन्तु फिर भी, माता-पिता की पालन-पोषण सम्बन्धी सोच और अधिकार जस के तस ही बने रहते हैं। जब उसकी सन्तान उससे यह कहती है कि उसे किसी से प्रेम हो गया है और उसी से विवाह करने की इच्छा भी रखता है तो सीधे-सीधे, कहीं-न-कहीं माता-पिता के चुनाव का अधिकार मारा जाता है और इसकी वजह से ही इतनी सारी समस्याएँ होती हैं।" अनिमेष ने अपनी लम्बी व्याख्या को विराम दिया।

"पर मेरा तो यही मानना है कि विवाह का चाहे जो भी आधार हो, त्रस्त हमेशा लड़का ही रहता है।" साकार बोला।

"मित्र, उसका कारण है—विवाहोपरान्त सबकी अपेक्षाएँ और आकांक्षाएँ। लड़की का फिर भी ठीक है। विवाहोपरान्त एक अलग परिवेश के घर में आ जाती है। लड़की का कम-से-कम मायका तो रहता ही है और अधिकतर ससुराल भी अपनी हो जाती है! पर लड़के कहीं के नहीं रह जाते। विवाह के ठीक अगले ही दिन से लड़के को अपने ही घर में अपने माता-पिता के सामने प्रतिदिन यही साबित

करना पड़ता है कि वह अब भी उनका पुत्र ही है। भाई को बहनों के सामने प्रतिदिन यह यक़ीन दिलाना पड़ता है, वह अब भी उनका ही भाई है। उसके हर कार्य को सन्देह की दृष्टि से देखा जाने लगता है। उसकी अच्छाई या बुराई का आकलन उसका अपना व्यवहार नहीं, बल्कि उसकी पत्नी और उसके ससुराल वालों के व्यवहार के आधार पर किया जाने लगता है। उसका कोई घर नहीं बचता। वह जीवन भर इसी सन्देह के घेरे में जीने को अभिशप्त हो जाता है। सब उसे बारी-बारी बाँटते हैं और वह टुकड़े-टुकड़े होकर बिखर जाता है। विवाहोपरान्त नारी के बारे में पूरा साहित्य लिखा-धरा मिल जाएगा है, पर पुरुष के दुःख के बारे में कहीं चन्द पंक्तियाँ भी नहीं मिलतीं। मिलते हैं तो केवल कुछ चुटकुले!'' अनिमेष बोला।

''मैंने इसका प्रत्यक्ष उदाहरण देख रखा है। यह साहब भी जीजा जी के साथ कुछ ऐसा ही किया करते थे। उनको भी सामंजस्य बिठाने में बहुत मेहनत करनी पड़ी थी।'' शुची साकार को देखते हुए मुस्कुराकर बोली।

''मैं अपनी ग़लती मानता हूँ। तब वह मेरा बचपना था, पर अब तो मैं ऐसा बिलकुल भी नहीं करता। अनिमेष, चलो, अब यहाँ से निकला जाए अन्यथा तुम्हें देर हो जाएगी। ये सारी बातें तो रास्ते में भी हो सकती हैं।'' साकार बोला।

तीनों मेट्रो स्टेशन से बाहर निकल आए और बाहर खड़े होकर एक ऑटो की प्रतीक्षा करने लगे। साकार ने एक ऑटो रुकवाया और भाड़ा तय करने के बाद सब ऑटो में बैठ गए।

लगभग आधे घंटे के ऑटो के सफ़र के बाद तीनों शालीमार बाग़ के शॉपर्स स्टॉप मॉल पहुँचे। थोड़ी देर में ही अनिमेष ने आवश्यक चीज़ों की ख़रीदारी पूरी कर ली। फिर मॉल के अन्दर ही बने एक रेस्टोरेंट में तीनों कुछ खाने के लिए चले गए। अनिमेष ने अपने लिए एक शाकाहारी बर्गर लाने को कहा। शुची को पता था कि साकार को यह सब चीज़ें कुछ ख़ास पसन्द नहीं, पर विकल्प कुछ ज़्यादा नहीं था, इसलिए उसने पिज्जा और अनन्नास का जूस लाने के लिए बोल दिया।

''आपने केवल साकार के लिए ही बोला है, क्या आप कुछ नहीं खाएँगी?'' अनिमेष ने शुची से पूछा।

''नहीं, मुझे कुछ ख़ास भूख नहीं है। मैं इनके में से ही थोड़ा-सा खा लूँगी।'' शुची साकार की ओर इशारा करते हुए बोली।

''साकार साहब, अभी से तुम्हारे पैसे बचाये जा रहे हैं! मितव्यता...वाह!''

अनिमेष की बात सुनकर साकार मुस्कुराया लेकिन बोला कुछ भी नहीं।

थोड़ी देर बाद बैरा सारा सामान लेकर आया और मेज़ पर रखकर चला गया। अनिमेष ने अपना बर्गर जल्दी से खाकर ख़त्म कर दिया जबकि शुची और साकार बहुत ही धीरे-धीरे खा रहे थे, जैसे पृथ्वी का वह आख़िरी खाद्य-पदार्थ हो! शुची

ने तश्तरी में रखे दो पाइप को उठाया और जूस के गिलास में डाल दिया, और दोनों एक साथ ही गिलास से जूस पीने लगे। अनिमेष के सामने साकार थोड़ा झिझक रहा था, लेकिन शुची पूरी तरह सामान्य थी।

उन दोनों के साथ थोड़ा और समय बिताकर अनिमेष उनसे विदा लेकर शाम को ट्रेन पकड़ने के लिए कमरे पर वापस चला गया।

"अब अनिमेष भी चला गया। उसके बिना ख़ाली कमरा अब कुछ दिन काटने को दौड़ेगा।" साकार बोला।

"आप क्यों नहीं जा रहे अपने मित्र के विवाह में?" शुची ने पूछा।

"जाऊँगा, लेकिन कुछ दिनों के बाद। ठीक उसके विवाह के दिन। यहाँ से और भी कई सारे मित्र जा रहे हैं उसी विवाह में। सबका टिकट एक ही साथ हुआ है। विवाह के दिन ही सुबह पहुँच जाएँगे। अनिमेष को सामान की वजह से थोड़ा पहले निकलना पड़ा है।" साकार बोला।

"चलिए, अच्छा है, पढ़ाई के अलावा आपको कुछ और आदत तो लगी!" शुची हँसते हुए बोली।

साकार खिल गया और बोला, "अच्छा, ये सारी बातें छोड़ो और यह बताओ, अब कहाँ चला जाए?"

"वाह री दुनिया! कोई मीलों सफ़र तय करके, कई शहरों को पार करके आपके शहर में मेहमान बनकर आया है, और आप उसी से पूछेंगे कि चलना कहाँ है? हम आपके शहर पहली बार आए हैं। जहाँ भी ले जाना चाहें, ले जा सकते हैं। बस, इतना ध्यान रखिएगा कि शाम से पहले मुझे वापस नोएडा पहुँचना है, जहाँ मैं रुकी हुई हूँ।" शुची गर्दन हिलाते हुए बोली।

"अच्छा, तो आपने पढ़ाई इसीलिए छोड़ रखी है? शायरी का शौक जो लग गया है! ठीक है, यही सही। मेरे हिसाब से गर्मियों में दोपहर की तपती दिल्ली में घूमने वाला कोई भी स्थान नहीं है। लेकिन जहाँ तक मैं तुम्हें जानता हूँ, अगर मैंने तुम्हें कुछ नहीं दिखाया तो आज तो कुछ नहीं बोलोगी, पर बाद में हर समय ढिंढोरा ज़रूर पीटोगी! ताजमहल तुमको पसन्द है?" साकार ने मुस्कुराते हुए पूछा।

"ताजमहल देखने का मेरा बहुत मन है लेकिन आप मुझे इतना बेवकूफ़ समझते हैं क्या? माना मैं आपकी तरह इतिहास नहीं पढ़ती, पर इतना तो सबको पता है कि ताजमहल आगरा में है।" शुची मुँह बनाते हुए बोली।

"अरे, मेरे कहने का यह मतलब नहीं था। तुम हर बात में बस मुझसे झगड़ने का ही मौका ढूँढ़ती हो? मुझे भी पता है कि हम आगरा नहीं जा सकते और ताजमहल यहाँ नहीं आ सकता, पर तुम साकार के साथ हो। ताजमहल देखने में कैसा लगता है, यह तुम्हें मैं दिल्ली में ही दिखा सकता हूँ। इसलिए हम दोनों हुमायूँ का मकबरा देखेंगे। ताजमहल उसी का विकसित रूप है। जैसे कार्डलेस फ़ोन का

विकसित रूप मोबाइल फ़ोन है। मकबरा चारों ओर बागों से घिरा हुआ है। छाँव में वहीं बैठकर बातें करेंगे और फिर शाम को तुम्हें पास के मेट्रो स्टेशन पर भी छोड़ दूँगा, जहाँ से तुम आराम से नोएडा चली जाना।'' साकार ने आगे का कार्यक्रम विस्तार से शुची को समझा दिया।

शुची ने सहमति में सिर हिलाया और दोनों मॉल से बाहर निकल आए।

साकार ने एक ऑटो बुलाया और दोनों उसमें बैठ गए।

दिल्ली में ट्रैफिक अधिक होने की वजह से लगभग एक घंटे की यात्रा के बाद दोनों हुमायूँ के मकबरे के पास पहुँचे। ऑटो से उतरकर साकार ने भाड़ा चुकाया। टिकट खिड़की से टिकट लिये और शुची के साथ सीधे अन्दर चला आया।

''तुम्हें पता है शुची, शिल्प और कला के क्षेत्र में हमारा देश विश्वजयी रह चुका है। अलग-अलग राजाओं और बादशाहों ने अपनी-अपनी क्षमता के अनुसार कलाकारों को प्रश्रय दिया। यह सारी धरोहर उसी प्रश्रय की देन है।''

साकार के सामने जो भी कुछ पड़ता गया, वह उसके शिल्प और कला के बारे में शुची को बताता चला गया। वैसे भी इतिहास में उसकी गहरी रुचि और पकड़ थी।

''लेकिन मैंने तो सुना है कि इमारतें बनवा लेने के बाद यही राजा और बादशाह उन कलाकारों के हाथ तक कटवा दिया करते थे, ताकि उस जैसी इमारत कहीं और खड़ी न की जा सके! क्या निम्न मानसिकता भी उसी विरासत का ही अंग है?'' शुची ने पूछा।

साकार ने एक नज़र शुची के चेहरे पर डाली और मुस्कुराते हुए बोला, ''तुम्हारे विद्रोही स्वभाव में कोई भी अन्तर नहीं आया है। वैसे इस तरह की कहानियों के बारे में कोई ठोस साक्ष्य नहीं मिले हैं, लेकिन सम्भावनाओं से इनकार नहीं किया जा सकता। पर शुची, तुम्हें यह भी मानना होगा कि कई सारे दरबार ऐसे रहे हैं, जहाँ न केवल कलाकारों को प्रश्रय मिला बल्कि उनकी कला को सम्मानित भी किया गया। उदाहरण के तौर पर विक्रमादित्य और अकबर के दरबार के नौरत्नों को देख सकती हो।''

जब खड़ी इमारत के दर्शन पूरे हो गए तो साकार को लगा कि अब शुची उसकी बातों से उबने लगी है, तब वह शुची से बोला, ''शुची, इतने वर्षों से मैं केवल किताबों में ही डूबा हुआ हूँ। आखिर क्या करूँ? सच बोलूँ तो मुझे इसके अलावा किसी और विषय पर बात करनी भी नहीं आती!''

''आप भी न! मैंने आपसे कब कहा कि मैं ऊब रही हूँ? मैं तो पूरे मन से आपकी बातें सुन रही थी शिल्प और कला के बारे में। आजकल बहुत सारे लोगों को मैंने अपनी राय देते देखा है, ख़ास कर अपने कॉलेज टूर के दौरान। जिस तरह से हमें किलों के बारे में बताया जा रहा था, मैं बहुत प्रभावित हुई थी। पर आपकी

बातें सुनने के बाद ही मुझे ज्ञात हुआ कि सच में उन लोगों के पास शिल्प और कला का लेशमात्र भी ज्ञान नहीं था। आपके इस ज्ञान से मैं ख़ुद को गौरवान्वित महसूस करती हूँ।'' शुची साकार का साथ देते हुए बोली।

''पहले के लोग अपनी हैसियत और समझ के अनुसार कुछ निशानियाँ छोड़ जाया करते थे ताकि अगली पीढ़ी उन्हें याद रख सके। राजाओं ने महलों का निर्माण कराया तो बादशाहों ने मकबरों का। किसी ने ग्रन्थों में अपना सारा ज्ञान उड़ेल डाला तो किसी ने दुनिया को रंगों से सजा दिया। शुची, क्या हम लोग भी अगली पीढ़ी के लिए कुछ निशानियाँ छोड़कर जा सकेंगे?'' साकार ने पूछा।

''अभी तो हम लोगों की उम्र ही क्या है—कुछ करके नाम बनाने की। मेरा तो पता नहीं, पर आप ज़रूर अगली पीढ़ी के लिए कोई-न-कोई निशानी छोड़कर जाएँगे, ऐसा मेरा विश्वास है। वैसे निशानियाँ केवल वही नहीं होतीं जो दिखती हैं। हमारी संस्कृति के विभिन्न रंग भी तो एक तरह से निशानी ही हैं, जो हम अगली पीढ़ी के लिए छोड़कर जाएँगे!'' शुची ने सोच-समझकर उत्तर दिया।

''हाँ, तुम ठीक कहती हो। अच्छा, तुमने जामिया मिल्लिया इस्लामिया विश्वविद्यालय से जन-संचार में परास्नातक करने के लिए आवेदन तो कर दिया है न, मैंने तुम्हें पिछली बार बोला था?'' साकार ने याद करते हुए पूछा।

''हाँ, आवेदन कर दिया है।'' शुची नीचे देखते हुए बोली।

शुची सच नहीं बोली थी, लेकिन वह झूठ भी नहीं बोली थी। कारण था उसकी मन:स्थिति। उसने आवेदन तो किया था लेकिन दिल्ली में नहीं बल्कि हरिद्वार के गुरुकुल काँगड़ी विश्वविद्यालय में। ठीक उसी कोर्स के लिए। चाहते हुए भी वह उस शहर में नहीं रहना चाहती थी जहाँ साकार रहा करता था, क्योंकि भावनाओं पर नियंत्रण अक्सर छूट जाया करता है।

''तुम बिलकुल भी परेशान नहीं होना, बस, अच्छे से पढ़ना! तुम्हारा चयन हर हाल में होगा, और दो वर्ष उपरान्त तुम एक पत्रकार बन जाओगी। तब तुम्हारी एक अपनी अलग पहचान होगी और ढेर सारे जानने वाले भी। तब मुझे भूल मत जाना!'' साकार शुची की ओर देखते हुए बोला।

शुची ने चेहरा ऊपर उठाया और साकार को देखते हुए गम्भीर होते हुए बोली, ''सचमुच? कभी-कभी तो लगता है, जैसे आप यह सब बोलकर मुझसे किसी पुरानी बात का बदला ले रहे हैं। आपको क्या लगता है, मैं आपको भूल सकती हूँ? या आप मुझे आपको भूलने का आदेश सुना रहे हैं?''

शुची की बातें सुन साकार थोड़ा घबराते हुए बोला, ''शुची, मेरी बातों का ग़लत अर्थ मत निकालो। तुम्हें तो पता है कि आजकल जीवन में कुछ भी हाथ में नहीं आ रहा। कभी-कभी बहुत निराश हो जाता हूँ मैं। दिल्ली बहुत सारे स्वप्न सँजोकर आया था। और उन सारे स्वप्नों को साकार करने के लिए मैंने जी-तोड़

परिश्रम भी किया है। मेरे सारे स्वप्न बहुत ही सुन्दर हैं। कहते हैं न, सुन्दर चीज़ों को अक्सर नज़र लग जाया करती है। अब तो मुझे लगता है, शायद मेरे स्वप्नों को मेरी ही नज़र लग गई!''

''छी! आप इस तरह से बोल भी कैसे सकते हैं? जिसकी साँसों से ही बुतों में जान आ जाती हो, आप उसे निश्तेज तो मत कहिये! कम-से-कम आपके प्रति मेरे विश्वास को खंडित तो मत करिए! मैं आपका यह रूप कभी नहीं देख सकती। कोई लाख आपको असफल कहे, मुझे परवाह नहीं, लेकिन जब आप अपने-आपको असफल कहते हैं तो मेरा मन कचोट उठता है।'' शुची रुआँसी होते हुए बोली।

''पर बात तो यही सही है कि मैं अभी तक असफल हूँ! मेरे सारे स्वप्न इसी एक सफलता से ही तो जुड़े हुए हैं, शुची! एक असफलता कई सारे स्वप्नों को तोड़ देती है। ख़ैर, छोड़ो इन बातों को, शायद मकबरे का प्रभाव मेरे ऊपर पड़ गया!'' साकार फीकी हँसी हँसते हुए बोला।

''चाहे जो भी हो, आप इस तरह की बातें मत सोचा करिए। आपको ऐसा देख मुझे लगता है, जैसे मैं हार गई हूँ! मेरा विश्वास हार गया है। मुझे अपने-आप पर ग़ुस्सा आने लगता है।'' इतना कहकर शुची खड़ी हो गई।

थोड़ी देर तक चुप्पी छाई रही। फिर शुची साकार का हाथ अपने हाथों में लेते हुए बोली, ''मेरी क़सम खाकर कहिए कि आज के बाद आप इस तरह उल्टा-पुल्टा नहीं सोचेंगे? किसी को सफलता तुरन्त मिल जाती है तो किसी को थोड़े अन्तराल के बाद, लेकिन सफल वही होता है जो अन्त तक लगा रहता है।''

''नहीं शुची, मैं तुम्हारी क़सम नहीं खा सकता, पर इतना ज़रूर कहूँगा कि अपने ऊपर अब इन नकारात्मक चीज़ों को हावी नहीं होने दूँगा।'' साकार बोला।

''ठीक है, चलिए, अब मुझे मेट्रो स्टेशन तक छोड़िए और आप भी वापस अपने कमरे पर जाकर पढ़ाई करिए। वैसे भी आज आपका पूरा दिन मैंने ख़राब कर दिया है। मेरी कल ट्रेन है। घर जा रही हूँ वापस। परीक्षाफल आते ही आपको फ़ोन से सूचित करूँगी।'' शुची बोली।

''तुमने ऐसा क्यों कहा कि मेरा पूरा दिन ख़राब हो गया? तुम्हारे साथ बिताए हर पल मुझमें प्राण ही भरते रहे हैं। फिर कभी ऐसा मत कहना। कल ही तुम्हारी ट्रेन है? मैं कल शाम रेलवे स्टेशन तुम्हें छोड़ने आऊँगा।'' साकार बोला।

''नहीं, आप नहीं आएँगे। अब कोई कारण मत पूछिएगा। आप अपना ध्यान केवल पढ़ाई पर लगाइए।'' शुची बोली।

साकार ने न चाहते हुए भी सहमति में अपना सिर हिलाया। लेकिन शुची के लाख मना करने के बावजूद वह उसे नोएडा तक छोड़कर आया जहाँ शुची अपने किसी परिचित के यहाँ रुकी हुई थी।

रात नौ बजे के क़रीब साकार अपने कमरे पर पहुँचा तो थकान की वजह से बिना कुछ खाए-पिए ही बिस्तर पर पसर गया।

जौनपुर : 2002

अभी सत्रहवाँ वर्ष ही तो चल रहा था उसका। उम्र के इस मोड़ पर जब बचपना अपनी आख़िरी शरारत कर रहा होता है तो दुनिया आपको कुछ अलग नज़रिए से देखना शुरू कर देती है। शुची के अन्दर का बचपना भी पूरी तरह से उसका साथ छोड़ने के लिए तैयार खड़ा था। यौवन के कई चरणों में से शुरू के कुछ चरण शुची पार कर चुकी थी और इस उम्र की नवयुवतियों में यौवन का जो निखार होता है, वही निखार शुची के चेहरे पर भी था।

पूर्वी उत्तर प्रदेश के ऐतिहासिक रूप से बहुत महत्त्वपूर्ण जौनपुर ज़िले के एक रिहायशी क्षेत्र में शुची की मौसेरी बहन के विवाह का प्रबन्ध किया गया था। साकार के परिवार के प्रत्येक सदस्य को न्योता भेजा गया था। साकार की बड़ी भाभी, उसकी भतीजी, मँझले भैया और साकार ख़ुद भी इस विवाह के अवसर पर पहुँच गए थे। वैसे साकार का मन इस तरह के उत्सवों में, खास करके जहाँ ढेर सारे रिश्तेदारों का जमावड़ा हुआ करता था, बिलकुल नहीं लगता था। लेकिन उस समय वह जौनपुर में ही रहकर स्नातक कर रहा था। उसे भी आना ही पड़ा जब बड़ी भाभी ने उसे आने को कहा, नहीं तो कुछ लोग नाराज़ हो जाते।

उस समय नाते-रिश्तेदारों में साकार की पैठ एक गम्भीर, मेहनती और बौद्धिक छात्र के रूप में हुआ करती थी, जिससे सबको उम्मीदें थीं कि कुछ वर्षों के उपरान्त ही उसका चयन प्रशासनिक सेवा में हो जाएगा। वैसे भी पूर्वी उत्तर प्रदेश में सबसे ज़्यादा जौनपुर ज़िले के अभ्यर्थी ही प्रशासनिक सेवा में चयनित हुआ करते थे। यही कारण था कि दूर-दूर के रिश्तेदार भी साकार को नाम से जाना करते थे। हाँ, पहचानने की बात अलग थी क्योंकि साकार बहुत ही कम लोगों से मिला करता था।

अगर साकार के इस पक्ष को छोड़ दें तो उस समय साकार के व्यक्तित्व में ऐसा कुछ भी ख़ास नहीं था जिससे कोई भी उसकी ओर आकर्षित होता। ऊपर से उसका गरम मिज़ाज और विद्रोही भाव लोगों को उससे न जुड़ने का कारण बन जाया करता था। छोटा कद, उभरा माथा, श्याम रंग, दुबला-पतला शरीर और तिस पर पहनावे का ढंग ऐसा, जैसे कि अभी-अभी कोयले की खदान से छुड़वाया गया कोई बँधुआ मज़दूर हो! उसके ठीक विपरीत शुची सारे लोगों की भीड़ में भी अपनी सौम्यता और सुन्दरता के कारण दूर से ही पहचानी जा सकती थी।

वहीं पास के ही विवाह–घर में घराती–बारातियों के रुकने का प्रबन्ध हुआ था। साकार और मँझले भैया की पहली मंज़िल के बाएँ से दूसरे कमरे में रुकने की व्यवस्था थी, तो पास ही सटे एक बड़े कमरे में शुची, उसकी माँ और शुची की दीदी यानी साकार की बड़ी भाभी के रुकने की व्यवस्था की गई थी।

जब शाम के सात बज गए और साकार नीचे नहीं आया, तो बड़ी भाभी को लगा कि वह शायद ऊपर ही सो गया होगा। वैसे भी साकार रात में पढ़ा करता था और देर से सोता था और आज दोपहर में बड़ी भाभी से उसने बोला भी था कि उसे नींद आ रही थी। उन्होंने चारों ओर निगाहें दौड़ाईं तो उन्हें एक कोने में शुची खड़ी दिखी जो अपनी मौसेरी और ममेरी बहनों से गप्पें लड़ाने में व्यस्त थी।

बड़ी भाभी ने उसे हाथ के इशारे से अपने पास बुलाया और बोलीं, ''शुची! साकार यहाँ नीचे नहीं दिख रहा है? शायद जनाब अभी भी कमरे में सो ही रहे हैं! जाकर उसे जगाओ और नीचे लेकर आ जाओ।''

''ठीक है दीदी!'' इतना बोलकर शुची साकार को बुलाने ऊपर चली गई।

सीढ़ी पर शुची को अचानक दीप्ति मिल गई जो उसकी मौसेरी बहन थी। उसने शुची को सीढ़ियों से ऊपर आते देखा तो वहीं से चिल्लाकर बोली, ''शुची दीदी! आप कहाँ जा रही हो? सारे लोग नीचे डांस करने जा रहे हैं। आप भी आइए न हमारे साथ!''

''नहीं, अभी नहीं। दीदी ने मुझे जीजा जी के सबसे छोटे वाले भाई साहब को बुला लाने के लिए कहा है। वह ऊपर ही हैं। मैं थोड़ी देर बाद आऊँगी।'' शुची ने दीप्ति को मना करते हुए कहा।

''जीजा जी के सबसे छोटे भाई साहब! अच्छा, वह पढ़ाकू महोदय? हमेशा धीर–गम्भीर और चुपचाप रहने वाले? लेकिन एक बात बताओ दीदी, आप अकेले ही उन्हें बुलाने जा रही हो?'' दीप्ति ने शरारत–भरी नज़रों से शुची को देखते हुए पूछा।

''मतलब क्या है तुम्हारा?'' शुची त्योरियाँ चढ़ाते हुए बोली।

''मतलब? अब मैं सीधे–सीधे क्या कहूँ! मुझे तो ऐसा लग रहा है कि मौका देखकर आप ख़ुद ही उनके पास जा रही हैं!'' कहकर दीप्ति जोर से हँस पड़ी।

''देखो, पागलों जैसी बात मत कर! ऐसा कुछ भी नहीं है। चल भाग यहाँ से और मुझे मेरा काम करने दे!'' दीप्ति की पीठ पर एक चपत मारते हुए शुची बोली।

दीप्ति 'उई माँ' कहते हुए वहाँ से भाग खड़ी हुई।

शुची जब कमरे के सामने पहुँची तो उसने दरवाज़ा खोलने का प्रयास किया, तो पाया कि दरवाज़ा अन्दर से बन्द था। उसने दरवाज़े पर हल्की दस्तक दी, पर अन्दर से कोई आवाज़ नहीं आई।

तब वह ज़ोर से साँकल बजाती हुई बोली, ''सुनिए, दरवाज़ा खोलिए!''

थोड़ी देर बाद अन्दर से क़दमों की आहट आई और दरवाज़ा खुला। साकार ने आँखें मींचते हुए जब अपनी नज़र ऊपर उठाई तो वह ठगा–सा खड़ा रह गया।

पौराणिक आख्यानों में जितनी भी अप्सराओं की सुन्दरता के बारे में उसने पढ़कर जो छवि बना रखी थी, सारी धूमिल होने लगी थी। लाल रंग की कुर्ती, उसी रंग का लहँगा जिस पर जरी का काम हो रखा था और थोड़ा भिन्न रंग की ओढ़नी में लिपटी उसे कोई और ही नज़र आई, जिसके कानों के बूँदों से हवाएँ बातें कर रही थीं और खुले काले लहराते बालों के बीच दो चमकती हुई बड़ी-बड़ी आँखें! पूरा गोरा मुखड़ा दमक रहा था, मानो काले घने बादलों के बीच से सूरज की कुछ चमकती किरणें फूट रही हों! अचानक से आँख खुली और देवी के साक्षात दर्शन हो गए।

"सुनिए!" शुची ने पुकारा।

शुची की आवाज़ सुन साकार बादलों से वापस धरातल पर लौटा और बोला, "शुची! माथे पर एक बड़ा-सा काला टीका लगा लो, जैसे अपने बच्चे को माँएँ लगाती हैं। आज तुम स्वर्ग से उतरी साक्षात देवी सरीखी दिख रही हो। कहीं मेरी ही नज़र न लग जाए तुम्हें!"

"धत्!" शुची ने लाजवश अपनी आँखें नीचे झुका लीं और नीचे ही देखते हुए बोली, "आपको दीदी बुला रही हैं नीचे। चलिए।" फिर साकार की तरफ़ देखते हुए बोली, "अरे, आप तो अभी तक तैयार भी नहीं हुए हैं? जल्दी से तैयार होकर नीचे आइए!"

"अभी समय कितना हुआ है? क्या सभी लोग नीचे आ गए?" साकार ने पूछा।

"शाम के सात बज रहे हैं जनाब, पर आपको क्या, आप तो निद्रादेवी के आग़ोश में थे! आपको कैसे पता चलता? और सभी लोगों के बारे में तो ऐसे पूछ रहे हैं जैसे नीचे पहुँचकर सबसे मिलेंगे?" कहकर शुची खिलखिला उठी।

शुची का सौन्दर्य और उस पर उसकी मुस्कुराहट साकार को ब्रह्मानन्द सहोदर जैसी अनुभूति कराने के लिए पर्याप्त था, किन्तु वह संयत होकर बोला, "तुम थोड़ी देर यहीं बैठो, मैं अभी तैयार होकर आता हूँ। फिर साथ ही नीचे चलेंगे।" और बिना शुची के उत्तर की प्रतीक्षा किए वह सीधे बाथरूम में घुस गया।

शुची चुपचाप जाकर सोफ़े पर बैठ गई और साकार के नहा-धोकर आने की प्रतीक्षा करने लगी। समय काटने के लिए उसने मेज़ पर रखी एक पत्रिका उठा ली और उसे पढ़ने लगी। 'प्रतियोगिता दर्पण'? ये भी न! कहने को तो जनाब विवाह में शामिल होने आए हैं, पर क्या कोई 'प्रतियोगिता दर्पण' पत्रिका लेकर विवाह में आता है? कोई अपने अगल-बगल के वातावरण से इतना अलग कैसे रह सकता है? सब सही ही कहते हैं कि जनाब को पढ़ाई की दुनिया के अलावा कोई और दुनिया पसन्द ही नहीं है। वैसे तो किसी से मिलते-जुलते हैं नहीं, कम-से-कम आज तो मौका है, जाकर सबसे मिलना चाहिए। आजकल कहाँ समय होता है सबके पास

कि एक-दूसरे के घर जाकर मिल सकें। यही सब तो मौके होते हैं कि लोग एक-दूसरे से मिल सकें। लेकिन जनाब? दीप्ति ठीक ही बोली थी-पढ़ाकू महोदय!

तब तक साकार तैयार होकर बाहर आ गया।

उसे देखते ही शुची ग़ुस्से से बोली, "यह क्या पहन रखा है आपने? आप विवाह में आए हैं, कहीं रेलवे प्लेटफ़ॉर्म पर सोने नहीं जा रहे आप! आपके ऊपर यह कपड़े बिलकुल भी नहीं जँच रहे हैं! जाइए, इसे तुरन्त बदलकर आइए!"

"क्यों? इसमें क्या ख़राबी है? मुझे तो अच्छा लग रहा है। विवाह हुआ तो क्या हुआ? मेरे पास कोई सूट-वूट तो है नहीं, होता तो भी नहीं पहनता। मैं पैंट-शर्ट ही पहनता। और मैंने वही पहना भी है।" साकार ने दो टूक उत्तर दिया।

"मैंने आपसे सूट-वूट पहनने के लिए बोला भी नहीं है, पर ढंग के पैंट-शर्ट तो पहन ही सकते हैं, जो आप पर अच्छा लगे। अच्छा, रहने दीजिए। आपको पढ़ाई-लिखाई के अलावा कुछ और आता भी कहाँ है! कहाँ है आपका बैग? मैं ही निकाल देती हूँ कोई ढंग का कपड़ा।" कहकर शुची ख़ुद ही अलमारी खोलकर साकार का बैग ढूँढ़ने लगी।

पर साकार तो साकार ही ठहरा! बैग अलमारी में न होकर पलंग के नीचे रखा गया था। शुची ने आँखें तरेरकर एक बार ग़ुस्से से साकार की ओर देखा, साकार दूसरी ओर देखने लगा। शुची ने बैग को पलंग के नीचे से खींचकर पहले तो बाहर निकाला और बैग में से चुनकर एक ड्रेस निकाल लिया। वह कपड़े साकार के हाथों में देते हुए वह बोली, "लीजिए! अब थोड़ा सभ्य इनसान बनकर ही बाहर निकलेंगे आप।"

साकार बिना कोई प्रश्न किए कपड़े लेकर पुनः बाथरूम की ओर चल दिया।

दोनों के बीच एक अज्ञात समर्पण था, जो गाहे-बगाहे लोगों को दिख भी जाया करता था। यही कोई तीन-साढ़े तीन वर्ष पहले ही तो दोनों का प्रथम परिचय हुआ था। लेकिन न जाने कैसे दोनों का एक-दूसरे पर अधिकार और समर्पण बढ़ता ही चला गया था। इस बात से तो दोनों ही अनभिज्ञ थे पर बाक़ी लोग नहीं। वैसे भी यह बहुत स्वाभाविक ही था। किसी भी भावनात्मक लगाव में व्यक्ति कब स्वयं को हार गया होता है, इसका उसे तब तक आभास नहीं होता जब तक सामने वाला जीतने का दावा न करने लग जाए। किसी भी लगाव का आरम्भ सामीप्य से ही होता है—चाहे वह सामीप्य बातों का हो या फिर साथ का। किन्तु शुची और साकार दोनों इसके अपवाद कहे जा सकते थे, क्योंकि उनके बीच तीन वर्षों के परिचय में न तो बहुत ज़्यादा बातें हो पाई थीं और न ही ज़्यादा भेंट। पर कुछ तो था जो दोनों एक-दूसरे को पूरा करने में लगे थे। साकार बुद्धि का उपासक था, तो शुची केवल भावना की ही बनी थी। शायद दोनों को एक-दूसरे का विपरीत स्वभाव ही भा गया था।

"अरे, वाह साहब, अब अपने-आपको जरा दर्पण में देखिए, जँच रहे हैं आप!" शुची नये कपड़ों में साकार को देखकर चहक उठी।

"मुझे तो कोई ख़ास अन्तर नहीं दिख रहा। लेकिन तुम तो तुम ही हो! मानती कहाँ हो जब तक कि अपने मन का न करवा लो। तुमको पता भी है, कितनी मेहनत करनी पड़ती है कपड़े बदलने में?" साकार मुँह फुलाकर बोला।

"अच्छा, कपड़ों के बारे में आप अपना ज्ञान तो रहने ही दीजिए। और थोड़ा श्रम कर लिया आपने तो क्या हो गया? परिणाम तो अच्छा ही आया न! वैसे भी कहा गया है कि अन्त भला तो सब भला।" शुची मुहावरे के प्रयोग पर ख़ुद ही खिलखिलाकर हँस पड़ी।

साकार ने शुची को ऊपर से नीचे एक सरसरी निगाह से देखा और थोड़ा गम्भीर होकर बोला, "तुम विवाह में यही कपड़े पहनकर शामिल होगी?"

"क्यों, इन कपड़ों में मैं अच्छी नहीं दिख रही हूँ?" शुची थोड़ा उदास होते हुए बोली।

"यह बात नहीं है शुची! इस कपड़े में तुम स्वर्ग से उतरी कोई अप्सरा जैसी दिख रही हो—बहुत सुन्दर! पर इसकी वजह से पूरे विवाह में तुम सबके आकर्षण का केन्द्र बनी रहोगी।" साकार थोड़ा गम्भीर होकर बोला।

"तब तो यह अच्छी बात है। अगर आज सबके आकर्षण का केन्द्र नहीं बन पाई, तो फिर किस अवसर पर बनूँगी?" शुची साकार को आँख मारते हुए बोली।

साकार सुलग उठा, लेकिन कुछ भी नहीं बोला। सीधे पैर पटकता हुआ कमरे से बाहर निकल आया और सीढ़ियाँ उतरने लगा। शुची पुकारती रही लेकिन साकार ने अनसुना कर दिया।

शुची ने कमरा बन्द किया और नीचे पहुँचकर साकार को ढूँढ़ने लगी, पर वह शुची को कहीं दिखाई नहीं दिखा।

शुची बड़ी भाभी को साकार के आने की बात बताकर वापस आ रही थी, तभी उसे साकार दिखा जो एक कोने में मुँह फुलाए एक कुर्सी पर बैठकर ठंडे पेय का आनन्द ले रहा था। शुची साकार को देखकर मुस्कुराई और उसके पास कुछ कहने के लिए जाने लगी, किन्तु बीच में ही उसकी मौसेरी बहन ने शुची का हाथ पकड़ा और उसे खींचकर उस ओर ले गई जहाँ सारी लड़कियाँ डांस कर रही थीं। शुची मन मारकर रह गई।

थोड़ी देर बाद बारात आई और द्वार-पूजा शुरू हो गई! शुची सहज ही सबके आकर्षण का केन्द्र बन गई थी। बारात में आए कुछ लड़के इधर की लड़कियों को देखकर फब्तियाँ कस रहे थे—विशेषकर शुची के ऊपर। हालाँकि उत्तर भारतीय विवाहों में ऐसा होना सामान्य माना जाता रहा है लेकिन साकार को यह नागवार गुजरा। ठंडा पेय उसके ग़ुस्से को ठंडा नहीं कर पाया था।

वह अपनी कुर्सी से उठा और सीधे शुची के पास जाकर बोला, "मैंने तुमसे पहले ही कहा था कि तुम यह कपड़े पहनकर नीचे नहीं आओगी। ऊपर जाओ और कोई दूसरा कपड़ा पहनकर आओ!"

शुची थोड़ी देर चुप रही, फिर साकार को देखते हुए धीरे से बोली, "आप भी कभी-कभी जिद पकड़ लेते हैं। ठीक है, आगे से कभी भी किसी अवसर पर यह ड्रेस नहीं पहनूँगी, पर अभी यह ड्रेस बदलने मैं नहीं जाऊँगी।"

चटाक!

चाँटे की आवाज़ सुनकर उपस्थित लोगों के बीच सन्नाटा छा गया। आस-पास के सारे लोग काना-फूसी करने लगे। शुची रोते-रोते ऊपर अपने कमरे में गई और धम्म से बिस्तर पर पसर गई।

बड़ी भाभी पास ही खड़ी थीं। शुची को रोते हुए ऊपर अपने कमरे की ओर जाते देख उन्हें समझते बिलकुल देर नहीं लगी कि ग़लती साकार की ही है, और उन्होंने बिना कुछ पूछे साकार को थप्पड़ जड़ दिया।

बड़ी भाभी को साकार को मारने का पूरा हक़ था और साकार भी इस बात का पूरा सम्मान करता था, इसीलिए वह भी बिना कुछ बोले ऊपर अपने कमरे में चला गया।

बड़ी भाभी थोड़ी देर बाद सीढ़ियों से ऊपर आईं और शुची के कमरे का दरवाज़ा खटखटाते हुए बोलीं, "शुची, दरवाज़ा खोलो। मैं हूँ—तुम्हारी दीदी!"

थोड़ी देर बाद दरवाज़ा खुला। भाभी ने एक नज़र शुची के चेहरे पर डाली—चन्द्रमा पर दाग़ लग चुका था। अप्सरा का गोरा गाल लाल हो चुका था। आँखें रोते-रोते सूज गई थीं। काजल बहकर गालों पर बिखरा पड़ा था और बाल अस्त-व्यस्त!

"अरे, यह क्या? तुम तो पहचान में ही नहीं आ रही हो? जाओ, पहले चेहरा धोओ और नीचे आओ!" बड़ी भाभी बोलीं।

"नहीं दीदी, मैं अभी नीचे नहीं आऊँगी। मेरा मन नहीं है और तबियत भी ठीक नहीं लग रही है।" शुची नीचे फ़र्श देखते हुए बोली।

"यह क्या बचपना है शुची? पाँच मिनट में तुम्हारी तबियत भी बिगड़ गई? वैसे साकार ने भी एक थप्पड़ खाया है मेरे हाथों से। अब तो चलो! आख़िर बात क्या थी?" बड़ी भाभी ने पूछा।

"कोई बात नहीं थी। और आपने उनको थप्पड़ क्यों मारा? लोग क्या सोचेंगे कि देवर पर हाथ उठाती हैं! आप जाइए, सब आपकी राह देख रहे होंगे। मैं नहीं आऊँगी," कहकर शुची वापस बिस्तर पर पसर गई।

बड़ी भाभी लाख समझाती रहीं, लेकिन शुची टस से मस नहीं हुई। हार मानकर भाभी उसके कमरे से बाहर निकल साकार के कमरे का दरवाज़ा खटखटाने लगीं तो पाया कि दरवाज़ा पहले से ही खुला हुआ था। दरवाज़ा खोलकर वह अन्दर आईं तो देखा, साकार सोफ़े पर बैठा रूमाल से अपने चेहरे को ढँक रखा था।

''तुम यहाँ सोफ़े पर बैठे क्या कर रहे हो? मेरी मार का इतना बुरा लग गया कि सीधे ऊपर चले आए? चुपचाप नीचे चलो!'' बड़ी भाभी साकार के पास जाकर बोलीं।

साकार ने चेहरे पर से रूमाल हटाया, आँखें खोलीं और भाभी को देखकर दूसरी ओर मुँह फेरते हुए बोला, ''नहीं भाभी, आज मैं आपकी बात नहीं मानूँगा। चाहे जो भी हो, पर मैं नीचे नहीं आऊँगा।''

''क्यों बच्चों जैसी हरकतें कर रहे हो तुम दोनों? शुची कह रही है कि वह नीचे नहीं जाएगी और तुम भी नीचे जाने से मना कर रहे हो। अब मैं अकेले नीचे गई तो सब मुझसे ही पूछेंगे कि आख़िर हुआ क्या है? चुपचाप चल रहे हो या एकाध थप्पड़ और खाना है?'' बड़ी भाभी थोड़ा नाराज़ होते हुए बोलीं।

''अगर आपकी यही इच्छा है तो फिर मार लीजिए, पर मैं नीचे नहीं आऊँगा। यदि किसी और ने मुझे यहाँ आकर परेशान करने की कोशिश की तो मैं सीधे अपने कमरे पर चला जाऊँगा।'' साकार दृढ़ शब्दों में बोला।

''ठीक है, पड़े रहो तुम दोनों यहीं ऊपर ही! तुम दोनों को समझाना दीवार पर सिर मारने जैसा है। लेकिन यह तो बता दो कि आख़िर ऐसी क्या बात थी जो तुम्हें शुची पर हाथ उठाना पड़ा? बोलो! यह तो बता ही सकते हो?'' बड़ी भाभी आख़िरी कोशिश करते हुए बोलीं।

''कोई भी बात नहीं थी भाभी! आप शुची से ही पूछ लीजिए। आप नीचे जाइए। सब आपकी प्रतीक्षा कर रहे होंगे।'' साकार बोला।

''ठीक है, मत बताओ। घर चलकर तुम्हारे भैया से पूछने को बोलूँगी। दो-तीन दिनों में छुट्टी पर आ ही रहे हैं। हर बार बहाना बनाकर तुम्हें बचाती रही हूँ, पर इस बार नहीं बचाऊँगी बल्कि शिकायत भी करूँगी!'' बड़ी भाभी ग़ुस्से से बोलीं।

बड़े भैया का नाम सुनकर साकार पलटा और सोफ़े पर सीधा बैठते हुए बोला, ''हर बात में भैया को लाना ज़रूरी है? बात हम तीन लोगों की है न! आप अपनी बहन से क्यों नहीं पूछती हैं, सिर्फ़ छोटे देवर पर अत्याचार?''

''अच्छा!'' आँखें बड़ी करती हुई बड़ी भाभी बोलीं, ''तो बच्चा, अभी तक मैं तुम्हारे ऊपर अत्याचार करती हुई आई हूँ? आने दो तुम्हारे भैया को, फिर देखना कि जब भाभी अत्याचार करती है तो कैसा लगता है! पड़े रहो दोनों अपने-अपने कमरों में! मैं तुम दोनों से कोई भी बात नहीं करना चाहती।'' इतना बोलकर ग़ुस्से में वह कमरे से बाहर निकल नीचे चली गईं जहाँ दूल्हा-दुलहन एक दूसरे को वरमाला पहनाने जा रहे थे।

साकार की बड़ी भाभी के अन्दर वे सारे गुण मौजूद थे जो एक बड़ी भाभी के अन्दर होने चाहिए। जब उनका विवाह हुआ था यही कोई तीन-साढ़े तीन वर्ष पूर्व, तो वह उम्र के तेइसवें वसन्त के आगमन की प्रतीक्षा कर रही थीं। लम्बी, हल्की

साँवली और इकहरे शरीर की महिला थीं वह। विवाह के बाद की पहली रात ही साकार के हठ की वजह से भैया को साकार के साथ सोना पड़ा था, और साकार के सोने के बाद भैया भाभी के कमरे में जा पाए थे। अगली सुबह जब साकार ने भैया को अपने पास नहीं पाया था तो उसे यही लगा था कि नई दुलहन ने बड़े भैया को उससे छीन लिया है और वह भाभी को अपना दुश्मन मान बैठा था। बात-बात में वह उनसे तुलना करने लगता, उनके हर काम में मीन-मेख निकाला करता, लेकिन बड़ी भाभी उस समय दो स्तरों पर ख़ुद को साबित करने की कोशिश कर रही थीं : पहला, साकार का वैमनस्य व्यवहार और दूसरा, लकड़ियों की सहायता से मिट्टी के चूल्हे पर धुएँ के बीच खाना बनाना, जबकि शुरू से ही उन्होंने गैस-चूल्हे पर खाना बनाया था। और वह दोनों परीक्षाओं में शत-प्रतिशत अंकों के साथ उत्तीर्ण हुई थीं—कुछ ऐसे कि वह साकार की सबसे प्रिय और विश्वस्त भाभी बन गई थीं। फिर तो साकार अपनी कोई भी बात उनसे छिपा ही नहीं पाता था। सच्चाई तो यह है कि पहले से ही बड़ी भाभी सुलझी हुई समझदार महिला थीं! कहते हैं कि जब तक शक्कर जल में अच्छे से घुल नहीं जाता, शरबत में मिठास नहीं आती। बड़ी भाभी भी बस इस नये परिवार में कुछ ऐसे ही पूरी तरह से घुल-मिल चुकी थीं और फिर विवाह के एक वर्ष बीतते-बीतते उनकी गोद में एक नन्ही-सी परी भी आ गई थी। भले ही साकार का परिवार निम्न-मध्यवर्गीय रहा हो, लेकिन खुशियों के लिहाज से परिवार अत्यधिक अमीर था।

''क्या हुआ? अभी तक तुम कहाँ थीं? शुची कहाँ है?'' बड़ी भाभी की माँ ने भाभी से पूछा।

''मम्मी, एक ही बार में कितने सारे प्रश्न पूछेंगी आप? मैं शुची को बुलाने के लिए ऊपर गई थी। वह ऊपर अपने कमरे में नाराज़ होकर सोई पड़ी है!'' भाभी बोलीं।

''नाराज़ होकर? किसी ने कुछ कहा है क्या?'' उन्होंने पूछा।

जब बड़ी भाभी ने माँ को पूरा क़िस्सा सुनाया तो वह नाराज़ होते हुए बोलीं, ''तुम भी बहुत अजीब हो! कोई अपने देवर को भी थप्पड़ मारता है भला! और वह भी इतने सारे लोगों के बीच में? लोग यही कहेंगे न कि माँ ने ही ऐसा सिखाया होगा। मेरे सारे किए-धरे पर मिट्टी डाल दी। शुची तो है ही नादान। उसने ज़रूर कोई शरारत की होगी, इसीलिए साकार ने उसे मारा होगा! और तुम?...बड़ी आई थप्पड़ मारने वाली!''

''यह हमारे परिवार के बीच की बात है मम्मी! बड़ी भाभी हूँ साकार की। अगर वह ग़लती करेगा तो मार तो उसे खानी ही पड़ेगी! माना कि ग़लती शुची की ही है, तब भी यह मतलब थोड़े ही है कि छोटे साहब सारे लोगों के सामने उसे थप्पड़ जड़ दें!'' बड़ी भाभी निर्णायक होते हुए बोलीं।

"ठीक है, अब अपनी फिलॉसफी अपने पास ही रखो! मैं दोनों को अभी बुलाकर नीचे ले आती हूँ।" माँ बोलीं।

"केवल आपका समय नष्ट होगा। मैं दोनों को अच्छी तरह से जानती हूँ। एक नम्बर के जिद्दी हैं वे दोनों। कितनी भी कोशिश कर लीजिए, एक को भी नीचे नहीं ला पाएँगी!" बड़ी भाभी मुस्कुराते हुए बोलीं।

"ठीक है, तब मैं बुलाने नहीं जाती। चलो, तुम्हारी मौसी बुला रही थी तुम्हें। जयमाला हो रही है और थोड़ी देर बाद गुरुहत्थन शुरू होगा।"

"चलिए," बोलकर बड़ी भाभी अपनी माँ के साथ चल दीं और फिर दोनों मंडप के समीप बाक़ी लोगों के पास जाकर बैठ गईं।

इधर साकार अपने कमरे में दीवारों को देखकर कुछ सोच रहा था : 'थप्पड़? ग़लती हो गई।...मुझे हाथ नहीं उठाना चाहिए था शुची पर। क्या हुआ, अगर वह ड्रेस नहीं बदलना चाहती थी? मुझे उसके ऊपर इतना नाराज़ नहीं होना चाहिए था। कहीं ऐसा न हो कि वह मुझसे बात ही करना बन्द कर दे? मैं विवाह के कारण आया भी तो नहीं था, मैं तो केवल शुची के लिए ही आया था वरना मैं कहाँ विवाहों के उत्सवों में जाया करता हूँ! सोचा था, इस बार अच्छा मौका रहेगा।...समय भी होगा।...ढेर सारी बातें करेंगे। पर अब यहाँ... ? मुझे अपने ऊपर थोड़ा-सा तो नियंत्रण रखना ही चाहिए। न जाने नीचे लोग, सारे नाते-रिश्तेदार मेरे बारे में क्या सोच रहे होंगे? घमंडी तो सब पहले ही कहा करते थे, अब तो बदतमीज, असभ्य, और न जाने क्या-क्या? लेकिन मुझे उससे क्या?..कहते रहें लोग जो भी कहना चाहें, मुझे कोई फ़र्क़ नहीं पड़ता। अकबर के पीछे बहुत सारे लोग उसकी खामियाँ निकालते रहे होंगे, किसी को सामने आकर कहने की हिम्मत तो नहीं हुई न! और क्या फ़र्क़ पड़ा अकबर को? वह तो बादशाह का बादशाह ही रहा! और उम्र के आख़िरी पड़ाव तक उसने रियासत सँभालकर रखी! मैं...और अकबर?'

मन में आए अचानक इस विचार से कि वह अपनी स्थिति की तुलना अकबर से कर बैठा, सोचकर मुस्कुराने लगा। लेकिन शुची का ख़याल आते ही वह पुनः उदास हो गया और अपनी हथेली को देखने लगा :

'अगर मैं नादान हूँ तो तुम्हें तो ज्ञान होना चाहिए था। मैंने हाथ उठाया तो तुम तो रुक सकते थे। आख़िर क्यों जा बरसे शुची के ग़ाल पर? कठोर...निष्ठुर कहीं के!...लेकिन तुम्हारी भी क्या ग़लती? तुम भी तो वही करोगे जो मैं तुम्हें आदेश दूँ! आख़िर शुची का अपराध ही क्या था?...वह तो किसी लड़के से बात नहीं कर रही थी, लड़के ख़ुद उससे बात करने की कोशिश में थे। अगर वह ख़ुद बात कर रही होती तो?...ओह!...आख़िर मैं क्यों उसके लिए इतना परेशान हो रहा हूँ? वह कोई मेरी प्रेमिका थोड़े ही है कि मैं उस पर प्रतिबन्ध लगाऊँ कि तुम इससे बातें करोगी,

उससे नहीं... ? आख़िर लगती क्या है वह मेरी ? मैं क्यों इतना कुछ सोच रहा हूँ उसके बारे में ?...वह केवल मेरी बड़ी भाभी की छोटी बहन है...बस ! इससे ज़्यादा कुछ भी नहीं !...पर...क्या सचमुच ? वह केवल बड़ी भाभी की छोटी बहन है ? और कुछ भी नहीं ?...मुझे उस पर हाथ नहीं उठाना चाहिए था—किसी भी क़ीमत पर नहीं। न जाने, कितना बुरा सोच रही होगी वह मेरे बारे में ! आख़िर उसका कसूर ही क्या था ? बस, सुन्दर ही है न ? अरे नहीं...सिर्फ़ सुन्दर नहीं !...सबसे सुन्दर है ! जो भी एक बार देख ले, वह ख़ुद ही खिंचा चला जाता है उसकी ओर। अगर फूलों में महक होगी तो भँवरें आएँगे ही ! मैं भी कितना मूर्ख हूँ ! चाँद बादलों से ढँका रहे या नहीं...चाँद तो आख़िर चाँद ही रहता है। अगर वह कोई और ड्रेस पहन लेती तो क्या कम सुन्दर दिखने लगती ? नहीं, बिलकुल नहीं ! तब भी लोग उससे बातें करने को आतुर रहते। मैं भी न जाने क्या-क्या ज़िद करने लगता हूँ ! उसकी पूरी शाम खराब कर दी मैंने। मुझे हाथ नहीं उठाना चाहिए था !...लेकिन...वह ड्रेस बदल भी तो सकती थी... !'

हृदय की बातें सुनकर ऊब चुकी बुद्धि साकार को अपना पक्ष समझाने की कोशिश करने लगी, 'मैंने उसे पहले ही ड्रेस बदलने को बोला था। वह मेरी बात तो कभी नहीं टालती, फिर...आज क्यों ? साकार की बात शुची टाल दे, असम्भव ! चलो, एक पल के लिए मान भी लेता हूँ कि ग़लती मेरी ही थी, पर बढ़ावा तो शुची ने ही दिया था ! ड्रेस बदल कर आ गई होती...तो आसमान थोड़े ही टूट पड़ा होता ! फिर भी...' हृदय ने गुहार लगाई, 'उस पर हाथ नहीं उठाना चाहिए था... !'

साकार सोफ़े पर से उठा और कमरे में टहलने लगा। थोड़ी देर बाद उसने धीरे से अपना दरवाज़ा थोड़ा-सा खोला और सिर बाहर निकालकर गलियारे में झाँका। वहाँ कोई भी नहीं था। वह अपने कमरे से बाहर निकल आया और शुची के कमरे की ओर बढ़ चला।

इधर शुची अपने कमरे में बिस्तर पर पसरी हुई सिसक रही थी। कुछ थप्पड़ का असर था और कुछ ग़ुस्से की वजह से विवाह न देख पाने की तकलीफ़। तकिए का कोना आँसुओं से पूरा भीग चुका था !...आँख का काजल बहकर गोरे-श्वेत कपोलों को श्याम रंग में रँग चुका था। आँखें पूरी सूज गई थीं। बाल अस्त-व्यस्त हो चुके थे। शुची ने एक पुराना सलवार-कमीज़ पहन रखा था, और नीचे...नीचे फ़र्श पर वही लाल रंग की कुर्ती और लहँगा फेंका पड़ा था जिसके कारण सारा विवाद हुआ था। वह सोच-सोचकर सिसकती जाती थी और सिसकते-सिसकते सोचती : 'आख़िर मैंने उनकी बात क्यों नहीं मानी ? जब अभी तक लगभग उनकी सारी बातें मानी हैं तो फिर...आज इनकार क्यों कर गई ? मैं कैसे यह भूल सकती हूँ कि वह जब भी मुझसे कहीं मिले हैं, मेरी प्रिय चीज़ लाकर देना कभी नहीं भूले—व्यस्त होने के बावजूद, जैसे कि मेरी चॉकलेट ?'

और शुची ने फिर मुड़कर सोफ़े से लगी मेज़ पर रखे उस चॉकलेट की ओर देखा जो आज सुबह ही साकार ने उसे दिया था : 'वैसे भी वह ज़्यादा कुछ बोलते तो हैं नहीं, मैं ही हर समय उनको परेशान किए रहती हूँ, जब भी हमारी कभी मुलाक़ात होती है—चाहे उनके घर पर या फिर मेरे यहाँ। पर वह कभी भी मुझे कुछ नहीं कहते, बस, मुस्कुराते रहते हैं। आज उन्होंने ऊपर मुझे ड्रेस बदलने के लिए कहा था, पर मुझे ही न जाने क्या हुआ था, उनकी गम्भीर बात को भी मैंने मज़ाक़ में ले लिया। ऐसी तो नहीं थी मैं! मैंने कभी भी उनकी गम्भीर बातों को मज़ाक़ में नहीं लिया था, फिर आज क्यों? सब-कुछ इसी कलमुँही ड्रेस के कारण?'

और मारे ग़ुस्से के वह पलंग से नीचे उतरकर फ़र्श पर पड़े ड्रेस को पैरों से कुचलने लगी जब तक कि उसका मन नहीं भर गया। और फिर वापस जाकर पेट के बल बिस्तर पर लेट गई और सोचने लगी :

'कल दीप्ति जब उनके बारे में ढेर सारी बातें कर रही थी तो न जाने मुझे क्यों अच्छा नहीं लग रहा था! वह कौन होती है उनके बारे में बात करने वाली?...उन पर सिर्फ़ मेरा अधिकार है। मेरा—सिर्फ़ मेरा!

यह सोचकर वह ख़ुद ही लाज से सिमट गई और तकिए में अपना मुँह छिपा लिया। थोड़ी देर बाद करवट बदलकर वह पीठ के बल हो गई और तकिए को सिर के नीचे रख लिया : 'लेकिन...कहाँ वह और कहाँ मैं? वह इतने पढ़ने-लिखने वाले, समझदार, धीर-गम्भीर और मैं नासमझ, चंचल! जहाँ कहीं भी मैं किसी रिश्तेदार के यहाँ गई हूँ—बस, उनके बारे में ही सुनने को मिलता है!...सबको उनसे उम्मीद है। कल दीप्ति कह रही थी कि बहुत सारे लोग समझदार होते हैं किन्तु वे जीवन में सफल नहीं हो पाते।...पागल है दीप्ति। उसे यह तो पता ही नहीं कि वह और लोगों से अलग हैं—बिलकुल अलग! लेकिन मैं आजकल उनके बारे में इतना क्यों सोचने लगी हूँ? क्या मैं पागल हो गई हूँ? कल दीप्ति कह रही थी कि मुझे उनसे 'दूसरा वाला' लगाव हो गया है! यह दूजे क़िस्म का लगाव कैसा होता है? प्रणय वाला? नहीं, बिलकुल नहीं! मैंने उनके बारे में ऐसा तो कभी भी नहीं सोचा। वैसे भी इस उम्र में अक्ल ही कहाँ होती है कि कोई प्रेम के बारे में सोचे! होता क्या है यह प्रेम? मुझे तो नहीं पता! दीप्ति को पता होगा शायद...फ़िल्में ख़ूब जो देखती है! पर मुझे तो फ़िल्मों जैसा कुछ कभी भी महसूस नहीं हुआ। सब उसकी मनगढ़ंत बातें हैं, बस! पूरी पागल है वह। लेकिन अब मैं क्या करूँ?...नीचे जाऊँ? उनसे क्षमा माँग लूँ? नहीं...नहीं, लोग क्या सोचेंगे...कि मार भी खाई और क्षमा भी ख़ुद ही माँग रही है! पर यही बात वह मुझसे प्रेम से भी तो कह सकते थे कि वह नहीं चाहते...मैं इस ड्रेस में नीचे आऊँ, तो भला मैं मना कर पाती? लेकिन उन्हें तो बस आदेश देना आता है—शुची, तुम यह ड्रेस पहनकर नीचे नहीं आओगी...बस! हर जगह आदेश! मैं कोई छोटी बच्ची थोड़े ही हूँ, अब मैं भी बड़ी हो गई हूँ। कोई प्रेम

से कहे तो हर्गिज मान भी लूँ, किन्तु आदेश मैं नहीं मानूँगी! पर दीदी को उनके ऊपर हाथ नहीं उठाना चाहिए था। च...च...च...! कितना दर्द हुआ होगा उनको? मुझे अच्छी तरह पता है कि जनाब अब ग़ुस्से में खाना भी नहीं खाएँगे! ग़ुस्सा तो हमेशा नाक पर ही रहता है। मुझे तो बहुत भूख लग रही है।...पर अगर उन्होंने नहीं खाया तो फिर मैं कैसे खा सकती हूँ?...दीदी को उनके ऊपर हाथ नहीं उठाना चाहिए था!...वह मेरे और उनके बीच की बात थी, उससे दीदी को क्या?...बड़ी आई मारने वाली!...हिटलर! लेकिन मैं क्या करूँ?...उनके पास जाऊँ?...अगर नहीं गई तो वह खाना भी नहीं खाएँगे!'

शुची बिस्तर से उतरी और बाथरूम जाकर अपने चेहरे को देखा। दाहिना गाल लाल-काला हो गया था।...साकार ने बाएँ हाथ से थप्पड़ जो मारा था! आखिर लिखता भी तो बायें हाथ से ही है—इसीलिए। पानी से काजल तो धुल गया, पर थप्पड़ का रंग बरकरार रहा। बालों को सँवारकर वह दरवाज़े की ओर बढ़ चली।

साकार जो अभी तक शुची के कमरे के दरवाज़े के पास खड़ा इसी उधेड़बुन में था कि दरवाज़ा खटखटाए या नहीं; अचानक से जब उसने अन्दर से दरवाज़े की तरफ़ आते क़दमों की आहट सुनी तो वह दौड़कर वापस अपने कमरे में जाकर सोफ़े पर पसर गया।

शुची ने धीरे से दरवाज़ा खोलकर गलियारे में झाँका तो कोई भी नहीं था। बाहर से डीजे पर बज रहे गानों की हल्की-हल्की आवाज़ आ रही थी। वह किससे ऊपर खाना मँगवाए? क्या वह ख़ुद नीचे से खाना लेकर आए? नहीं...नहीं! एक बार वह नीचे गई तो फिर वापस ऊपर नहीं आ सकेगी। और नीचे सब फिर से वही कहानी दुहराएँगे और बार-बार पूछेंगे कि हुआ क्या था?...इस बार तो उसे भी ग़ुस्सा आ जाएगा।...पर खाना मँगाऊँ भी तो किससे? धीरे-धीरे वह सीढ़ियों की ओर बढ़ने लगी।

''वेटर!'' एक बैरा को सीढ़ियों से नीचे उतरते देख शुची ने उसे बुलाया।

''जी मैडम?'' वेटर ने पास आकर पूछा।

''नीचे से एक प्लेट खाना लेकर ऊपर आ जाओ!'' और वेटर को अपना कमरा नम्बर बताकर शुची वापस अपने कमरे में आ गई।

वेटर खाना लाने नीचे चला गया।

थोड़ी देर बाद शुची के कमरे के दरवाज़े पर दस्तक हुई। 'शायद वेटर होगा,' सोचते हुए शुची उठकर दरवाज़ा खोलने के लिए गई। दरवाज़ा खोला तो वह दीप्ति को देखकर चौंक उठी, ''तुम?''

''हाँ, मैं दीदी! वैसे आप प्रतीक्षा किसकी कर रही थीं? उनके आने का तो नहीं?'' दीप्ति ने शरारत से पूछा।

"तुम बहुत ही शरीर हो गई हो! प्रतीक्षा...उनका...इनका...प्रेम!...बस, यही सब चलता रहता है क्या तुम्हारे दिमाग़ में?" शुची बनावटी ग़ुस्से से बोली। "चल, पहले अन्दर आ!"

दीप्ति हँसते हुए अन्दर आ गई। वैसे शुची की कोई ढेर सारी सहेलियाँ तो थीं नहीं, कुछ ही थीं। पर उन सबमें दीप्ति उसकी मौसेरी बहन होने के साथ-साथ शुची की सबसे अच्छी सहेली थी, जिससे अक्सर वह अपनी सारी बातें साझा किया करती थी।

दीप्ति ने कमरे में एक सरसरी निगाह दौड़ाई तो देखा, कुछ कपड़े फ़र्श पर मुड़े-तुड़े बिखरे पड़े हैं।

"दीदी, यह क्या? इतना ढूँढ़ने के बाद जो ड्रेस आपने ख़रीदा था, उसको आपने यह इज़्ज़त बख़्शी है? आख़िर इस बेचारे का क़सूर ही क्या था?" अपने हाथों को अपने माथे पर ले जाकर फ़िल्मी अन्दाज में दीप्ति बोली।

उसकी यह मुद्रा देखकर शुची मुस्कुराने लगी। वैसे दीप्ति शुची से कोई बहुत छोटी नहीं थी, यही कोई छह-सात महीने, बस! फिर भी वह शुची को दीदी ही कहकर बुलाया करती थी, पर उसका व्यवहार छोटी बहन न होकर सहेलियों जैसा था।

"तुझे अपनी फ़िल्मी नौटंकी से फुरसत तो कभी मिलती ही नहीं। हर जगह बस ड्रामा चाहिए तुझे!" शुची हँसते हुए बोली।

चाँद जो शाम से बादलों की ओट में छिपा हुआ था, बाहर निकल आया।

"शायद आपने शेक्सपियर को पढ़ा नहीं है कि ज़िन्दगी एक रंगमंच है और हम सब लोग इस रंगमंच के कलाकार!" दीप्ति बोली।

"बड़ी आई शेक्सपियर की बच्ची!" शुची मुँह थोड़ा टेढ़ा कर आँखों को नचाते हुए बोली। "पर तुमने तो अभी तक यह नहीं बताया कि किस काम से ऊपर आई हो?"

"अरे, हाँ! आप भी न!...आपको देखते ही मुझे अपना काम भूल जाता है। शायद पूर्वजन्म में हम दोनों प्रेमी-प्रेमिका रहे हों और बेदर्द जमाने ने हमें अलग कर दिया हो!" इतना बोल वह ख़ुद अपनी ही बातों पर मुस्कुराते हुए बोली, "कुछ नहीं दीदी, मौसी ने आपको खाने पर बुलाने के लिए भेजी हैं! और बोली हैं कि साथ में 'उन्हें' भी बुला लाना!" और 'उन्हें' के सम्बोधन पर दीप्ति ने शुची को आँख मारी।

"तुम अपनी हरक़तों से बाज नहीं आओगी? मैं मौसी से कहती हूँ कि तुझे भी जल्दी से विदा कर दें, नहीं तो प्रेम-व्रेम के चक्कर में सबको डालकर पागल कर देगी!" शुची उसके बाल पकड़कर खींचते हुए बोली।

"दीदी, छोड़ो मेरे बाल! अभी तक माँ के अलावा किसी और के पराये हाथों ने मेरे गेसुओं को स्पर्श नहीं किया था।" दीप्ति अपने बाल छुड़ाते हुए बोली।

"अच्छा, तो अब हम पराये हो गए?" शुची मुँह बनाते हुए बोली।

"नहीं, आप परायी नहीं होंगी दीदी, पर आपके हाथ ज़रूर पराये हो गए हैं!" दीप्ति थोड़ी गम्भीर होकर बोली।

दीप्ति की बात सुन शुची ने नज़रें नीचे कर लीं और फ़र्श को देखते हुए बोली, "मैंने खाना ऊपर ही मँगवा लिया है। वेटर लेकर आता ही होगा। पर तुम माँ से कहना कि दोनों ने खा लिया है।"

दीप्ति ने झुककर नीचे पड़े कपड़े को उठाया और उसे तह करके बिस्तर के एक कोने में रखती हुई बोली, "अच्छा, दीदी, मन करेगा तो नीचे आ जाइएगा। कुछ और ज़रूरत हो तो मैं नीचे से भिजवा दूँ?"

"नहीं, बाक़ी सब है। तुम अब जाओ, नीचे सब ढूँढ़ रहे होंगे।"

दीप्ति कमरे से बाहर निकल गई।

शुची दरवाज़ा बन्द करने को उठी तो देखा, वेटर खाना लेकर आ रहा था।

बैरा कमरे में खाना रखकर चला गया।

अब साकार को खाना कैसे खिलाया जाए?...वह खाना खाने को तैयार होंगे या नहीं?...पर शुची ने कुछ कहा हो और उन्होंने नहीं माना हो, ऐसा पहले तो कभी नहीं हुआ है!...पर आज?...आज वह कुछ ज़्यादा ही नाराज़ हैं। यही सारी बातें सोचती हुई वह कब साकार के कमरे के दरवाज़े तक जा पहुँची, उसे पता भी नहीं चला। उसने धीरे से दरवाज़ा खटखटाया तो पाया कि दरवाज़ा पहले से ही खुला हुआ था। हल्के से ढकेलने पर ही दरवाज़ा 'चर्रर' की आवाज़ करता हुआ खुल गया।

आवाज़ सुनकर साकार ने मुड़कर देखा तो सामने शुची अपने हाथ में एक खाने की प्लेट लिये खड़ी थी।

"मैं अन्दर आ सकती हूँ? खड़े-खड़े थाल पकड़े मेरे हाथ दुखने लगे हैं!" शुची ने बड़े ही भोलेपन से कहा।

साकार जो अब तक सोफ़े पर पसरा हुआ था, उठकर बैठ गया। लेकिन बोला कुछ भी नहीं।

"आपने कुछ भी उत्तर नहीं दिया? सच में...मेरे हाथ दर्द करने लगे हैं!" शुची बोली।

"आ जाओ, पर यह खाना किसके लिए लेकर आई हो? अगर तुम यह सोच रही हो कि मैं खाना खा लूँगा तो यह तुम्हारी भूल है।" साकार ने रूखेपन से कहा।

शुची ने एक तीखी नज़र साकार के चेहरे पर डाली, फिर खाना लाकर सोफ़े के सामने मेज़ पर रख दिया और वापस मुड़कर दरवाज़े को चिपका दिया। फिर वह धीरे-धीरे सोफ़े की ओर बढ़ी और मेज़ को सोफ़े के पास खींचकर वहीं साकार के पास बैठ गई।

साकार का हाथ अपने हाथों में लेकर बोली, ''अभी तक आप मुझसे नाराज़ हैं? चाहें तो एक थप्पड़ और मार लीजिए पर ऐसे नाराज़ तो मत रहिए!''

''क्यों?...मैं आपका ऐसा क्या लगता हूँ कि मैं आप पर नाराज़ हो जाऊँ?'' साकार अभी भी ग़ुस्से में था।

''आपकी तरह मैं इतनी समझदार तो नहीं हूँ कि मेरे पास हर प्रश्न का उत्तर हो! आप मेरे जो भी लगते हैं, उससे आपको क्या? सारी नाराज़गी की जड़ वह ड्रेस ही थी न! कब का निकालकर पैरों से कुचलकर उसे फेंक चुकी हूँ! पूरे जीवन भर उसको नहीं पहनूँगी। कोई मिल गया तो उसे दान कर दूँगी। अब तो ग़ुस्सा थूक दीजिए!'' शुची ने निवेदन किया।

''मुझे नहीं पता था कि मेरे नाराज़ होने का इतना असर पड़ता है आप पर। अगर इतना ही फ़र्क़ पड़ता है मेरी बातों से तो उस समय आपने मेरी बात क्यों नहीं मानी? मुझे नहीं खाना कोई खाना-वाना!'' साकार दो टूक बोला।

''अब किस बात का ग़ुस्सा? और खाने से क्या नाराज़गी? नाराज़ तो आप मुझसे हैं न, फिर तकलीफ़ आप अपने-आपको क्यों दे रहे हैं? आपने अभी तक जो कुछ भी कहा है, मैंने हमेशा माना है। आप मेरी एक बात नहीं मान सकते? क्या मेरा इतना भी अधिकार नहीं आपके ऊपर?'' और शुची की आँखों से आँसू की दो बूँदें टपककर साकार के हाथों पर गिर पड़ीं।

साकार जो अभी तक ग़ुस्से में था, शुची की आँखों में आँसू देखकर तुरन्त परेशान हो गया और बोला, ''कुछ महीनों बाद अठारहवाँ वर्ष शुरू हो जाएगा तुम्हारा, लेकिन अभी भी एक छोटी-सी बच्ची की तरह बात-बात पर रोने लगती हो। अठारह वर्ष पूरा होने पर किसी भी किशोर या किशोरी को वयस्क माना जाता है और उसे वोट देने का अधिकार प्राप्त हो जाता है! और एक तुम हो...अभी भी केवल रोने में ही व्यस्त हो!''

साकार खाने की प्लेट से रोटी का एक छोटा टुकड़ा तोड़कर उसमें सब्ज़ी लपेट शुची की ओर बढ़ाते हुए बोला, ''पहले तुम खाओ। मुझे तुम्हारी आदत पहले से पता है, तुमने भी कुछ नहीं खाया होगा।''

शुची की आँखों की बाढ़ और तेज़ हो गई।

''ख़बरदार, जो सब्ज़ी में और नमक मिलाने की कोशिश की तो फिर मैं ज़्यादा नमक वाला खाना नहीं खाऊँगा!'' साकार शुची को रोते देख बोला।

शुची भीगी आँखों से ही मुस्कुराने लगी। रोटी का एक निवाला तोड़ उसने साकार के मुँह में डाल दिया। फिर दोनों एक-दूसरे को देखकर हँसने लगे।

साकार की भी आँखें भर आई थीं। साकार ने मन-ही-मन यह क़सम खाई कि चाहे कुछ भी हो जाए, वह शुची पर फिर कभी भी हाथ नहीं उठाएगा।

दिल्ली : अगस्त, 2009

कभी-कभी जीवन में ऐसी घोर निराशा के बादल छा जाते हैं कि छँटने का नाम नहीं लेते। ऐसी स्थिति बहुत भयावह होती है—ख़ास कर तब, जब व्यक्ति पूरी तरह से आशान्वित रहा हो! ऐसी स्थिति में कोई कितना भी ढाँढ़स क्यों न बँधाये, कितना ही कोई मन को क्यों न समझा ले, किन्तु असफलता और वह भी निरन्तर, एक ऐसा सत्य है जो पूरे व्यक्तित्व को ही तोड़ डालता है। यदि असफलता कड़ी मेहनत के बावजूद साथ न छोड़े तो निराशा ही जीवन का एकमात्र साथी बन जाता है।

कम्प्यूटर के स्क्रीन पर अनिमेष को अपना अनुक्रमांक नहीं दिखने पर कुछ ऐसा ही आभास हुआ था। किन्तु उससे ज़्यादा आश्चर्य और दुःख साकार के अनुक्रमांक के न मिलने पर हुआ, क्योंकि साकार का प्रयास अनिमेष के प्रयास से कहीं ज़्यादा सराहनात्मक था।

साकार भी अनिमेष के साथ ही था!...हमेशा की तरह शान्त और निश्चेष्ट आँखें उसके मन के अन्दर का भाव बताए दे रही थीं कि दूसरे प्रयास में भी दोनों असफल ही रहे थे।

धीरे-धीरे साइबर कैफे की सीढ़ियाँ उतरकर वे दोनों पुनः 333 के चबूतरे पर जा बैठे और मन की सिसकियों के बीच चाय की चुस्कियाँ लेने लगे। वहाँ इन दोनों की तरह और भी कई लोग बैठे हुए थे चाय की चुस्कियाँ लेते हुए, जिनका परिणाम नकारात्मक रहा था। जिनका परिणाम पॉजिटिव था, वह अग्रवाल स्वीट्स की मिठाइयाँ उड़ा रहे थे।

चाय का स्वाद कड़वा भी होता है, ऐसा अक्सर परीक्षा के परिणाम के दिन ही पता चला करता था।

अगर केवल बाहरी ढाँचे पर ध्यान दिया जाए तो 333 कोई विशेष चाय की दुकान नहीं थी। सामने की सड़क के उस पार बस स्टॉप था जहाँ पर 333 नम्बर की बस रुका करती थी और दुकान के ठीक पीछे दशहरा मैदान था, जिसमें प्रत्येक वर्ष रावण, कुम्भकर्ण और मेघनाद का पुतला जलाया जाता था—दशहरे के मौके पर। एक तरफ़ भाई परमानन्द कॉलोनी थी तो दूसरी ओर मुखर्जी नगर। कुल मिलाकर केन्द्र में स्थित थी 333 की चाय की दुकान, जिसके चारों ओर सब अभ्यर्थी घूमा करते थे।

फ़ुटपाथ पर एक टेलीफ़ोन बॉक्स था। टेलीफ़ोन बॉक्स से सटाकर ईंटों को एक क्रम में एक दूसरे के ऊपर रख, उस पर पत्थर की सिल्ली बिछाकर एक मेज़ का आकार दे दिया गया था, जिस पर एक केरोसीन स्टोव रखा हुआ था और साथ में कई सारे शीशे के मर्तबान रखे हुए थे जिसमें टॉफी, मठरी और नमकीन जैसी चीज़ें रखी गई थीं और पीछे की दीवार पर काँटी ठोककर टाँगे गए भिन्न-भिन्न कम्पनियों के सिगरेट और पान-मसाला।

बारिश से बचने के लिए एक बरसाती की छत-सी बनी हुई थी। लगभग वहाँ से दो क़दम दूर फुटपाथ पर ही ईंटों की लड़ी बिछाकर उस पर पत्थर की सिल्लियाँ बिछा दी गई थीं, जो ग्राहकों के लिए बेंच का काम किया करती थीं। लेकिन साकार और अनिमेष की पसन्दीदा जगह थी प्याऊ का चबूतरा! वह चाय की दुकान से लगभग पन्द्रह क़दम दूर ठीक उसी फ़ुटपाथ पर था। वहीं पर बैठकर पूरे मुखर्जी नगर की स्थिति-परिस्थिति का ज्ञान हुआ करता था। साथ में अलग-अलग विषयों की जानकारी भी।

333 पर एक घंटा व्यतीत करने के बाद वे दोनों भाई परमानन्द कॉलोनी में स्थित अपने कमरे पर वापस आ गए जो तीसरी मंज़िल पर था। कमरे का ताला खोलते ही अचानक साकार का मोबाइल फ़ोन बज उठा। जेब से मोबाइल फ़ोन निकालकर जब उसने नम्बर देखा तो वही नम्बर था जिससे बात करते समय दोनों घबराया करते थे—विशेषकर इन परिस्थितियों में।

''साकार, फ़ोन तो उठाओ! पर जरा संयत से बात करना। ऐसा न हो कि तुम्हारी निराशा देखकर वह ख़ुद हताश हो जाएँ जो इतने वर्षों से तुम्हें सम्बल देते आ रहे हैं!'' अनिमेष ने साकार से आग्रह किया।

''प्रणाम भैया!'' साकार ने फ़ोन उठाकर अपने कानों से लगाया और बस इतना ही कह सका।

''ख़ुश रहो! तुम्हारी तबियत तो ठीक है न?'' बड़े भैया ने पूछा।

''मैं ठीक हूँ भैया! मुझे क्या होगा? लीजिए, आप अनिमेष से बातें करिए!'' बड़े भैया के कुछ और बोलने से पहले ही साकार ने मोबाइल फ़ोन अनिमेष के हाथों में थमा दिया।

''नमस्ते भैया!'' अनिमेष मोबाइल कानों से लगाते हुए बोला।

''ख़ुश रहो! क्या हुआ? उसकी आवाज़ भर्रा क्यों रही थी? सब कुछ ठीक तो है न?'' बड़े भैया ने पूछा।

दूर बैठे भी उन्होंने साकार के उदासीपन को बख़ूबी समझ लिया था।

''कुछ नहीं भैया, आज प्रारम्भिक परीक्षा का परिणाम आया है!...नकारात्मक रहा, इसीलिए थोड़ा-सा परेशान है।'' न चाहते हुए भी अनिमेष को भैया से सच बताना ही पड़ा और वैसे भी उन्हें आज नहीं तो कल सच का पता लगना ही था।

''तो क्या हुआ, परीक्षा में सफलता-असफलता तो मिलती ही रहती है। मैं आप लोगों से केवल समर्पित प्रयास की ही उम्मीद रखता हूँ, बाक़ी परिणाम ईश्वर हाथ! बस, इतना याद रखना कि हमारे-आपके माँ-बाप ने न जाने कितने सपने सँजोकर, कितनी मुश्किलों से आप लोगों को प्रशासनिक सेवा की तैयारी के लिए भेजा है। बहुत बड़े हैं उनके सपने और उससे भी बढ़कर है उनकी उम्मीद। कोशिश करना कि कभी टूटे मत। तुम्हें तो पता ही है कि मैं यहाँ बॉर्डर पर जंगलों के बीच होते

हुए भी दिन-रात इसी फ़िक्र में लगा रहता हूँ।...अगर आप लोग भी चिन्ता करना शुरू कर दोगे तो फिर मेरे होने पर ही प्रश्नचिन्ह लग जाएगा। उससे कह देना कि घर-परिवार की फ़िक्र न किया करे। उसके लिए अभी मैं हूँ। अभी दो प्रयास शेष हैं!...कह दो—बस, कोशिश करता रहे। चुनाव भी उसके ख़ुद का ही है।...मेरा कमांडेंट मुझे बुला रहा है, मुझे अब जाना होगा!'' बड़े भैया बोले।

''नमस्ते भैया!'' अनिमेष बोला।

''ख़ुश रहो!'' कहने के साथ ही भैया ने फ़ोन काट दिया।

बड़े भैया की एक बात अनिमेष को हमेशा अजीब लगा करती थी। जब भी कभी वह सान्त्वना दिया करते थे, ठीक उसी पल जिम्मेदारियों और उम्मीदों का बोझ भी लाद दिया करते थे। बड़े भैया ने सारी बातें समझीं और समझाई भी; किन्तु वह एक बात शायद नहीं समझ सके थे कि इस एक असफलता ने कितनी और सफलताओं पर प्रश्नचिन्ह खड़े कर दिए थे। उनका कहना बिलकुल सही था कि साकार के अभी दो प्रयास शेष थे, किन्तु साकार की उम्र ?...वह तो बढ़ रही थी और साथ-ही-साथ बढ़ रही थी उसकी भी उम्र, जिसके साथ साकार जीवन के अन्तिम पड़ाव तक का स्वप्न सँजोया करता था। न चाहते हुए भी साकार प्रेम-परीक्षा-परिणाम के चक्रव्यूह में फँस चुका था, जिसमें अभिमन्यु भी वही था और गुरु द्रोण भी वही।...युधिष्ठिर भी वही था और दुर्योधन भी वही।...भीम भी वही था और जयद्रथ भी वही। सारे दाँव-पेंच उसके स्वयं के बनाए हुए थे। छह द्वार तो वह फिर भी खोल सकता था, किन्तु अन्तिम द्वार के लिए उसे किसी और पर निर्भर रहना था। केवल छह द्वार तोड़ने का ज्ञान लेकर चक्रव्यूह से निकलना कितना कठिन होता है ?...अभिमन्यु भी नहीं निकल पाया था। किन्तु चक्रव्यूह तब जानलेवा बन जाता है जब सातवाँ द्वार तोड़ने का ज्ञान न हो और द्रोण, कर्ण, दुर्योधन जैसे अनेक महारथियों ने घेर लिया हो! साकार भी ऐसे ही चक्रव्यूह के सातवें चक्र में पहुँच चुका था, जहाँ प्रेम, परीक्षा, परिणाम, पैसा और परिवार जैसे अनेक महारथियों ने उसे चारों ओर से घेर रखा था।

''तुम्हें भैया से बात करनी चाहिए थी साकार!'' अनिमेष ने साकार को समझाने की कोशिश करते हुए कहा।

साकार ने एक बार मुड़कर अनिमेष की ओर देखा, फिर पास रखी कुर्सी पर जाकर बैठ गया। मेज़ पर रखी किताबों को इधर-उधर करने लगा। फिर मेज़ पर रखी पानी की बोतल को उठाकर लगभग आधा लीटर पानी पीया और कुर्सी से उठकर बिस्तर पर आकर पसर गया और आँखें मूँद लीं।

पिछले वर्ष भी ठीक इसी महीने में परीक्षा का परिणाम आया था और नकारात्मक ही रहा था, लेकिन तब साकार ने इस तरह का व्यवहार नहीं किया था। उसके अन्दर भी इतना अधीरपना था, इसका पता अनिमेष को आज ही पता चला था। साकार

से प्रथम परिचय के बाद अभी तक शायद ही कोई ऐसा क्षण रहा हो जिसमें अनिमेष को उत्तर पाने के लिए वही प्रश्न दुहराना पड़ा हो। इसके विपरीत अनिमेष ने कई बार नाराज़ होकर साकार से बातें करना भी बन्द कर दी थी लेकिन हर बार सन्नाटे को तोड़ने की पहल साकार ने ही की थी।

अनिमेष को समझ में नहीं आया कि वही प्रश्न वह पुनः दुहराए या नहीं। फिर भी वह बोला :

"साकार! कुछ पूछा है मैंने? मुझे उत्तर चाहिए।"

साकार ने आँखें मूँदें ही एक ठंडी आह भरी और थोड़ी देर बाद आँखें खोलकर अनिमेष की ओर देखते हुए बोला, "क्या उत्तर दूँ तुम्हें? अब अगर तुम भी उत्तर माँगना शुरू कर दोगे तो फिर मेरे लिए और क्या बचा रह जाएगा? कम-से-कम तुम तो उत्तर मत माँगा करो। कुछ प्रश्नों को बिना उत्तर के ही रहने दो।"

"इतनी निराशा अच्छी नहीं होती साकार! चलो, नहीं माँगता मैं कोई भी उत्तर, लेकिन एक बात ज़रूर कहना चाहूँगा कि जीवन अभी ख़त्म नहीं हुआ। और जो भाग्य में लिखा है, वह तो होकर ही रहेगा। हम लोग केवल परिश्रम ही कर सकते हैं, परिणाम किसी और के हाथ में है।" अनिमेष इतना बोलकर चुप हो गया।

साकार ने देखा और फिर आँखें मूँद लीं। बोला कुछ नहीं।

साकार को चुप देख अनिमेष पुनः बोला, "साकार, तुम्हें याद होगा न, पिछले साल जब मुख्य परीक्षा का परिणाम आया था तो नौ सौ चौवन अंक पानेवाले अभ्यर्थियों को साक्षात्कार के लिए चुना गया था, लेकिन उसी सूची में नौ सौ तिरपन अंक प्राप्त करने वालों को साक्षात्कार के लिए नहीं चुना गया। क्या मैं इसका अर्थ यह मान लूँ कि नौ सौ तिरपन अंक प्राप्त करने वालों का परिश्रम नौ सौ चौवन अंक प्राप्त करने वालों से कम था? क्रिकेट के खेल में निन्यानबे दौड़ तक अर्धशतक कहलाता है लेकिन एक और दौड़ जुड़ने से वह शतक कहलाने लगता है, तो मैं क्या यह मान लूँ कि निन्यानबे दौड़ वाले ने एक और दौड़ के लिए मेहनत नहीं की होगी?...मेरे लिए तो यही एक दौड़...यह एक अंक ही भाग्य है!"

इतना कहने-सुनने के बाद भी जब साकार ने कोई प्रतिक्रिया नहीं दी तो अनिमेष को ग़ुस्सा आने लगा और साकार को लगभग झिंझोड़कर चीखते हुए बोला, "अब तो मान लो कि तुम्हारे परिश्रम में कोई भी कमी नहीं थी! वह एक अंक का लेखा-जोखा तुम नहीं तय कर सकते। जो तुम नहीं कर सकते, उसके लिए परेशान होने का फायदा ही क्या है? मुझे पता है कि तुमने अपने हिस्से का परिश्रम पूरी ईमानदारी से किया है। अगर अब भी एक अंक का महत्त्व तुम्हें समझ में नहीं आ रहा है तो फिर हर बार...शुची से एक क़दम आगे बढ़ाने की उम्मीद क्यों करते रहते हो? क्यों नहीं सारे क़दम ख़ुद ही चलकर एक रिश्ते का नाम दे देते? नहीं कर पाओगे न, क्योंकि तुम्हें भी अच्छी तरह पता है कि उस मील के पत्थर के लिए शुची

का एक क़दम आगे बढ़ाना कितना महत्त्वपूर्ण है, जो सिर्फ़ तुम्हारे चाहने और करने से नहीं हो सकता।''

''शान्त रहो अनिमेष! ऐसे चीखो नहीं। मैं भाग्यवादी नहीं हूँ।...मुझे अपने कर्मों पर पूर्ण विश्वास है। अगर असफल हुआ हूँ तो कहीं-न-कहीं मेरे ही प्रयास में कमी रह गई होगी।...इसमें भाग्य का क्या दोष? हथौड़ा मार ही रहा हूँ।...चट्टान को तो कटना ही होगा—आज नहीं तो कल। मेरी हर बात में शुची नहीं आती कि जब चाहा और उसका उदाहरण पकड़ा दिया!'' साकार नाराज़ होते हुए बोला।

अनिमेष कुछ देर शान्त रहा फिर कहना शुरू किया, ''एक बनिए को जैसे मोल-भाव, नफ़ा-नुकसान के अलावा कोई और उदाहरण समझ में नहीं आता, वैसे ही आजकल शुची का नाम लिये बिना तुम्हें समझाना बहुत कठिन है। प्रेम में जो पड़े हो आजकल!''

''कम-से-कम तुमने माना तो कि प्रेम है?'' कहकर साकार मुस्कुराने लगा।

अगले दिन ही तड़के साकार के मोबाइल फ़ोन पर शुची का फ़ोन आया। साकार थोड़ा असमंजस की स्थिति में था कि वह फ़ोन उठाए या न उठाए। किसी और का होता तो शायद वह नहीं ही उठाता।

''शुची!'' साकार ने फ़ोन उठाते हुए बोला।

''नमस्ते!'' अक्सर फ़ोन पर साकार के साथ बात करते हुए शुची की शुरुआत 'नमस्ते' के साथ ही हुआ करती थी।

शुची की आवाज़ सुनते ही साकार खिल उठा। घोर निराशा के बादल भी अपनों के साथ से छँट जाया करते हैं।

''ख़ुश रहिए। आज सूरज कहीं पश्चिम से तो नहीं निकला? मैं तो अभी-अभी सोकर उठा हूँ, देखने का मौका ही नहीं मिला!'' साकार बोला।

''कहना क्या चाहते हैं आप?'' शुची ने चौंकते हुए पूछा।

''यही कि अचानक से दो-तीन महीनों के बाद तुम्हें मेरी याद कैसे आ गई?'' साकार मुस्कुराते हुए बोला।

''क्यों? आपको मैं याद नहीं कर सकती क्या? मैंने तो याद भी कर ली, लेकिन आपने? पिछले कुछ महीनों में एक बार भी मेरा हाल-चाल नहीं लिया। आपने यह भी नहीं सोचा कि बेचारी शुची आपकी आवाज़ सुनने की प्रतीक्षा कर रही होगी!'' शुची थोड़ा ग़ुस्से से बोली।

''ग़लत आक्षेप है यह। पिछले महीने ही मम्मी (शुची की माँ) को फ़ोन किया था मैंने। लगभग दस मिनट मेरी बातें हुई थीं। आप ही ग़ायब थीं उस दिन।..फ़ोन पर आईं ही नहीं। अब बताओ, क्या यह मेरी ग़लती है?'' साकार ने भी उसी लहजे में प्रश्न दागा।

"अच्छा! बड़े आए फ़ोन करने वाले! मम्मी से एक बार भी आपने पूछा था कि मैं कहाँ थी? पूरे दस मिनट में एक बार भी आपने मेरा जिक्र छेड़ा था? मैं उस समय नीचे गई हुई थी। एक कुरियर आया हुआ था, वही लेने। माँ को जब आपसे बात करते सुना तो दौड़ती हुई सीढ़ियाँ चढ़कर आई थी, पर तब तक आपने फ़ोन ही काट दिया था। ऊपर से माँ ने भी डाँटा था कि मैं दौड़ क्यों रही थी। अब बताइए जरा, ग़लती किसकी हुई?" और शुची अपने ही तर्क पर मुस्कुराने लगी।

"आपको तो पता ही है कि मैं आपके बारे में किसी से भी कभी कुछ नहीं पूछता। सबको हल्का-हल्का सन्देह तो पहले से ही है। जिस दिन पूछना शुरू कर दिया, उस दिन सबका सन्देह यक़ीन में बदल जाएगा। और मैं नहीं चाहता कि बिना किसी परिणति के ऐसा कुछ हो।" साकार थोड़ा गम्भीर होते हुए बोला।

"ठीक है!...ठीक है! मान ली मैंने आपकी बात! लेकिन हमारे बीच ऐसा कुछ भी तो नहीं है जिसे किसी शक का नाम दिया जा सके?" और शुची यह कहकर हँसने लगी।

साकार भी बिना मुस्कुराए नहीं रह सका। थोड़ी देर बाद वह बोला, "इतने वर्ष बीत चुके हैं फिर भी उस बात पर अनबोला है तुम्हारा। न जाने वह घड़ी कब आएगी जब तुम कुछ स्वीकार करोगी कि कुछ है हमारे बीच! लेकिन हमारे बीच यदि कुछ भी नहीं है तो फिर मेरी सारी बातें क्यों मान लेती हो? घरवालों को तो मना कर देती हो पर जो कुछ भी मैंने तुमको करने के लिए कहा, मना नहीं किया! आख़िर मुझ पर इतना विश्वास क्यों?" साकार ने पूछा।

साकारों के जीवन में यह प्रश्न स्थिर खम्भे की तरह होता है, जिसका उत्तर कभी नहीं मिला।...केवल प्रश्न ही सुबह-शाम घुमड़ते रहते हैं!...और सब कुछ अनिश्चित ही रहता है। हमारा साकार भी उन्हीं साकारों की जमात का एक साकार था, जो अठारह से तीस वर्षों तक इसी प्रश्न के मकड़जाल में उलझे रहने को अभिशप्त था और तीस वसन्त पूरे करने के उपरान्त इस प्रश्न के उत्तर का कोई भी अस्तित्व शेष नहीं बचना था। चाहे जितने भी शहर खंगाल लिये जाएँ, कितने ही विश्वविद्यालय देख लिये जाएँ, प्रत्येक जगह पर साकारों का अस्तित्व मिला है। एक छोटे से गाँव में और दिल्ली जैसे महानगर में भी! जैसे भीष्म पृथ्वी पर श्रापित होकर ही आए थे। इच्छामृत्यु का वरदान उन्हें प्राप्त था, फिर भी वह ठीक से जीवन जी नहीं पाए और प्राण त्यागते समय भी उन पर कौरवों और न जाने कितने सैनिकों के शवों का बोझ था। वह तो अर्जुन के शर-शैया का कमाल था कि हृदय पर इतना बोझ रखकर भी वह धरती में नहीं धँसे। साकार भी कुछ ऐसे ही होते हैं। श्रापित होकर जन्म लेते हैं और जीवन भर सही से जी भी नहीं पाते और अन्तिम क्षणों में बोझ लादे हुए कुछ-कुछ ब्रह्मराक्षस से ही रह जाते हैं। आदम-हव्वा के समय में भी प्रश्न था—वर्जित फल! जब से मानव का विकास शुरू हुआ, धीरे-धीरे प्रश्नों की संख्या भी

बढ़ने लगी। ठीक वैसे ही साकारों के मन–मस्तिष्क पर यह प्रश्न चिरकाल से हावी रहा है। बाक़ी लोगों को उनके प्रश्न का उत्तर समय दे देता है, किन्तु साकारों के प्रश्नों का उत्तर ?...शायद इसका उत्तर समय के पास भी नहीं होता। वे शापित होते हैं अनिश्चितता में जीवन जीने को।

''कुछ प्रश्नों के उत्तर नहीं होते। मुझे नहीं पता कि मेरे मन का वह कौन–सा कोना है जो आपकी सारी बातों को शिरोधार्य करने के लिए उत्प्रेरित करता है? और रही विश्वास की बात!...तो वह शुरू से ही रहा है!...कब हुआ, कैसे हुआ, पता नहीं! जानने की कभी आवश्यकता ही नहीं पड़ी। किन्तु रहेगा अन्तिम साँस तक।'' शुची ने संयत होकर साकार के कई सारे प्रश्नों के उत्तर एक साथ दे डाले थे।

''आपको पता है, कल प्रारम्भिक परीक्षा का परिणाम आया था? मैं दूसरी बार भी असफल रहा।'' कहकर साकार थोड़ी देर के लिए शान्त हो गया। शायद शुची से अपने घावों पर स्नेहलेप लगवाना चाहता था, इसीलिए शुची के बोलने की प्रतीक्षा करने लगा।

एक मिनट के सन्नाटे के बाद भी जब शुची कुछ नहीं बोली तो साकार ने पुनः बोलने का निश्चय किया, ''शुची!''

केवल इतना ही कह पाया था कि साकार को उधर से शुची के सिसकने की आवाज़ सुनाई दी।

साकार गम्भीर हो गया और बोला, ''शुची! अगर तुम ही हिम्मत हार गईं तो सोचो, मेरा क्या होगा? जबकि मुझे यह अच्छे से पता है कि कितने भी चक्रवात आ जाएँ मेरे जीवन में, तुम स्थिर रहकर मुझे सँभाल लोगी।...मुझे कहीं उड़कर जाने नहीं दोगी।...फिर यह सिसकना क्यों?''

शुची कुछ और देर तक सिसकती रही। और दोनों ओर से फ़ोन पर थोड़ी देर चुप्पी छाई रही।

इधर साकार के कमरे की खिड़की से अचानक एक कबूतर उड़कर अन्दर आया और रात में गिरे चावल के टुकड़ों को चोंच में दबाकर उसी खिड़की से वापस फुर्र हो गया।

''मुझे अपने जीवन में आप इतना महत्त्व न दिया कीजिए। जितनी मजबूत आप मुझे समझते हैं, उतनी मैं हूँ नहीं। आपके कल के परिणाम से आपको कितना दुःख हुआ होगा, यही सोच मैं रोने लगी हूँ। तो फिर सोचिए, कठिनाइयों से मैं आपको कैसे बचा सकती हूँ?'' शुची ने रोते हुए ही पूछा।

''विश्वास में बहुत बड़ी शक्ति होती है शुची! चट्टानें तक पिघल जाती हैं। समुद्र पर सेतु तक बँध जाते हैं। ठीक उसी तरह मेरा तुम्हारे ऊपर अटूट विश्वास है कि तुम मुझे टूटने नहीं दोगी।'' साकार बोला।

वैसे साकार ने कुछ ग़लत नहीं कहा था। विश्वास वास्तव में एक बहुत बड़ी शक्ति होता है जो असम्भव कार्य को भी सम्भव में बदल देता है। विश्वास के बारे में अनेक समाज-दर्शन के ज्ञाताओं ने ढेर सारे निबन्ध लिख रखे हैं। किन्तु विश्वास को अविश्वास पैदा करने वाली ढेरों घटनाओं के बीच लम्बे समय तक बचा करके रखना बहुत ही कठिन होता है। और सफल वही होता है जिसके विश्वास में निरन्तरता होती है। भारत को अंग्रेज़ों से आजादी भी इसी विश्वास के कारण ही मिली थी। जब भारतवासियों को यह विश्वास हो गया कि वह ग़ुलामी की ज़ंजीरों को तोड़ सकते हैं, तो धीरे-धीरे आन्दोलन और भी बड़े होते गए और अन्ततः देश आज़ाद हुआ। साकार भी इसी विश्वास की बात कर रहा था।

"कुछ दिनों पहले बड़ी भाभी से पता चला कि आपके विवाह के लिए कई सारे रिश्ते आए हुए थे, पर आपने सबको मना कर दिया?" साकार बोला।

"मुझे अभी कम-से-कम अगले दो वर्षों तक विवाह के बारे में सोचना भी नहीं है। पर अब माँ दबाव डाल रही हैं। मैंने आपके कहे अनुसार डॉक्टरी की तैयारी छोड़ करके विज्ञान से स्नातक किया था, पर उसे भी पूरा हुए लगभग दो साल हो गए हैं। स्नातक के बाद विज्ञान से ही परास्नातक करने के लिए मैंने प्रवेश ले भी लिया था पर मेरा मन उसमें नहीं लगा इसलिए एक साल पढ़ाई करने के बाद छोड़ दी। अब आप ही बताइए, ऐसे कितने दिन घर पर ख़ाली बैठी रह सकती हूँ? कुछ ऐसा करना चाहती हूँ, जिससे नौकरी मिल जाए और घर से दूर रहना पड़े। आपसे पिछली बार बोली भी थी जन-संचार से परास्नातक करने के लिए, पर इस वर्ष प्रवेश परीक्षा में बैठ ही नहीं पाई। उसी दिन मेरी तबियत को खराब होना था! अब अगले साल कोशिश करूँगी। इसी बहाने अगले दो-तीन वर्षों तक मेरे विवाह की कोई बात भी नहीं करेगा। आप प्रवेश परीक्षा की तैयारी के लिए कोई अच्छी-सी किताब ढूँढ़कर पोस्ट कर दीजिए!" शुची ने स्पष्टीकरण देते हुए अपने भविष्य की रूप-रेखा साकार के सामने रख दी।

"अच्छा, शुची, यह बताओ कि आख़िर अगले दो वर्षों तक विवाह क्यों नहीं करना चाहतीं?" साकार ने पूछा।

"जैसे कि आपको पता नहीं है! बस, मेरा मन नहीं करता अभी विवाह जैसी झंझटों में फँसने को। आख़िर कब तक आपका दिल्ली में रहने का इरादा है? बहुत देर पहले हो चुकी है! जल्दी से सफल होइए!" शुची बोली।

"शुची! मेरा इरादा कोई दिल्ली में बसने का नहीं है। मुझे इस शहर में ऐसा कुछ भी नहीं मिला जिससे मन लगा रहे सिवाय कुछ मित्रों के। मैं भी जल्दी सफल होना चाहता हूँ, लेकिन क्या करूँ? जिस परीक्षा की तैयारी करता हूँ, उसकी चयन-प्रक्रिया बहुत लम्बी होती है। एक असफलता का मतलब एक वर्ष से ज़्यादा समय की प्रतीक्षा करनी होगी—अगले प्रयास के लिए। मैं तुम्हारे लिए

जन-संचार की प्रवेश-परीक्षा की पुस्तकें पोस्ट कर दूँगा! अच्छे से पढ़ाई करना!'' साकार बोला।

''अब जब आपकी रजामन्दी है तो फिर अच्छी बात है!...मैं आज ही से कोशिश शुरू कर देती हूँ। माँ आवाज़ दे रही हैं, मैं जाऊँ?'' शुची ने पूछा।

''जाओ।'' साकार बोला।

''नमस्ते!'' कहकर शुची ने फ़ोन काट दिया।

साकार अब बहुत ख़ुश था। शुची ने कल की छाई सारी उदासी को इतनी दूर से केवल बातें करके ही ख़त्म कर दिया था। इतने वर्ष व्यतीत होने के उपरान्त भी शुची के व्यवहार में साकार के लिए कोई परिवर्तन नहीं आया था। वह आज भी साकार की बातों को बहुत ज़्यादा महत्त्व दिया करती थी—किसी और की बातों से कहीं ज़्यादा! कम-से-कम साकार को एक कारण तो मिल ही गया था कि शुची अगले दो-तीन वर्षों तक विवाह नहीं करना चाहती, और इसी वजह से थोड़ा ख़ुश भी था, क्योंकि उसे दो वर्षों का सुनहरा अवसर मिल गया था।

आख़िर शुची अगले दो वर्षों तक विवाह क्यों नहीं करना चाहती थी? प्रश्न वैसे तो बहुत आसान है, लेकिन शुची के अलावा इस प्रश्न का सही उत्तर किसी और के पास नहीं था। जिन रिश्तों को शुची ने 'न' कहा था, वे रिश्ते लड़के वाले ख़ुद लेकर आए थे। उनमें से दो डॉक्टर थे और उनकी कोई ख़ास माँग भी नहीं थी। लेकिन शुची तो शुची ठहरी!...उसने किसी को भी अगले दो वर्षों की प्रतीक्षा का कोई कारण नहीं बताया और घर में तब तक भूख-हड़ताल जारी रखी जब तक कि सब मान नहीं गए। वैसे भी थी तो वह अपने घर की सबसे लाडली ही! बस, सारे लोग केवल अनुमान लगाते रहे और सबके अनुमानों के केन्द्र में केवल एक ही शख़्स था—साकार! और यह अनुमान कोई आज से शुरू नहीं हुआ था बल्कि इसकी शुरुआत तो शुची-साकार की प्रथम मुलाक़ात के दो-तीन वर्षों बाद से ही हो गई थी।

किन्तु भारतीय समाज में रिश्ते बहुत संवेदनशील होते हैं! शुची के पिता जी की दो शादियाँ हुई थीं। साकार की बड़ी भाभी प्रथम पत्नी की सन्तान थीं, और उनकी माँ के मरणोपरान्त पिताजी ने दूसरा विवाह किया था, जिसकी वजह से शुची दुनिया में आई थी। वैसे तो माँ का व्यवहार साकार की भाभी के प्रति बहुत ही अच्छा रहा था और दोनों बहनों में ख़ासा प्रेम भी था, किन्तु एक ही घर में दो बहनों का विवाह? अक्सर समाज में यही भ्रान्तियाँ रही हैं कि जब भी किसी एक घर में दो बहनों का विवाह हुआ है, घर में दरारें ही पड़ी हैं।

समाज शुरू से यही मानता रहा है कि दो बहनों के बीच हल्की-सी मानसिक प्रतिस्पर्धा तो होती ही है, लेकिन बहनों में सख्य भाव ज़्यादा प्रबल होने की वजह से वह प्रतिस्पर्धा थोड़ी नियंत्रित रहती है। जब यही बहनें देवरानी-जेठानी का रोल निभाने लगती हैं, तो अधिकारों के अन्तर से दोनों के बीच बचपन से पसरा सख्य

भाव कम होने लगता है। फलस्वरूप दोनों के बीच मानसिक प्रतिस्पर्धा बढ़ने लगती है जो अन्तत: परिवार में दरार का कारण बनती है। भारतीय मिथकों में भी पाँच पांडवों को केवल एक पाँचाली से ही विवाह करना पड़ा था ताकि वह पाँचों भाइयों को एक-जुट रख सके। अगर समाज के इस कथन में कुछ सच्चाई नहीं होती तो फिर पाँचों पांडवों का विवाह अलग-अलग स्त्रियों से ही हुआ होता—खास करके पाँच बहनों से, ताकि परिवार एक रहे। यह सन्देह द्वापरयुग में भी था और कलियुग में भी है! और यह स्थिति तब और भयावह हो सकती है जब दोनों बहनें सौतेली हों। विवाह-पूर्व भले ही दोनों में अगाध प्रेम रहा हो, किन्तु विवाह पश्चात छोटी-छोटी बातें दो दृष्टिकोण को जन्म दे सकती हैं। और बड़ी भाभी शुची के जिद्दीपन और महत्त्वाकांक्षा से पूर्व-परिचित भी थीं, इस लिहाज से यह रिश्ता कुछ ज़्यादा ही संवेदनशील था और इसीलिए इस बारे में लोगों की कभी भी खुलकर कोई बात नहीं हुई थी।

पर डर ?...वह दोनों ओर से था। और इसी डर की वजह से कि शुची कहीं स्वीकार न कर ले, किसी ने शुची से कभी कुछ नहीं पूछा। पर डर सबके मन में ऐसे ही समाया रहा।

लोगों के मन में रिश्तों की संवेदनशीलता का डर; साकार के मन में प्रेम-परीक्षा-परिणाम-परिणय का डर; और शुची के मन का डर ?...शुची के मन के बारे में कोई भी नहीं जानता।...बस, सब अनुमान ही लगाते हैं।

आख़िर यह सारा डर कब ख़त्म होगा ? जन्म होने से पूर्व का डर, जन्म-पश्चात पालन-पोषण का डर, बड़े होने पर अच्छी शिक्षा न प्राप्त कर पाने का डर, बेरोजगारी का डर, विवाह का डर और अन्त में मृत्यु का डर! महात्मा बुद्ध ने कहा था कि 'दु:ख' ही जीवन का एक मात्र सत्य है।...पर कहानीकार को लगता है कि 'डर' ही जीवन का एकमात्र सत्य है। लोग आते हैं, चले जाते हैं, लेकिन 'डर' वहीं का वहीं रह जाता है—हमेशा व्याप्त! जीवन के शुरू होने से लेकर उसके अन्त होने तक यह 'डर' ही तो पसरा हुआ है! एक डर से जुड़ा दूसरा डर, मानो कई सारे डर को मिलाकर एक ज़ंजीर बनी हुई हो और मनुष्य उसमें जकड़े रहने को अभिशप्त हो! हर रिश्ते-नाते की बुनियाद में यह 'डर' ही तो छिपा रहता है। बहुत कोशिश कर ली तो मात्र इसका आकार छोटा हो जाता है। किन्तु इसे पूरे तरीक़े से ख़त्म करना लगभग असम्भव ही है। धीरे-धीरे व्यक्ति इसी डर के साथ जीने को अभ्यस्त हो जाता है।...उसे लगने लगता है कि डर तो अब रहा ही नहीं; किन्तु डर तब भी रहता ही है। यह 'डर' ही तो है जो सर्वव्यापी है। अनादिकाल से है। वह अजर-अमर है—आत्मा की तरह :

नैनं छिन्दन्ति शस्त्राणि नैनं दहति पावक: ।
न चैनं क्लेदयन्त्यापो न शोषयति मारुत: ॥

और तो और, इस डर की वजह से ही ईश्वरी सत्ता का भी जन्म हुआ। इतिहास गवाह है इसका कि कैसे-कैसे मानवों का विकास हुआ। पहले वह स्वच्छन्द विचरण किया करता था सम्पूर्ण पृथ्वी पर—एक निर्बन्ध शिकारी की तरह। और फिर एक दिन अचानक से आकाश गरजने लगा, भयंकर बिजलियाँ गिरने लगीं और बारिश सब कुछ तहस-नहस करने लगी!...मानव को यह सब कुछ भी समझ में नहीं आया।...उसका पहला-पहला अनुभव था प्रकृति के इस रौद्र रूप का। वह डर गया।...और उन्हें शान्त करने के लिए प्रार्थना करने लगा, और इस तरह ईश्वर का जन्म हुआ।

कुछ समय बाद जब वह कृषक बना तो वह वर्षा के ऊपर निर्भर हो गया। वर्षा कम या अधिक होने से डरने लगा और उसने वर्षा के देवता को अधिक महत्त्व देना शुरू कर दिया। धीरे-धीरे 'डर' बढ़ता ही चला गया और उसके साथ ही देवताओं की संख्या भी। आगे जाकर इसी 'डर' ने पृथ्वी का बँटवारा भी करा दिया—घर बना, समूह बना, जातियाँ बनीं, समुदाय बना, राज्य बना और फिर देश बने!

और अब यही 'डर' परिवारों के परिवार तोड़ता जा रहा है, साथ ही रिश्तों की संवेदनशीलता भी। इस 'डर' और 'भावनाओं' की लड़ाई में जीत हमेशा 'डर' की ही हुई है।

कहते हैं कि समाज में कोई भी व्यक्ति अपने-आपको सुरक्षित पाता है, पर कहाँ है वह समाज? इतने सारे अन्धविश्वास और इतनी सारी भ्रांतियाँ—सब इसी समाज की ही देन तो हैं। दो बहनों का विवाह...दो सगे भाइयों से—कुछ भी तो नहीं है ऐसा कि जो असम्भव हो। किन्तु समाज ने पहले से ही तय कर लिया है कि कोई भी लड़की अपनी बहन से देवरानी-जेठानी का रिश्ता और बहन का रिश्ता—दोनों को एक साथ नहीं निभा सकती। उस लड़की से उसकी क्षमता, उसकी इच्छा के बारे में कुछ भी नहीं पूछा जाता, क्योंकि समाज ने मापदंड बना रखे हैं। इनसान बेशक टूट जाए पर मापदंड नहीं टूटने चाहिए!

कहते हैं कि समाज जोड़ने का काम करता है, पर यह कथन मात्र आधा सत्य है। क्योंकि यही समाज किसी एक व्यक्ति को, किसी एक रिश्ते को अलग-थलग कर उसे तोड़ने का कार्य भी करता है। और हर बार इसका आधार अलग-अलग होता है—कभी अन्धविश्वास के नाम पर, कभी खोखले रीति-रिवाज के नाम पर। और इन सबका कारण केवल एक ही है—'डर'!

इलाहाबाद : 2005

''**काश,** मुझे भी कोई ऐसे ही पसन्द करता तो मेरी दुनिया कितनी सुन्दर होती! सुबह ख़ुशनुमा होती तो शामें हसीन!'' दीप्ति चहकते हुए साकार से बोली।

साकार एक रिक्शे पर दीप्ति के साथ बैठकर इलाहाबाद की गलियों से होता हुआ रेलवे स्टेशन की ओर जा रहा था। उसी रिक्शे के आगे एक और रिक्शा चल रहा था, जिसमें शुची और कविता बैठी हुई थीं।

कविता दीप्ति की बड़ी बहन थी और उम्र में शुची से कम-से-कम तीन वर्ष बड़ी थी।

साकार आज शुची के बुलाने पर इलाहाबाद में ही दीप्ति के घर आया हुआ था, जहाँ कुछ दिन पहले शुची आई हुई थी।

उस समय साकार इलाहाबाद में रहते हुए इलाहाबाद विश्वविद्यालय से इतिहास में परास्नातक की पढ़ाई कर रहा था और विश्वविद्यालय के पास ही एक कमरा किराये पर लेकर रह रहा था लेकिन अपने स्वभावानुसार उसी शहर में परिचित का घर होने और घर वालों के कहने के बावजूद साकार कभी भी दीप्ति के घर नहीं गया था और जब शुची ने उसके मकान मालिक के लैंडलाइन पर फ़ोन करके उसको दीप्ति के घर बुलाया तो फिर वह मना नहीं कर सका।

"आपके कहने का मतलब क्या है? कौन किसको पसन्द करता है?" साकार ने दीप्ति पर प्रश्नात्मक दृष्टि डालते हुए पूछा।

"अब इतने भी नादान न बनिए आप! प्रकृति में सारे रंग घुले-मिले हैं तो क्या हुआ? प्रकृति हर रंग को उसके अलग-अलग गुण-स्वभाव के साथ जानती है। रंगों का घोल-माल भी उसे बहला-फुसला नहीं पाता! और तो और, रंगों को पहचानना आख़िर प्रकृति ने रंगों से ही तो सीखा है!"

दीप्ति की प्रतीकात्मक बातें जब ख़त्म हुईं, साकार ने एक ठंडी आह भरी, मानो इसके बाद शायद उसे साँस लेने का अवसर न प्राप्त होने वाला हो! उसने अपने-आपको बहुत ही दुविधाजनक स्थिति में पाया। आख़िर दीप्ति को इस बारे में कैसे पता चला? क्या शुची ने?...नहीं...नहीं, शुची ऐसा तो बिलकुल नहीं करेगी। जब उसे स्वयं ही नहीं पता तो वह दूसरों को क्यों बताने लगी? अगर उसे कुछ भी कहना होता तो वह दीप्ति से नहीं कहती, साकार से ही कहती।

अचानक दीप्ति ने साकार का हाथ पकड़कर अपने हाथों में ले लिया।

साकार अपने दिवास्वप्न से तुरन्त बाहर आया और दीप्ति के हाथों से अपना हाथ झटककर कुछ ऐसे बाहर खींचा मानो बिच्छू ने डंक मारा हो!

दीप्ति की खिलखिलाहट सुन शुची पलटकर पीछे वाले रिक्शे की तरफ़ देखने लगी।

"लीजिए, शायद उनको भी मेरा आपके साथ बैठना अच्छा नहीं लग रहा है! दीदी अपने-आपको असहज महसूस कर रही हैं!" दीप्ति शुची की ओर इशारा करते हुए साकार से बोली।

"ऐसा कुछ भी नहीं है। आपके ठहाके ही इतने जोरदार थे कि वह बेचारी करती भी तो क्या? पीछे मुड़कर देखने को मजबूर ही हो गई! और शुची की बात

ही छोड़िए, अगल-बगल वाले भी मुड़कर देखने लगे हैं आपको!'' साकार मुस्कुराते हुए बोला।

''मानना पड़ेगा, बातों को घुमाकर विषय बदलना कोई आप से सीखे! यह गुण विशेष रूप से केवल आप ही के अन्दर है या फिर सारे लड़कों के अन्दर पाया जाता है? आपने मेरे पिछले प्रश्न का अभी तक जवाब नहीं दिया!'' दीप्ति बोली।

''आपका प्रश्न ही अधूरा था। जब मुझे यह पता ही नहीं कि कौन किसको पसन्द करता है तो फिर मैं क्या उत्तर दूँ? मैं इतिहास पढ़ता हूँ, साहित्य नहीं, जो आपकी प्रतीकात्मक बातें समझ जाऊँ!'' साकार ने प्रश्न के उत्तर में ही प्रश्न छेड़ विषय को दूसरे धरातल पर ला पटका।

दीप्ति ने सामने रिक्शे की ओर देखा, शुची अब पीछे नहीं देख रही थी। अपने बड़े पर्स से पानी की बोतल निकालकर कुछ घूँट अन्दर लेकर दीप्ति ने साकार के ऊपर एक गम्भीर नज़र डाली, फिर पानी की बोतल को वापस पर्स में रखते हुए गम्भीरता से बोली, ''हँसी-ठिठोली की बात अलग है। आप भी अच्छे से जानते हैं कि मैं किसके बारे में बात कर रही हूँ। अगर नहीं समझ रहे तो मैं स्पष्ट बताए दे रही हूँ—मैं शुची दीदी के बारे में बात कर रही हूँ कि वह क्या थीं और आपने उन्हें क्या बना दिया है? उनका पूरा व्यक्तित्व ही आपने बदल डाला।''

दीप्ति शान्त होकर साकार के बोलने की प्रतीक्षा करने लगी।

साकार जो कि पहले से ही असमंजस में था, इस प्रत्यक्ष प्रश्न से घबरा उठा। किन्तु उत्तर तो उसे देना ही था। वह बोला, ''शुची का मैंने व्यक्तित्व बदल डाला? यह आप कैसे कह सकती हैं?''

''एक लड़की के तौर पर जो भी गुण होने चाहिए, वह सब दीदी में पहले से ही मौजूद है—बस, एक अवगुण है उनका जिद्दी स्वभाव और आपके सामने तो उनकी जिद भी नहीं चल पाती। न जाने कब वह झगड़ते-झगड़ते आपसे हारना सीख बैठीं! यहाँ तक कि ख़ुद को भी हार गईं और उन्हें पता भी नहीं चला! दीदी बड़ी भावुक हैं। उनके साथ ऐसा नहीं होना चाहिए था, पर...'' दीप्ति ने न जाने क्या सोचकर अपनी बात अधूरी छोड़ दी।

''आपको इतना सब कैसे मालूम? उसने तो मुझसे कभी कुछ भी नहीं कहा!'' साकार ने एक ही साँस में अपना वाक्य ख़त्म कर दिया।

''मुझे नहीं लगता कि आपसे ज़्यादा दीदी के मन को कोई और भी समझता होगा। लेकिन अगर आप यह सोचते हैं कि दीदी आपसे कुछ कहेंगी तो भूल जाइए। वह खुलकर कभी भी नहीं कहेंगी। वह कभी भी नहीं चाहेंगी कि उनकी वजह से आपकी पढ़ाई में कभी कोई बाधा आए, या उनको लेकर आपको कोई भी कुछ कह सके। सबकी बातें वह ख़ुद ही झेल जाएँगी और उफ तक नहीं करेंगी—भले ही आपको बचाने के लिए उन्हें अपनी सबसे अमूल्य चीज़ का भी त्याग करना पड़े!''

इतना बोलकर दीप्ति थोड़ी देर शान्त रहकर साकार के मनोभावों को पढ़ने की कोशिश करने लगी।

साकार की ओर से उत्तर न पाकर वह पुनः बोलने लगी, "आप यही सोचते होंगे न कि मुझे इतना सब कैसे पता है? तो आपको बता दूँ कि मैं केवल उनकी बहन ही नहीं, बल्कि सबसे अच्छी सहेली भी हूँ। हमारे बीच किसी भी बात का कोई पर्दा नहीं है।" दीप्ति ने अपनी बातें पूरी कीं।

"अभी इन सारी बातों के लिए पूरा जीवन पड़ा है दीप्ति! आप अपने बारे में बताइए। इलाहाबाद में इतने अच्छे महाविद्यालय से पढ़ने के बावजूद स्नातक विज्ञान प्रथम वर्ष आपने मात्र पैंतालीस प्रतिशत अंकों के साथ ही उत्तीर्ण किया है, जबकि शुची ने आजमगढ़ के एक छोटे से महाविद्यालय से पढ़कर स्नातक विज्ञान प्रथम वर्ष में सत्तर प्रतिशत अंक ले आई। किस तरह से पढ़ाई करती हैं आप? मन पढ़ाई में नहीं लगता क्या?" साकार ने शरारत से पूछा।

दीप्ति पहले तो थोड़ा मुस्कुराई, फिर साकार की तरफ़ मुखातिब होकर बोली, "क्या करूँ? दीदी की तरह मेरे पास आप जो नहीं थे मार्गदर्शन देने वाले! दीदी को अगर आपका साथ ऐसे ही आगे भी मिलता रहा, तो आप देखिएगा, वह आकाश की बुलन्दियों पर होंगी! शायद इसलिए दीदी आप पर इतना गर्व करती हैं! अब तो मुझे भी आप पर गर्व का अनुभव होने लगा है!"

"वह मेरी बात का इतना सम्मान देती है, इसका कारण यह है कि वह ख़ुद भी बहुत अच्छी है। सबसे अलग—लाखों में एक! ईश्वर करे कि उसके हृदय की हर इच्छा पूरी हो!" साकार शुची के बारे में बोला।

"एक बात कहूँ आपसे? उनकी हर इच्छा कहीं-न-कहीं आपसे ही जाकर जुड़ती है। मैंने अभी तक अपने जीवन में ऐसा नहीं देखा कि कोई कैसे किसी एक की सारी बातें बिना किसी अनुरोध-विरोध के स्वीकार कर लेता है और वह भी पूरे मन से! और कोई कैसे इतनी नज़दीक होकर भी इतनी दूर हो सकता है! वैसे वह अपनी सफलता का सारा श्रेय आपको ही देती हैं और चाहती हैं कि वह भी आपकी सफलता का एक अंश बन सकें! उन्हें कभी भी निराश मत करिएगा!" कहकर दीप्ति थोड़ी रुआँसी-सी हो गई।

साकार एक नज़र दीप्ति पर डाल सामने जा रहे रिक्शे की ओर देखने लगा जिसमें शुची बैठी हुई थी—एकटक...निर्निमेष! कुछ समय पश्चात वह उस दृश्य में इतना खो चुका था कि उसे यह भी भान नहीं हुआ कि वह भी एक रिक्शे पर दीप्ति के बगल में बैठा हुआ है। उसे लगा, यदि इस समय दुनिया में कुछ भी व्याप्त है तो वह और सामने चल रहा रिक्शा और उसमें बैठी शुची!

थोड़ी देर बाद रिक्शा आँखों से ओझल हो गया। सहसा उसे अपना चेहरा गीला प्रतीत हुआ। हाथ उठाकर चेहरे पर ले जाने पर उसे एहसास हुआ कि आँखों ने अपना

काम कर दिया था। रिक्शा ओझल नहीं हुआ था, डबडबाई आँखें ही अक्सर देखना बन्द कर देती हैं। दीप्ति के विपरीत चेहरा घुमाकर उसने अपनी आँखें पोंछ डालीं।

उसे अपनी इस भावुकता पर ग़ुस्सा भी आया। बचपन से उसने बस यही तो सीखा था—'भटकाव कभी भी लक्ष्य तक पहुँचने नहीं देता, और भावुकता केवल भटकाती ही है, कभी भी किसी को लक्ष्य तक नहीं पहुँचने देती।' आदमी को जज्बातों से काम करना चाहिए, न कि जज्बाती होकर। और उसे किसी भी परिस्थिति में भटकना नहीं है। जीवन में हर प्राप्य का एक उचित समय होता है जो अपने पड़ाव पर ही मिला करता है। जब भावनाओं की बात का समय आएगा तब देखा जाएगा। उसे पूरा वृक्ष नहीं देखना है, केवल वृक्ष पर बैठी चिड़िया की आँख देखनी है। बाक़ी वृक्ष, उसकी शाखाएँ, उसकी पत्तियाँ, पुष्प और फल तब तक भटकाव मात्र हैं।

साकार ने लाख कोशिश की हो अपने आँसुओं को छिपाने की, लेकिन दीप्ति से वह छिपा नहीं रह सका। किन्तु देखने के बाद भी दीप्ति कुछ नहीं बोली। वह कुछ इस तरह से संज्ञाशून्य हो बैठी रही जैसे कि उसने कुछ देखा ही नहीं! वह साकार को और संकोच में नहीं डालना चाह रही थी। उम्र के लिहाज से परिपक्वता उसमें कूट-कूटकर भरी थी। शहर की घुमावदार और शोर से भरी हुई गलियों के बीच भी वह अपने पास बिखरे सन्नाटे को सुन पा रही थी।

दीप्ति के परिपक्व होने का सबसे बड़ा कारण था उसका भरा-पूरा संयुक्त परिवार, जिसमें कई लोग अच्छे-अच्छे पदों पर आसीन थे। जिस घर में केवल राजनीति और देश-दुनिया की ही बातें छाई हों, उस घर के बच्चे अक्सर जल्दी ही परिपक्व हो जाते हैं।

"भैया, थोड़ा आराम से चलाओ, सड़क अच्छी नहीं है।" अचानक हुए हलचल से खीजकर दीप्ति रिक्शेवाले से बोली।

"सड़क त हर जगही के खराब बा। सरकार कुछ करतो नाहीं है। अब हम्मन लोग सड़क के हिसाब से रिक्शा चलावे लागल जाई तब होइ चुकल दिन भर के कमाई!" रिक्शेवाले ने अपनी बोली में उत्तर दिया।

रिक्शेवाले की बातें सुनकर साकार चुप नहीं रह सका। उसका विषयगत प्रेम जाग उठा और तपाक से बोल पड़ा, "सरकार को चुनते भी तो आप ही लोग हैं। अगर चुनने से पहले थोड़ा देख-समझ लिए होते तो इतनी समस्या थोड़े ही होती।"

"अब का करी साहेब? इतना पढ़ल-लिखल होइत त रिक्शा थोड़े खींचे के पड़त? लेकिन आप लोगन त पढ़त-लिखत बाड़िन। आप लोगन के त और जिम्मेदारी लेबे के चाहीं। अब आप लोग नाहीं सोचल जाईं, तब तक सब नेता लोग अइसने रहिहैं! सब बस निचले ग़रीब लोगन के ग़लती निकाले ला।" रिक्शेवाले ने सटीक उत्तर दिया।

अपनी पसन्द का विषय न होने के बावजूद दीप्ति यह संवाद पसन्द कर रही थी। लेकिन साकार संयत था और रिक्शेवाले ने अनजाने में ही फैले हुए सन्नाटे की दीवार गिरा डाली थी।

रिक्शेवाले की बात कहीं से भी ग़लत नहीं थी। उसकी बात सुनकर साकार सोचने लगा था—समाज अच्छा हो, राज्य अच्छा हो, देश अच्छा हो—इसकी जिम्मेदारी अक्सर निचले वाले तबके पर डाल दी जाती है। सब हमेशा उसी तबके पर प्रश्नचिह्न खड़ा करते हैं, जैसे कि वही सब गन्दगी फैलाते हैं! उन्हीं सबकी वजह से भारत की जनसंख्या विस्फोट के कगार पर पहुँच चुकी है! और तो और, भ्रष्ट नेता का चुनाव भी तो वही सब करते हैं। बिक जाते हैं सब एक बोतल शराब, एक कम्बल और कुछ रुपयों पर! पर क्या यह बात सही है? भारत की कुल जनसंख्या में इस तबके का कितना बड़ा भाग है, यह देखने पर तो सीधे-सीधे यही लगता है कि ग़लत राज्यव्यवस्था और भ्रष्ट राजनेता का चुनाव यही लोग करते होंगे, पर अगर गहराई से देखें तो यह बात पूरी तरह से निर्मूल साबित होती है। सबको तो यही लगता है कि किसी राजनेता का चुनाव उसके पक्ष में मतदान करके ही किया जाता है; किन्तु सच्चाई तो यह है कि ग़लत राजनेता का चुनाव उन लोगों के वोट न डालने की वजह से होता है, जिसमें यह समझ है कि ग़लत क्या है और सही कौन है! भारत के पिछले कुछ लोकसभा या विधानसभा के चुनावी आँकड़े पर निगाह डालें तो कमोबेश यही तस्वीर साफ़ नज़र आने लगती है। यदि उन चुनावी आँकड़ों पर गौर करें तो प्रथमद्रष्ट्या लगभग सारे चुनाव में 50 से लेकर 70 प्रतिशत के बीच ही मत पड़े हैं, इसमें दक्षिण भारत के कुछ राज्य अपवाद रहे हैं। और कुछ सीटों को छोड़कर इन पड़े हुए मत में से जिसने भी 18–25 प्रतिशत मत पा लिए हैं, वही निर्वाचित हो जाता है। इसका सीधा अर्थ तो यही हुआ कि सिर्फ़ 18–25 प्रतिशत मतदाता मिलकर किसी को भी निर्वाचित कर सकते हैं और यही कारण है कि नेता लोग अक्सर इन्हीं 18–25 प्रतिशत मतदाताओं पर अपना दाँव खेलते हैं। और इनका पहला दाँव होता है इन 18–25 प्रतिशत जनता को बाक़ी से कोई भी आधार बनाकर अलग करना और अपने-आपको किसी आधार से उनके साथ जोड़ना और फिर झूठे वादे, पैसा, शराब आदि का सहारा लेकर संसद और विधानसभा में पहुँच जाते हैं।

गौरतलब बात यह कि 30 से 40 प्रतिशत मतदाता अभी भी अपने मत का प्रयोग बिलकुल नहीं करते। अगर मतदाता सूची में 5 प्रतिशत की ग़लती भी मान लें तो भी 25–35 प्रतिशत लोग, जो सही मायने में मतदाता हैं और जिनका नाम मतदाता सूची में भी है, कभी भी अपने मत का प्रयोग नहीं करते। आख़िर यह 25–35 प्रतिशत मतदाता कौन हैं? वही लोग हैं जो सक्षम हैं, पढ़े-लिखे हैं, अच्छे परिवारों से हैं, जिनमें सही और ग़लत में अन्तर करने की समझ है। लेकिन ये लोग

अपने मत का प्रयोग कभी भी नहीं करते। बस, चुनावों के बाद अगले पाँच सालों तक सरकार की नाकामी और निचली-अनपढ़ जनता को कोसते रहते हैं जिसने ऐसी सरकार चुनी, जबकि वे यह भूल जाते हैं कि अगर उन्होंने अपने मत का प्रयोग किया होता तो आज अच्छी सरकार होती। किसी से भी पूछ लीजिए, 25-35 प्रतिशत, 18-25 प्रतिशत से कहीं ज़्यादा होते हैं, तो फिर ग़लत सरकार के निर्वाचन का जिम्मेदार कौन हुआ—पढ़े-लिखे, जागरूक और सक्षम 25-35 प्रतिशत लोग जिन्होंने मत का प्रयोग नहीं किया, या फिर अनपढ़, दबी-कुचली 18-25 प्रतिशत जनता जिसने मतदान में हिस्सा लिया? एक घर में यदि तीन बच्चे हैं, उनमें से जो सक्षम हैं, सफल हैं, घर को और ऊँचाइयों पर ले जाने की जिम्मेदारी भी उन्हीं सक्षम और सफल बच्चों के कन्धे पर होती है। ठीक वैसे ही, जब तक यह 25-35 प्रतिशत सक्षम और शिक्षित लोग अपने मताधिकार का प्रयोग नहीं करेंगे तब तक भारत सिर्फ़ विकासशील देश ही रह जाने को शापित रहेगा।

कई लोग तो इसका यह कारण देते हैं कि वह अपने निर्वाचन क्षेत्र से बहुत दूर रहते हैं और इस व्यवस्था में बिना उस क्षेत्र में पहुँचे मत का प्रयोग वे नहीं कर सकते। लेकिन यह बहुत ही लिजलिजा कारण है। पाँच साल में एक बार होने वाले चुनाव के लिए क्या एक दिन भी नहीं निकाला जा सकता? देश इसी एक दिन से बनता-सँवरता है!

"अरे कहाँ खो गए हैं आप? शायद भूल गए कि आप अभी अपनी पढ़ने की मेज़ पर नहीं, बल्कि मेरे साथ एक रिक्शे पर बैठे हुए हैं।" दीप्ति ने साकार को कोहनी मारते हुए पूछा।

साकार चौंककर अपने विचारों से बाहर आया और बोला, "कहीं नहीं खोया हूँ, मैं यही पर हूँ, बस रिक्शेवाले की बातों पर गौर कर रहा था। उसने जो कुछ भी बोला है, बिलकुल सही बोला है।"

"मुझे भी तो बताइए। मैं भी ज्ञान की सागर में कुछ देर गोते लगा लूँ! वैसे भी आपसे ज़्यादा मुलाकातें नहीं हुई हैं। बातें तो ख़ैर छोड़ ही दीजिए। मेरे घर में भी हज़ार तरह की बातें प्रतिदिन हुआ करती हैं, लेकिन वह सारा विषय ही बहुत नीरस हुआ करता है। बौद्धिक स्तर पर कोई बात ही नहीं करता, केवल सुनी हुई बातें होती हैं, बस! सबको केवल अपनी ही विचारधारा सही लगती है। कभी आपके पास मेरे लिए समय रहा तो कई सारी बातों पर आपके विचार जानना चाहूँगी।" कहकर दीप्ति हँसने लगी।

रिक्शेवाले को कुछ भी समझ में नहीं आया और पीछे मुड़कर देखने लगा।

उसको ऐसा करते देख साकार भी हँस पड़ा और दीप्ति से बोला, "नहीं, रहने दीजिए। नहीं तो जब शुची को पता चलेगा कि मैं आपको भी किताबी बातों से बोर कर रहा था तो बहुत बुरा मानेगी।"

"सीधे-सीधे आप क्यों नहीं कहते कि ज्ञान की बातें दीदी को छोड़कर आप किसी और से साझा नहीं करते?" और इतना कहकर दीप्ति ने साकार को एक आँख मारी और दोनों ठहाके लगाकर हँस पड़े।

अचानक सामने वाला रिक्शा रुका और शुची उतरकर पीछे वाले रिक्शे के पास आई और बोली, "दीप्ति, तुम उस रिक्शे पर जाकर दीदी के पास बैठो, मैं यहाँ बैठूँगी।"

उसकी बात सुनकर साकार और दीप्ति दोनों चौंके और दीप्ति के मना करने पर भी शुची दीप्ति और साकार के बीच आकर ज़बरदस्ती बैठ गई।

"क्यों दीदी, मेरे ऊपर आपको भरोसा नहीं रहा क्या? आप घबराइए नहीं, यह रिक्शा है। मैं किसी को लेकर भागूँगी नहीं।" दीप्ति मुस्कुराते हुए शुची से बोली।

साकार के सामने ऐसी खुली बातें सुनकर शुची झेंप गई। फिर संयत होकर बोली, "तुम बड़ी ही शरीर हो! न जाने तुम्हारा बचपना कब जाएगा? मैंने ऐसा कुछ कभी भी बोला? वो तो दोनों के ठहाकों की आवाज़ सुनकर मुझे लगा कि किसी मज़ेदार बात पर तुम दोनों बात कर रहे होंगे, इसलिए मैं यहाँ चली आई ताकि मैं भी सुन कर आनन्द ले सकूँ।"

"ठीक है, ठीक है, मेरी प्यारी दीदी! कोई कारण नहीं भी हो तो भी मैं दूसरे रिक्शे पर जा रही हूँ। वैसे भी स्टेशन अब पास ही है :

या ख़ुदा दौलत-ए-मोहलत थोड़ी और दे दे।
वो पास बैठे ही थे कि मंज़िल ही गई॥"

"तुम दिन पर दिन ज्यादा बोलने लगी हो। पता नहीं, इतनी सारी बातें बनाना कहाँ से सीखती हो!" शुची बनावटी ग़ुस्से से बोली।

दीप्ति ठंडी आह भरते हुए बोली, "या ख़ुदा! अब मैं क्या करूँ? चुपचाप तो जमाने में वो रहते हैं जिनका दिल कहीं और दिमाग़ कहीं और होता है। और मेरा तो दोनों ही अपनी-अपनी जगह सही-सलामत हैं!"

दीप्ति रिक्शे से उतर सामने वाले रिक्शे पर जा बैठी।

साकार जो अभी तक थोड़ा झिझक महसूस कर रहा था, दीप्ति के जाने से अच्छा महसूस करने लगा। और शुची की ओर देखकर मुस्कुराने लगा।

"आख़िर क्या बातें चल रही थीं आप दोनों में तब से? बड़ी हँसी-ठिठोली हो रही थी?" शुची ने आँखें बड़ी करते हुए पूछा।

"पूछ रही हो कि डाँट रही हो? इन बड़ी-बड़ी आँखों से डर लगता है मुझे।" साकार ने यह कहकर ऐसा चेहरा बनाया, जैसे कि वह सचमुच डर गया हो!

उसका चेहरा देखकर शुची भी हँसे बिना नहीं रह सकी। अपने बिखरे हुए बाल जो हवा के थपेड़ों से चेहरे पर आ गिरे थे, अँगुलियों में लपेट कान के पीछे ले जाते हुए शुची बोली, "सच्ची-सच्ची बताइए, दीप्ति क्या कह रही थी आपसे? मुझसे

भी छिपाएँगे ?''और बच्चों-सा रूठने जैसा चेहरा बनाकर शुची ने मुँह दूसरी ओर फेर लिया।

साकार ने अपने हाथ से शुची की ठोड़ी पकड़कर चेहरा अपनी ओर घुमाया और आँखें उसके चेहरे पर डालकर बोला, ''आज तक कभी भी ऐसा कुछ हुआ है जो मुझे छिपाना पड़ा हो ? वो भी तुमसे...असम्भव ! वैसे भी तुमसे कोई बात मैं छिपा भी नहीं पाता।'' साकार थोड़ा गम्भीर हो गया।

शुची ने अपनी पलकें ऊपर ऊठाईं, एक नज़र साकार के चेहरे पर डाली, फिर पलकें झुका लीं। साकार का हाथ अपने चेहरे से हटाकर अपने हाथों में लेकर दबाने लगी। कुछ देर यों ही सन्नाटा पसरा रहा। रिक्शे के पहियों की तीलियों में जो छोटे-छोटे गुरिए गुँथे हुए थे, अपना संगीत लगातार बिखेरते जा रहे थे। साकार ने अपनी निगाहें शुची के चेहरे से नहीं हटाई थीं। शुची ने साकार का हाथ नहीं छोड़ा था, और वो पलकें झुकाये साकार के हाथ को लगातार देखे जा रही थी ! शायद उन हाथों से निकलकर अनेक शब्द अभी बाहर निकलेंगे और वह उन्हें पढ़ लेगी। शायद वह जान सके कि भविष्य में क्या होने वाला है।

थोड़ी देर बाद उस शान्ति को चीरते हुए शुची ख़ुद ही बोल उठी, ''दीप्ति की बातों को गम्भीरता से मत लीजिएगा, वह पागल है। फ़िल्म ख़ूब देखती है तो उसे लगता है कि जीवन भी फ़िल्मी ही होता है। लेकिन उस नादान को इतना भी नहीं पता है कि रील लाइफ और रियल लाइफ में बहुत बड़ा अन्तर होता है। वह बस ऐसे ही बड़बड़ाती रहती है दिन भर और वह भी सबसे। उसकी बातों को अगर रिकॉर्ड करके कोई लिखने लगे तो एक ही दिन में एक उपन्यास तक पूरा हो सकता है।''

साकार शुची की बात सुनकर मुस्कुराने लगा। लेकिन उसने अपनी आँखें शुची के चेहरे से नहीं हटाईं और अपना हाथ भी शुची के हाथों से बाहर नहीं खींचा और इधर रिक्शा भी अपनी चाल से चलता रहा।

''देखो, सामने रेलवे स्टेशन दिखाई दे पड़ रहा है। बस, पाँच मिनट में हम लोग पहुँच जाएँगे।''साकार सामने स्टेशन को देखकर बोला।

शुची की निगाहें स्टेशन की ओर गईं। हाथ हिला और साकार का हाथ छूट गया।

मुड़कर वापस साकार को देखते हुए बोली, ''अच्छे पल कितनी जल्दी बीत जाते हैं न, मानो पंख लगाकर उड़ रहे हों ! और बुरा वक़्त, एकाकीपन जल्दी क्यों नहीं बीतता ?''

''वह इसलिए कि अच्छे पलों को जीते समय किसी को भी समय का एहसास नहीं रहता, और बुरे पल के वक़्त ध्यान हमेशा समय पर ही लगा रहता है। इसलिए उस ध्यान की एकरसता के कारण बुरा वक़्त जल्दी बीतता प्रतीत नहीं होता है।'' साकार ने उत्तर दिया।

शुची साकार का उत्तर सुनकर मुस्कुराते हुए साकार से बोली, ''शायद ही कोई ऐसा प्रश्न हो, जिसका उत्तर आपके पास न हो! और उत्तर भी ऐसा-वैसा नहीं, समुचित और सटीक! इस बार की मुलाकात में आपसे दो बातें भी ठीक से नहीं हो पाईं।''

''काश, तुम्हारी बातें सही होतीं शुची! लेकिन यह पूरा सच नहीं है। क्योंकि अभी भी मेरे पास मेरी बेरोजगारी का कोई उत्तर नहीं है।'' यह बोल साकार ने ठंडी साँसें भरीं और गम्भीर हो गया।

''यह तो कोई बात नहीं हुई! जो दूसरों को हर समय सम्बल दिया करता है, वह निराशा की बात कब से करने लगा?'' शुची भी गम्भीर हो गई।

''बात आशा-निराशा की नहीं है शुची, आकांक्षाओं और इच्छाओं की है। तुम्हें मेरे घर का हाल पता तो है ही। बस, पता नहीं क्यों, प्रतीक्षा करने से घबराने लगा हूँ! क्या इतना सारा उत्तरदायित्व मैं पूरा कर पाऊँगा?'' साकार शुची को देखते हुए बोला।

''आपको अपने ऊपर विश्वास हो या न हो, मेरा विश्वास आपके ऊपर हमेशा से रहा है और जीवनपर्यन्त रहेगा। मुझे जितना यक़ीन अपने ऊपर नहीं है, उससे कहीं ज़्यादा आपके ऊपर है। आप सफल होंगे—बिलकुल सफल होंगे। और अभी-अभी तो आपने अपने लक्ष्य की ओर अग्रसर होना शुरू किया है। हाँ, एक बात और! जब भी आपको बत्ती वाली गाड़ी मिलेगी, सबसे पहले उसमें मैं ही बैठूँगी। उस समय कोई बहाना-वहाना नहीं चलेगा, अभी से बता दे रही हूँ!'' शुची ने जिस अन्दाज में ये बातें कहीं, उससे साकार बिना मुस्कुराये नहीं रह सका।

''बिलकुल। यह तय रहा। एक बात तो माननी ही पड़ेगी कि मैं कितना भी निराश होऊँ, तुम पलक झपकते ही मेरे अन्दर उमंग भर देती हो। जीवन हरा-भरा लगने लगता है।'' साकार बोला।

''अच्छा, इतनी अच्छी हूँ मैं? फिर भी आप सबके सामने डाँटते रहते हैं मुझको!'' फिर से शुची ने बच्चों-सी भोली सूरत बना ली।

साकार फिर से मुस्कुराने लगा। थोड़ी ही देर बाद स्टेशन आ गया। शुची रिक्शे में बैठे-बैठे ही झुककर साकार के पाँव छूने लगी।

''अरे, यह क्या? अब तो तुम बड़ी हो गई हो। अब इसकी ज़रूरत नहीं।'' साकार अचानक से बोला।

''मैं बड़ी रहूँ या छोटी, इसकी ज़रूरत पहले भी थी, आज भी है और आगे भी रहेगी। अब सबके सामने पाँव तो नहीं छू सकती, इसलिए अभी रिक्शे पर बैठकर ही छू ले रही हूँ।'' शुची बोली।

साकार को शुची के इस रहस्य के बारे में पहले से ही पता था कि सबके सामने शुची सिर्फ़ हाथ जोड़कर नमस्ते किया करती थी, किन्तु जब भी वह अकेले में मिलती थी तो साकार के पाँव छूकर ही प्रणाम करती थी। फिर भी साकार तो साकार ही ठहरा! बिना पूछे उससे रहा नहीं जाता था। सब कुछ जानकर भी वह

हर बार यही प्रश्न करता था और शुची यह जानते हुए भी हर बार उसे उत्तर दे दिया करती थी।

साकार रिक्शे से नीचे उतरा और अपने हाथों का सहारा देकर शुची को भी नीचे उतारा। उधर दूसरे रिक्शे से दीप्ति और कविता भी उतरीं। स्टेशन के अन्दर पहुँचकर साकार ने पता किया तो ट्रेन अभी लेट थी। सब लोग स्टेशन पर बने वेटिंग रूम में बैठकर बातें करने लगे—खास कर पढ़ाई और घर से जुड़ी बातें। साकार लगभग शान्त ही बैठा रहा। जब ट्रेन स्टेशन पर पहुँची, तो साकार को छोड़कर बाकी तीनों ट्रेन में बैठने उठ खड़ी हो गईं। सबको आजमगढ़ जाना था शुची के घर। शुची ने हाथ जोड़ साकार को नमस्ते कहा और साकार ने भी उत्तर में हाथ जोड़ लिये।

कविता अन्दर जाकर कम्पार्टमेंट में बैठ गई थी। शुची और दीप्ति ट्रेन के गेट पर खड़ी होकर ट्रेन के चलने की प्रतीक्षा कर रही थीं।

जब दीप्ति से नहीं रहा गया तो वह बोल उठी, "चलिए, आप भी आजमगढ़ हम लोगों के साथ चल चलिए, नहीं तो बाद में सोचते ही रह जाएँगे कि ट्रेन स्टेशन पर खड़ी थी, सीट भी थी और अच्छे लोगों का साथ भी—पकड़ लेता तो क़िस्मत बन जाती! और कोई कारण न भी हो तो भी चलिए। कम-से-कम आपकी वजह से किसी का चेहरा चमकता तो रहेगा!"

शुची ने दीप्ति का हाथ पकड़कर बड़ी जोर से दबाया और बनावटी ग़ुस्से से उसे देखने लगी।

ट्रेन ने सीटी बजाई और गार्ड के हरी झंडी दिखाते ही उसका सरकना शुरू हो गया। साकार अपनी जगह से हिला नहीं, वहीं खड़ा रहा। शुची भी अपनी जगह से हिली नहीं, वहीं खड़ी रही। बस, ट्रेन सरकती रही और दोनों के बीच की दूरियाँ बढ़ती रहीं। और थोड़ी देर बाद ही ट्रेन आँखों से ओझल हो चुकी थी।

साकार ने चारों तरफ़ नज़रें दौड़ाईं, उसे दूर-दूर तक कोई भी जाना-पहचाना चेहरा नहीं दिखा। वैसे भी अब तक के जीवन में साकार का कोई मित्र नहीं बन पाया था। उसकी मित्रता का पैमाना भी बहुत उच्च स्तर का था : 'पानी-परात को हाथ छुए नहिं, नैनन के जल सो पग धोए!' और उसके अकेलेपन का सबसे बड़ा कारण भी यही था।

ट्रेन के गुज़रने के बाद साकार ने ख़ुद को बहुत ही अकेला पाया। जब उसे कुछ भी समझ में नहीं आया तो वह प्लेटफ़ॉर्म पर पास ही की एक बेंच पर बैठ गया। चायवाले से एक चाय लेकर वह धीरे-धीरे पीता रहा मानो ताउम्र उसे उसी बेंच पर बैठकर काटना था। उसके बैठने की समय-सीमा भले ही न हो पर उस कप में रखी चाय की तो थी। ख़त्म हो गई। पुनः साकार अकेला हो गया। बस, अनमने ढंग से स्टेशन से बाहर निकल आया और सामने जो भी टेम्पो खड़ा मिला, वह उसमें बैठ गया।

टैम्पो वाले ने पूछा, "भैया, कहाँ जाना है? यूनिवर्सिटी या संगम घाट?"

"संगम घाट!" साकार बोला।

टैम्पो में और भी सवारियाँ थीं। टैम्पो चलना शुरू हुआ। वैसे रिक्शे वाले, ऑटो, टेम्पो वालों को यह बताना नहीं पड़ता है कि कहाँ जाना है। ख़ास कर ऐसा लड़का जो अभी-अभी किशोरावस्था को पूरा कर जवानी में क़दम रख रहा हो। दो ही जगहें तो मशहूर थीं इलाहाबाद में—एक, विश्वविद्यालय और दूसरा, संगम घाट। पूरे इलाहाबाद के यही तो दो मजबूत स्तम्भ थे, बाक़ी तो सब पटरियाँ थीं जिनसे इन स्तम्भों के सहारे इलाहाबाद नाम का पुल बनाया हुआ था, जिस पर सब लोग चलते जा रहे थे। पटरियाँ जुड़ती जा रही थीं और इलाहाबाद का आकार फैलता जा रहा था।

कुछ देर बाद साकार संगम घाट पहुँचा। टैम्पो वाले को भाड़ा देकर वह घाट की ओर बढ़ चला। शाम के समय संगम घाट की छटा बहुत ही निराली होती है। धीरे-धीरे सूरज का लाल होकर आसमान में लाली बिखेरना और जल-तरंगों पर बिखरता उसका रक्तिम प्रतिबिम्ब—सबकुछ मनोहारी! आँखों को और मन-मस्तिष्क को एक सुकून का एहसास होता है। अपने घोंसलों की ओर लौटते पक्षियों के झुंड का कलरव संगीत और शाम को नदी की ओर से आती हुई ठंडी बयार किसी भी पाषण हृदय को पिघलाकर उसमें प्रेम का बीज अंकुरित करने में सक्षम होते हैं!

साकार ने देखा कि आस-पास बहुत सारे लोग घाट के किनारे टहल रहे हैं। लगभग हर उम्र के लोग थे वहाँ पर। कहीं थोड़ी-थोड़ी दूर पर हाथों में हाथ लिये प्रेमी-युगल भी दिखे। जो शहर की परिचित हवा में साथ देख लिये जाने से भी घबराते थे, यहाँ स्वच्छन्द हो विचरण कर रहे थे। यहाँ लोग उन्हें देख तो सकते थे किन्तु पहचान नहीं सकते थे।

साकार ने सोचा कि पल-पल पर कितना विरोध भरा हुआ है जीवन में! राधा-कृष्ण की जोड़ी को सब पूजते हैं। यहाँ तक कि राधा के भक्तों का अपना एक समूह ही है। प्रत्येक भाषा का साहित्य प्रेम और भावनाओं पर ही टिका हुआ है लेकिन यही समाज किसी भी लड़की को प्रेम में पड़ जाने पर समाज से बहिष्कृत करने की धमकी देता है। ज़रूरी नहीं कि हर प्रेम में केवल देह-भाव ही हो!

और प्रेम कैसे न हो? साहित्य में प्रेम, सिनेमा में प्रेम, हर जगह यही प्रेम तो दिखता है, और एक ऐसी उम्र में क़दम रखने पर एक विपरीत आकर्षण स्वाभाविक ही है। उस भावना को कुचलने से कहीं ज़्यादा अच्छा यह होता कि किशोरावस्था में ही माता-पिता, जो भी अपने-आपको सहज महसूस करते हों, बच्चों को इसका ज्ञान देते ताकि वे प्रेम की इस भावना को समझ सकें और उनमें भटकाव न आ पाए।

किशोरावस्था में अपने मन में ऐसी कोई भावना लिये एक किशोर किसके पास जाये ? किससे पूछे ? समाज तो इसे पहले से ही बुरा मानता रहा है। उस किशोर के पास केवल उसके मित्र ही रह जाते हैं, जो ख़ुद भी किशोरावस्था में होते हैं, और वही आधा-अधूरा ज्ञान बड़ी-बड़ी ग़लतियाँ करा देता है।

कहते हैं, शिक्षा की शुरुआत घर से ही होती है। अगर कोई भी युवक अपनी बात घर में रखने के लिए अपने-आपको सुरक्षित महसूस नहीं करेगा तो फिर इस उम्र में भटकना तो तय ही है, क्योंकि अधिकतर फ़िल्में आधा सच ही दिखाती हैं और इस विषय से सम्बन्धित कोई पुस्तक आसानी से न तो उपलब्ध होती है, न ही पढ़ने दी जाती है। सिर्फ़ एक ही रास्ता बचता है किशोरों के पास—छिप-छिपकर अपनी भावनाओं का प्रदर्शन करने के लिए!

कुछ ऐसा ही प्रदर्शन इस समय सगंम घाट पर थोड़ी-थोड़ी दूरी पर चल रहा था।

साकार यही सारी बातें सोचता हुआ घाट के किनारे चलता चला जा रहा था। साकार कोई मसीहा, क्रान्तिकारी या फिर समाजदर्शी नहीं था। बस, उसकी अपनी बातें थीं, उसका अपना मत था—हर एक विषय पर, जैसे बाक़ी लोगों का होता है।

चलते-चलते घाट की एक सुनसान जगह पर जाकर साकार बैठ गया और सामने उछलते जल की ओर देखने लगा। तभी एक नाव पास से गुज़री जिसका मल्लाह कुछ गा रहा था। शब्द अस्पष्ट थे, लेकिन साकार को राग अच्छा लगा।

जब उसका गाना ख़त्म हुआ, साकार ने नाविक को पुकारा और भाड़ा तय करने के बाद नाव पर बैठकर सैर करने लगा। चप्पू चलाने की आवाज़ में भी कितना संगीत बिखरा हुआ है और वह भी ऐसा जो कि कर्णप्रिय लगता है, न कि आजकल के कानफोड़ू डी.जे. संगीत जैसा। केवल पैरों का थिरक उठना संगीत का प्राप्य थोड़े ही है। संगीत तो ऐसा होना चाहिए जिससे मन थिरक उठे।

लगभग आधे घंटे सैर करने के बाद नाव किनारे घाट पर आकर लगी। साकार फिर से घाट पर बैठ गया। उसका मन शान्त नहीं था—न जाने किन तूफानों में फँसा हुआ! खास कर तब से, जब से शुची की ट्रेन आँखों से ओझल हुई थी। वह जितना अपने-आपको इस घटना से अलग करना चाह रहा था, उतना ही उससे जुड़ता जा रहा था। शायद दीप्ति की कही बात अभी भी उसके कान में गूँज रही थी। वह इस तरह की स्थितियों से अभी तक अनभिज्ञ था क्योंकि उसके साथ ऐसा कुछ पहली बार हो रहा था! किंकर्तव्यविमूढ़ हो वह घाट से सड़क की ओर बढ़ चला। हाथ से इशारा करके उसने एक टेम्पो रुकवाया और उसमें बैठ गया।

आज वह पहली बार संगम घाट गया था। अपने कमरे पर वापस आते समय उसने यह निश्चित किया कि वह पुनः अकेले कभी भी किसी घाट पर नहीं जाएगा,

क्योंकि ऐसे माहौल में भावनाओं से उसका नियंत्रण छूट उठता है, और वह भावुकता का शिकार नहीं होना चाहता। उसने पुन: मन-ही-मन उसी बात को दुहराया कि भावनाएँ केवल भटकाती ही हैं। और उसे अपना लक्ष्य प्राप्त करना है। लेकिन वह पागल इतना भी नहीं समझ सका था कि भावना और बोतल में बन्द पानी में बहुत अन्तर होता है। बोतल पर ढक्कन कसकर उसके अन्दर रखे पानी पर नियंत्रण रखा जा सकता है, किन्तु भावनाओं पर नियंत्रण ? कोई भी नहीं कर सकता है।...अपने-आप आती है, अपने-आप चली भी जाती है—क्या कोई ज्वार-भाटा पर नियंत्रण कर पाया है ? नहीं न!

जो व्यक्ति सम्मोहन में रहना चाहे और सम्मोहित भी न होना चाहे, उस व्यक्ति के मन की दशा क्या होगी ? ठीक कुछ यही दशा साकार की भी थी। साकार कोई बुद्ध तो नहीं था जो मध्यम-प्रतिपदा का पालन करके अपने-आपको बचा लेता! साकार केवल साकार ही था और उसे इसी 'केवल' में ही तड़पना था। और उसे सारी रात तड़पना पड़ता अगर नींद न आ गई होती।

लेकिन कोई तड़पन ऐसी होती है, जिससे नींद भी नहीं बचा सकती। उसने आपने-आपको एक घने-अँधेरे जंगल में पाया, लेकिन वह सब कुछ साफ़-साफ़ देख-सुन पा रहा था। धीरे-धीरे वह आगे बढ़ने लगा। थोड़ी देर बाद उसने मुड़कर देखा तो वह ठीक वहीं खड़ा था जहाँ से उसने चलना शुरू किया था। वह डर गया और तेज़-तेज़ भागने लगा और तब तक भागता रहा जब तक कि उसकी साँसें फूल नहीं गईं। फिर थककर रुक गया। देखा तो वही ज़मीन, वही जगह जहाँ से उसने भागना शुरू किया था। अचानक बगल के पेड़ों से लताएँ निकलीं और उसकी ओर बढ़ने लगीं और उसके शरीर पर लिपटकर उसे अपनी ओर खींचने लगीं। वह मदद के लिए चिल्लाता रहा। उसने बारी-बारी सबके नाम लेकर पुकारे। सारे रिश्तों को याद किया। सारे लोगों के चेहरे उसके सामने आए और धीरे-धीरे सबकी आकृतियाँ भी आकार लेने लगीं। वह मदद के लिए चिल्लाता रहा। सबसे बचाने के लिए गुहार लगाता रहा। पर सब कभी उसकी ओर देखते और कभी आपस में एक दूसरे की ओर। फिर सब आपस में बातें करने लगे—किसी अलग भाषा में ही और उसी भाषा में साकार से बात भी करने लगे। साकार को वह भाषा बिलकुल भी समझ में नहीं आई। वह चीखता ही रहा और बाक़ी सारे अपनी उस अलग भाषा में कभी साकार से, कभी अपने-आपसे बातें करते रहे। धीरे-धीरे उसका दम घुटने लगा कि तभी उसने किसी की जानी-पहचानी चीख सुनी। आवाज़ की दिशा में जब उसने देखा तो पाया, ठीक उसी की तरह शुची को भी लताओं ने जकड़ रखा है, और थोड़ी देर बाद दोनों को लताओं ने अपने झुरमुट में खींच लिया।

साकार की नींद टूट गई और वह पसीने से तर-ब-तर था। उसे अपना गला कुछ फँसा-फँसा-सा लगा। बिस्तर से उठकर लगभग आधी बोतल पानी वह पी गया। थोड़ी देर कमरे में ही टहलता रहा, फिर सामने रखी कुर्सी पर बैठ गया। तब भी उसके मन को आराम नहीं मिला। उसने कपड़े पहने और विश्वविद्यालय के पास वाली चाय की दुकान पर चला गया। अक्सर वह शहर, जहाँ किसी खास परीक्षा की तैयारी करने वाले अभ्यर्थी रहते हैं, वह रात भर जागते रहने को शापित हो जाता है। इलाहाबाद भी शापित हो चुका था।

साकार ने चाय ख़त्म की और बिना कुछ सोचे-समझे बस स्टेशन जाकर जौनपुर की ओर जाने वाली बस में बैठ गया।

दिल्ली : 2011

मुखर्जी नगर का इतिहास कोई बहुत पुराना नहीं है। सन् दो हज़ार से पहले सिविल सर्विसेज के क्रेज को लेकर इतने सारे अभ्यर्थी वहाँ नहीं थे। एक बत्रा सिनेमाघर, कुछ चाय की दुकानें, तो कुछ जूस की, एकाध प्रशासनिक सेवा के लिए कोचिंग्स इंस्टीट्यूट और आवासीय घर—बस, इतना ही हुआ करता था मुखर्जी नगर।

दिल्ली विधान सभा से विश्वविद्यालय द्वारा आजादपुर की तरफ़ जाते हुए एक जगह, जिसे किंग्सवे कैम्प कहते हैं, से दाहिनी तरफ़ मुड़कर यही कोई डेढ़ किलोमीटर की दूरी पर मुखर्जी नगर स्थित है। पहले प्रशासनिक सेवा के अभ्यर्थियों का गढ़ इलाहाबाद हुआ करता था, धीरे-धीरे यह जिम्मेदारी मुखर्जी नगर ने अपने कन्धों पर ले ली थी और देखते ही देखते अगले दस वर्षों के भीतर मुखर्जी नगर में पाँव रखने तक की ज़मीन नहीं बची थी। जगह-जगह कोचिंग्स संस्थान, खाने-पीने की दुकानें, डिब्बों जैसा कमरा बनवाये हुए मकान मालिक और पूरी गली में किताबों और फोटोकापी की ढेर सारी दुकानें। शायद ही ऐसा कोई बैंक होगा जिसके दो से तीन ए.टी.एम. न हो मुखर्जी नगर में! वर्तमान में मुखर्जी नगर और उसके आसपास की सारी जगहों पर पूरी अर्थव्यवस्था का आधार अभ्यर्थी ही हैं। सच पूछिए, तो यह पूरा क्षेत्र सर्विस सेक्टर का एक बहुत बड़ा उद्योग है, जिसका वार्षिक टर्नओवर आज के दौर में दो सौ करोड़ से भी अधिक का है।

इस वर्ष प्रशासनिक सेवा की प्रारम्भिक परीक्षा के तरीक़े में बदलाव किया गया था। अतः भ्रम में होने के कारण बहुत सारे अभ्यर्थी इस बार की परीक्षा में बैठने से झिझक रहे थे। साकार भी इस बार भाग न लेने वालों में से एक था। किन्तु अनिमेष ने परीक्षा देने का निश्चय पाठ्यक्रम में बदलाव के साथ ही कर लिया था।

और इस वर्ष की शुरुआत में ही जब दोनों को मकान मालिक ने कमरा ख़ाली करने को कहा तो मुखर्जी नगर और आस-पास के इलाकों में ठीक उसी दर पर कोई कमरा उन्हें नहीं मिला। मजबूरन मुखर्जी नगर से कोई आठ कि.मी. दूर स्थित सन्तनगर में दोनों ने दो कमरों का फ्लैट उसी रेट पर ले लिया, जो भाई परमानन्द कॉलोनी में मकान मालिक को दिया करते थे। वैसे भी अक्सर उन्हें कमरे में रहकर ही पढ़ाई करनी पड़ती थी, इस लिहाज से सन्तनगर भी ठीक ही था। उस समय सन्तनगर अनधिकृत कॉलोनी हुआ करता था, लेकिन घर ठीक-ठाक हुआ करते थे। उन्हें कोने के मकान में प्रथम तल पर कोने वाला कमरा मिला हुआ था। अत: खिड़कियाँ दोनों सड़कों की ओर खुल जाती थीं और रोशनी-हवा आदि की कोई कमी उन्हें महसूस नहीं हुई। सूर्यदेव भी अवतरित होते समय ही अपनी किरणों से कमरे को भर दिया करते थे। यह खुलापन मुखर्जी नगर के आस-पास के कमरों में उन्हें नहीं मिला था। जब कभी किसी पुस्तक या फिर नोट्स की आवश्यकता होती थी तो दोनों मुखर्जी नगर निकल जाया करते थे और सारी सामग्री लेकर आ जाया करते थे।

किसी एक दिन, जब कमरे में साकार नहीं था, अनिमेष सारी किताबों और नोट्स को क्रम से रैक में लगाने में व्यस्त था। ठीक उसी समय एक पुरानी किताब फिसलकर उसके हाथ से नीचे गिर पड़ी। अनिमेष ने झुककर जब किताब उठाई तो देखा, उसमें से दो पन्ने बाहर निकलकर ज़मीन पर बिखरे पड़े थे। उसे कुछ-कुछ पत्र-सा आभास हुआ। सारा काम रोककर वह पत्र पढ़ने लगा :

'प्रिय...,

मुझे पत्र लिखने नहीं आया। कभी आवश्यकता भी नहीं पड़ी पत्र लिखने की। हाँ, यह पत्र अपवाद है और इसे आप अपवाद मानिएगा भी। अब जबकि लिखने बैठ भी गया हूँ तो यह समझ में नहीं आ रहा कि लिखने का सिलसिला कहाँ से शुरू करूँ? चलो, शुरू से ही शुरू कर देता हूँ। अपनी प्रथम मुलाकात, सच पूछो तो, पहली नहीं थी, क्योंकि मुझे ऐसा प्रतीत हुआ था, जैसे मैं आपको पहले से जान रहा होऊँ! पहले कहीं मिला था आपसे। बस, एक धुँधली-सी तस्वीर! पर यक़ीन मानिए, प्रथम मुलाकात प्रथम थी ही नहीं। ख़ैर, उस मुलाकात का मेरे ऊपर क्या असर हुआ था, मैं आपसे कभी बता नहीं पाया। फ़ोन नम्बर तो है आपका, पर अभी डर लगता है आपको फ़ोन करने में। इसलिए मैं अपनी सारी बातें इस पत्र के माध्यम से...'

इसके आगे पत्र में कुछ भी स्पष्ट नहीं था। पत्र फाउंटेन पेन से लिखा गया था जिस पर पानी पड़ने से सारे शब्द पन्ने के साथ आत्मसात हो गए थे। साकार ने कभी

किसी को पत्र लिखा होगा, यह बात अनिमेष स्वीकार नहीं कर पा रहा था। इतिहास, दर्शनशास्त्र चाहे जितना भी लिख वालो, पर पत्र—वह भी भावनात्मक? लगभग असम्भव ही था। वैसे वह पत्र किसको सम्बोधित था, यह भी अस्पष्ट था। जहाँ तक पत्र पढ़ा जा सका, उससे यह बात तो साफ़ थी कि यह शुची के लिए हर्गिज नहीं लिखा गया था, क्योंकि शुची से फ़ोन पर उसकी बातें तो कभी-कभार हो ही जाया करती थीं, फिर यह पत्र? अनिमेष ने अपना दिमाग़ न खपाने की सोची और बाक़ी के कमरे को व्यवस्थित करने लगा। सोचा, जब साकार शाम को वापस आएगा तो उससे ही पूछ लेगा।

देर शाम को साकार आया तो फिर दोनों रात्रि का भोजन तैयार करने में व्यस्त हो गए।

भोजन के उपरान्त साकार से अनिमेष ने पूछा, "साकार, तुमने कभी किसी को पत्र लिखा है क्या? खास कर किसी प्रेमिका को?"

"पत्र और मैं? असम्भव! किन्तु अचानक यह प्रश्न तुम्हारे मन में कहाँ से आया?" साकार ने प्रश्न किया।

"बस, ऐसे ही एक ख़याल आया था। मेरे एक मित्र को उसकी प्रेमिका के लिए एक पत्र लिखना है, जिससे किसी बात पर उसकी अनबन हो गई थी। मुझे लगा कि तुम प्रेम में हो तो शायद इसका अनुभव हो। ऊपर से अगर उसमें दार्शनिकता की चाशनी घोल दी जाए, फिर तो वह पत्र अपनी अमिट छाप छोड़ जाएगा।" अनिमेष मुस्कुराते हुए बोला।

"बात तो सही है तुम्हारी, किन्तु मुझे प्रेम-पत्र लिखने का कोई भी अनुभव नहीं है।" साकार भी मुस्कुराते हुए बोला।

"अच्छा, मैंने कुछ पक्तियाँ लिख रखी हैं। देखकर तो बता ही सकते हो कि कैसी लिखी है?" इतना बोलकर अनिमेष ने वही पत्र साकार को थमा दिया।

साकार ने पहले अनिमेष को देखा, फिर पत्र को और बहुत ही तेज़ी से उसने वह काम किया जिसकी कल्पना अनिमेष स्वप्न में भी नहीं कर सकता था। साकार ने देखते ही देखते पत्र को चीर-चीर कर डाला था।

पहले अनिमेष को बहुत ग़ुस्सा आया, किन्तु साकार की मन:स्थिति से वह अवगत था, अत: कुछ भी नहीं बोला। सिर्फ़ इतना ही कह सका :

"साकार! यह तुमने कोई अच्छा काम नहीं किया है जिसके लिए दुनिया तुम्हें सम्मानित करे।"

साकार ने मुड़कर अनिमेष की ओर देखा, फिर वह काग़ज़ के टुकड़ों को उठाने लगा, जैसे मोतियों की माला बिखर गई हो और कोई उन्हें दोनों हाथों से समेटने का प्रयास कर रहा हो! सारे टुकड़े समेटने के बाद साकार बिस्तर से उठा और बाहर जाकर उसे कूड़ेदान में डाल दिया। काफ़ी देर तक वह कूड़ेदान को बहुत ध्यान से

देखता रहा। उस समय उसके चेहरे का भाव उस पिता की तरह था जिसने अभी-अभी अपनी बेटी की विदाई की हो!

''यदि उस काग़ज़ की नियति में कूड़े का डिब्बा ही था तो इतने वर्षों तक किसी पुस्तक में इसे सँभालकर रखने की आवश्यकता क्या थी?'' अनिमेष ने नाराज़ होकर पूछा।

साकार की एकाग्रता भंग हुई और वह बोला, ''कुछ काग़ज़ों का नसीब कूड़ेदान में जाना ही होता है। खास कर जिस पर लिखी बातें अधूरी रह गई हों।''

''बातें तब अधूरी रह जाती हैं जब उसे पूरा करने के लिए कोई प्रयास न करे। और वैसे भी भावनाएँ गुलाब की पँखुड़ियों की भाँति बहुत ही कोमल होती हैं। जब तक उनमें आवश्यक तत्त्वों का प्रवाह होता रहता है, वह अपनी महक से आस-पास के वातावरण को सुगंधित रखती है। इसका यह अर्थ नहीं कि डाल से टूटकर उसकी महत्ता समाप्त हो उठती है। टूट जाने के बाद भी वह घुलकर दूसरी पँखुड़ियों के लिए खाद का काम करती है, ताकि वह पुनः खिल सके—भले ही किसी और रूप में! हमारे मन की भावनाएँ भी वही कार्य करती हैं। जब तक व्यक्ति उनमें डूबा रहता है, वे उसे सुगन्धित रखती हैं और फिर मुरझाकर, याद बनकर एक नई भावना को जन्म देती हैं। भावनाएँ कभी मरती नहीं, उनका रूप परिवर्तित हो जाता है। फिर इस काग़ज़ के टुकड़ों को कूड़ेदान में डालने से क्या लाभ? वह तो तुम्हारे अन्दर रहता आया है, और सदैव रहेगा।'' अनिमेष ने अपना पक्ष रखा।

''कहना आसान होता है, करना कठिन। कम-से-कम थोड़ी आत्म-प्रवंचना तो मिलती ही है। उतना बहुत है मेरे लिए।'' साकार दृढ़ स्वर में बोला।

अनिमेष के पास उसकी दृढ़ता का कोई उत्तर नहीं था। जब साकार ने फैसला कर ही लिया था कि उस कार्य से उसने भावनाओं की जड़ें खोद डाली हैं, तब फिर उसे कोई और समझा नहीं सकता था। अनिमेष भी नहीं। वैसे भी अगर कोई काँटा शरीर के अन्दर ख़ूब गहरे धँस जाए तो उसे निकालने के लिए सूई को अन्दर तक धँसाकर और भी तकलीफ़ झेलना किसी भी रूप में बुद्धिमानी नहीं है। अपितु कुछ दिन प्रतीक्षा करनी चाहिए। काँटा स्वतः ही बाहर की ओर आ जाता है, फिर उसे कम प्रयास और कम दर्द से निकाला जा सकता है। लेकिन अनिमेष को यह बिलकुल समझ में नहीं आया कि साकार द्वारा पत्र फाड़ना सुई को गहरे चुभोने या फिर प्रतीक्षा उपरान्त काँटा निकालने का उपक्रम था। वैसे साकार जैसे लोग बहुत ही हठी होते हैं। अपने अन्दर ही धीरे-धीरे वे एक दुनिया विकसित करते जाते हैं—धीरे-धीरे अपनी भावनाओं को दबाकर। और इस विकास का आभास उन्हें तब तक नहीं होता है जब तक वे दोहरा व्यक्तित्व जीने के लिए अभिशप्त नहीं हो जाते। किन्तु साकार अभी भी एकमय था। अभी तक अभिशप्त

नहीं हुआ था। वैसे अनिमेष साकार से पूछना चाहता था कि वह पंक्तियाँ आख़िर उसने किसके लिए लिखी थीं, पर उसने पूछा नहीं, क्योंकि उस समय अनिमेष का प्रश्न उसकी झुँझलाहट को केवल बढ़ाता ही। कुछ यही सोचकर वह शान्त रह गया था।

शाम को जब वे दोनों सन्तनगर के बाज़ार में सब्जियाँ ख़रीद रहे थे, उसी समय शुची का फ़ोन साकार के पास आया। साकार ने बाएँ हाथ के बैग को दाहिने हाथ में लेकर जेब से मोबाइल फ़ोन निकालकर अपने कान पर लगाया।

"नमस्ते! आप ठीक तो हैं न?" दूसरी तरफ़ से शुची की आवाज़ थी।

"हाँ, मुझे क्या हुआ है? मैं बिलकुल ठीक हूँ, पर तुम इतनी घबराई हुई क्यों हो?" साकार थोड़ा परेशान होते हुए बोला।

अनिमेष वहीं ट्रांसफॉर्मर के पास सड़क के किनारे खड़ा हो गया। बाज़ार में बहुत भीड़ हुआ करती थी, खास कर शाम में। अनिमेष साकार का हाथ पकड़ उसे सड़क के किनारे खींच लाया। अक्सर साकार फ़ोन पर बात करते समय सड़क का ध्यान नहीं रख पाता था।

"हैलो! हैलो! हैलो! कुछ बोलोगी भी? शुची, क्या हुआ?" साकार बाज़ार के शोर के बीच चिल्लाकर बोला।

अचानक फ़ोन कट गया। साकार ने कई बार कोशिश की बात करने की, पर पूरी घंटी बजने के बाद भी शुची ने फ़ोन नहीं उठाया। साकार के पास शुची की रूम-मेट का भी नम्बर नहीं था, जिससे बात करके वहाँ के हाल के बारे में पता लगा सके।

"मुझे हरिद्वार जाना होगा, तुरन्त।" साकार चिन्तित हो उठा।

"पागल हो तुम? ऐसी कौन-सी आफ़त आ पड़ी है कि तुम्हें तुरन्त हरिद्वार निकलना पड़े?" अनिमेष ने थोड़ा नाराज़ होते हुए पूछा।

"तो फिर मैं क्या करूँ? शुची बहुत ही परेशान लग रही थी फ़ोन पर। अब मेरा फ़ोन भी नहीं उठा रही जिससे मैं यह जान सकूँ कि आख़िर हुआ क्या है!" साकार अभी भी परेशान था।

"हो सकता है कि वह अभी संयत न हो कुछ भी बताने के लिए! कुछ देर प्रतीक्षा कर लो। क्या पता वह ख़ुद रात में तुमसे बात कर ले! अगर नहीं, तो फिर कल सुबह निकल जाना। वैसे भी इस रात में वहाँ पहुँचकर भी तुम उससे मिल नहीं पाओगे।" अनिमेष साकार को समझाते हुए बोला।

"ठीक है, तुम्हारी बात मान ले रहा हूँ पर केवल कल सुबह तक। अगर उससे रात में मेरी बात नहीं हुई तो फिर तड़के सबेरे मैं हरिद्वार निकल जाऊँगा।" साकार थोड़ा शान्त होते हुए बोला।

उसे थोड़ा शान्त देखकर अनिमेष को प्रसन्नता हुई। अनिमेष और साकार के क़दम अब कमरे की तरफ़ बढ़ रहे थे।

अनिमेष ने साकार को तो शान्त कर दिया था किन्तु उसका मन अभी भी गहराइयों में गोते लगा रहा था। अचानक ऐसी क्या बात हो गई कि बात करते-करते शुची का फ़ोन बन्द हो गया? सोचने को तो काफ़ी देर तक वह सोचता रहा मगर कुछ हासिल नहीं हुआ। कई बार तो यही लगता है कि यह पूरा जीवन ही केवल प्रश्नों में सिमटा हुआ है। व्यक्ति एक का उत्तर ढूँढ़ रहा होता है कि दूसरा प्रश्न आ खड़ा होता है। जीवन शुरू कि प्रश्न शुरू! जीवन का अन्त, प्रश्नों का भी अन्त! ये सारे प्रश्न इतने महत्त्वपूर्ण क्यों हैं? आख़िर यह पूछने में भी प्रश्न बीच में आ गया।

अचानक रात में बिजली चली गई। इमरजेंसी लाइट की बैटरी भी चार्ज नहीं थी। फ़ोन के टॉर्च की रोशनी में अलमारी खोलकर पिछली दीपावली पर बची हुई मोमबत्तियों में से एक मोमबत्ती निकालकर अनिमेष ने कमरे में जलाई। कमरे में मोमबत्ती की रोशनी में कितना साम्य पसरा था! कभी-कभी तो लगता है कि अधिक प्रकाश जीवन में अव्यवस्था लाता है जबकि मध्यम प्रकाश व्यवस्था। दोनों की दीपावली भी क्या हुआ करती थी! कुछ मोमबत्तियाँ जलाकर कमरों को प्रकाश से भर देते थे, बस! छज्जे पर जाकर बाहरी दुनिया को यह त्योहार मनाते हुए देखते रहते थे और घर की याद आँखों में समेटे आँखें गीली करते रहते थे। घर जा नहीं सकते थे क्योंकि उसी समय परीक्षाएँ हुआ करती थीं।

नींद अनिमेष की आँखों से कोसों दूर थी, साकार तो ख़ैर सो भी नहीं रहा था।

तक़रीबन रात के एक बजे साकार का मोबाइल फ़ोन बजा। फ़ोन शुची का ही था।

"हैलो शुची! क्या हुआ है तुमको? तुम ठीक तो हो न? फ़ोन क्यों नहीं उठा रही थीं मेरा?" साकार ने प्रश्नों की झड़ी लगा दी थी जिसमें उसकी चिन्ता साफ़ झलक रही थी।

दूसरी ओर से थोड़ी देर खामोशी छाई रही, फिर शुची ने उधर से बोलना शुरू किया, "आख़िर आप ऐसा क्यों कर रहे हैं मेरे साथ? सब कुछ समझने के बाद भी मुझे आपसे ऐसे किसी क़दम की कतई उम्मीद नहीं थी!" और फिर दूसरी ओर पुनः सन्नाटा पसर गया।

साकार अवाक् रह गया। उसे तुरन्त कुछ भी समझ में नहीं आया कि आख़िर उसने ऐसा किया क्या है? इतनी सारी जटिलताओं के बावजूद साकार बहुत शान्त होकर संयत स्वर में बोला, "पहले आप यह तो बताइए कि मैंने किया क्या है? जब तक मुझे यह पता नहीं चलेगा तब तक मैं आपको कुछ भी उत्तर नहीं दे पाऊँगा।"

अनिमेष ने साकार के सन्दर्भ में एक बात पर बहुत ही ध्यान से गौर किया था, और वह था, 'आप' और 'तुम'—दोनों ही शब्दों का शुची के लिए प्रयोग। शुरू में

तो उसे कुछ समझ में नहीं आया था, क्योंकि जहाँ तक उसे पता था, रिश्ते जब बहुत नज़दीक होते हैं तब 'आप' शब्द परिवर्तित होकर 'तुम' में बदल जाता है, पर साकार और शुची के सन्दर्भ में कई वर्षों तक दोनों ही शब्दों का महत्त्व बना हुआ था। उसने महसूस किया था कि जब भी साकार के अन्दर भावनाओं की बाढ़ उमड़ आती थी या फिर शुची की बातों से उसे अपने बहुत क़रीब समझता था, वह 'आप' से 'तुम' पर उतर आता था। बाक़ी और समय शुची 'आप' ही बनी रहती थी—दूर, बहुत दूर!

"फिर आपने कल दीदी से यह क्यों कहा था कि आप पूरी उम्र अविवाहित ही रहना चाहते हैं? आपको पता नहीं कि उसका मेरे ऊपर क्या प्रभाव पड़ सकता है? आज का पूरा दिन मेरा कैसा गुजरा है, बता भी नहीं सकती आपको!" उधर से शुची बोली।

साकार शुची की बात सुनकर थोड़ी देर शान्त बैठा रहा। जब दूसरी ओर से और कोई जवाब नहीं आया तब गम्भीर होकर बोला, "शुची! मैंने कुछ ग़लत तो नहीं बोला। तुम्हें तो पता ही है कि मुझे आधा-अधूरा कुछ भी पसन्द नहीं है। जो कुछ भी चाहिए, वह पूर्ण रूप में चाहिए, नहीं तो नहीं चाहिए—चाहे वह कोई वस्तु हो या फिर कोई रिश्ता। यही कारण रहा है कि जल्दी कोई मेरा मित्र नहीं बन सका। इतनी पूर्णताओं की चाहत के बाद भी मैं हमेशा से ही अपूर्ण रहा। अकेला ही रहा हूँ। घर और दुनिया की भीड़ में भी। तुम तो जानती ही हो कि मैं ऐसे किसी बन्धन में कैसे बँध सकता हूँ, जहाँ मैं अपना सम्पूर्ण न दे पाऊँ?" इतना कहकर साकार चुप हो गया।

अनिमेष दीवारों-सा बैठा दोनों की बातें सुनता रहा।

"आख़िर ये सारी बातें आईं कहाँ से? दीदी ने तो आपसे नहीं पूछा होगा?" शुची ने प्रश्न किया।

"नहीं, बड़ी भाभी ने कुछ पूछा नहीं था, मैंने ही बताया था उनको। कुछ दिन पहले घर पर मेरे लिए एक रिश्ता आया हुआ था। पढ़े-लिखे परिवार की पढ़ी-लिखी लड़की थी। भैया उस परिवार को पहले से ही जानते थे। लड़की सुन्दर भी थी। घरवालों को बहुत पसन्द आई। भाभी ने कल मुझसे मेरी राय जानने के लिए पूछा था। मैंने साफ़ मना करने के साथ ही ये सारी बातें बोल दी थीं। बस, अपनी तरफ़ से स्पष्ट किया था मैंने, ताकि लोगों को कोई सुबहा न रह जाए।" साकार ने बड़ी भाभी के साथ हुई बातचीत शुची को बता दी।

"आपको ये सारी बातें नहीं कहनी चाहिए थीं, केवल मना करके भी तो रुक सकते थे आप! लेकिन जब रिश्ता इतना अच्छा था तो फिर आपने मना क्यों किया? अच्छे रिश्ते बार-बार नहीं आते।" शुची ने चुटकी ली।

साकार जल-भुन गया। ग़ुस्से में अपने दाँत पीसते हुए बोला, "मैंने आपको बोला न, मुझे किसी भी ऐसे रिश्ते में नहीं बँधना जिसमें मैं अपना सर्वस्व न दे सकूँ। और मैं किसी और के साथ इस तरह के रिश्ते में बँधना तो दूर, सोच भी नहीं सकता।"

शुची साकार की बात सुनकर गम्भीर स्वर में बोली, "आपकी इसी बात से मुझे दुःख पहुँचता है। कल सुबह से लेकर अभी तक मैं आपके इसी बात में उलझी हुई हूँ। कोई भी इतना महत्त्वपूर्ण नहीं होना चाहिए, जिसके लिए जीवन जीना ही छोड़ दिया जाए।"

"मैं आपकी बात नहीं जानता, किन्तु मैं और मेरा यह जीवन केवल एक के लिए ही समर्पित रहेगा। और उस एक के बारे में आप अच्छी तरह से जानती हैं। मुझे टुकड़ों में नहीं जीना है!" साकार ने जवाब दिया।

शुची रुआँसी होकर बोली, "आगे भविष्य में क्या बदा है, मुझे नहीं पता; किन्तु आपकी इच्छा पूरी हो या अधूरी रहे, दोनों परिस्थितियों में दोषी तो मैं ही कहलाऊँगी। अब आप ही बतला दीजिए कि ईश्वर से मैं क्या प्रार्थना करूँ?"

"तुम्हें कोई दोष दे, तुम पर कोई आक्षेप लगाये, उससे पहले सारे आक्षेप मैं अपने ऊपर ले लूँगा। मुझे नहीं पता कि तुम्हारे मन में क्या है, पर मैं इतनी कोशिश अवश्य करूँगा कि तुम्हारे निष्पक्ष होने के बावजूद मैं अपनी मंज़िल को प्राप्त कर सकूँ! रही बात प्रार्थना की तो यह प्रश्न आपको अपने हृदय से करना होगा। जो आवाज़ आए, वही दुहराना।" साकार ने निश्चिन्त होकर कहा।

साकार की कही बातों में सच्चाई थी। शुची ख़ुद भी अपने मन से अनभिज्ञ थी और उसे न जाने कब अपने मन की आवाज़ सुनाई देनी थी। वह ख़ुद कोई फैसला कर ही नहीं पा रही थी। उसके लिए यह विषय इतना बड़ा हो गया था कि चाहकर भी वह किसी तीसरे से इस बाबत राय भी नहीं ले सकती थी। या फिर वह निर्णय कर चुकी थी? फिर भी कह नहीं पा रही थी। कारण था—डर! उसके एक कथन से कई सारी दीवारें भरभराकर गिरने वाली थीं। अब उन दीवारों के गिरने से अन्दर कमरों में प्रकाश फैलना था या किसी को उनके तले दबना था, इसका निर्णय समय को छोड़कर किसी और के हाथों में नहीं था।

"चाहे जो भी हो, पर यह विषय मुझे परेशान कर डालता है और कोई बात नहीं! ख़ैर, छोड़िए! यह बताइए कि आप कैसे हैं?" शुची ने पूछा।

"तुम्हें पता है शुची, इस पूरी दुनिया में इकलौती तुम्हीं हो जो ख़ुद परेशान करके ख़ुद ही पूछती हो कि मैं कैसा हूँ!" साकार मुस्कुराकर बोला।

और दूसरी तरफ़ भी खिलखिलाहट की आवाज़ आने लगी और कल से लगा ग्रहण न जाने कब हट गया, दोनों को पता भी नहीं चला।

उधर अनिमेष अक्सर सोचा करता था कि आख़िर शुची का व्यक्तित्व कैसा है? साकार के व्यक्तित्व के बारे में उसे अच्छी तरह से पता था; किन्तु शुची? उसका व्यवहार? उसके प्रति कोई एक राय बन ही नहीं पा रही थी। उसका व्यवहार उसे चाँद की कलाओं की तरह प्रतीत होता जो कभी घटता तो कभी बढ़ता रहता। कभी

प्रेम की चाशनी में डुबोकर अठखेलियाँ करती वह कोई प्रेम की देवी दिखती, तो कभी शान्त गरिमामयी भारतीय नारी जो कि सारे भावों को वास्तविकता के धरातल पर ले आती। कभी बच्चों-सी स्वच्छन्द खिलखिलाकर मन में एक उल्लास-सा जगाती, तो कभी धीर-गम्भीर बातें करने लग जाती। साकार भी इन्हीं दो शिराओं में उलझकर रह गया था।

जीवन के पच्चीस वर्ष व्यतीत करने के दौरान अनिमेष ने अपने जीवन में कई लोगों की प्रेम-कहानियाँ सुनी थीं। कई तरह के प्रेमी-प्रेमिका देखे थे। कुछ ऐसे जो अपने प्रेम में गम्भीर थे और कुछ ऐसे जिनके लिए प्रेम मात्र समय व्यतीत करना और भौतिक सुख का साधन था। कुछ ऐसे जो अपने सहयोगी को असमंजस में रखकर खेल खेला करते थे। पर शुची इनमें से किसी भी दायरे से बाहर थी। वह स्वच्छन्द भी थी और बन्धनों में बँधी हुई भी। वह प्रेम में थी और नहीं भी। वह केवल साकार के लिए थी और नहीं भी। जितना अनिमेष शुची के व्यक्तित्व की परतें खोलने की कोशिश करता, उतना ही और उलझ जाता।

ऐसा नहीं था कि इससे पहले साकार को पसन्द करने वाले कम रहे हों, किन्तु साकार को शुची का समर्पण यह मानने को विवश कर देता था कि शुची में अवश्य ही कुछ बात थी, जिससे वह प्रभावित हो जाता था। लेकिन वह क्या था, इसका पता साकार को भी नहीं था।

"आप ही बताइए, मैं और क्या करती? आपके पास कम-से-कम अनिमेष जैसा एक सच्चा मित्र तो है! मेरे पास तो आपके अलावा और कोई भी नहीं जिसके हर एक क़दम का प्रभाव मेरे जीवन पर पड़ता हो! जब से कुछ सोचने-समझने लायक हुई, मुझे हर पड़ाव पर आपका मार्गदर्शन ही मिला। और उसी मार्गदर्शन के कारण मैं आज यहाँ पर हूँ। लेकिन जब आप किसी बात पर हठी हो जाते हैं, निर्णायक हो उठते हैं, तो आपको थोड़े से ही कष्ट में देखकर मैं परेशान हो उठती हूँ।" शुची गम्भीर शब्दों में बोली।

"शुची! मैं ऐसा तो नहीं हूँ कि छोटी-छोटी बातों से प्रभावित होता रहूँ। हाँ, पर कुछ अवश्य है जिससे मैं प्रभावित हो उठता हूँ। तुमने तो पढ़ा ही होगा कि मानव एक सामाजिक प्राणी है। वह समाज से एकदम कटकर नहीं रह सकता अन्यथा उसके अस्तित्व पर प्रश्नचिह्न खड़ा हो जाएगा। पर इस मानव वृक्ष के अपने कुछ पोषक तत्त्व होते हैं, जो उसको अपनी साँसें बनाये रखने के लिए चाहिए ही। और इसे आर्थिक, सामाजिक, आध्यात्मिक और मानसिक ज़रूरत भी कह सकते हैं। सबका अपना-अपना महत्त्व है। इस समय आर्थिक और आध्यात्मिक ज़रूरतों के बिना भी काम चल जा रहा है, पर सामाजिक और मानसिक ज़रूरत का क्या? वह भी तो अधूरी ही रह जाती है!" साकार दार्शनिकों की तरह बात करते हुए बोला।

"आप जिस परिवेश में रहकर किसी परीक्षा विशेष की तैयारी कर रहे हैं, उसमें सामाजिक ज़रूरत का न होना ही बेहतर है, अन्यथा आप की ऊर्जा कभी केन्द्रित नहीं हो पाएगी। कुछ वर्ष पूर्व आपने ही ये बातें मुझे समझाई थीं। रही मानसिक ज़रूरत की बात, तो वह मेरे समझ से परे है।" शुची बोली।

"चलो, मैं आपकी बात मान लेता हूँ, लेकिन सारी ज़रूरतों का दारोमदार फिर केवल मानसिक स्थिति के कन्धों पर भी आ गिरेगा। मानसिक ज़रूरत को भी दो भागों में विभक्त किया जा सकता है—आन्तरिक और बाह्य। आन्तरिक वह जो हमारे सोचने का ढंग है, विशेषकर किसी भी परिस्थिति को लेकर। उसकी पूर्ति मानव स्वयं कर सकता है! किन्तु बाह्य? उसकी पूर्ति तो वही कर सकता है, जिससे उसका मानसिक सम्बन्ध हो! बस, कुछ भावनाओं की सन्तुष्टि की बात है। भावनाएँ अगर शान्त होती हैं, तो मस्तिष्क एकाग्र होकर कार्य कर सकता है अन्यथा नहीं!"

"आपके कहने का क्या अर्थ है? जब तक आपकी आन्तरिक भावनाओं को शान्ति नहीं मिलेगी तब तक आप एकाग्र नहीं हो सकते?" शुची ने पूछा।

"हाँ! बात लगभग ऐसी ही है। पहले मुझे इस तरह से कोई भी संशय नहीं हुआ करता था, किन्तु आजकल इसने भी जड़ें ज़माना शुरू कर दिया है। शायद मेरा विश्वास अपने ऊपर से कम होने लगा है। मुझे ऐसा लगता है कि असफलताओं ने मुझे तोड़ना शुरू कर दिया है।" साकार गम्भीरता से बोला।

"मैं आपसे निवेदन करती हूँ, इस तरह की नकारात्मक बातें मत सोचा करिए! आपने इसी सन्दर्भ में मुझसे वादा भी किया था। मैं आपको टूटते नहीं देख सकती। मैं आपको टूटने नहीं दूँगी।" शुची ने निश्चय करके कहा।

"मुझे पता है शुची, तुम मुझे टूटने नहीं दोगी। एक तुम्हारा ही तो विश्वास है जो मुझे अभी भी लड़ने की ताक़त देता है, नहीं तो बहुतों ने कब की हार मान ली है। अब तुम सो जाओ शुची, रात बहुत हो चुकी है। सुबह तुम्हें समय से कक्षा में पहुँचना भी होगा।" साकार बोला।

"आपको क्या लगता है, आप परेशान रहेंगे तो मैं सो सकती हूँ?" शुची ने पूछा।

"मुझे पता है शुची, पर मैं अभी ठीक हूँ। बस, तुमसे अपनी बातें कह लीं, मन हल्का हो गया।" साकार बोला।

" तब फिर ठीक है। पर आप परेशान न हुआ करिए। सब अच्छा ही होगा। नमस्ते!" शुची बोली।

"ख़ुश रहो!" कहने के साथ साकार ने फ़ोन काट दिया।

अनिमेष अभी भी जगा हुआ था। इतने वर्षों में वह साकार को जितना जान पाया था, इस भरोसे पर वह उसके बाह्य डर को उसके मन से बाहर निकाल सकता था,

पर जो उसके अन्दर जड़ जमाए डर बैठा था, उसे केवल शुची ही निकाल सकती थी। जैसे प्रेशर कुकर में ज़्यादा प्रेशर भर जाने से सीटी के द्वारा बाहर निकल जाया करता है और कुकर नहीं फटता, शुची भी साकार के लिए एक सीटी का ही काम किया करती थी, जो साकार के मन के दबाव को समय-समय पर नियंत्रित किया करती थी, ताकि वह साम्य में बना रहे।

आज़मगढ़ : 2008

कहते हैं कि जब व्यक्ति कुछ पाने की चाहत रखता है तो पूरी कायनात उसकी प्राप्ति के लिए कोशिश करती है। लेकिन कायनात की कोशिश के समय व्यक्ति कुछ प्रयत्न न करे, तब चाहत की प्राप्ति लगभग असम्भव हो जाती है। इसी को दूसरे शब्दों में कहें तो अवसर हर व्यक्ति के दरवाज़े को कम-से-कम एक बार ज़रूर खटखटाता है। जो सोया रहा, वह ताउम्र खोया ही रहता है और जिसने भी बढ़कर दरवाज़े को खोला है, जीत अधिकतर उसी को मिली है।

साकार के जीवन में भी एक ऐसा अवसर आया था जिसके बारे में उसने कभी सोचा भी नहीं था, जो पूरी तरह से उसके जीवन के ग्रहों ने तय किया था।

अक्सर उत्तर प्रदेश सिविल सेवा की प्रारम्भिक परीक्षा का केन्द्र गाजियाबाद या मेरठ ही हुआ करता था, विशेषकर उन अभ्यर्थियों के लिए जो अपना पता दिल्ली का दिया करते थे, लेकिन यह उसका भाग्य ही था कि इस बार उसका परीक्षा केन्द्र आजमगढ़ पड़ा था। वही आजमगढ़ जहाँ शुची रहती थी। जब डाकिए ने उसे प्रवेश पत्र पकड़ाया तो अपना परीक्षा केन्द्र देखकर वह बहुत ख़ुश हुआ। वैसे ख़ुशी का एक दूसरा पक्ष भी था, और वह थी—शुची से मिलना और उससे बातें करना।

साकार ने परीक्षा केन्द्र आजमगढ़ में होने की बात न तो घरवालों को बताई और न ही किसी और को। यहाँ तक कि शुची को भी नहीं!

परीक्षा से एक दिन पहले कैफियात एक्सप्रेस से वह आजमगढ़ पहुँचा और वहाँ से सीधे टैक्सी पकड़कर कटरा की ओर निकल आया। कटरा की एक गली से होते हुए दो मंज़िले मकान के पास पहुँचकर उसने दरवाज़े पर लगी घंटी बजाई। थोड़ी देर बाद दरवाज़ा खुला तो साकार ने देखा कि शुची की चचेरी बहन सामने खड़ी थी। यही कोई ग्यारह-बारह वर्ष की उम्र रही होगी उसकी। वह साकार को पहचानती थी।

उसने साकार के पाँव छुए और अन्दर आने के बाद दरवाज़ा बन्द कर दिया।

"घर पर कोई और नहीं है क्या? इतना सन्नाटा-सा पसरा दिख रहा है!" साकार चौखट लाँघते ही पूछ बैठा।

"नहीं, मम्मी कहीं बाहर किसी काम से गई हैं। शाम तक आने को बोली हैं। और बड़ी माँ एक रिश्तेदार के यहाँ गई हैं, शायद कल शाम को आएँ। मैं और शुची दीदी हैं केवल। और वह भी अभी ऊपर सो रही होंगी।"

उस दो-मंज़िले मकान में शुची और उसकी माँ पहली मंज़िल पर रहा करती थीं और नीचे शुची की चाची का परिवार। यह भी एक क़िस्म का बँटवारा ही था।

"मैं शुची दीदी को जगा दूँ?" साकार को कुछ सोचते देख उसने पूछा।

"नहीं, मैं ऊपर ही जा रहा हूँ, ख़ुद जगा लूँगा।" इतना कहकर साकार सीढ़ियाँ चढ़कर पहली मंज़िल के मुख्य दरवाज़े तक आ गया।

उसने घंटी बजाई पर अन्दर से कोई आवाज़ नहीं आई। जब दो-तीन बार घंटी बजाने के बाद भी अन्दर से कोई आवाज़ नहीं आई तो उसने कुंडी खटखटाना शुरू किया।

"आ रही हूँ। इतनी जोर से कुंडी मत खटखटाइए।" अन्दर से तेज़ आवाज़ आई।

साकार रुककर प्रतीक्षा करने लगा।

शुची ने जैसे ही दरवाज़ा खोला, साकार को अचानक सामने देख उसकी आँखें खुली की खुली रह गईं। दो वर्षों से ज़्यादा के अन्तराल के बाद उसने ऐसे किसी दृश्य की कल्पना तो नहीं ही की थी।

"अन्दर आइए।" कहकर शुची ने साकार के पाँव छू लिए और फिर बोली, "क्या बात है, आज आप यहाँ? अचानक से? न कोई ख़बर, न कोई चिट्ठी?"

साकार ने जेब से चॉकलेट निकालकर देते हुए कहा, "सोचा, इस बार आपको आश्चर्यचकित ही कर दूँ, इसलिए मैंने कुछ भी नहीं बताया, जबकि मैंने..."

साकार की बात बीच में ही काटते हुए शुची बोली, "पहले आप इधर आइए, हाथ-पैर धोकर तरो-ताज़ा हो जाइए। तब तक मैं चाय-पानी की व्यवस्था करती हूँ। उसके बाद ही बातें करेंगे।"

साकार ने शुची की ओर देखा और मुस्कुराते हुए बाथरूम की ओर बढ़ गया। थोड़ी देर बाद जब वह वापस लौटा तो देखा, शुची चाय-पानी की तश्तरी लिये खड़ी थी।

"अरे इतना परेशान होने की क्या ज़रूरत थी? और तुम्हें तो पता ही है कि मैं चाय के साथ नमकीन-वमकीन कुछ भी नहीं खाता।" तश्तरी में खाद्य सामग्री देखकर साकार बोला।

"आप तो ऐसे कह रहे हैं, जैसे मैं चूल्हे में लकड़ी डाल, आग जलाकर, धुएँ में छप्पन भोग बनाकर लाई हूँ! इतना कुछ परेशान नहीं हुई हूँ जितना कि आप कह रहे हैं। उधर किधर जा रहे हैं? उस कमरे का पंखा खराब है। दो दिन से बिजली वाले को फ़ोन कर रही हूँ लेकिन कम्बख़्त अभी तक नहीं आया। इधर आइए, बालकनी में बैठिए! अच्छी हवा चल रही है। और अभी कुछ दिन पहले ही बेंत की

चार कुर्सियाँ ख़रीदकर लाई थी बालकनी के लिए। लग रहा है, उद्‌घाटन के लिए इन्हें भी आपका ही इन्तजार था।'' इतना बोलकर चिप्स की प्लेट्स से एक चिप्स निकालकर शुची ने ज़बरदस्ती साकार के मुँह में ठूँस दिया।

साकार चुपचाप मुँह चलाने लगा। उसे पता था कि अगर उसने एक बार और मना किया तो उसे पूरी प्लेट चिप्स खानी ही पड़ेगी।

''हाँ, अब आप बताइए, अचानक से कैसे आपको मेरी याद आ गई? दो वर्ष से ज़्यादा हो गए, आपने चेहरा तक नहीं दिखाया था। ऐसे दर्शन देने से तो आप रहे! पक्का कोई स्वार्थ होगा, तभी आज आश्चर्यचकित किया जा रहा है।'' चाय की सिप लेते हुए शुची बोली।

''लग रहा है, जैसे आजकल 'सास-बहू' वाला धारावाहिक देखना तुमने शुरू कर दिया है जो मेरे यहाँ बिन बताए आने को भी सन्देह की दृष्टि से देखा जा रहा है।'' साकार मुस्कुराते हुए बोला।

उसे देख शुची भी बिना हँसे नहीं रह सकी।

''फिर भी, बताइए तो, अचानक ऐसा क्यों? मान लीजिए, माँ के साथ अगर मैं भी चली गई होती और आपको यहाँ नहीं मिलती तब आप क्या करते?'' शुची ने सिर गोल-गोल घुमाते हुए साकार से पूछा।

''क्यों, मैं यहाँ अचानक नहीं आ सकता क्या? और अगर यहाँ कोई नहीं होता तो उलटे पाँव लौट गया होता, और करता भी क्या!'' साकार बोला।

''बड़े आए अचानक से आने वाले! पिछले दो साल में ऐसा भाव नहीं उमड़ा था क्या?'' शुची मुँह बनाते हुए बोली।

शुची को मुँह बनाते देख साकार हँसने लगा और बोला, ''कुछ दिन पहले ही मुझे पता चला कि मेरे परीक्षा का केन्द्र आजमगढ़ है। और इस घर के पास चौथी गली में जो विद्यालय है न, वही मेरे परीक्षा का केन्द्र है। एक साल पहले का भरा हुआ आवेदन था। अब जाकर परीक्षा ली जा रही है। उत्तर प्रदेश लोक सेवा आयोग में यही बड़ी समस्या है—न समय पर परीक्षा लेना, न समय पर परीक्षाफल घोषित करना! अगर परीक्षाफल घोषित हो भी गया तो किसी न किसी कारणवश उच्च-न्यायालय द्वारा पूरी परीक्षा-प्रक्रिया पर रोक लग जाना। कई बार तो आवेदन करने और परीक्षा होने के बीच दो वर्षों से भी ज़्यादा का अन्तराल रह चुका है! और इस बीच अभ्यर्थियों की उम्र तो रुकेगी नहीं, बढ़ती ही रहती है। जैसे मेरी।''

''चाहे जो भी हो, मेरे लिए तो आयोग ने बहुत ही अच्छा काम किया है। कम-से-कम आप इसी बहाने यहाँ आए तो! नहीं तो न जाने कब आपको देखना नसीब हो पाता।'' बोलकर शुची खिलखिला उठी।

''हाँ, यह तो है। हर सिक्के के दो पहलू तो होते ही हैं। मम्मी किसके यहाँ गई हुई हैं और कब तक आएँगी?'' साकार ने पूछा।

"अरे एक मामा जी हैं, उन्हीं की तबियत थोड़ी ढीली चल रही है। उम्र हो गई है उनकी, इसीलिए माँ देखने गई हैं। बोलकर तो गई थीं कि कल शाम तक आ जाएँगी, अब देखिए, कब तक आती हैं! आपने घर पर बताया है कि आप यहाँ परीक्षा के लिए आने वाले हैं?" शुची ने पूछा।

"नहीं! और अभी बताऊँगा भी नहीं, क्योंकि परीक्षा के बाद घर जाने का भी मन है। उसी समय बता दूँगा। फिर घर से सीधे वापस दिल्ली चला जाऊँगा। बीस दिनों के बाद ही एक और परीक्षा है।" साकार ने उत्तर दिया।

"ठीक है, जैसा आपको उचित लगे। लेकिन मानना पड़ेगा आपको! आपकी एक गन्दी आदत आज तक नहीं बदली है। कितना गन्दा कपड़ा पहने हुए हैं आप! पूरा कॉलर काला पड़ा हुआ है।" शुची ने साकार की शर्ट पकड़ते हुए कहा।

"अरे यार, रास्ते में आने की वजह से ही गन्दी हुई होगी। और तुम्हें तो पता है कि मैं पढ़ाई करते समय इन सब चीज़ों पर ध्यान नहीं देता। वैसे भी मुझे कौन देख रहा है?" साकार ने लापरवाही से बोला।

"आप चुप रहिए, रास्ते में कपड़े इतने गन्दे नहीं होते। और क्या कहा आपने? आपको कौन देख रहा है? मतलब, जब आपको कोई देखेगा तभी आप साफ़ कपड़े पहनेंगे? कोई दूसरा कपड़ा है? इसे तुरन्त बदल लीजिए। ये कपड़े मुझे दीजिए। धो देती हूँ। शाम तब सूख भी जाएगा। आपका बैग कहाँ है?" शुची ने इतना बोलकर साकार का बैग उठाया और चेन खोलकर देखा तो उसमें सिर्फ़ किताबें ही थीं और कुछ भी नहीं।

बिना किसी आश्चर्य के शुची बोली, "मुझे पता था कि आप कुछ लाएँ भी नहीं होंगे। आप ऐसे कैसे रह जाते हैं? मम्मी होतीं तो ज़रूर कुछ कही होतीं। मैं तौलिया देती हूँ। जाइए, नहाकर आइए! मैं दूसरा कपड़ा देती हूँ पहनने को। और यह गन्दा कपड़ा बाथरूम के बाहर ही रख दीजिएगा।"

साकार तौलिया लेकर नहाने चला गया।

साकार के कपड़े शुची ने बाल्टी में सर्फ घोलकर डाल दिये और उसके पहनने के लिए वह अलमारी खोलकर कपड़ा ढूँढ़ने लगी। जब उसे कोई कपड़ा नहीं दिखा तो उसने अपना ही एक तह करके रखा हुआ पाजामा और एक बहुत ही ढीली टी-शर्ट बाहर निकाल बाथरूम के बाहर रख दिया।

साकार जब नहा-धोकर बाहर आया तो कपड़े देखकर वह चौंका और शुची से बोला, "यह किसके कपड़े हैं?"

उस समय शुची किचन में सब्ज़ियाँ काट रही थी। वहीं से तेज़ आवाज़ में बोली, "अब यहाँ कोई लड़का तो रहता नहीं है। मेरे ही कपड़े हैं। थोड़े ढीले हैं, आपको पूरे आएँगे। शरमाइए नहीं, आपको मैंने लड़कियों वाला कपड़ा नहीं दिया है। यह कपड़ा लड़का-लड़की दोनों पहन सकते हैं।"

शुची से बहस करने का कोई फायदा नहीं, यह सोचते हुए उसने चुपचाप कपड़े पहन लिये और सीधे किचन में आ गया।

शुची को पराँठे सेंकते हुए देखकर बोला, ''अब मुझे ऐसा प्रतीत हो रहा है कि मेरे ही कारण तुम इतनी मेहनत कर रही हो। कोई इतनी ख़ास भूख भी नहीं लगी थी और अभी-अभी तो तुमने आलू के चिप्स भी तो खिलाए थे! मेरी परवाह है तुम्हें, यह जताने के लिए इतना मनुहार क्यों, जबकि यह मुझे पहले से ही पता है?''

साकार की बात सुनकर आख़िरी पराँठा प्लेट में रखकर शुची पीछे मुड़ी और साकार से बोली, ''इसे मनुहार का नाम मत दीजिए। श्रद्धा अगर कहना चाहें तो नि:सन्देह आप कह सकते हैं; किन्तु वास्तविक कारण तो यह है कि अकेली होने के कारण मैंने सुबह भी नाश्ता ठीक ढंग से नहीं किया था। यदि आप नहीं आए होते तो न जाने और कब तक सोई ही रहती। इसलिए इसमें मेरा अपना भी स्वार्थ छिपा हुआ है।''

साकार के चेहरे पर मुस्कान खिल गई। 'नारी! तुम केवल श्रद्धा हो!' 'कामायनी' की 'श्रद्धा' और उसकी अपनी 'शुची' में उसे कोई अन्तर नहीं दिखा। पर क्या वह 'मनु' है? कहाँ भावनाओं और समर्पण से गढ़ी हुई श्रद्धा और कहाँ जिद्दी, बालकोचित व्यवहार करने वाला मनु! क्या वह भी मनु की तरह ही जिद्दी और बालकोचित अभिलाषा वाला है, जिसे श्रद्धा से केवल समर्पण चाहिए और बदले में श्रद्धा को केवल मनु का दुत्कार? जब तक वह अपनी भावनाओं का आकलन करके निश्चित नहीं हो जाता तब तक उसे अपने इस नई भावना पर नियंत्रण ही रखना है! और पुन: मन-ही-मन उसने वही वाक्य दुहराया—'भावनाएँ केवल भटकाती ही हैं!'

''किस सोच में डूबे हुए हैं आप? आइए, दूसरे कमरे में चलते हैं। बाहर गर्मी कुछ ज़्यादा है। मैं पंखा चला दे रही हूँ, और हम लोग बिस्तर पर ही बैठकर खा लेंगे।'' साकार को किसी सोच में डूबा देख शुची बोली।

साकार बिना कुछ बोले चुपचाप शुची के पीछे-पीछे चलता हुआ कमरे के अन्दर आ गया और बिस्तर पर बैठ गया। उसने कमरे में चारों ओर एक बार सरसरी निगाह दौड़ाई, वह कितना अव्यस्थित है—ठीक शुची के विपरीत, जो कि पूर्ण व्यवस्थित है। एक साधारण से कमरे को भी छूकर उसने असाधारण बना दिया है। बिस्तर पर तकिया वहीं है, जहाँ उसे होना चाहिए। सामने की दीवार पर परिवार के सदस्यों के चित्र एक निश्चित क्रम में टँगे हुए हैं। वहीं बिस्तर से थोड़ी दूर गोल आकार की मेज़ पर क्रोशिये से बुना हुआ मेज़पोश बिछा हुआ है, और उस पर बीचोबीच कुछ पुस्तकें एक के ऊपर एक करके रखी गई हैं। बिस्तर के सामने दाईं ओर बनी अलमारी में सारे कपड़े तह करके रखे हुए हैं। किवाड़ और खिड़कियों पर ख़ूबसूरत पर्दे सजे हुए हैं। व्यवस्था भी कुछ इस तरह से की गई

है कि पर्दे भी एक बराबर खुले हुए हैं—जितना दाईं ओर, उतना ही बाईं ओर। सचमुच बहुत ही व्यवस्थित है शुची— बिलकुल अपने व्यवहार और सुन्दरता की तरह! लाल-हरे रंग की बुनी चूड़ीदार सलवार-कुर्ती पहने हुए, कन्धे पर ओढ़नी डालकर, बाल ऊपर की ओर सँवरकर लाल रंग के रबर बैंड में गुँथे हुए हैं। हाथों में तीन-तीन कंगन, तीनों अलग-अलग रंग के। जब भी हाथ हिलाती है तो बजने लगते हैं। और चेहरा दूध-सा सफेद। कोई आवरण नहीं। और हिरनी जैसी बड़ी-बड़ी आँखें। जो भी एक बार झाँक ले तो डूबे बिना नहीं रह सकता।

"फिर से खो गए आप? यहाँ होकर भी यहाँ नहीं हैं? मन कहीं और है क्या?" शुची साकार के हाथों पर चिकोटी काटते हुए बोली।

साकार चौंककर हाथ खींचते हुए बोला, "आज भी अपनी शरारतों से बाज नहीं आती हो?"

"जब अपना खयाल ख़ुद ही रखना पड़े तो कोई और कर भी क्या सकता है? आप न जाने किन सपनों में बार-बार खोये जा रहे हैं। आपको यह भी ध्यान नहीं कि बगल में बिस्तर पर अख़बार बिछाकर, उस पर तस्तरी रख, इतने मन से बनाया हुआ भोजन परोसकर रखा गया है, और बेचारी शुची सुबह से भूखी बैठी हुई है!" बच्चों सा मुँह बनाते हुए शुची बोली।

शुची का बनावटी चेहरा देखकर साकार मुस्कुराए बिना नहीं रह सका और प्लेट से पराँठे का एक निवाला तोड़कर उसमें सब्ज़ी भरकर शुची को खिलाते हुए बोला, "देखो, मैं कितना ख़याल रखता हूँ तुम्हारा! पहले निवाले पर तुम्हारा अधिकार था सो तुम्हें ही खिलाया। अब यह बनावटी चेहरा बनाना बन्द करो!"

शुची ने भी मुस्कुराते हुए एक निवाला साकार के मुँह में डाल दिया।

"वैसे तुम्हारी यह आदत बिलकुल भी अच्छी नहीं लगी कि जब अकेले रहो तो खाना मत खाओ, भूखी ही सोई रहो! कल को कहीं बाहर जाकर पढ़ना पड़ा और कहीं अकेले रहना भी पड़ा, क्या तब भी ऐसे ही करोगी?" साकार ने शुची की ओर देखते हुए पूछा।

"अब बाहर जाना है भी या नहीं, इसका फैसला पिछली बार भी आप ही ने किया था और आगे भी आप ही करेंगे। अब तो आपको मेरी आदत पता चल ही गई है, सो कुछ व्यवस्था कर दीजिएगा!" शुची मुस्कुराते हुए बोली।

"ठीक है, मैं कर लूँगा। पिछली बार भिजवाया तो था आपको डॉक्टरी की तैयारी करने के लिए, फिर वापस क्यों आ गई थीं?" साकार ने मुँह टेढ़ा करते हुए पूछा।

"अब मेरा मुँह मत खुलवाइए! जिस जगह आपने माँ को मुझे भेजने के लिए मनाया था, क्या उससे बेहतर कोई और जगह नहीं थी डॉक्टरी की तैयारी के लिए? आपको तो बस अपना स्वार्थ देखना था कि शुची अगर इलाहाबाद के पास ही रहेगी

तो अच्छा रहेगा, और इतना भी तय कर लिया कि मैं इलाहाबाद में भी न रहूँ ताकि आपको गाहे-बगाहे मैं तकलीफ़ न दे सकूँ! और जब एक साल के बाद डॉक्टरी की प्रवेश परीक्षा पास नहीं कर पाई तो आपने क्या कहा था माँ से कि 'शुची को वापस आजमगढ़ बुला लीजिए, नहीं तो साल बरबाद हो जाएगा और वहीं से विज्ञान में स्नातक करवा दीजिए!' आजमगढ़ के बजाय इलाहाबाद विश्वविद्यालय से भी तो स्नातक करवा सकते थे? पर आप चाहते ही नहीं थे कि मैं इलाहाबाद में आपके आस-पास कहीं भी रहकर पढ़ सकूँ! काम करवाने के लिए शुची पर पूरा हक चाहिए और जहाँ शुची के अधिकार की बात आती है, वहाँ आप नये नियम बना देते हैं!'' शुची आख़िरी निवाला अपने मुँह में डालते हुए बोली।

साकार बगलें झाँकने लगा। नाहक इस विषय की चर्चा उसने छेड़ी थी। अब शुची को यह भला कैसे मालूम हो कि साकार का कितना बड़ा स्वार्थ था! ऐसा नहीं था कि वह इलाहाबाद विश्वविद्यालय से स्नातक नहीं कर सकती थी, लेकिन साकार भी तो विश्वविद्यालय में था, कैसे रोक पाता अपने-आपको? और क्या शुची को भी रोक पाता? एक विवाह में किसी को शुची से बातें करता देख वह इतना नाराज़ हो गया था कि शुची को थप्पड़ तक मार दिया था, फिर विश्वविद्यालय तो? एक साथ इतनी सारी स्थितियों पर नियंत्रण वह नहीं कर सकता था, और सबसे बड़ा नियंत्रण तो उसे अपने-आप पर ही करना था क्योंकि भावनाएँ केवल भटकाती ही हैं।

''यह रह-रहकर आज आपको हो क्या जा रहा है? तबियत तो ठीक है न आपकी?'' साकार के माथे पर हाथ रखते हुए शुची बोली।

साकार ने 'हाँ' में सर हिलाया और खाना ख़त्म करके बिस्तर से उठने लगा।

''मैंने इलाहाबाद वाली बात छेड़ी, कहीं आप इससे नाराज़ तो नहीं हैं? देखिए, मेरा यह कहने का अर्थ आप पर दोषारोपण करना नहीं था!'' शुची रुआँसी होकर बोली।

''मैंने कब ऐसा कहा कि मैं नाराज़ हो गया हूँ? कुछ नहीं, बस सफ़र की थकान है। स्लीपर कोच में टिकट मिला नहीं, तो सामान्य कोच में ही बैठकर आया हूँ। पूरे रास्ते पलक झपकाने तक का भी मौका नहीं मिल पाया।'' साकार बोला।

''तो आपको पहले बताना चाहिए था। ऐसा कीजिए, आप सो जाइए। मैं शाम को जगा दूँगी। मैं भी कितनी पागल हूँ, आपको नींद आ रही है और मैं बड़-बड़ किए जा रही थी!'' अपने हाथ से माथे पर चपत लगाते हुए शुची बोली।

साकार हाथ-मुँह धोकर आया और बिस्तर पर पसर गया। कुछ ही देर में थकान के कारण गहरी नींद में सो गया।

शुची साकार के कपड़े धोकर छत के तारों पर फैलाकर जब वापस कमरे में आई तो देखा, साकार सो चुका था। उसने पास रखी प्लास्टिक की कुर्सी खींची और बैठ गई। फिर उसने अपने दोनों पैर उठाकर बिस्तर पर साकार के पैरों के पास रख

दिये। उसे पता नहीं, क्या हुआ कि ख़ुद ही कुछ सोचकर मुस्कुराने लगी। उसने अपने पैरों को धीरे से सरकाया और अँगूठे से साकार के पैरों के अँगूठे को स्पर्श कराया, फिर ख़ुद ही शरमाकर पैरों को वापस खींच लिया।

'किवाड़ खोलते ही साकार का अचानक सामने होना! कितनी मुश्किल से अपने उद्वेग को दबा पाई थी मैं! दो वर्षों से ज़्यादा का समय। प्रतीक्षा की मैंने इसी पल की! कोई और था भी तो नहीं जिसके साथ मेरा मन का रिश्ता रहा हो, जहाँ मैं पूर्ण मन से केवल शुची ही रह सकूँ! एक पापा थे, पर अचानक वह भी छोड़कर चले गए। उन्हीं के सबसे क़रीब थी मैं। हर बातें कह सकती थी उनसे। जो चाहे माँग सकती थी! पर अब? अब वह नहीं हैं। माँ से कहती भी तो कैसे? जो ख़ुद अकेले होने का शाप लिये जी रही हैं, नहीं चाहती कि उन्हें किसी भी बात से कोई कष्ट पहुँचाऊँ। जब जीवन के आगे अँधेरा छाये जा रहा था, मन न जाने किन अवसादों में घिरता जा रहा था, कि अचानक से एक हाथ में प्रकाश लिये और दूसरे हाथ से मुझे पकड़कर उन अँधेरों से तुमने ही तो बाहर निकाला था मुझे! जिन होंठों पर कम उम्र में ही चुप रहने का ताला लग गया था, उन्हें तुमने मुस्कुराना सिखाया—किसी देवदूत की तरह! जो आँखें पथरा-सी गई थीं, उनमें प्राण फूँक दिये थे तुमने! हमेशा से चाहती रही कि तुम मेरे सम्मुख रहो, लेकिन कभी कह नहीं पाई मैं। जानती हूँ कि बहुत सारी जिम्मेदारियाँ हैं तुम्हारे कन्धों पर, इसलिए तुमसे मिलने का इतना अवसर नहीं मिल पाता। पर जब भी मिला है, यही प्रयत्न रहा है कि उन्हीं कुछ पलों में इतना जीवन जी लूँ कि आगे का वियोग नगण्य हो जाए। नहीं, नहीं, यह आवेग ठीक नहीं है। पर मैं क्या करूँ, रोक नहीं पाती ख़ुद को जब भी तुम मेरे समीप होते हो? प्राण मेरे! मुझे नहीं पता, यह नई भावना मेरे अन्दर कब पनपी, या यह भावना कैसी है? क्या नाम है इसका? किन्तु जब तुम मेरे सामने होते हो तो जी चाहता है कि अपलक देखती ही जाऊँ! पर आँखों पर से अब मेरा बस टूटता जा रहा है। न जाने क्यों तुम्हें देख लाज से झुक जाती हैं! जब तुम मुझसे दूर होते हो, बिना तुम्हें सोचे एक भी दिन नहीं व्यतीत हुआ। दीप्ति कहती है कि मुझे तुमसे प्रेम हो गया है। वह भी बस...बोलती रहती है! प्रेम? प्रेम क्या होता है, मुझे नहीं पता। बस, तुम्हारे आस-पास होने का मन होता है हर क्षण! एक दिन दीप्ति मुझे एलिजाबेथ ब्राउनिंग की एक कविता सुना रही थी। मुझे बहुत अच्छी लगी। पहले तो कभी कविताएँ इतनी अच्छी नहीं लगती थीं :

मैं तुम्हें कितना प्रेम करती हूँ, मुझे उनको गिन लेने दो!
मैं तुम्हें प्रेम करती हूँ उस गहराई, विशालता और ऊँचाई तक
जिसे मेरी आत्मा छू सके, जब तुम दृष्टि से परे होते हो
मेरे अस्तित्व और अनुग्रह के अन्तिम छोर तक!
मैं तुम्हें प्रेम करती हूँ प्रतिदिन की...

अधिकांश निःशब्द इच्छाओं में, दिवा-रात्रि के प्रत्येक क्षण!
मैं तुम्हें मुक्त हो प्रेम करती हूँ जैसे मनुष्य स्वत्व के लिए प्रयासरत होते हैं
मैं तुम्हें उस विशुद्धता से प्रेम करती हूँ जो प्रशंसा से परे है
मैं तुम्हें प्रेम करती हूँ उस वेदना के साथ जो
अपने पुराने दुःख में होता है, और अपने बचपन की आस्था के साथ!
मैं तुम्हें प्रेम करती हूँ उस भाव के साथ जिसमें मैं स्वयं को भूल जाती हूँ!
अपनी खोई श्रद्धा के साथ, मैं तुम्हें प्रेम करती हूँ अपने जीवन की
सम्पूर्ण साँसें, आनन्द और आँसुओं के साथ; और, यदि ईश्वर ने चाहा
निःसन्देह मैं तुम्हें प्रेम करती रहूँगी इस जीवन के बाद भी!

पर जाने क्यों, जितनी बार भी इस कविता को पढ़ती हूँ, ऐसा लगता है कि यह मेरे लिए ही लिखी गई है। जीवन के इक्कीस बसन्तों के बीच ऐसे अहसास तो पहले कभी नहीं हुए, फिर बाइसवें बसन्त के आगमन पर ऐसे भाव क्यों? लगभग पिछले दस वर्षों से जानती हूँ तुम्हें। अचानक से ऐसे भाव क्यों? बाहर जितनी शान्त होती जा रही हूँ, अन्दर मन उतना ही चंचल होता जा रहा है। कोई चाह नहीं है मेरे इस मन में, सिवाय इसके कि तुम हर पल मेरे इन दो आँखों के सामने रहो! अभी सो रहे हो तो न जाने कितनी भावनाओं के बादल घुमड़-घुमड़ रहे हैं मन में! बहुत मन है कि सारी वर्षा तुम्हें देखकर ही कर दूँ! किन्तु? किन्तु क्षमा करना मुझे, यदि थोड़ी-सी हिम्मत नहीं दिखा पाई कि तुमसे कुछ कह सकूँ! क्षमा करना मुझे, यदि तुम्हें कभी रोक दूँ जब भी तुम कुछ कहने वाले हो, जिसे सुनने की प्रतीक्षा मुझे भी है! बस, यही समझना कि मेरा स्वप्न तुम्हारे ध्येय के आगे कुछ भी नहीं है। तुम्हें लगता है कि मुझे नहीं पता तुम्हारे मन का भाव? तुम्हारे मन और मस्तिष्क के साम्य का? तुम्हारे मन में क्या है, मुझे ज्ञात है, लेकिन तुम्हारे मस्तिष्क में? वही पुराना भाव—'भावनाएँ केवल भटकाती ही हैं!' जबकि तुम्हें भी पता है कि शुची शान्त हो जाएगी पर तुम्हें भटकने नहीं देगी। जब भी भटकोगे, मैं तुमसे दूर, बहुत दूर चली जाऊँगी—अपना हृदय अपने ही हाथों तोड़कर! पर तुम्हारे ऊपर भावनाओं का लांछन नहीं लगने दूँगी! हे बुद्धि के उपासक! तुम सदैव निर्मल ही रहोगे।'

साकार को देखते-सोचते न जाने कब शुची की आँख लग गई, और वह कुर्सी पर बैठे-बैठे ही सो गई।

जब शाम को साकार की नींद खुली और उसने करवट बदली तो उसे महसूस हुआ कि शुची कुर्सी पर बैठ, बिस्तर पर पैर टिकाये सो रही थी। वह मुस्कुराकर शुची की ओर देखने लगा। सुबह पत्तों पर अलसायी ओस की बूँदों की तरह ही शुची का चेहरा हर साँस के साथ हिल-डुल रहा था। वह बहुत धीरे से बिस्तर से उठा ताकि शुची जग न जाए, और कमरे से बाहर निकल आया।

बाहर आसमान लाल हो गया था। थोड़ी दूर पर आम के पेड़ पर लौटते पक्षी कलरव मचा रहे थे। गाँव तो अब रहे नहीं। धीरे-धीरे कंक्रीटों का जाल सब कुछ को अपने गिरफ्त में लेता जा रहा था। लेकिन फिर भी छोटे शहरों की अपनी एक आभा होती है, जहाँ गाँव और महानगर दोनों की झलकियों के बीच आँख-मिचौली चलती रहती है। यदि सब उसके बस में रहा तो वह कभी महानगर में नहीं रहेगा, जहाँ चारदीवारों और एक छत के बीच सब क़ैद हैं। सुबह से देर रात तक सब भागते ही रहते हैं और हासिल कुछ भी नहीं होता। सुबह और शाम का लाल सूरज दिल्ली में उसे कभी दिखा हो, याद नहीं आता। ऊँचे-ऊँचे मकानों ने सूरज को भी ढँक रखा है।

साकार तब चौंक ही पड़ा जब उसे अपने कन्धे पर किसी के हाथ रखने का एहसास हुआ। मुड़कर देखा तो शुची आलसी-सी खड़ी मुस्कुरा रही थी।

अधनिद्रा में शुची बोली, "आपने मुझे जगाया क्यों नहीं, जब आपकी नींद खुली?"

"तुम बिलकुल बच्चों-सी कुर्सी पर सो रही थीं। मुझे लगा, थकी हुई हो, इसलिए नहीं जगाया। वैसे भी बच्चे ख़ूब ढेर सारे सपने देखा करते हैं, उन्हें जगाकर उनके सपनों को नहीं तोड़ना चाहिए।" साकार मुस्कुराते हुए बोला।

"मैं बच्ची नहीं हूँ, अब बड़ी हो गई हूँ। अच्छा, आप यहीं बैठिए, मैं थोड़ी देर में चाय बनाकर लाती हूँ।" कहकर शुची किचन में चाय बनाने चली गई।

'कल परीक्षा के बाद गाँव जाना चाहिए या नहीं? अब इतने पास आकर भी नहीं जाऊँगा तो अच्छा नहीं लगेगा। तुरन्त दिल्ली जाना भी ठीक नहीं है! लेकिन बताऊँगा क्या कि रात को कहाँ ठहरा था?' जब मन स्वतंत्र होता है तो फिर भय का कहीं स्थान नहीं होता किन्तु जब मन कुछ छिपाने लगता है तो भय उत्पन्न होना बहुत ही सामान्य-सी बात है। साकार के साथ भी पहली बार ऐसा हो रहा था। इससे पहले भी वह कई बार यहाँ रुक चुका था और सबको पता भी था, लेकिन इस बार एक छोटी-सी पनपी भावना ने उसे छिपाना भी सिखा दिया था। साकार इन्हीं ख़यालों में उलझा हुआ था कि शुची चाय लेकर आ गई।

चाय पीने के बीच में ही शुची बोली, "अब रात होनी शुरू हो गई है। मुझे कुछ तैयारी कर लेनी चाहिए। वैसे आप रात में क्या खाना पसन्द करेंगे?"

साकार चौंकते हुए बोला, "इससे पहले तो मुझसे कभी नहीं पूछा गया कि मैं क्या खाना पसन्द करूँगा? और वैसे तुम्हें तो पता ही है, मेरी कोई विशेष रुचि नहीं है इन सब चीज़ों में। जो भी बनाओगी, खा लूँगा।"

"अगर ऐसी बात है तो फिर अब आप अपनी किताब उठाकर पढ़ना शुरू कर दीजिए। अब रात नौ बजे तक आपको परेशान नहीं करूँगी। जब खाना तैयार हो जाएगा तब बुलाऊँगी। नहीं तो कहीं ऐसा न हो कि शुची की बातों के चक्कर में आपकी परीक्षा की ऐसी-तैसी हो जाए! बाक़ी लोगों की बात तो छोडिए, आप भी नहीं बख्शेंगे तब मुझे!" बोलकर शुची हँसने लगी और किचन में चली गई।

साकार भी मुस्कुराते हुए उठा और सीधे कमरे में जाकर बैग से अपनी किताब निकाल पढ़ने लगा।

रात के लगभग साढ़े नौ बजे शुची ने साकार को कमरे में जाकर आवाज़ लगाई। वैसे तो बीच-बीच में दो-तीन बार वह कमरे में आई थी, लेकिन साकार को पढ़ने में तल्लीन देखकर उल्टे पाँव वापस लौट गई थी। दोनों ने साथ बैठकर खाना खाया और फिर बालकनी में कुर्सी पर आकर बैठ गए।

थोड़े देर चुपचाप बैठने के बाद साकार बोला, ''पहली बार इतने व्यवस्थित रूप से मैं कोई परीक्षा देने जाऊँगा। शाम को बेहतरीन भोजन और ख़ुशनुमा लोगों का साथ—काश, सारी परीक्षाएँ ऐसे ही सुखद वातावरण में होतीं तो लोग परीक्षाफल भूलकर केवल परीक्षा देने में ही व्यस्त रहते!''

''अच्छा भोजन तो समझ में आता है परीक्षा के दृष्टिकोण से, लेकिन ख़ुशनुमा साथ? इसका परीक्षा से क्या लेना-देना है?'' शुची ने पूछा।

''बिलकुल लेना-देना है शुची! शायद तुमने डेनियल गोलमैन की 'इमोशनल इंटेलिजेंस' नामक पुस्तक नहीं पढ़ी। काफ़ी शोध के बाद उन्होंने यह बताया था कि किसी व्यक्ति की सफलता में अधिकतम योगदान उसकी भावनात्मक बुद्धि का होता है, न कि बुद्धिलब्ध्ता का। अब तो वैज्ञानिक बिरादरी भी इसे स्वीकार करने लगी है। अक्सर यह प्रश्न उठा करता था कि बुद्धिशाली व्यक्ति भी आख़िर कैसे असफल हो जाता है?'' साकार बोला।

''भावनात्मक बुद्धि? पहली बार सुन रही हूँ यह शब्द। आख़िर यह भावनात्मक बुद्धि होती क्या है?'' शुची आश्चर्यचकित होते हुए बोली।

''इमोशनल इंटेलिजेंस यानी भावनात्मक बुद्धि या संवेगात्मक बुद्धि! सीधे और आसान शब्दों में कहूँ तो व्यक्ति का वह गुण जिससे वह अपने और बाक़ी लोगों की भावनाओं को बख़ूबी समझता है, और अलग-अलग क़िस्म की भावनाओं में विभेद कर सकता है, और इसी के आधार पर वह एक ऐसा वातावरण तैयार करता है जिससे सफलता का प्रतिशत काफ़ी बढ़ जाता है। कहने का अर्थ यह है कि वह दूसरों के मानसिक और भावनात्मक स्थिति को अच्छी तरह से समझकर ज़रूरत के अनुसार अपने व्यवहार में परिवर्तन करता है, जिससे संघर्ष की स्थिति लगभग नगण्य हो जाती है। और केवल दूसरों का ही नहीं, वह अपने अन्तर्मन को भी बख़ूबी समझता है इसलिए अपने ऊपर पूरा नियंत्रण रख सकता है।''

''अच्छा, यही कारण है कि जो प्रसन्न वातावरण में रहता है, वह अक्सर सफल होता है? मुझे बिलकुल भी नहीं पता था कि इन सारे गुणों पर भी शोध हुआ करता है। चलिए, जब आप कह रहे हैं तो मान लेती हूँ!'' शुची बोली।

"यहाँ प्रसन्न वातावरण के होने का कोई मतलब नहीं है शुची! मतलब यह है कि व्यक्ति किसी भी भावना को अपने अनुकूल कैसे बना सकता है। तुमने तो बहुत सारी कहानियाँ पढ़ रखी हैं, शायद कभी 'जीवटता' शब्द से तुम्हारा पाला पड़ा हो? इस विश्व में बहुत सारे लोग ऐसे हैं, जो किसी भी परिस्थिति में अपने-आपको उसके अनुकूल बना लेते हैं और ऐसे ही लोग अक्सर सफल होते हैं। इसलिए आजकल बुद्धिलब्धि की जगह संवेगात्मक लब्धि पर ज़्यादा ध्यान दिया जाने लगा है। पर सच बात तो यह है कि लोगों की एक उम्र निकल जाती है और यह तय नहीं कर पाते कि वे चाहते क्या हैं? कम-से-कम, मैंने तो यह तय कर ही लिया है कि मुझे क्या चाहिए।"

"ईश्वर करे कि आपकी हर चाह पूरी हो!" शुची ने आँखें मूँद हाथ जोड़ते हुए ऐसे कहा जैसे कि वह प्रार्थना कर रही हो!

"एक प्रश्न पूछूँ शुची? मेरा साथ दोगी मेरी चाह पूरी होने तक?" साकार ने शुची की ओर देखते हुए प्रश्न किया।

शुची ने नज़रें उठाईं और साकार के चेहरे को देखा और फिर पलकें झुका लीं। अँगुलियों से कुर्सी के हत्थे खुरचते हुए बोली, "आपके कहे का कभी भी अनादर किया है मैंने? जब तक मुझमें हिम्मत रहेगी, मैं साथ देती रहूँगी।"

"बस, फिर क्या बचा है? अब तो कोई भी संशय नहीं है। तब तो मेरी चाहत ज़रूर पूरी होगी!" साकार ने अपना भाग्य तय कर लिया था।

"लेकिन मैं एक बात बोलूँ? मेरे लिए विश्वास की चट्टान हैं आप! मैं यह कभी भी स्वीकार नहीं कर पाऊँगी कि आपकी सफलता किसी के साथ पर निर्भर रहे। सफलता का सारा श्रेय आपको ही मिलना चाहिए। मेरा क्या? मैं दूर से देखकर भी उतनी ही प्रसन्न रह सकती हूँ।" शुची थोड़ा गम्भीर होते हुए बोली।

"अक्सर लोगों को यह कहते सुना है कि पहाड़ की चोटी पर कम स्थान होता है। पर मैं सफलता के शिखर पर अकेला नहीं रहना चाहता। वैसे भी सफलता के शिखर पर व्यक्ति अकेला हो जाया करता है। जब वह देखता है तो लोग उससे नीचे खड़े दिखाई देते हैं, उसके साथ नहीं। मैं साथ चाहता हूँ।" इतना बोलकर साकार ने शुची की ओर देखा। बदले में शुची केवल मुस्कुरा भर दी।

थोड़ी देर बाद शुची बोली, "चलिए, अब सो जाइए, सुबह आपकी परीक्षा है।" कहकर वापस कमरे में आ गई और बिस्तर के एक किनारे दाईं करवट लेट गई।

पीछे-पीछे साकार भी आया और बिस्तर के दूसरे किनारे बाईं करवट लेटते हुए बोला, "मुझे इतनी जल्दी नींद नहीं आती। पढ़ने का मन भी नहीं हो रहा है, कुछ बातें ही करो। चलो, आज मैं तुम्हें सुनता हूँ!"

"मैं कोई दादी-अम्मा थोड़े ही हूँ जो अब कहानियाँ-लोरी सुनाकर आपको सुलाऊँगी?" शुची इठलाते हुए बोली।

साकार मुस्कुराकर बोला, "पाँच साल की लड़की हो या साठ वर्ष की महिला, ईश्वर ने सिर्फ़ अपनी इसी रचना को ममत्व दे रखा है। आज ईश्वर की रचना पर प्रश्न है, सोच लो!"

शुची ने साकार का हाथ पकड़ते हुए कहा, "ठीक है शरारती बालक! अब सुनो मेरी बातें और झेलो!"

न जाने कब तक शुची बातें करती रही! न जाने कब तक साकार सुनता रहा! न जाने कब तक पतंगें बिजली के बल्ब पर मँडराते रहे! धीरे-धीरे सड़कों पर गाड़ियों का शोर मध्यम पड़ गया।

थोड़ी देर बाद शुची की चाची साकार से मिलने जब ऊपर आईं और बालकनी में दोनों को न पाकर कमरे के अन्दर पहुँचीं तो देखा कि साकार और शुची सो चुके थे। शुची ने अभी भी साकार का हाथ नहीं छोड़ा था। पहले तो उन्हें थोड़ा अजीब लगा। सोचा कि शुची को जगाकर दूसरे कमरे में सोने के लिए बोल दें, पर उन्हें न केवल शुची पर, बल्कि साकार पर भी उतना ही विश्वास था। जिन शब्दों के बोल उन्हें अक्सर सुनाई देते थे, आज वह उन्हें प्रत्यक्ष देख रही थीं। उन्होंने अभी तक केवल यही सुन रखा था कि दोनों एक-दूसरे को पसन्द करते हैं। कुछ भी पूछने पर शुची इनकार करके शान्त हो जाया करती थी। पर जहाँ इस उम्र में भी दो लोग पास होकर भी निर्मल और पवित्र रह सकें, वहाँ प्रेम नहीं तो और क्या हो सकता है? जहाँ एक मन दूसरे मन को छू लेता है, वहाँ तन का स्पर्श भी सिहरन नहीं पैदा करता।

थोड़ी देर बाद वह उल्टे पाँव वापस लौट गईं।

"**उठिए!** और कितनी देर तक सोते रहेंगे? परीक्षा देने नहीं जाना है क्या?"

साकार ने पलटकर देखा तो शुची एक हाथ में चाय का प्याला लिये उसे जगा रही थी।

उसने एक मुस्कान बिखेरी और उठकर बैठ गया। शुची के हाथ से चाय लेकर पीने लगा।

थोड़ी देर बाद शुची साकार के कपड़े लेकर आई, जिसे उसने सुबह जगकर इस्तरी करके रख दिया था।

साकार जब नहा-धोकर तैयार हुआ तो देखा, शुची ने मेज़ पर नाश्ता बनाकर रख दिया था।

"इतनी सुबह नाश्ता? तुम्हें तो पता है कि मैं नाश्ता नहीं करता?" साकार बिगड़ते हुए बोला।

"जरा कोई चेहरा देखे! सूखकर न जाने कैसा हो गया है! और जनाब कह रहे हैं कि नाश्ता नहीं करेंगे! शुची ने जब किचन में कुछ बनाया है, आज तक किसी

का इतना साहस नहीं हुआ कि बिना खाए चला गया हो। चुपचाप खा लीजिए! यह आपका दिल्ली वाला कमरा नहीं है जो आपके बनाए नियम यहाँ चलेंगे।'' शुची बनावटी ग़ुस्से से बोली।

साकार ने बहस करने की बजाय नाश्ता करना ज़्यादा बेहतर समझा।

थोड़ी देर बाद शुची बोली, ''यहाँ से दस मिनट की दूरी पर ही आपका परीक्षा केन्द्र है, दोपहर के अन्तराल में वापस आ जाइएगा। कुछ खाकर तब जाइएगा!''

''अब दोपहर में भी खाना? इतना सारा खा करके अगर परीक्षा में बैठा तो पक्का फेल हो जाऊँगा।'' साकार घबराते हुए बोला।

''शुभ-शुभ बोलिए! कहते हैं कि चौबीस घंटे में माँ सरस्वती कम-से-कम एक बार सबकी जिह्वा पर विराजमान होती हैं। उस वक़्त व्यक्ति जो भी बोलता है, वह घटित ज़रूर होता है। इसलिए कहा गया है कि हमेशा अच्छा सोचो—अपने बारे में भी और दूसरों के बारे में भी।'' एक हाथ उठाकर ज्ञानियों की मुद्रा बनाते हुए शुची बोली।

''अभी तुम्हारी ज्ञान वाली बातें सुनने से बेहतर तो यह है कि मैं दोपहर में आ ही जाऊँ!'' साकार मुस्कुराते हुए बोला और सीढ़ियों से नीचे उतर गया।

नीचे शुची की चाची खड़ी थीं। साकार ने झुककर उनके पाँव छुए और जाने की आज्ञा ली।

शुची मुख्य दरवाज़े तक साकार को छोड़कर आई और फिर बैठकर चाची के साथ गप्पें लड़ाने लगी।

साकार प्रथम पाली की परीक्षा देने के बाद जब वापस शुची के घर पर पहुँचा तो देखा, शुची ने खाना बनाकर रख दिया था और पास ही की कुर्सी पर बैठे-बैठे कोई पत्रिका पढ़ रही थी।

''अब यह महिलाओं वाली पत्रिका पढ़ना छोड़ो और कुछ अपने पाठ्यक्रम की पुस्तकें पढ़ा करो! वैसे और भी पत्रिकाएँ हैं—साहित्य और समसामयिकी से जुड़ी। उन्हें पढ़ सकती हो।'' साकार शुची के पीछे जाकर बोला।

शुची ने चौंककर चेहरा ऊपर उठाया और फिर साकार को देखते हुए बोली, ''आ गए आप? और आते ही दूसरों के जीवन में परिवर्तन करना भी शुरू कर दिया? अब स्वेटर की बुनाई की तरकीब समसामयिकी और साहित्यिक पत्रिकाओं में मिलने से रही! और वैसे भी पढ़ना-लिखना व्यक्तिगत रुचि-अनुरुचि पर निर्भर करता है। अब बहस करने का ज़्यादा मतलब नहीं है। चलिए, पहले खाना खा लीजिए!'' शुची उठकर किचन में चली गई।

साकार भी हाथ-मुँह धोकर टेबल के पास जाकर बैठ गया।

थोड़ी देर बाद शुची ने खाना परोसा और दोनों साथ ही खाना खाने लगे।

''वैसे आपकी परीक्षा कैसी रही? अच्छी ही हुई होगी?'' शुची ने पूछा।

साकार ने सिर हिलाकर बस सहमति दिखाई और खाने में ही व्यस्त रहा।

शुची से जब उसकी चुप्पी सहन नहीं हुई तो वह बोली, ''वैसे हमारे बीच कभी यह करार नहीं हुआ था कि हम खाते समय नहीं बोलेंगे।''

साकार ने मुस्कुराकर शुची की ओर देखते हुए कहा, ''तुम्हारे साथ न बोलो तो भी बुरा और बोलो तब भी! इतना सारा खाना ज़बरदस्ती खिला रही हो, मुझे अब नींद लग रही है। वैसे भी तुम्हारी बातें सुनने के चक्कर में मैं कल ठीक से सो नहीं पाया था, इसलिए सिर भी दर्द कर रहा है हल्का-हल्का।''

''सीधे-सीधे क्यों नहीं कह देते कि जनाब शुची से सिर दबवाना चाहते हैं?'' शुची मुस्कुराती हुई बोली।

बदले में साकार भी मुस्कुराने लगा।

साकार खाना ख़त्म करके हाथ-मुँह धोकर सीधे पलंग पर जा गिरा, और आँखें मूँद लीं।

शुची ने सारे बर्तनों को उठाकर किचन में उन्हें साफ़ किया और पन्द्रह मिनट बाद सब काम पूरा कर वापस कमरे में आई, जहाँ बिस्तर पर साकार पसरा हुआ पड़ा था। वह साकार के सिर के बगल में ही पालथी मारकर बैठ गई और उसके सिर को उठाकर अपनी गोद में रख लिया।

साकार ने आँखें खोलीं। सामने शुची का चेहरा दिखा। उसने फिर से आँखें बन्द कर लीं।

शुची ने हल्के-हल्के हाथों से सिर दबाना शुरू किया और तब तक दबाती रही जब तक साकार सो नहीं गया।

'लगता है, जैसे वर्षों की साधना पूरी हुई है! देव मेरे, तुम्हारे मार्ग में पड़ी मैं कुछ तो तुम्हारे काम आई! कई वर्ष पूर्व, जब इसी कमरे में तुमसे प्रथम बार मुलाकात हुई थी तब कभी नहीं सोचा था कि तुम सिर्फ़ महत्त्वपूर्ण ही नहीं, अपितु जीवन बन जाओगे मेरे लिए। पहले तुमसे ज़्यादा भेंट हुआ करती थी और अब बीच में वर्षों का अन्तराल! याद है तुम्हें, इसी कमरे में ज़्यादा अंक पाने की ख़ुशी में बिना कुछ सोचे-समझे आकर लिपट पड़ी थी तुमसे? मुझे तुम दोनों ही बहुत प्रिय हो—यह चार दीवारों का कमरा और दूसरे, तुम! मुझे मेरे जीवन के लिए कम-से-कम एक की छाँव तो चाहिए ही होगी—ताउम्र! तुम्हारे साथ मैं खुले आसमान के नीचे भी रह सकती हूँ। तुम्हारे अलावा किसी और के साथ मैं कमरे के अन्दर भी सुरक्षित महसूस नहीं कर सकूँगी। अब डर लगने लगा है। पहले सपने बुनना छोड़ चुकी थी मैं, अब न जाने मन क्यों चुपचाप बुनता ही जाता है सपने। हर समय डर लगा रहता है—पूरे होंगे कि नहीं? कभी-कभी लगता है कि

बहुत स्वार्थी हो गई हूँ मैं। शब्दों से तो नहीं, पर भावों से अपने मन की सारी भावनाएँ कह डालती ही हूँ। क्या इतना-सा भार तुम्हारे अकेले कन्धों पर डालना ज़रूरी है? तुम तो कुछ कहते ही नहीं—बस, बाँट लेते अपने सारे भार! आधा तो मैं पूरी ही करती! नहीं, नहीं, सब क्या सोचेंगे? माँ क्या सोचेंगी? दीदी क्या सोचेंगी? इतना उद्वेग अच्छा नहीं शुची, प्रतीक्षा करो! प्रतीक्षा का फल मीठा होता है। और हो भी क्यों न! पल-पल आग में तपने के बाद बारिश की हल्की फुहार भी मीठी ही लगती है! मेरा मन विद्रोही क्यों होता जा रहा है? पहले तो नहीं थी मैं ऐसी! लेकिन जो भी हो, मुझे एक राह तो पकड़नी ही होगी—या तो आज कहना होगा, नहीं तो बिना कुछ कहे आगे प्रतीक्षा ही करनी होगी, जब तक तुम ख़ुद सबसे कहने को स्वतंत्र महसूस न करने लगो। लेकिन इतनी लम्बी प्रतीक्षा? बहुत कठिन है! तो क्या मैं तुम्हारी राह में काँटा बनकर अपने सुख के लिए थोड़े देर बिछ लूँ? मैं तुम्हारे मार्ग की छाया बनना चाहती हूँ, न कि तुम्हारे मार्ग की बाधा। लेकिन छाया बनने के लिए भी जड़ों से आगे बढ़ना पड़ता है। ऊँचा उठना होता है। लेकिन अगर मैं जड़ों से ऊँची उठी तो उनका क्या होगा जिनके लिए मैं ख़ुद ही जड़ हूँ? मैं छाया तो बनना चाहती हूँ लेकिन तुम्हारी कोई भी जड़ काटकर नहीं। बस, इसी दोराहे पर खड़ी हूँ आजकल। कोई राह दिखाने वाला भी नज़र नहीं आता। बस, सुलग रही हूँ इस आग में...और टप से आँसू ने आँखों का साथ छोड़ दिया।

जब साकार के चेहरे पर आँसू की बूँदें पड़ीं तो उसकी नींद टूट गई। उसने आँखें खोलकर देखा तो शुची की आँखों में आँसू भरे हुए पाया। पल भर में ही वह तड़प उठा और बोला, "यह क्या शुची? तुम रो रही हो? आँसू तुम्हारी आँखों में अच्छे नहीं लगते।"

शुची कुछ नहीं बोली। बस, चुपचाप अपने आँसू पोंछ लिये।

साकार ने दुबारा पूछा, "ऐसा क्या हुआ जो मेरी शुची को रोना पड़ा?"

'मेरी शुची' सुनना था कि शुची फिर से फफक उठी और साकार से लिपट गई।

साकार कुछ नहीं बोला, बस, हल्के-हल्के से शुची की पीठ थपथपाता रहा। मन का गुबार निकल जाए तो ही बेहतर है। जहाँ मकान खँडहर हो चुके हों, वहाँ प्रेम की शहनाइयाँ नहीं बजा करतीं। कुछ दिन तड़पेगी फिर शान्त हो जाएगी! अभी भी बहुत समय बाक़ी है प्रतीक्षा करने को। दोनों को ही धीरज रखना पड़ेगा—बस!

थोड़ी देर बाद शुची साकार से अलग होते हुए बोली, "न जाने क्यों रह-रहकर मैं पागल हो उठती हूँ! रोना भी आ जाता है। पर अब से नहीं होगा। मैं चाय बनाती हूँ।"

साकार कुछ नहीं बोला। स्वीकार करने से व्यक्ति बँध-सा जाता है और वह किसी बन्धन में नहीं बँधना चाहता। और वह भी भावनाओं से बँधना? असम्भव! भावनाएँ केवल भटकाती ही हैं!

थोड़ी देर बाद शुची चाय लेकर आई। चाय पीकर साकार दूसरी पाली की परीक्षा देने चला गया, और शुची सोचते-सोचते ही सो गई।

परीक्षा ख़त्म होने के बाद जब साकार वापस आया तो शुची को सोते हुए पाया। उसने शुची के ऊपर बस एक झलक डाली और वापस बालकनी में आकर बैठ गया। बहुत कम ऐसे मौके आते हैं जब व्यक्ति सब कुछ जानकर भी असमंजस में रहता है। अनजान बना रहता है। ऐसा बिलकुल नहीं था कि शुची ने साकार के मन के अनछुए पहलुओं को नहीं छुआ था। ऐसा भी नहीं था कि शुची को साकार की भावनाओं का ज्ञान नहीं था। पर कुछ बेड़ियाँ थीं जो प्रत्यक्ष को स्वीकार करने नहीं देती थीं—साकार के घर की माली हालत और उसके ध्येय की अनिश्चितता!

और शुची? उसके लिए अपनी बेड़ियाँ कुछ ज़्यादा महत्त्वपूर्ण नहीं थीं। वह तो सिर्फ़ बचने का बहाना हुआ करता था कुछ प्रश्नों से। उसके लिए महत्त्वपूर्ण था साकार का ध्येय, जिसके बारे में वह तब से सुनती चली आ रही थी जब से उसने साकार के बारे में जाना था। और यह कदापि नहीं चाहती थी कि साकार के ध्येय के बीच वह किसी भी रूप में कोई बाधा बने।

और जब से साकार को शुची की भावनाओं का पता चला था, वह चाहकर भी इस पर प्रत्यक्ष कोई चर्चा करने से कतरा ही रहा था।

थोड़ी देर बाद जब शुची की नींद खुली तो देखा, शाम घिर आई थी। उसने अपने माथे पर एक चपत लगाई कि जाने कब तक वह सोती रही थी। शुची ने बाहर आकर देखा तो साकार को बालकनी में बैठे हुए पाया।

साकार के पीछे जाकर वह बोली, ''बड़े गन्दे हैं आप! आप आ भी गए और मुझे बताया भी नहीं?''

साकार ने पीछे मुड़कर देखा और बोला, ''तुम गहरी नींद में सो रही थीं इसलिए तुम्हें जगाने का मन नहीं हुआ। चलो, अच्छा हुआ, जो तुम ख़ुद ही जग गईं! अब एक चाय पिलाओ, उसके बाद मैं प्रस्थान करूँगा।''

''प्रस्थान? क्यों और कहाँ?'' चौंकते हुए शुची बोली।

''अरे, इसमें हैरान होने वाली क्या बात है? अब तो परीक्षा भी ख़त्म हो गई। सोच रहा हूँ, घर हो आऊँ। फिर वहीं से वापस दिल्ली निकल जाऊँगा।''

''नहीं, अभी आपको मैं जाने नहीं दूँगी। एक तो इतने वर्षों के अन्तराल पर आए हैं, ऊपर से माँ भी नहीं हैं। आज नहीं, तो कल सुबह तक आ ही जाएँगी।

उनसे मिलकर जाइएगा, नहीं तो उन्हें अच्छा नहीं लगेगा।'' शुची साकार को रोकते हुए बोली।

''ठीक है, तुम कहती हो तो रुक जाता हूँ, पर सुबह उनसे मिलकर तुरन्त निकल जाऊँगा। फिर रोकना नहीं।'' साकार मुस्कुराते हुए बोला।

''आ-हा-हा, जैसे मेरे रोकने की इतनी परवाह है आपको! आपको शुची की इतनी परवाह होती तो इतने अन्तराल पर नहीं मिलते आप। मुझे इतनी प्रतीक्षा नहीं करनी पड़ती।'' शुची मुँह बनाकर बोली।

''अच्छा-अच्छा, अब चाय बनाओ! काफ़ी देर से मन हो रहा है।'' साकार बोला।

और शुची चाय बनाने किचन में चली गई।

थोड़ी देर बाद जब वह चाय बनाकर लौटी तो साकार ने उसे पास बैठने को बोला।

''स्नातक पूरा किए हुए तुम्हें एक वर्ष हो गया। पता चला है कि तुम परास्नातक एक वर्ष पूरा करके छोड़ रही हो? इसके बाद क्या करने का इरादा है, कुछ सोचा है?'' साकार ने पूछा।

''अभी छोड़ा नहीं है, पर स्वास्थ्य सही नहीं होने की वजह से परीक्षा नहीं दे पाई। अब अगर अगले वर्ष परीक्षा दूँगी भी तो एक वर्ष का अन्तराल हो ही जाएगा। इसीलिए निश्चय नहीं कर पा रही हूँ कि परास्नातक पूरा करूँ या फिर कुछ और कर लूँ?'' शुची कुछ सोचते हुए बोली।

''चाहो तो परास्नातक पूरा कर सकती हो। लेकिन कहीं भी साक्षात्कार के समय यह प्रश्न ज़रूर पूछा जाएगा कि एक वर्ष का अन्तराल क्यों है? पर परास्नातक करने से अगर कोई नौकरी करना चाहती हो तो फिर जरा कठिन होगा। बेहतर होगा, कोई व्यावसायिक डिग्री ले सको। आजकल प्रबन्धन में परास्नातक भी एक अच्छा विकल्प है लेकिन तभी जब वह किसी अच्छे संस्थान से किया गया हो। पर न जाने मुझे ऐसा क्यों लगता है कि तुम्हें जनसंचार में परास्नातक करना चाहिए। तुम एक तेज-तर्रार पत्रकार बन सकती हो! सोचो, जब टी.वी. पर हम लोग तुम्हें देखेंगे तो कितना अच्छा लगेगा!'' साकार ने अपनी इच्छा व्यक्त की।

''मतलब जनसंचार से परास्नातक केवल इसलिए करूँ ताकि आप मुझे टी.वी. पर देख सकें?'' शुची मुस्कुराते हुए बोली।

''अरे नहीं! सिर्फ़ वही कारण नहीं है। मेरी अपनी सोच है कि तुम इस क्षेत्र में काफ़ी कुछ कर सकती हो और लोगों के बीच अपना नाम बना सकती हो। तुम्हारी लेखनी और बात करने का तरीक़ा, दोनों बहुत बेहतर हैं! तुम प्रिंट मीडिया और इलेक्ट्रॉनिक मीडिया, दोनों में बराबर सफल हो सकती हो।'' साकार ने शुची को समझाते हुए कहा।

''ठीक है, जब आपने हरी झंडी दिखा दी है तो फिर सफ़र पर चलना ही होगा! पर कैसे और कहाँ से करना है?'' शुची ने पूछा।

''वैसे दिल्ली में जामिया मिल्लिया इस्लामिया विश्वविद्यालय जनसंचार में परास्नातक के लिए सबसे अच्छा माना जाता है, पर इसके अलावा अन्य शहरों में भी अच्छे विश्वविद्यालय हैं जहाँ से यह पाठ्यक्रम पूरा किया जा सकता है। बस, तुम्हें एक प्रवेश परीक्षा पास करनी पड़ेगी, जो तुम बस थोड़ी-सी मेहनत से कर सकती हो।'' साकार ने उत्तर दिया।

''ठीक है। जब आवेदन फार्म आएगा तब मुझे सूचित कर दीजिएगा। यहाँ बैठे-बैठे कुछ भी नहीं पता चलता।'' शुची बोलकर रसोई में खाना बनाने चली गई।

शुची जब तक खाना बनाती रही, तब तक साकार ने बड़ी भाभी को फ़ोन करके बताया कि वह आजमगढ़ आया हुआ है तथा आज उसकी परीक्षा थी जो अच्छी हुई है और वह कल गाँव आएगा।

थोड़ी देर बाद रसोई में जाकर उसने फ़ोन शुची को दे दिया और फिर नीचे जाकर चाची से बात करता रहा। शुची भी काफ़ी देर तक अपनी दीदी से बात करती रही।

जब भोजन तैयार हो गया तो शुची ने साकार को ऊपर बुलवाया और भोजन करने के पश्चात दोनों कमरे में पलंग पर बैठकर बातें करने लगे।

''मेरा मन कर रहा है कि आज पूरी रात जागकर आपसे बातें करती रहूँ। कल तो आप चले ही जाएँगे, फिर न जाने कब भेंट हो!'' शुची थोड़ा मायूस होते हुए बोली।

''शुची, ऐसा भी तो नहीं है कि मैं यहाँ आने से, या तुमसे मिलने से ख़ुद को रोकता हूँ! मैं चाहकर भी नहीं रोक सकता। पर क्या करूँ? सिर्फ़ एक भाव की वजह से सबको दुखी तो नहीं कर सकता न! और फिर मेरा एक लक्ष्य भी तो है जो एकाकी जीवन की ही माँग करता है।'' साकार गम्भीर होते हुए बोला।

''मैंने कब कहा कि आप किसी को भी दुःख पहुँचाएँ? जिस दिन आपने ऐसा किया, समझ लेना, शुची आपसे हमेशा-हमेशा के लिए दूर हो जाएगी। रही आपके ध्येय की बात, तो वह मेरे लिए मेरी पूजा से भी बढ़कर है। भूल से भी मैं कभी उसमें बाधा नहीं बनना चाहूँगी।'' शुची दृढ़ निश्चय से बोली।

''मुझे अच्छी तरह पता है शुची के बारे में, पर अपने बारे में क्या कहूँ? मैं भी कभी-कभी कमजोर हो जाता हूँ। ख़ुद पर से नियंत्रण छूट-सा जाता है। बहुत ही कठिन समय होता है वह।'' साकार सोचते हुए बोला।

शुची ने साकार का हाथ पकड़ते हुए कहा, ''मैं आपके सारे कठिन समय को आसान बना दूँगी। अभी तक के जीवन ने मुझमें इतनी दृढ़ता तो भर ही दी है। मैं

आपको किसी भी बन्धन में नहीं बाधूँगी, चाहे कुछ भी हो जाए। जब तक हिम्मत साथ देगी, प्रतीक्षा करती रहूँगी।" और सिसकते हुए वह साकार से लिपट गई।

साकार कुछ भी नहीं बोला।

सुबह शुची की मम्मी आई। साकार ने ढेर सारी बातें कीं। विशेषकर शुची की पढ़ाई के सम्बन्ध में और फिर सुबह का नाश्ता कर साकार ने बस स्टेशन जाकर बस पकड़ी और अपने गाँव की ओर निकल गया।

आजमगढ़ से जौनपुर की तरफ़ जाते हुए यही कोई आठ किलोमीटर पहले ही एक चौराहे पर साकार ने बस रुकवाई और नीचे उतर गया। उसका गाँव वहाँ से लगभग आठ किलोमीटर दूर था। सड़कें ठीक-ठाक थीं, फिर भी उसके गाँव से होते हुए एक ही बस गुज़रा करती थी—वह भी केवल सुबह और शाम। बाक़ी समय लोगों को वहाँ से जाने के लिए टेम्पो या फिर इक्के का सहारा लेना पड़ता था। साकार ने देखा, कई सारे इक्केवाले एक कतार में चाबुक हाथों में लिये खड़े थे। साकार बस से जहाँ उतरा था, वह एक चौराहा था, जहाँ कई तरह की छोटी-बड़ी दुकानें भी थीं। साकार ने मँझले भैया को फ़ोन लगाया, और फिर पास की एक चाय की दुकान में बैठ एक चाय लाने के लिए बोल दिया।

जब आधे घंटे से भी अधिक समय हो गया और मँझले भैया आते कहीं नहीं दिखे तो साकार ने इक्के से जाना ही बेहतर समझा। एक इक्केवाले से भाड़ा तय करने के बाद वह इक्के पर जाकर बैठ गया।

इक्केवाले ने घोड़े को चाबुक लगाई और घोड़ा सरपट भागना शुरू कर दिया। देखा जाए तो शारीरिक तौर पर घोड़ा इनसानों से कहीं ज़्यादा ताक़तवर होता है और उसकी ताक़त के आगे उस चाबुक की कोई औकात नहीं होती। लेकिन चाबुक में ऐसा क्या है जो इतने बड़े शरीर वाला घोड़ा एक छोटे से चाबुक से डरकर इनसान के आगे सिर झुकाने लगता है? इसे ही कहते हैं परवरिश! घोड़े को छुटपन से ही चाबुक से डराया गया, और धीरे-धीरे घोड़े के साथ उसका डर भी बड़ा होता गया और अन्त में डर के आगे घोड़ा बौना साबित हो गया। कुछ यही कहानी साकार की भी थी। उसके अन्दर भी तो समाया हुआ था उत्तरदायित्वों का डर, जो कहीं-न-कहीं उसके आर्थिक परिवेश के कारण बचपन से ही उसके मन-मस्तिष्क के कन्धों पर लादे जाते रहे थे, और अब यह डर उसके अपने कन्धों की क्षमता से भी कहीं अधिक बड़ा हो गया था, जिससे साकार अपनी ख़ुद की चाल भी नहीं चल पा रहा था। कमोबेश ग्रामीण परिवेश में पनपने वाले बड़े सपनों की चाल कुछ ऐसी ही होती है।

अचानक सामने से उसे मँझले भैया अपनी पुरानी हो चुकी मोटरसाइकिल पर आते दिखे। साकार ने इक्के में बैठे-बैठे ही उन्हें आवाज़ दी। उन्होंने साकार को

देखकर मोटरसाइकिल रोकी और साथ-ही-साथ इक्केवाले को हाथ के इशारे से रुकने के लिए कहा। साकार इक्के से नीचे उतरा और झुककर मँझले भैया के पाँव छू लिये। भैया ने उसे आशीर्वाद दिया और इक्केवाले को भाड़ा देकर वहाँ से रवाना किया।

"आप तब से कहाँ थे? पूरा आधा घंटा चाय की दुकान पर बैठकर प्रतीक्षा की है मैंने, जबकि सुबह ही आपको फ़ोन करके मैंने अपने पहुँचने का समय बता दिया था!" साकार थोड़ा मुँह फुलाते हुए बोला।

"अरे यार, आते-आते ही मुँह मत फुलाओ। मैं तो घर से अपने समय पर ही निकला था पर रास्ते में कुछ लोग मिल गए, उन्हीं का कुछ काम था। अब उन्होंने कह दिया तो मैं मना कैसे करता? गाँव-जवार में यह सब देखकर चलना पड़ता है।" मँझले भैया बोले।

"अब रहने दीजिए! जैसे कि मुझे आपकी आदत नहीं पता! कोई कुछ भी कहे पर आप सबकी मदद को बस खड़े हो जाते हैं। लगता है, आप सुबह उठकर प्रतिदिन सबकी पुकार सुनने की प्रतीक्षा ही करते रहते हैं!" साकार मुस्कुराते हुए बोला।

"अच्छा, यह सब बातें छोड़ो! अब मोटरसाइकिल पर बैठो। वैसे ही काफी देर हो गई है। कुछ और देर हो गई तो मम्मी का पारा गरम हो जाएगा, फिर शाम को किसी की ख़ैर नहीं!" मँझले भैया मुस्कुराते हुए बोले।

साकार मुस्कुराते हुए मोटरसाइकिल पर बैठ गया। पर मँझले भैया तो मँझले भैया ही थे, आधे घंटे का रास्ता लगभग दो घंटों में पूरा हुआ। रास्ते भर लोग मिलते गए और वह मोटरसाइकिल रोककर सबसे बातें करते गए, और साथ-ही-साथ साकार का परिचय भी सबसे करवाते गए।

साकार मन-ही-मन ग़ुस्सा रहा था कि आज घर पहुँचकर सबसे पहले इनकी शिकायत करेगा, पर शिकायत से मँझले भैया पर कोई असर नहीं पड़ने वाला था क्योंकि वह बचपन से ही ऐसे थे—बातूनी, घुमक्कड़ और मिलनसार! और यही कारण था कि उस क्षेत्र में वह काफ़ी मशहूर भी थे।

लगभग तीन बजे दोनों लोग घर पहुँचे। साकार के पिताजी ओसारे में ही चारपाई पर हाथ का पंखा चलाते हुए बैठे थे। साकार उनके पाँव छूकर सीधे मुख्य दरवाज़े से अन्दर चला गया और बारी-बारी से सबसे मिला।

"मम्मी! तुहें पता हौ कि ई दुई रात से कहाँ रहै?" जैसे ही साकार मम्मी के पाँव छूने के लिए झुका, उसी समय मँझले भैया ने मम्मी से प्रश्न दाग दिया।

साकार मँझले भैया की आदत से अच्छी तरह परिचित था क्योंकि उनसे उसका रिश्ता मित्रवत था और इसका सबसे बड़ा कारण यह था कि साकार ने मँझले भैया के साथ ही रहकर जौनपुर से स्नातक किया था। इसीलिए मौका मिलने

पर मँझले भैया उसकी खिंचाई करने से बाज नहीं आते थे। और तो और, शुची और साकार को लेकर घर में सबसे ज़्यादा मज़ाक़ भी वही किया करते थे, लेकिन फिर भी उनका मज़ाक़ एक सीमा के अन्दर ही होता था। उन्होंने मज़ाक़ में कभी भी बड़े-छोटे की सीमा नहीं लाँघी। और आज उनके पास मज़ाक़ करने का पूरा मौका भी था।

"काहे दुई दिन से केहर रहलऽऽ बेटा? हम्मे त केहू कुच्छू न बतौलस हौ!" मम्मी बोलीं।

"घर-दुआर छोड़ि के इ ससुरारी में रुकल रहे, देख ले मम्मी! अब्बे से इ हाल हौ, त बाद में का होई, सोची ले!" मँझले भैया मुस्कुराते हुए बोले।

साकार ने मुँह फुलाते हुए मँझले भैया की तरफ़ देखा और मम्मी से बोला, "नाहीं मम्मी! अब वही घर के पास परीक्षा रहे तो वहीं रुक गइल रहली। अब यहाँ से बिहाने-बिहाने परीक्षा देवे कैसे जाइत?"

"इ बताओ, छोटकी के काव हाल-चाल हौ? कुछ करऽत हौ कि अबहिनों वइसे हौ?" मम्मी ने पूछा।

"नाहीं मम्मी, उ ठीक हौ। अब स्नातक पूरा होई गईल हौ।" साकार बोला।

"रहै द्यो! उ केतनों पढ़ी तब्बो अइसहीं रही! झुट्ठे डॉक्टरी के पढ़ाई छोड़ी आइल।" मम्मी मुस्कुराते हुए बोलीं।

"दोनों साहब चलो, हाथ-मुँह धोकर इधर बैठो। चाय-पानी तैयार है।"

बड़ी भाभी हाथ में तश्तरी लेकर रसोई से बाहर आकर बोलीं।

थोड़ी देर बाद हाथ-मुँह धोकर दोनों भाई आए और बड़ी भाभी के हाथों की चाय का लुत्फ़ उठाने लगे।

"और तुम्हारी परीक्षा कैसी रही? पेपर अच्छा हुआ है न?" बड़ी भाभी ने साकार से पूछा।

"अरे भाभी, यह कैसा प्रश्न है? बालक इस बार शुची के हाथ का खाना खाकर परीक्षा दे रहा था! खराब होने का तो प्रश्न ही नहीं उठता!" साकार के कुछ बोलने से पहले ही मँझले भैया बोल उठे।

बड़ी भाभी मँझले भैया की पीठ पर एक चपत लगाते हुए बोलीं, " बहुत आए तुम शुची की तरफ़दारी करने वाले! शुची को लाकर यहाँ रखोगे क्या खँडहर में? जब देखो, तुम्हारा बस एक ही काम रहता है!"

"परीक्षा ठीक रही है भाभी! पहले सोचा कि वहीं से दिल्ली निकल जाऊँ लेकिन फिर सोचा कि जब इतने पास आ ही गए हैं तो घर भी हो आएँ!" साकार बोला।

"अच्छा किए! और वहाँ सब आज़मगढ़ में कैसे हैं? शुची कैसी है? उसको कुछ समझाओ पढ़ने-वढ़ने के लिए। प्रवेश लेकर परीक्षा नहीं देती, छोड़ देती है।

मम्मी एक दिन मुझसे शिकायत कर रही थीं। किसी और की बात तो वह सुनती है नहीं, पर तुम्हारी बात तो वह मानती ही है!'' बड़ी भाभी बोलीं।

''सब लोग वहाँ बढ़िया से हैं। और रही शुची की पढ़ाई की बात तो मैंने इस बार उसे समझाया है। अब सब कुछ उसके करने के ऊपर है। मेरी भी परीक्षा इस महीने के अन्त में ही है, इसलिए केवल आज रात को ही रुकूँगा और कल शाम की ट्रेन से वापस दिल्ली निकल जाऊँगा।...भैया, मेरा टिकट करा दीजिए!'' साकार बोला।

''ठीक है!'' बोलकर मँझले भैया तुरन्त मोटरसाइकिल लेकर जौनपुर की ओर निकल गए और साकार थके होने की वजह से सो गया।

हरिद्वार : 2011

''**पैर** बढ़ाने से कहीं-न-कहीं घास तो दबेगी ही! किन्तु इसका अर्थ यह नहीं कि व्यक्ति क़दम आगे ही न बढ़ाए! मैं इस बात से बिलकुल इनकार नहीं करता कि आप मेरा सम्मान करती हैं—निःसन्देह करती हैं; किन्तु इस सम्मान में क्या वह अपनत्व की छाँव है, जिसे मैं लगभग तब से ढूँढ़ रहा हूँ जिस पल से मेरे हृदय ने आपके लिए कुछ महसूस किया था?'' साकार ने कहा।

''यह सब कुछ आपके अपने दिमाग़ की उपज है। मुझे तो केवल इतना पता है कि मैं आपका सम्मान करती हूँ और उम्र भर करती रहूँगी।'' शुची ने फीका-सा उत्तर दिया।

इस आवाज़ में न तो रूखापन था और न ही कोई अपनापन, जिससे किसी भी रिश्ते का नाम दिया जा सके।

साकार ने एक गहरी साँस भरी, जैसे शुची के कहे शब्दों में एक नया उत्तर ढूँढ़ने की कोशिश कर रहा हो! शायद उसे यह अच्छे से पता था कि शब्द के आकार की सीमाएँ तो हो सकती हैं किन्तु उसके अर्थ पर कोई भी नियंत्रण नहीं रख सकता। किन्तु बहुत विचार करने के बाद भी वह यह निश्चित नहीं कर सका कि शुची की बातों में कोई स्वीकारोक्ति थी या प्रतिकारोक्ति।

चन्द पलों में ही दोनों के बीच पसर चुके सन्नाटे को चीरते हुए साकार बोला, ''मैंने इस बात का कभी भी विरोध नहीं किया कि आप मेरा सम्मान करती हैं। शुची, कभी-कभी इस सम्मान के पीछे छिपे अर्थ-मर्मत्व को न पहचानने की क्षमता मुझे बहुत कष्ट पहुँचाती है! हृदय चीर-चीर हो उठता है मेरा। मुझे नहीं लगता कि मेरी इस स्थिति से आप जरा भी अनभिज्ञ हैं।''

''जानना, न जानना दो अलग-अलग बातें हैं, आप क्या जानते हैं? और आप क्या जानना चाहते हैं? सच पूछिए तो मैं दोनों से अनभिज्ञ रहना चाहती हूँ। आप

जिस वृक्ष के नीचे छाँव की तलाश कर रहे हैं, वह वृक्ष कभी था ही नहीं। आप दर्शन–शास्त्र के विद्यार्थी रहे हैं। आकाश–कुसुम के बारे में सुना तो होगा ही आपने! और रही मेरी बात तो मैं हमेशा से यही कहती आई हूँ कि मैंने इस दृष्टि से आपको कभी देखा ही नहीं। आप अपना ध्यान केवल अपने ध्येय की तरफ़ दीजिए। शुची इतनी महत्त्वपूर्ण नहीं है।'' शुची ने कहा।

एक हाथ से फ़ोन को कान पर लगाये हुए ही साकार ने दूसरे हाथ से एक जोरदार मुक्का अपनी पढ़ने की मेज़ पर दे मारा। यह वही कथन था जिसमें न जाने कितने त्रिशंकु की तरह लटके हुए हैं। नवयुवकों की एक पूरी जमात को अगर खँगाल लिया जाए तो लगभग नब्बे प्रतिशत इस कथन के आतंक तले दबे हुए ही मिलेंगे, जिसके नीचे दबकर न तो वे मर पाए और न ही ठीक से जी पा रहे हैं। आख़िर क्या है वह दृष्टि जिससे कभी भी लड़कों को देखा नहीं गया? क्या इस बात की गारंटी वे लोग दे सकते हैं कि कई साल बाद जब उनके माँ–बाप एक अनजान से व्यक्ति को उनके साथ बाँध देंगे तो उनके लिए वह दृष्टि थी जिसमें प्यार हो, अपनत्व हो, साथ रहने का उल्लास हो? निःसन्देह नहीं! फिर उस दृष्टि की आवश्यकता अभी क्यों? स्वतंत्र होकर स्वीकार करने में इतनी झिझक क्यों होती है? जिसको नहीं जानते, उसके साथ आगे बढ़ने से बेहतर है कि जिसे जानते हैं, उसके साथ आगे बढ़ा जाए। किन्तु साकार को भी पता था कि यह वह सार्वभौमिक सत्य लिये हुए कथन था, जिसमें न जाने कितनी पीढ़ियाँ अब तक सराबोर हैं, किन्तु उन्हें कोई भी राह नज़र नहीं आई है।

''और बताइए, आपकी पढ़ाई कैसी चल रही है? कॉलेज में सब ठीक–ठाक है न?'' साकार ने एक बार फिर बात का विषय बदल दिया था।

कितना कठिन था मुख्य विषय से इतर इधर–उधर की बात करना! किन्तु उसे इन दो बातों में से एक का पुनः चुनाव करना ही था कि या तो अपने मन की बात करके फ़ोन कट जाने देता, या फिर कुछ पल के लिए ही सही, फ़ोन के ही माध्यम से एक–दूसरे से जुड़े रहने की झूठी दिलासा में ही ख़ुश रहता। साकार ने इससे अलग कुछ नहीं किया। उसने भी वही परिपाटी दोहराई जो ज़मीनी हकीकत में तब्दील हो गई है—आत्म–प्रवंचना।

''हाँ, कॉलेज अच्छा चल रहा है। पढ़ाई भी ठीक चल रही है। कुछ समय बाद परीक्षाएँ शुरू हो जाएँगी। समझ में नहीं आ रहा है कि मैं क्या लिखूँगी, कैसे लिखूँगी? अभी तक विश्वास नहीं हो रहा है कि मैं जनसंचार से परास्नातक कर रही हूँ और वह भी घर से इतनी दूर रहकर। काश, इस विषय में मैं आपसे कुछ सीख पाती कि कैसे कोई दुनिया से बेख़बर हो केवल किताबों में मशगूल हो सकता है?'' इस कथन के साथ ही फिजा में थोड़ी मीठी खिलखिलाहट बिखर उठी।

साकार खिल गया। आख़िर क्या करता वह भी? जब से दुनिया समझने लायक हुई, उसे दो ही चीज़ें तो पसन्द आई थीं—एक प्रशासनिक सेवा और दूसरी शुची। कभी-कभी तो उसे यही लगता कि दोनों एक-दूसरे के पूरक ही हैं। एक के बिना पहले के होने का कोई अर्थ नहीं। और इधर पिछले कुछ वर्षों की असफलता ने साकार को कुछ इस तरह से तोड़ दिया था कि वह किसी भी हाल में अपनी दूसरी पसन्द से हाथ नहीं धोना चाहता था। एक क़िस्म का डर बैठ गया था उसके अन्दर—शुची के खोने का डर! ऐसा पहले नहीं हुआ करता था, लेकिन जैसे-जैसे असफलता उसके विश्वास को खंडित करती गई, उसका यह डर और प्रबल होने लगा था।

इसके विपरीत शुची साकार को उसकी भावुकता से बचाने के लिए इसी कोशिश में लगी रहती कि कहीं वह उसी में डूबकर न रह जाए। इसीलिए साकार से बात करते समय वह विशेष ध्यान रखती थी कि साकार भावुकता वाली बातें न कर पाए। लेकिन शुची भी आख़िर शुची ही थी! साकार पर नियंत्रण तो वह लगा सकती थी, पर स्वयं पर नियंत्रण?

साकार बोला, "ऐसा बिलकुल नहीं है शुची! सबके पढ़ने का एक विशिष्ट तरीक़ा होता है। ज़रूरी नहीं कि जो मेरा हो, वही आपका भी हो! वैसे भी केवल तरीक़ा किसी भी सफलता की गारंटी नहीं दे सकता; किन्तु इतना ज़रूर कहूँगा कि जिस तरीक़े से भी मैं आपके किसी काम आ सकूँ, उसे पूरे मन से निभाऊँगा। रिश्ते का नाम न हो, न सही, उसके सारे दायित्वों को निभाने में कभी भी पीछे नहीं रहूँगा।"

फ़ोन के दूसरी तरफ़ पुनः सन्नाटा पसर गया। किन्तु कुछ क्षणों बाद यह स्वर उभरा :

"सुनिए, मुझे एक लैपटॉप की आवश्यकता है! बस, कुछ दिनों के लिए। मुझे एक ज़रूरी शोध-निबन्ध पूरा करना है। और समय भी इतना नहीं कि मैं बाहर जाकर ख़रीद सकूँ।" शुची ने धीरे से अपनी बात रखी।

"मेरे पास तो लैपटॉप है नहीं, किन्तु मेरे एक मित्र के पास है। उससे पूछकर बताऊँगा। अगर उसे तत्काल में कोई काम नहीं होगा तो फिर मिल जाएगा। अब आप दिल्ली तो नहीं आ सकतीं, परीक्षाएँ हैं आपकी; किन्तु मैं तो आ ही सकता हूँ। वैसे भी दिल्ली से हरिद्वार ज़्यादा दूर थोड़े ही है। बस, आप समय बता दीजिए।" साकार ने खिलते हुए कहा।

उसे लगा कि शुची उससे मिलने के लिए ही एक बहाने का नाम ले रही है। शुची ने बाक़ी सारी बातें समझाकर फ़ोन काट दिया।

सामीप्य? कितना आवश्यक होता है किसी भी रिश्ते को पनपने के लिए, पर यह ज़रूरी नहीं कि सामीप्य केवल भौगोलिक ही हो। मन का सामीप्य भी वही

काम किया करता है। शुची और साकार का सम्बन्ध मन के सामीप्य से ही प्रगाढ़ हुआ था, और अब वह सम्बन्ध उस स्तर तक जा पहुँचा था, जिसके बाद किसी के खोने का डर सताने लगता है। बस, यही कारण था कि साकार धीरे-धीरे इस भावना के बारे में काफ़ी-कुछ सोचने लगा था। इसलिए उसी सामीप्य की छाँव प्राप्त करने हेतु उसने हरिद्वार जाने की पहल की थी।

शाम को साकार अनिमेष से बोला, ''मित्र, आज शाम मछली खाई जाएगी!'' और फिर वह मुस्कुराने लगा।

अनिमेष ने उससे कारण नहीं पूछा क्योंकि मछली तो दोनों कभी भी खा लिया करते थे और साकार की मुस्कुराहट का कारण एक ही हो सकता था—शुची!

''उसे कुछ दिनों के लिए एक लैपटॉप चाहिए। शोध-निबन्ध लिखकर उसे जमा करना है। क्या मैं भाष्कर से बोलूँ?'' साकार ने अनिमेष से पूछा।

''बिलकुल! उसे अपनी पी-एच.डी. की थीसिस टाइप करनी है। पर मुझे नहीं लगता कि अगले दो महीनों से पहले वह कुछ भी टाइप करेगा। बेहतर है, उससे ले लो। और वैसे भी एक शोध-निबन्ध के लिए शुची को नये लैपटॉप पर पैसा नहीं बरबाद करना चाहिए।'' अनिमेष बोला।

''अभी तुरन्त भाष्कर से बात करता हूँ। अगर आज लैपटॉप मिल जाता है तो फिर कल निकल जाऊँगा।'' साकार बोला।

''अच्छा, तुम मेरा वाला फ़ोन लेकर जाना। इसमें कैमरा भी है। अभी तक इसकी ज़रूरत नहीं पड़ी, शायद तुम्हारे ही काम आ जाए! वैसे भी हर क्षण की कुछ तस्वीरें ज़रूर रखनी चाहिए, क्योंकि बीता क्षण पुनः लौटकर नहीं आता।'' अनिमेष बोला।

साकार बस मुस्कुरा करके रह गया।

थोड़ी देर बाद उसने भाष्कर को फ़ोन मिलाया और शाम तक भाष्कर के पास से लैपटॉप लेकर कमरे पर वापस भी आ गया। और फिर अगले दिन हरिद्वार जाने की रूप-रेखा बनाता रहा।

बहुत दिनों के बाद साकार रेल के सफ़र में था। ऐसा भी नहीं था कि उसे रेल में जाने के लिए कोई लम्बी प्रतीक्षा करनी पड़ी हो! अक्सर विभिन्न राज्यों की प्रशासनिक सेवा की परीक्षा के लिए उसे रेल द्वारा जाना ही पड़ता था। किन्तु यह रेल का सफ़र बहुत दिन के बाद था इसलिए उसे बहुत अच्छा लग रहा था।

संयोग कुछ ऐसा कि उसे खिड़की के पास वाली सीट मिली थी। रेल में कभी पत्तों के खेल और बातों के मेल का एक लम्बा सफ़र चलता ही रहा था। किन्तु चुपके-चुपके धीरे से सूरज लाल होकर नीले गगन पर अपनी लाली बिखेरने लगा

था। बड़ा ही मनोरम दृश्य था—सूरज का पेड़ों के झुंड के पीछे से अठखेलियाँ करना, मानो छोटे-छोटे बच्चे लुका-छिपी का खेल खेल रहे हों!

बरबस बचपन याद आ गया उसे। वैसे साकार बचपन में भी ठीक वैसा ही था, जैसा वह अभी था—शान्त, गम्भीर और आवश्यकता पड़ने पर ही बोलने वाला। लेकिन दूसरों का बचपन उसने देखा ज़रूर था।

रेल की रफ्तार के साथ भागते वृक्ष की कतारें! कुछ गिल्ली डंडा खेलते हुए बच्चों का हाथ हिलाकर स्वागत करना! भले ही सुबह से कितनी ही रेल उस पटरी से गुज़री हों, लगभग सब कुछ तो वही था। कहाँ कुछ भी बदला है? रेल की पटरियों की तरह ज़िन्दगी भी स्थिर है।

रेल में बैठकर उसे अक्सर यह एहसास हुआ करता था कि वह भी कुछ है। जितनी देर तक सफ़र में रहता, उतनी देर ख़ुद से मिल तो सकता था, ख़ुद से बातें तो कर सकता था। जितनी मरजी हो, स्वयं से प्रश्न पूछ सकता था। और स्वयं ही उन उत्तरों की तलाश में खिड़की के सहारे प्रकृति को निहारते हुए न जाने क्या सोचता रहता था! प्रश्न जो मन में उठा है, शायद समाधान इस हरियाली प्रकृति में मिल जाए!

बहरहाल, पटरियाँ भले ही स्थिर हों, पर अपने सूर्यदेव स्थिर नहीं। धीरे-धीरे क्षितिज की अन्तिम सीमा में प्रवेश कर जाते हैं! और फिर इकट्ठे ही बिना जल के दीपों के दर्शन हो उठते हैं। दूर-दूर से कहीं किसी गाँव की एक झलक दिखती है, कुछ के चमकने से और ऐसा प्रतीत होने लगता है कि ठहराव आ गया। किन्तु अगले ही क्षण जो दीपक दिखा था, विलुप्त हो उठता है और उसके स्थान पर किसी दूसरे गाँव का दीपक जगमगा उठता है। न जाने क्यों, उसे उन सारे दीपों में अपनी ही छवि दिखलाई देती है—कभी जगमगाकर अपने एक शरणस्थली का परिचय देता है, तो ठीक अगले ही पल वह स्थल, वह परिचय न जाने किन हवा के थपेड़ों से किस झुरमुट की ओट में खो जाता है!

इन भागते-दौड़ते पेड़ों के साथ न जाने कितना कुछ पीछे छूटता जा रहा था!

चार दीवारों और एक छत से घिरे जगह में वह कभी भी इसका व्याप्त आकलन नहीं कर पाता था; किन्तु जब भी वह रेल के सफ़र में खिड़की से बाहर झाँकता था तो सारी परछाइयों की तस्वीर साफ़ निखर आती थी। बाहर घुप्प अँधेरा था किन्तु उसका मन विचलित नहीं होता, उसे डर नहीं लगता, क्योंकि कहीं-न-कहीं यह अँधेरा उसके अन्दर व्याप्त अँधेरे का ही द्योतक था। कितनी अजीब बात थी, बन्द कमरे में अकेले बैठकर भी वह कुछ सोच नहीं पाता था, स्वयं से मिल नहीं पाता था, सन्नाटे में भी अपना स्वर सुन नहीं पाता था; किन्तु यहाँ लोगों से भरी भीड़ के बीच, रेल की कर्कश-साम्य आवाज़ में भी, वह ठीक अपने मन को सुन पा रहा था, समझ पा रहा था, मिल पा रहा था।

उसने पढ़ा था कि महाकाव्यों के दौर में ऋषि-मुनि हिमालय पर जाते थे ध्यान लगाने और तपस्या करने; किन्तु अब लगता है कि हिमालय पदक्रान्त हो चुका है। ध्यान लगाने का किंचित सर्वश्रेष्ठ स्थान रेल का सफ़र ही हो सकता है।

दिल्ली से हरिद्वार की दूरी कुछ खास नहीं है—बस, यूँ समझिए कि रेल से यही कोई पाँच से छह घंटे मात्र लगते हैं। साकार को भी उतना ही समय लगा। लगभग रात के पौने दस के आसपास रेल हरिद्वार प्लेटफार्म पर पहुँच चुकी थी। रेल से उतरते ही साकार ने कुछ साधुओं का जमावड़ा देखा जो आपस में बातें कर रहे थे। शायद कुछ दिनों बाद हरिद्वार में कोई धार्मिक उत्सव का आयोजन होना था। साकार को रेलवे स्टेशन का माहौल भी कुछ-कुछ धार्मिक-सा प्रतीत होने लगा।

बाहर निकलकर देखा तो स्टेशन का मुख्य द्वार भी मन्दिर की शक्ल जैसा ही बना हुआ था, जिसमें विमान और शिखर दोनों मौजूद थे। साकार ने मन-ही-मन सोचा—'यदि मेरे साथ आज कोई और होता तो उसे इस शैली की खामियाँ बताता जो न तो पूरी तरह से दक्षिण की शैली से मेल खाती है और न ही उत्तर की शैली से।'

यह विचार आते ही साकार अपने ऊपर ही हँस पड़ा कि वह किस काम से हरिद्वार आया है और अब वह इतिहास के कला और शिल्प के बारे में सोच रहा है! अब इतनी रात को शुची बाहर नहीं आ सकती थी और साकार स्टेशन पर पूरी रात नहीं गुजार सकता था।

पहले तो उसने सोचा कि रात भर शहर का भ्रमण किया जाए, पर उसे लगा कि ऐसा करने से वह कल का दिन पूरे मन से नहीं जी सकेगा, जिसका स्वप्न लिये वह दिल्ली से हरिद्वार आया था।

स्टेशन के बाहर खड़े एक रिक्शे वाले से साकार ने नज़दीकी धर्मशाला के बारे में पूछा। रिक्शेवाला उसे धर्मशाला पर ले गया, जो स्टेशन से अधिक दूर नहीं था। रजिस्टर में नाम लिखवाकर एक कम्बल, दरी और चादर बिछाकर लेट गया। रात्रि का भोजन तो वह रेल में ही कर चुका था। सोचा, अगर जल्दी सो जाऊँगा तो कल के लिए कुछ सुन्दर सपने बुन पाऊँगा। पर धर्मशाला में मच्छरों की मटरगश्ती और बगल के महाशय के खर्राटों की आवाज़ ने सुनहरे स्वप्न तो दूर, नींद की झलक तक न मिलने दी।

"**अरे** वाह, आप आज भी मेरे लिए चॉकलेट लाना नहीं भूले? और वह भी इतनी बड़ी? आप भी न! लग रहा है, इस बार जेब में पैसे ज़्यादा थे! अब मैं छोटी नहीं रही।" शरारत से देखते हुए शुची बोली और चॉकलेट का ऊपरी कवर खोलकर खाने लगी मानो दुनिया में उसके और चॉकलेट के अलावा और कोई भी नहीं है।

बिना किसी शब्द के उसकी बातों को समझ जाने वाला साकार बोल ही उठा, "क्या करूँ? शुरुआत से ही यही आदत रही है मेरी और आपकी भी। ठीक-ठीक

कुल कितने वर्ष बीत चले हैं, अब तो यह भी याद नहीं कि पहली बार आपको चॉकलेट कब दिया था मैंने ?''

''अच्छा, बस! अब रहने भी दीजिए! चलिए, गंगा घाट पर चलते हैं। कहते हैं कि जो भी हरिद्वार आता है, उसे घाट पर सुबह-सुबह कम-से-कम एक बार तो अवश्य ही जाना चाहिए। जब से हरिद्वार आई हूँ, ऐसा मौका कभी बन ही नहीं पाया कि इतनी सुबह मैं कभी हॉस्टल से निकल पाई होऊँ! शायद इन लम्हों को भी आपकी प्रतीक्षा रही हो!'' शुची साकार को देखते हुए बोली।

''एक बात पूछूँ ? सच-सच बताना। तुम इतनी सुबह-सुबह मुझसे मिलने के लिए यहाँ पर आई हो, किसी को बताया भी है या फिर चुपचाप ही निकल आईं ?'' साकार ने ऐसे पूछा, जैसे किसी बड़े रहस्य से पर्दा उठाने की बात कर रहा हो!

''आ-हा-हा!'' थोड़ा इठलाते हुए शुची बोली, ''इस ग़लतफहमी में बिलकुल मत रहिए कि मैं आपसे मिलने आई हूँ। वह तो मुझे अपने काम के लिए लैपटॉप लेना था जो आप दिल्ली से लेकर आए हैं। नहीं तो मैं कभी भी नहीं आती।''

साकार उदास हो गया। बैग सहित लैपटॉप शुची के हाथों में देते हुए मायूसी से बोला, ''चलिए, यूँ भी ठीक है। कम-से-कम मैं आपके काम तो आया!''

साकार को उदास देखकर शुची बच्चों-सी खिलखिला उठी। उस खिलखिलाहट में जाने क्या था! साकार को लगा कि शुची अब रति को भी मात देने लगी है। पाँच फीट चार इंच की लम्बाई, सुडौल लम्बी बाँहें, दूध-सा निखरा सफेद रंग, सुघड़ दंतपक्तियाँ और पूरे भरे हुए कपोल। आँखें ऐसी, मानो दूर गगन में उड़ना चाहती हों किन्तु पलकों और भौंहों के घने पहरों के बीच बस क़ैद होकर रह गई हों! साकार उसके पास होकर भी उसके पास नहीं रहा, बस, शुचीमय हो गया।

साकार को ऐसा देख यौवन में भी बच्चों-सी शरारत करने वाली शुची बड़े ही अल्हड़पन से बोली , ''आप तो हमेशा की तरह आज भी गम्भीर हो गए ?''

अचानक हवा के झोंके शुची के बालों को खींचकर उसके चेहरे पर ले गए, मानो अमावस ने चाँद को ढँकने की कोशिश की हो! अपनी अँगुलियों से लटों को कानों के पीछे ले जाकर एक गम्भीर आवाज़ में शुची कहने लगी, ''एक आप ही तो हैं, जिसके सामने मैं बिना रोक-टोक अपना बचपना जी लेती हूँ, नहीं तो पिताजी के जाने के बाद से ही मैं बड़ी हो गई थी—बहुत बड़ी!'' और शुची की आँखों से दो बूँद आँसू छलककर उसके कपोलों पर लुढ़कने लगे।

''अरे, यह क्या ? रोने क्यों लगीं ? तुम भी बहुत अजीब हो! पल भर में खिलखिला उठती हो और पल भर में ही उदास!'' कहते हुए साकार ने उसके आँसू पोंछ डाले।

वैसे तब तक की उम्र में साकार एक भावुक व्यक्ति था, ऐसा कहना साकार के सन्दर्भ में बेईमानी ही होगी। वह हमेशा अपनी भावनाओं को दबाकर रखा

करता था। शायद उसे डर था कि कहीं उसकी भावनाएँ एक दिन उसी को ख़ुद न आहत कर दें और ताउम्र वह उन टूटे टुकड़ों से कड़ियाँ ही बुनता रह जाए! अनिमेष से मिलने से पूर्व, उसके जीवन में शुची या फिर 'केवल' शुची ही उसका ऐसा इकलौता पक्ष था, जहाँ वह दिमाग़ से कुछ भी सोच नहीं पाता था। जो भी था, जैसे भी था, सब हृदय से था, जबकि शुची बचपन से ही भावुक, समझदार एवं व्यवहारप्रिय लड़की थी। उसमें अभी भी बचपन का अल्हड़पन कूट-कूट कर भरा था, जो उसके पिता की आकस्मिक मृत्यु के उपरान्त उसके अन्दर ही कहीं दबा रह गया था।

"पुरानी बातों को याद करने से कोई फायदा नहीं—ख़ास कर वे पल जो सिर्फ़ तकलीफ़ ही देते हों। सब कुछ हमारे हाथों में नहीं होता न शुची! कुछ बातें पहले से ही तय होती हैं जिस पर हमारा कोई वश नहीं होता। पढ़ी-लिखी हो, फिर भी इतनी भावुकता क्यों? कोई रहे या न रहे, पर मैं हमेशा रहूँगा तुम्हारे लिए—जब भी तुम्हें मेरी आवश्यकता पड़ेगी। आगे का जीवन, पता नहीं—काँटों भरा है या फूलों से सजा! जैसा भी हो, मैं हर पल रहूँगा तुम्हारे ही पास!" साकार कहता गया।

साकार की इतनी बातें सुन शुची साकार के कन्धे पर सिर रखकर सिसकने लगी और साकार उसके सिर को धीरे-धीरे सहलाने लगा।

कुछ देर बाद जब शुची संयत हुई, बोली, "चलिए, अब चला जाए। मैं भी न! कितना कम समय है! दोपहर को आपको बस पकड़कर वापस भी निकलना है। मैंने न जाने कौन से पचड़े में आपको फँसा दिया!" यह कहते-कहते भीगी पलकों से ही मुस्कुराने की कोशिश करने लगी।

दोनों धर्मशाला के पास बने उद्यान में एक बेंच पर बैठे हुए थे। साकार उठ खड़ा हुआ और सड़क पर पहुँचकर पास ही खड़े एक रिक्शेवाले को आवाज़ दी, "भैया, मन्दिर चलोगे—गंगा घाट के पास वाले?"

रिक्शेवाला पहले तो दोनों को साथ देखकर मुस्कुराया, फिर बोला, "काहे नहीं चलेंगे भैया जी? यही तो हमारी रोजी-रोटी है। इसके बिना हमारे घर चूल्हा भी नहीं जल सकता।"

साकार रिक्शे पर बैठ गया और हाथ का सहारा देकर शुची को भी बैठा लिया। अपनी आदत के अनुसार साकार ने रिक्शेवाले से पूछा, "एक दिन में कितना कमा लेते हो भैया?"

"सब भगवान की मेहर है! सौ-डेढ़ सौ तो निकल जाते हैं, पर उसमें से बीस रुपया रोजाना रिक्शे का किराया मालिक को देना पड़ता है! बस, गुजारा हो जाता है किसी तरह।" रिक्शेवाले ने उत्तर दिया।

"उसमें से कुछ पैसे तो आप पान, बीड़ी और शराब में भी व्यर्थ करते होंगे?" साकार बोला।

'आप' सम्बोधन सुनकर रिक्शेवाले ने पीछे मुड़कर देखा और बोला, "भैया जी! सब आप जैसे सज्जन पुरुष तो नहीं होते हैं न! कोई हम रिक्शेवालों को गाली देकर बात करता है तो कोई एक-दो रुपया छोड़ने के लिए पूरी पंचायत कर लेता है। दिन-भर थक-हारकर, बिना पिए नींद नहीं आती। लोगों की गालियाँ बस कानों में गूँजती रहती हैं।"

"आप रहने वाले कहाँ के हैं? सारा परिवार यहीं हरिद्वार में ही रहता है क्या?" साकार ने अगला प्रश्न किया।

"हम भभुवा (बिहार) के पास के रहने वाले हैं। पूरा परिवार गाँव में ही रहकर खेतों में मज़दूरी करता है। हम यहाँ अकेले ही रहते हैं और रिक्शा चलाते हैं।" रिक्शेवाले ने उत्तर दिया।

साकार के अन्दर की अच्छाई अधिकतर उसको देखने को मिल ही जाती थी जिसने भी उसके साथ थोड़ा-सा समय बिताया हो! और वह था समाज के निचले तबके के व्यक्तियों के साथ उसका अच्छा व्यवहार! जबकि वह समाज के उच्चवर्ग से सम्बन्धित था—भले ही आर्थिक रूप से उसका परिवार निम्न वित्त का रहा हो!

साकार रिक्शेवाले की बात सुनकर सोचने लगा कि देश इक्कीसवीं सदी में प्रवेश कर गया है, साल-दर-साल सकल घरेलू उत्पाद बढ़ रहा है, सेंसेक्स प्रतिदिन नई ऊँचाइयाँ छूता जा रहा है, फिर भी ग़रीब, और ग़रीब क्यों होता जा रहा है? ग़रीब, गरीब होता है, उसकी कोई जाति नहीं होती! बस, सब उसे ही नोंचने-खसोटने में लगे रहते हैं। चुनाव होने पर राजनीतिक पार्टियाँ अच्छी योजनाओं व जातिगत आधार का प्रोपगेंडा बनाकर चुनाव जीत जाती हैं, लेकिन सरकार में आते ही सबका चरित्र बस अपनी झोली भरने तक सीमित रह जाता है! क्या ऐसे लोगों को लोकतंत्र में कोई पूछता भी है?

कोई सम्भावना नहीं दिखती इनकी आर्थिक-सामाजिक व्यवस्था में किसी भी तरह के बदलाव की! सारी योजनाएँ, सारे वादे केवल काग़ज़ों पर ही सिमटकर रह गए हैं। यदि ज़्यादा दिन तक ऐसा ही चलता रहा तो वह दिन दूर नहीं जब भारत के दो वर्गों—अमीर एवं ग़रीब—के बीच ख़ूनी संघर्ष की नौबत आ जाए!

लेकिन वह करे भी क्या, जबकि वह भी इसी लोकतंत्र का एक हिस्सा होते हुए भी व्यवस्था का भागीदार नहीं? व्यवस्था में भागीदार के लिए उसे ख़ुद व्यवस्था में पहले आना पड़ेगा तभी वह कुछ बदलाव कर सकेगा। बहुत बड़े परिवर्तन की बात तो वह नहीं सोचता, अगर सौ घरों को भी ठीक-ठाक रोजगार दिलाकर उनकी सामाजिक-आर्थिक व्यवस्था में कुछ परिवर्तन ला सका तो भी यह उसके जीवन की अभूतपूर्व उपलब्धि होगी। कम-से-कम उसके कार्य क्षेत्र में कोई ग़रीब, व्यवस्था से प्रताड़ित तो नहीं होगा। बस, मन लगाकर और भी मेहनत करनी होगी उसे, ताकि वह अपने को व्यवस्था में शामिल कर सके।

"मन्दिर आ गया भैया जी!" रिक्शेवाले की आवाज़ सुन साकार अपने एकालाप से बाहर आया और रिक्शेवाले को पैसे देकर नीचे उतर आया।

रिक्शेवाला साकार को नमस्ते कर एक ओर चला गया।

मन्दिर को देखते ही साकार के मन में इतिहास विषय घुमड़ने लगा था। एक बारगी तो उसने चाहा कि शुची को मन्दिर के शिल्प के बारे में बताए, किन्तु वह यह सोचकर चुप ही रहा कि शुची को ये सारी बातें बहुत ही नीरस लगेंगी। दोनों मन्दिर के अन्दर जाकर सीढ़ियों के सहारे गंगा नदी में पाँव लटकाकर वहीं पर बैठ गए।

सुबह की गंगा-आरती अपने चरम पर थी। घंटों की ध्वनियाँ रह-रहकर एक दैविक अनुभूति जैसा सुख दे रही थीं। ध्यान से सुना जाए तो मन्दिर के घंटों का भी बजने का एक क्रम था, जैसे कोई राग छेड़ रहा हो! कुछ देर उपरान्त जब आरती सम्पन्न हुई तो साकार ने देखा कि नदी के प्रवाह में पत्तों पर अनेक दीप जलते हुए बहे जा रहे थे—नाचते और इठलाते हुए! बड़ा ही मनोरम दृश्य था। नदियों के किनारे जितने भी प्राचीन मन्दिर हैं, उनकी यह परिपाटी सैकड़ों वर्षों से चली आ रही है—सुबह और शाम की आरती और पत्तों पर आसन टिकाकर नदियों के प्रवाह में बहते हुए दीप।

वैसे शाम को यह दृश्य देखने का मज़ा ही कुछ और होता, साकार ने सोचा। लेकिन उसे दोपहर की बस पकड़कर वापस दिल्ली जाना था। नाहक ही उसने बस में अग्रिम टिकट बुक करवा लिया था, अन्यथा वह शाम तक तो रुक ही सकता था। पर अब किया भी क्या जा सकता था? टिकट रद्द कराने पर पैसे कटते और उसे इस महीने ख़र्च के लिए घर से मिले पैसों में ही सब-कुछ करना था, इसलिए वह मन मारकर रह गया।

धीरे-धीरे जब भीड़ छँटने लगी, तो घाट पर केवल कुछ ही लोग रह गए।

साकार ने शुची का बायाँ हाथ अपने हाथों में ले लिया और बोला, "किसने सोचा था कि कभी मैं हरिद्वार में गंगा घाट पर तुम्हारे साथ बैठकर सुबह की आरती देखूँगा? मत पूछना कि मुझे कैसा लग रहा है। बस, जी में यही आता है कि वक़्त थम जाए और हम दोनों ऐसे ही पानी में पाँव डालकर बैठे रहें!"

"फिर से शुरू हो गए आप? आपको याद नहीं है कि कुछ महीने बाद ही आपकी परीक्षा भी है? और आपको यहाँ रोमांस सूझ रहा है!" शुची ने शरारत से कहा।

साकार का मन बैठ गया। कई वर्षों के उपरान्त ऐसा मौका हाथ आया था जब वे दोनों घर से बाहर किसी स्थान पर मिल रहे थे। उसके मन-मस्तिष्क ने चाणक्य की नीतियों के सारे पन्ने उलट-पुलट डाले। शायद ऐसी कोई युक्ति निकल जाए जिससे वह बातों की रेल को अपने मनचाहे पटरी पर दौड़ा सके जिसे चाहकर भी

शुची किसी और ट्रैक पर न मोड़ सके! लेकिन महापंडित चाणक्य से भी यह अध्याय अछूता ही रह गया था।

''शुची, मेरे पास तुम्हारे सिवा और कौन है जिससे मैं अपने मन की बातें कर सकूँ ?'' साकार गम्भीर होते हुए बोला।

सीढ़ी पर बिखरे कंकड़ों में से एक छोटे से कंकड़ को उठाकर नदी के प्रवाह में फेंकते हुए साकार ने बोलना जारी रखा, ''मैं भी ठीक उसी कंकड़ की तरह था तुमसे मिलने से पूर्व—किसी राह पर पड़ा हुआ—मुझे नहीं पता कि तुमने, मैंने या फिर किसने उसे उठाकर प्रेम के प्रवाह में डाल दिया। धारा का वेग बहुत ही प्रखर था। उस कंकड़ का ऊपरी ढाँचा खुल गया और प्रवाह में ही आत्मसात हो गया। अब चाहकर भी मैं पुनः कंकड़ का रूप नहीं ले सकता। तुम इसे मेरी नियति मान सकती हो या फिर मेरी मजबूरी, पर सत्य तो वही रहेगा कि मैं उसी प्रवाह में जीवन भर बहने को शापित हूँ। और इससे छुटकारा मुझे तभी मिल सकता है जब आप मेरे विलीन अवयवों को एक शक्ल दे दें!'' कहकर साकार मुड़कर शुची की आँखों में पनप रहे भावों को पढ़ने लगा।

शुची साकार के इस तरह देखने से कुछ पल बाद ही असहज महसूस करने लगी और बोली, ''आप मुझे ऐसे मत देखा करिए! मेरा ख़ुद पर से नियंत्रण छूट जाता है। मैं नहीं चाहती कि जो कार्य मैं पूरा करना चाहती हूँ, अपना अस्तित्व बनाना चाहती हूँ, उससे पूर्व ही मैं बिखर जाऊँ। यही बात आपके ऊपर भी लागू होती है। ऐसा नहीं है कि ये सारी बातें मुझे आकर्षित नहीं करतीं और आपकी तरफ़ से मेरा आकर्षण भी बहुत तीक्ष्ण है। बहुत मुश्किल होता है ख़ुद को रोकना, लेकिन मैं फिर भी सँभले रहना चाहती हूँ।''

सूरज धीरे-धीरे ऊपर चढ़ने लगा था और आसमान की लालिमा न जाने कब उजले रंग में परिवर्तित हो गई थी, पता ही नहीं चला। कितने भ्रम में है यह संसार! सूरज को कहता है कि वह पूरब से पश्चिम की ओर जा रहा है! सूर्यदेव उत्तरायण हो रहे हैं या दक्षिणायण! किन्तु सूर्यदेव तो स्थिर हैं। घूम तो हमारी पृथ्वी रही है। किन्तु ठीकरा फूटता है तो सूर्यदेव पर! सच भी है, जो चमकता है, दुनिया उसी पर आरोप लगाती है। काले रंग पर कोई टीका नहीं लगाता।

''शुची, मैं बिखरने नहीं दूँगा तुम्हें। और कभी यह भी नहीं चाहूँगा कि मुझको लेकर दुनिया तुमसे कोई भी प्रश्न करे, कभी भी! किन्तु डूबते को तिनके के सहारे की आवश्यकता तो पड़ती ही है। तिनका भले ही डूबने से न बचा पाए, किन्तु पल भर के लिए लड़ने की हिम्मत तो वह अवश्य ही देता है। बस, इतनी-सी चाह है मेरी। इससे ज़्यादा न कभी चाहा है और न ही कभी चाहूँगा।'' साकार गम्भीर शब्दों में बोला।

''आपसे इस विषय पर बात करने से इसीलिए मैं घबराती हूँ। आप हर बार यही कोशिश करते रहते हैं कि मैं इस रिश्ते को कोई और नाम दूँ, पर शायद आपको पता

नहीं कि इससे कितने और रिश्तों में खटास आ जाएगी। मैं बस इतना ही जानना चाहती हूँ कि आप मेरी दीदी के देवर हैं, बस!" चॉकलेट को लगभग ख़त्म करते हुए शुची ने कहा।

दूर कुछ बच्चे एक अलग-थलग पड़े श्वान को पत्थर मार रहे थे। श्वान चिल्लाकर थोड़ी दूर भागता था, फिर मुड़कर वापस बच्चों की ओर दौड़ते हुए भौंकता था और बच्चे पीछे की ओर भागने लगते थे। अचानक एक बच्चा गिरा और समूह से अलग हो गया। यह देख श्वान में भी जान आ गई और वह बच्चे के पास पहुँचा और बच्चा दहाड़ मारकर रोने लगा। तभी बाक़ी बच्चे वापस श्वान की ओर दौड़ पड़े, अन्ततः श्वान डरकर भाग गया।

"कितनी आसानी से तुम मेरी बातों पर पूर्णविराम लगा देती हो! कुछ ऐसे कि सामने वाला पुनः अपनी बातें ही न रख सके। क्या केवल यही रिश्ता रह गया है हमारे बीच कि तुम केवल मेरी बड़ी भाभी की छोटी बहन हो? इस रिश्ते के स्तर पर मैंने तो तुमको कभी भी नहीं देखा। और दावे के साथ कह सकता हूँ कि तुम्हारे लिए भी ठीक यही बात लागू होती होगी। मुझे अच्छे से पता है कि हमारे बाक़ी रिश्ते से कौन ख़ुश होगा और कौन नहीं। लेकिन मैं इतने आगे की सोच भी नहीं रहा, बस, एक बाती ढूँढ़ रहा हूँ, जिससे जीवन के थपेड़ों को झेलकर भी अपनी लौ बरकरार रख सकूँ। क्या मेरा इतना भी अधिकार नहीं बनता?" साकार ने मानो पूरे भावों को अपनी आँखों में आत्मसात करके कहा हो!

शुची ने एक गहरी साँस ली मानो बहुत कुछ अन्दर दबा रहा हो और वह साँस के जरिए उन्हें बाहर निकाल देना चाहती हो! हाथों से अपने दुपट्टे को सिर पर ढँकती हुई बोली, "सुबह-सुबह कितनी धूप हो उठती है न? अभी नौ ही बजे हैं, पर मार्च महीने में ही ऐसा लग रहा है कि जैसे सिर उबल जाएगा! न जाने कई सालों के बाद ग्लोबल वार्मिंग का और कितना प्रभाव पड़ेगा! आपको क्या लगता है?"

बड़ी ही चतुराई से एक दुपट्टे ने प्रेम के विषय को ग्लोबल वार्मिंग की धरती पर लाकर पटक दिया था। साकार मुस्कुराने लगा। वह समझ गया था कि वह लाख कोशिश क्यों न कर ले, शुची का उसके प्रति जो प्यार था, शब्दों में वह नहीं सुन पाएगा। उसे अचानक बारहवीं कक्षा के अंग्रेज़ी विषय का एक फ्रेज याद आ गया—'अ वाइल्ड गुड चेज' (एक निरर्थक प्रयास)। किन्तु अगले ही क्षण ब्रुकर टी. वाशिंगटन की अपनी 'अ स्ट्रगल फ़ॉर एन एजूकेशन' की सफलता भी याद आई। एक बारगी तो वह ठहाका मार के हँस पड़ा।

साकार जैसे विलक्षण जीव के लिए ठहाका मारकर हँसना ही शुची के लिए विश्व का आठवाँ आश्चर्य था। वह भयमिश्रित आश्चर्य के साथ साकार की ओर देखने लगी। उसकी आँखें बड़ी हो गईं।

बड़ी मुश्किल से साकार अपनी हँसी रोक बोला, "तुम डरो मत! मुझे पता है, तुमने मुझे ऐसे हँसते हुए कम ही देखा है; किन्तु जब असफलता की राह में सफलता के बीज दिख जाते हैं तो ठहाका लगना लाजमी है। और वैसे भी डॉक्टर लोग ठहाके लगाकर हँसने वालों की उम्र बड़ी लम्बी बताते हैं पर वह यह नहीं बताते कि प्रेमियों के हिस्से में ठहाके बहुत कम ही आते हैं। तुम पत्रकार बनने जा रही हो न! तुम्हारे अन्दर का रिपोर्टर क्या कहता है इस बारे में?" साकार भी पीछे नहीं हटा। घुमा-फिराकर बात को वहीं ले आया जहाँ वह हमेशा ले जाना चाहता था।

साकार का आशय समझ शुची मुस्कुराने लगी और बोली, "देखिए, कितना जटिल प्रश्न है! आप बार-बार मुझे उसी दोराहे पर लाकर पटक देते हैं जहाँ से मैं भाग जाती हूँ प्रत्येक बार। आप मेरे क्या लगते हैं, मैं आख़िर कैसे समझाऊँ? कुछ भावों के शब्द नहीं होते। बस, आपकी हर पसन्द, नापसन्द, ग़ुस्सा, मनुहार, यहाँ तक कि आपके मन के सारे भाव मेरे लिए बहुत ही पवित्र हैं। आपकी हर छोटी-छोटी बातों से मुझे फ़र्क़ पड़ता है। क्या, क्यों, कैसे?—नहीं पता अभी इन सारे प्रश्नों के उत्तर। मैं ख़ुद भी नहीं जानना चाहती। अभी मैं इतनी मजबूत नहीं हूँ कि कोई भी पीड़ा सँभाल सकूँ—वह भी प्रेम-पीर! इसलिए न तो मैं जानती हूँ और न ही जानना चाहती हूँ कि आप मेरे लिए क्या रहे हैं शुरू से।"

और शुची ने अपना चेहरा अपने घुटनों में छिपा लिया। शायद सिसकने लगी थी। उसके सारे लम्बे बालों ने उसे अपने आवरण से ढँक लिया था, मानो वह उसी में क़ैद होकर रह जाना चाहती हो!

साकार सन्न रह गया। वह असमंजस में था कि वह क्या करे? शुची को कैसे शान्त कराए? जब उसे कुछ समझ में नहीं आया तो वह अपने हाथों से शुची के सिर को सहलाने लगा लेकिन बोला कुछ भी नहीं।

थपकी पाकर शुची की सिसकियाँ और तेज़ हो गईं। एकाध लोग जो सीढ़ियों पर ऐसे ही इधर-उधर टहल रहे थे, मुड़कर इस ओर देखने लगे।

साकार ने सिर हिलाया मानो उन्हें बताने की कोशिश कर रहा हो कि कोई बात नहीं! सब अपने में व्यस्त हो गए। एक चिड़िया ने पानी में गोता लगाया और कीड़े को चोंच में दबाये फुर्र से उड़ गई। सूर्यदेव और ऊपर चढ़ चुके थे। धूप ऐसी तीख़ी कि आँखें चुधियाँ जाएँ।

"शुची, चलो, चलते हैं। पहले कुछ नाश्ता कर लिया जाए—सुबह से सिर्फ़ एक चाय पी है धर्मशाले में।" साकार बोला।

शुची ने धीरे-धीरे अपना सिर घुटनों से ऊपर उठाया। आँखें लाल हो गई थीं। गाल आँसुओं से भीगे हुए थे। उसने कुछ नहीं कहा, बस, एक कातर-सी नज़र साकार पर डाली। उस नज़र में न ग़ुस्सा था, न प्रेम, न ईर्ष्या, न सख्य, लेकिन कुछ

ऐसा था कि साकार अन्दर तक हिल गया। शुची का ऐसा चेहरा देख उसका मन भर आया। कहीं और होता, कोई देखने वाला यदि नहीं होता तो शायद रो ही उठता।

भरे-रुँधे गले से इतना ही बोला, "चलिए, मैं रिक्शा बुलाता हूँ।"

और वह सीढ़ियों से उठकर आगे बढ़ गया।

शुची भी उठकर ठीक साकार के पीछे क़दम से क़दम मिलाने लगी।

साकार शाम को ही दिल्ली पहुँच गया था। अनिमेष कभी भी अकेले रहने का आदी नहीं था, साकार को देखते ही खिल गया। साकार ने अनिमेष की ओर देखा और मुस्कुराने की कोशिश की लेकिन वह मात्र कोशिश ही लगी। अनिमेष को खटका-सा लगा। उसने तुरन्त कुछ पूछना उचित नहीं समझा, जो कि उसकी आदत के बिलकुल विपरीत था।

"चाय पियोगे मित्र?" अनिमेष ने उसकी आँखों में झाँककर पूछा।

"हूँऽऽ, हाँ!" साकार ने लगभग चौंकते हुए उत्तर दिया, जैसे कि अभी-अभी नींद से जागा हो!

वास्तव में वह नींद में ही था—अपने ख़यालों की नींद में खोया हुआ। अनिमेष उसे रिफ्रेश होने को बोलकर किचन में चाय के लिए पानी उबालने लगा।

थोड़ी देर बाद साकार चाय पीकर बिना कोई बात किए सो गया। ऐसा कभी-कभार ही होता था कि साकार बिना कोई बात किए, खास कर जब वह कहीं बाहर से आया हो, रह गया हो।

यह अनिमेष के लिए आश्चर्य की बात थी लेकिन अनिमेष ने भी कुछ पूछना मुनासिब नहीं समझा। रात को साकार ने भोजन भी नहीं किया तब अनिमेष को लगा कि बात शायद ज़्यादा ही बड़ी है।

अगली सुबह जब दोनों चाय और नाश्ते के उपरान्त ऐसे ही बिस्तर पर पसरे हुए थे, साकार के मुँह से आवाज़ आई, "आख़िर क्या मिला?"

अनिमेष जो अब तक छत की ओर टकटकी लगाए देख रहा था कि कैसे एक छिपकली एक पतंगे को अपने गिरफ्त में लेने के लिए एक सधे हुए शिकारी की भाँति धीरे-धीरे अपने क़दम बढ़ा रही थी, अचानक साकार की आवाज़ से उसकी तन्द्रा टूट गई और उसने साकार की ओर करवट बदलते हुए पूछा, "क्या हुआ भाई?"

"कुछ नहीं मित्र। बस, ऐसे ही सोच रहा था कि आख़िर क्या मिला जीवन के इस पड़ाव तक पहुँचकर? न प्रेम, न प्रतिष्ठा और न ही पैसा! बेरोजगारी का जीवन बड़ा ही कष्टमय होता है और वह तब और भी प्रगाढ़ हो जाता है, जब किसी कमरे में ख़ुद को बन्द कर किसी परीक्षा के लिए एकमय होना पड़े और पूरा जीवन ही उसी बन्द कमरे पर दाँव खेल बैठे। हमसे अच्छी स्थिति तो उन मज़दूरों की है, जो

शारीरिक श्रम करके शाम को थक-हारकर सो तो जाते हैं; किन्तु यहाँ सिर्फ़ जगती रातें दीवारों को ही ताकती रहती हैं!'' साकार कुछ झल्लाहट में बोला।

इतनी निराशा की बातें वह भी साकार के मुँह से? यह पल अनिमेष को आश्चर्यचकित कर देने वाला था। जिस दिन से अनिमेष साकार से मिला था, हर दिन उसके ज्ञान से वह प्रभावित हुए बिना नहीं रह सका था। किसी भी परीक्षा को उत्तीर्ण करने के लिए जो लगन, दृढ़-संकल्प, समर्पण और मेहनत की आवश्यकता होती है, वह सब साकार के पास था। उसे अपने विषय में महारत हासिल था। जितने कोचिंग्स के टीचर उसका उत्तर-पत्र जाँचते थे, उसकी प्रशंसा करते अघाते नहीं थे। और तो और, वह ख़ुद भी समर्पित था इस परीक्षा के लिए। दुनिया में कुछ भी हो रहा हो, कोई बात नहीं, वह अपने समय-सारिणी का प्रतिदिन अनुसरण करता था, फिर भी वह अब तक असफल रहा था। क्या कारण हो सकता है? कोई नहीं जानता।

लेकिन उसे इतनी निराशा वाली बातें करते देख अनिमेष से रहा नहीं गया और वह बोला, ''क्यों नकारात्मक बातें करते हो मित्र? ख़ुद सबको सान्त्वना देते हो और स्वयं ही दलदल में धँसने लगते हो। पीड़ा किसी और की है और दारोमदार बेचारे इन किराये के बन्द कमरों पर? यह इंसाफ़ तो नहीं हुआ!''

न चाहते हुए भी अनिमेष के मुँह से लगभग सच्चाई निकल ही गई।

साकार ने झटके से एक नज़र अनिमेष की तरफ़ डाली और पुनः दीवारों में खोते हुए बोला, ''यह परपीड़ा है या स्वपीड़ा, कहना कठिन है। किन्तु जो भी है, आनन्द भी देती है और तकलीफ़ भी। जीवन ही शायद विरोधाभाषी हो गया है।''

''साकार, अंलकारों को कविताओं में ही रहने दो, ख़ामख्वाह जीवन में घुसेड़ने की ज़रूरत नहीं। परपीड़ा और स्वपीड़ा—इतने बड़े शब्दों से मैं आन्तरिक रूप से परिचित नहीं हूँ, किन्तु इतना तो पक्का कह सकता हूँ कि प्रेम में दोनों एक दूसरे के पूरक ही हैं। बिना परपीड़ा के स्वपीड़ा सम्भव नहीं और बिना स्वपीड़ा के परपीड़ा का अस्तित्व ही नहीं।'' न चाहकर भी अनिमेष ने दार्शनिक जैसी बात करनी शुरू कर दी थी।

सच कहा जाए तो प्रेम एक ऐसा इकलौता विषय है, जिसमें यदि किसी का हृदय छिन्न-विच्छिन्न होता है तो वह या तो पागल ही हो जाता है या फिर दार्शनिक।

साकार अनिमेष की बातों से पूर्णतः सहमत नहीं हुआ और पैरों को मोड़कर सुखासन में बैठते हुए बोला, ''भाई, स्वपीड़ा परपीड़ा का आधार कैसे बन सकती है? जो दर्द मैंने स्वयं ही अपने लिए ले रखा हो, उसमें परपीड़ा पूरक का काम कैसे कर सकती है?''

''देखो!'' एक दार्शनिक जैसा भाव अनिमेष के चेहरे पर उतर आया, ''स्वपीड़ा आख़िर क्या होती है—एक भाव ही न, जिसे हम स्वयं जन्म देते हैं—यह ऐच्छिक भी हो सकती है और अनैच्छिक भी। और इस भाव का कोई-न-कोई आधार तो

होता ही होगा। उदाहरण के तौर पर एक प्रेमी के लिए स्वपीड़ा वाले भावों का आधार है उसकी 'प्रेमिका'। प्रेमिका को ही देखकर या फिर बातें कर या फिर कुछ पलों के साहचर्य उपरान्त प्रेमी के अन्दर जो प्रेम का भाव पनपा, वही स्वपीड़ा है। और इस पीड़ा में पल-हर पल बढ़ोतरी कैसे होती है—परपीड़ा से ही। प्रेमिका के हाव-भाव, उसका प्रेमी के प्रति असन्तुलित और असमंजस में डालने वाला व्यवहार एवं प्रेमिका के मन के भावों की अनिश्चितता, यह कुछ ऐसे निमित्त हैं जो प्रेमी की पीड़ा को प्रतिक्षण बढ़ाते ही रहते हैं। यह एक चक्र जैसा होता है। जितनी स्वपीड़ा बढ़ेगी, उतनी ही परपीड़ा भी और जितनी परपीड़ा बढ़ेगी, उतनी ही स्वपीड़ा। कुल मिलाकर प्रेमी यह दुःख स्वयं जीवन भर के लिए मोल लेता है। अब उसे उस दुःख में तपिश ही मिलेगी या फिर शान्ति, उसे स्वयं भी नहीं पता होता! किन्तु उसका प्रेम तभी प्रामाणिक होगा, जब वह इस पीड़ा को शस्त्र बनाए और उनसे जीवन का प्रत्येक युद्ध जीते। न कि वह ख़ुद एक पीड़ा मात्र बनकर रह जाए!''

पढ़ने की मेज़ से बोतल उठाकर गिलास में पानी उड़ेल साकार ने पहले पानी पिया और कुछ देर शान्त बैठा रहा, जैसे कुछ मनन कर रहा हो! इधर अनिमेष भी अर्द्धनिद्रा के आगोश में था, जिसे बहुत ही बेरहमी से तोड़ते हुए साकार ने कहा, ''बात तो सही है तुम्हारी, किन्तु हर कुछ दिन के उपरान्त पुनः अपने-आपको सँजोना पड़ता है। ढाँढ़स बँधाना पड़ता है, ताकि आगे का कार्य नियत किया जा सके। और वैसे भी जो दो पाटों के बीच पड़ता है, उसे पिसना ही पड़ता है। मैं भी तो 'हाँ' और 'ना' जैसे दो पाटों के बीच ही हूँ।''

''पिसो! पिसने में कोई बुराई नहीं है। लेकिन अच्छे से पिसो ताकि जो बाहर आए, वह साबुत आटा ही हो, जिससे अच्छी रोटियाँ बनाई जा सकें। बस, इतना जलकर मत आना कि कोई पानी डालकर भी आटा न गूँध सके। स्नातक के दौरान मैंने कहीं पढ़ रखा था—'रिमेम्बर! व्हेन एवरीथिंग सीम्स लास्ट, फ्यूचर स्टील रिमेन्स (जब सब कुछ ख़त्म हो जाता है, भविष्य तब भी बचा रहता है)!'' अनिमेष अपने कथन पर फूला नहीं समा रहा था।

साकार अनिमेष के मन के भावों को समझ गया और मुस्कुराने लगा। सुखासन से बाईं तरफ़ लेटते हुए वह बोला, ''प्रेम की बातों को किचन तक घसीट लाए? पर चाहे जो भी हो, तुमसे बात करके मन हल्का हो जाता है।''

''भाई, मैं तुम्हारी प्रेमिका नहीं हूँ, जो मन हल्का करने में लगी हो! उत्तर प्रदेश लोक सेवा आयोग का आवेदन फार्म आ गया है। दस दिनों के बाद ही आख़िरी दिन है फार्म भरने का। बेहतर है, आज ही भर लो। वैसे भी पढ़ने से रहे तुम आज! एक बात पूछूँ? कल क्या हुआ था?'' अनिमेष ने मुस्कुराते हुए पूछा।

साकार अनिमेष को देखते हुए बोला, ''कल ठीक वही हुआ था, जो हमेशा से ही होता आया है। न इनकार होगा और न ही स्वीकार! कल तो वह मेरी

बातों पर रोने भी लगी थी। मुझे कुछ भी समझ में नहीं आया था उस वक़्त, क्या करना चाहिए था। बस, ग्लानि महसूस हुई। ईश्वर को क्या पड़ी थी जो उन्होंने लड़कियाँ बनाईं ?''

थोड़ी देर साकार चुप रहा फिर ऊपर देखते हुए बोला, ''इस पृथ्वी पर सुना है कि चौरासी हज़ार योनियाँ हैं! एक जीव यदि नहीं बना होता तो क्या ब्रह्मांड में अकाल पड़ गया होता ?''

अनिमेष ने ध्यानपूर्वक उसकी बातें सुनीं और कहा, ''यदि लड़कियाँ नहीं होतीं तो मानव जाति का अस्तित्व ही नहीं होता। अब तुम यह भी कहना चाहोगे कि यदि लड़कियाँ बनाना इतना आवश्यक था तो 'प्रेम' जैसे भाव नहीं बनाने चाहिए थे। पर मित्र मेरे, बिना 'प्रेम' के सृष्टि सम्भव नहीं थी। मैं तो कहूँगा, उसे थोड़ा और समय दो। हर लड़की एक आधार चाहती है, जिससे वह बाक़ी परिवार के नकारात्मक विचारों को काट सके। और शुची का आधार है तुम्हारा ध्येय। पहले तुम्हारा चयन हो जाए, फिर निर्णय पूछना!''

''क्या बेरोजगारी इतनी बुरी है कि किसी के मन के भावों को भी बदल दे ?'' साकार ने पूछा।

''अच्छी है या बुरी, यह तो मैं नहीं जानता, किन्तु इतना ज़रूर पता है कि बिना अर्थ के प्रेम इक्कीसवीं सदी में सूखी नदी में नाव चलाने जैसा ही है, जहाँ घर्षण से सिर्फ़ ताप ही निकलेगा जो केवल झुलसाएगा ही!'' अनिमेष ने अपनी बातों को विराम दिया।

साकार भी कुछ नहीं बोला। और फिर दोनों मुखर्जी नगर मार्केट की ओर चल पड़े।

दिल्ली : अप्रैल, 2011

'हा-हा-हा-हा!' पूरा कमरा ठहाकों से हिल उठा था। उस एकरसता वाले जीवन में कभी-कभी ऐसे मौके भी आया करते थे जब सब कुछ जीवंत हो उठता था। जहाँ आमने-सामने की दीवारें आपस में बात करती महसूस हुआ करती थीं, वे भी दूसरों की बात चुपचाप सुनने को विवश हो जाया करती थीं।

सन्तनगर के बैजनाथ भवन की पहली मंज़िल का फ्लैट जिसमें अनिमेष और साकार ने दो महीने पहले ही रहना शुरू किया था, और कुछ समय के लिए अनिमेष का छोटा भाई, जिसने अभी-अभी दिल्ली विश्वविद्यालय से भौतिक विज्ञान से स्नातक पूरा किया था, वह भी दोनों के साथ उसी फ्लैट में रहा करता था। वैसे साकार और अनिमेष के छोटे भाई में पटती ख़ूब थी। कारण था, दोनों का अपने-

अपने घरों में सबसे छोटा होना। घर में छोटे होने का यह फायदा तो अक्सर मिला करता था कि डाँट अक्सर उन तक पहुँचने से पहले बड़े लोग खास कर बड़े भाई-बहन छानकर उसकी तीव्रता कम कर दिया करते थे, और साथ-ही-साथ उन्हें घर की हर बात में टाँग अड़ाने का अधिकार भी प्राप्त हो जाता था।

दोनों के कुछ और मित्र जब किसी शाम उनके फ्लैट पर आ जाया करते थे, तब अगल-बगल के लोगों को इतना तो पता चल ही जाता था कि आज रात मकान ठहाकों से हिलने वाला है। ऐसे ही दिन विजय, भाष्कर और सुचित आए हुए थे। अनिरुद्ध पहले से ही दोनों के बगल वाले कमरे में रहा करता था।

"अरे यार, सामने वाले मकान में एक लड़की आई हुई है। थोड़ी मोटी है पर देखने में ठीक-ठाक है।" विजय कुछ इस अन्दाज में बोला जैसे कि उसने अभी-अभी किसी देश की क्लासीफाइड सूचना को सार्वजनिक कर दिया हो! और फिर वह सबकी प्रतिक्रियाओं का प्रतीक्षा करने लगा।

भाष्कर को इन सब मामलों में ज़्यादा देर तक चुप न रहने का श्राप मिला हुआ था, बोला, "भाई! तुमसे पहले मैंने देखा है उसे। तुम तो ऐसे बता रहे हो जैसे कि अभी-अभी कोई आकाश से अवतरित हुआ हो!" और सारे ठहाके मार के हँस पड़े।

विजय झेंप गया, बोला, "सालो! किस दुनिया में रहते हो तुम लोग? और भाष्कर! तुम्हारे देखने भर से क्या होता है? क्या उसका नाम-पता बता सकते हो? नहीं न! पर मैं बता सकता हूँ।...विजय ने अब अपना ध्यान केवल पढ़ाई पर लगा दिया है, इसका यह मतलब नहीं है कि उसकी आकर्षण-शक्ति में कोई कमी आई है। सिर्फ़ दस मिनट सामने छज्जे पर जाकर खड़ा हो जाऊँ, तो वह ख़ुद अपना परिचय देकर मेरा परिचय पूछेगी।"

विजय की बातों में अनुभव से भरा विश्वास झलक रहा था! सारे लोग एक-दूसरे का मुँह देखने लगे।

"लगी शर्त? तुम छज्जे पर जाकर खड़े रहो। दस मिनट क्या, पूरे बीस मिनट ले लो! हम लोग सिर्फ़ अन्दर से झाँकेंगे। लेकिन तुम्हें पहले कुछ भी नहीं बोलना है। फिर भी उसने ख़ुद तुमसे बात शुरू कर अपना परिचय दिया तो आज चिकन की पार्टी मेरी तरफ़ से!" सुचित ने शर्त के लिए विजय को ललकारा।

कमरे में बैठे बाक़ी लोगों ने भी सुचित की हाँ-में-हाँ मिलाई और विजय ने शर्त स्वीकार कर ली।

बाक़ी लोग इस बात से ख़ुश थे कि शर्त कोई भी हारे-जीते, उनका चिकन खाना तो तय हो चुका था। यह विजय की सार्वजनिक रूप से पहली बार उसके आकर्षण-शक्ति की परीक्षा थी। अनिमेष विजय को पहले से जानता था और उसे विजय के शर्त जीतने का पूरा यक़ीन भी था।

शर्तानुसार, विजय बाहर छज्जे पर चला गया। थोड़ी देर सामने की ओर खड़े होकर देखता रहा और फिर इधर-उधर टहलने लगा। बाक़ी लोग अन्दर से खिड़की के सहारे बाहर देखने लगे। लगभग पाँच मिनट बीतते-बीतते लड़की बाहर आई और अपने छज्जे पर टहलने लगी। सातवाँ मिनट बीतते-बीतते उसने विजय से बात करनी शुरू कर दी। उसने बताया कि वह दिल्ली विश्वविद्यालय से हिन्दी में परास्नातक कर रही थी। विजय ने अपने बारे में पूछने पर बताया कि वह प्रशासनिक सेवा का अभ्यर्थी था, जो कि सरासर झूठ था।

कुछ देर बाद जब वह कमरे के अन्दर आया, तब तक सुचित का चेहरा शर्त हारने की वजह से लटक चुका था। उसका लटका चेहरा देखकर फिर से कमरा ठहाकों से गूँजने लगा।

भाष्कर ने पूछा, ''आख़िर विजय में ऐसा क्या है जिसकी वजह से लड़कियाँ इतनी जल्दी उसकी ओर आकर्षित होने लगती हैं?''

''वह एक आकर्षक व्यक्तित्व का स्वामी है। अपरिचित के साथ प्रथम परिचय व्यक्ति के शारीरिक-सौष्ठव से ही होता है। जैसे शरीर और चेहरे का आकर्षण, जिसमें विजय निःसन्देह हम सबसे बेहतर है। दूसरा परिचय उसके हाव-भाव, भाव-भंगिमाओं का होता है जैसे कि हाथों को किस तरीक़े से हिलाना है, आँखों को कब तक सामने वाले की आँखों में डालकर रखना है जबकि देर होने पर वह घूरने की श्रेणी में भी आ जाएगा। और तीसरा है, सामने वाले की मनोदशा और उसके मन का ख़ालीपन। विजय कहीं-न-कहीं अपने इस व्यवहार से सामने वाले के खालीपन को भर देता है, जिससे उसकी रुचि विजय में बढ़ने लगती है और वह बात करना शुरू कर देता है!'' अनिमेष ने मनोविज्ञान का अपना पूरा ज्ञान विजय की आकर्षण-शक्ति की व्याख्या पर उड़ेल डाला।

''भाई, अगर तुम्हारे पास आकर्षण-शक्ति के बारे में इतना ज्ञान है तो फिर अभी तक अकेले ही क्यों हो? अभी तक कोई भी महिला, तुम्हारी महिला-मित्र से अधिक क्यों नहीं बन पाई?'' भाष्कर ने सीधे-सीधे अनिमेष पर कटाक्ष किया।

''जैसा कि उसने बताया है भाव-भंगिमाओं का प्रयोग! अनिमेष उस भाव-भंगिमा का प्रयोग कर ही नहीं पाता है जो किसी भी रिश्ते को मैत्री से ऊपर ले जा सके!'' साकार ने अनिमेष का बचाव करते हुए कहा।

''भाई, तुम तो देखने में किसी विशेष शारीरिक-सौष्ठव वाले व्यक्ति नहीं लगते हो, देखा जाए तो जैसा कि सब कहते हैं कि तुम्हारी भाव-भंगिमाएँ भी साधारण ही हैं! फिर भी लड़कियाँ कैसे तुमसे आकर्षित होकर तुमसे प्रेम जैसा व्यवहार करने लगती हैं?'' सुचित असमंजस की स्थिति में साकार से बोला।

साकार अनिमेष की तरफ़ देखने लगा। शायद इस प्रश्न का उत्तर वह अनिमेष से कहलवाना चाहता था। कारण? कारण यह था कि इस उत्तर में वह सच्चाई थी

जिसे वह जल्दी स्वीकार नहीं करना चाहता था, क्योंकि उसका एक पक्ष कहीं-न-कहीं उसके ख़ुद के प्रेम से जुड़ा हुआ था।

अनिमेष ने कुछ बोलने के लिए मुँह खोला ही था कि अनिरुद्ध तपाक से बोल उठा, ''ये सब फालतू की बातें बाद में भी हो सकती हैं। किन्तु जो बात सबसे महत्त्वपूर्ण है, उस पर तो कोई चर्चा भी नहीं कर रहा!''

सब उसकी तरफ़ देखने लगे कि शायद वाद-विवाद में कोई खास तथ्य भूल गया हो। सबकी प्रश्नवाचक नज़रें अनिरुद्ध के चेहरे पर टिक गईं।

अनिरुद्ध थोड़ा झेंपते हुए बोला, ''क्या यार, मैं चिकन की बात कर रहा हूँ। रात होने वाली है। भूख भी लगी है। और शर्त भी चिकन की ही लगी थी।''

उसका चेहरा और बोलने का तरीक़ा देख सब अपने-आप को हँसने से नहीं रोक पाए। अनिरुद्ध जो कि भोजन का बहुत ही शौकीन था और किसी आकर्षक वाद-विवाद के बीच में भी अपने ख़ाली पेट को नहीं भूल सकता था। आज भी उसने अपनी परिपाटी की पंरपरा को आगे ही बढ़ाया था।

कुछ देर बाद अनिरुद्ध और सुचित चिकन लाने सन्तनगर के बाज़ार की ओर चले गए और कमरे में केवल चार लोग ही रह गए।

अनिमेष ने अपनी बातें जारी रखीं, ''मैं मानता हूँ कि साकार की शारीरिक बनावट या फिर भाव-भंगिमा में कुछ भी ऐसा नहीं है कि वह किसी को अपनी ओर आकर्षित कर सके। किन्तु उसमें एक गुण कूट-कूट कर भरा है जिससे आकर्षित हुए बिना कोई नहीं रह सकता। और वह है उसकी बौद्धिक और भावनात्मक क्षमता। कोचिंग्स में लड़कियाँ सर्वप्रथम साकार के ज्ञान से प्रभावित होकर आकर्षित होती हैं, और फिर इसकी बातों में जो भावनात्मक प्रबलता होती है, वह सबको भावनाओं से जुड़ने पर मजबूर कर देती है, क्योंकि वह रिश्तों के प्रति अपनी भावनाएँ बौद्धिक रूप से प्रकट करने की क्षमता भी रखता है।''

विजय अनिमेष से सहमत दिखाई दिया। लेकिन साकार? साकार का चेहरा थोड़ा उतरा दिखने लगा। कारण वही था जो अनिमेष ने सोचा था और कभी-कभी साकार के मन में भी कारणों का महल घुमड़ने लगता था : 'तो क्या सिर्फ़ मेरे ज्ञान एवं बौद्धिकता से ही शुची आकर्षित हुई होगी मेरी तरफ़? यदि कल को मैं सिर्फ़ साकार ही रह जाऊँ तो उसका आकर्षण भी ख़त्म हो जाएगा? उसके सम्मान देने का तरीक़ा, बात करने का भाव और सन्तुलित व्यवहार—क्या सिर्फ़ मेरे व्यक्तित्व के एक छोटे से हिस्से के लिए ही बने हुए हैं? पूरे साकार के लिए नहीं? मैंने तो उसे पूर्णत: ही चाहा है! यहाँ तक कि मेरे रोम-रोम में वह बसती है। उसको टुकड़ों में बाँटकर मैं कभी भी देख नहीं पाया। मैंने पूरी शुची से प्रेम किया है, उसके किसी एक गुण-व्यवहार से तो नहीं! लेकिन शुची? क्या मैं शुची के लिए भी यही कह सकता हूँ? तो क्या उसका व्यवहार प्रेम की श्रेणी में नहीं आता? और वह आकर्षण

मात्र है? आख़िर अनिमेष बार-बार मुझे ऐसा सोचने पर क्यों मजबूर करता है? तेरह वर्ष बीत चुके हैं। जो भाव उसके लिए तब जन्मे थे, आज तक मेरे मन में वही भाव हैं, बल्कि उनमें सघनता ही आई है। फिर भी मेरा मन प्रत्येक बार संशय में क्यों आ जाता है? लेकिन शुची? शुची के मन का वास्तविक हाल तो कोई भी नहीं जानता, कोई भी नहीं! उसके लिए भी तेरह वर्ष व्यतीत हुए हैं, पर वह आज भी ठीक उसी अनिर्णय पर खड़ी है!'

''साकार, कहाँ खोए हो? ऐसे तो कोई तब मन के सागर में गोते लगाता है, जब वह प्रेम में होता है। कहीं तुम्हारा भी मन इश्क़ के चंगुल में तो नहीं फँस गया? बड़ी कठिन डगर होती है! कोई भी सँभलकर नहीं चल पाया आज तक!'' साकार के एकालाप को तोड़कर विजय मुस्कुराते हुए बोला।

''तुम्हारा जब से प्रेम-विवाह क्या हो गया, तुमको सबके जीवन में प्रेम ही प्रेम दिखता रहता है! सब तुम्हारी तरह भाग्य के धनी नहीं होते, साकार! वह भी प्रेम में बँध जाए, ऐसा नहीं हो पाता। अबे, यह सब बातें छोड़ो। साकार, यह बताओ कि मेरा लैपटॉप मुझे कब वापस मिलेगा? पन्द्रह दिन से ज़्यादा हो चुके हैं, और मुझे पी-एच.डी. की थीसिस भी टाइप करके समय पर जमा करनी है।'' भाष्कर विजय की बात काटते हुए बोला।

वैसे शुरू से ही साकार के व्यक्तित्व के दो पक्ष रहे थे : एक तो वह, जिससे साकार ख़ुद, शुची और अनिमेष ही परिचित थे, और दूसरे से बाक़ी सारी दुनिया। इसलिए शायद साकार की अनिश्चित प्रेम-कहानी के बारे में बाक़ी लोगों को कुछ भी पता नहीं था। वह डरता था कि अगर बाक़ी लोगों को पता चल गया तो वह सब शुची का जिक्र इतनी बार छेड़ेंगे कि साकार फिर अपने-आपको ही भूल जाएगा और फिर वह पढ़ाई भी नहीं कर सकेगा। कुछ यही सोचकर साकार ने शुची का जिक्र कभी भी किसी और के सामने नहीं किया था।

''मित्र, इतनी जल्दी भी क्या है? तुम्हारा लैपटॉप वापस तुम्हें समय पर मिल जाएगा। बस, उसका शोध-निबन्ध सही समय पर पूरा हो जाए!'' साकार भाष्कर से मुखातिब होते हुए बोला।

''विजय, अगर समय हो तुम्हारे पास, तो इस बार की प्रारम्भिक परीक्षा से एक-दो दिन पहले मुझे थोड़ा मैथ्स और रिंजनिंग के लिए कुछ टिप्स दे देना। इस बार पाठ्यक्रम में बदलाव हुआ है। इसे अधूरा नहीं जाने देना चाहता। सफलता बहुत ज़रूरी है ख़ुद को पाने के लिए!'' अनिमेष विजय से बोला।

विजय ने सहमति में अपना सिर हिलाया।

''एक साधे सब सधे—सब साधे सब जाए!'' साकार अचानक से एक दोहे की आधी पंक्ति पढ़कर चुप हो गया।

सब मुड़कर साकार की तरफ़ देखने लगे।

"क्या हुआ भाई? मैंने कुछ ग़लत तो नहीं बोला है न?" साकार ने पूछा।

"बात ग़लत नहीं है, पर तुमने किस बात पर कहा है, हम लोगों को तो नहीं पता। इसीलिए थोड़ा आश्चर्य हुआ।" अनिमेष बोला।

साकार ने एक ठंडी आह भरी और बोला, "तुम लोग कुछ देर पहले जो प्रेम की बातें कर रहे थे, मैंने उसी के ऊपर यह बात कही है! 'प्रेम' शब्द का प्रयोग करना आजकल जितना आसान हो गया है, निभाना उतना ही कठिन—विशेषकर तब, जब प्रेम को किसी परिणति तक पहुँचाने की कोशिश करनी पड़े।"

"प्रेम की परिणति? जहाँ तक मैं जानता हूँ, प्रेम अपने-आपमें पूर्ण होता है। प्रेम का आदि भी प्रेम ही है और प्रेम का अन्त भी प्रेम। प्रेम की कोई परिणति हो ही नहीं सकती।" अनिमेष बोला।

"मैं तुम्हारी बात का विरोध करता हूँ अनिमेष! प्रेम की परिणति होती है, और वह है विवाह!" भाष्कर बोला।

"नहीं मित्र! अगर प्रेम की परिणति विवाह में होती तो बहुत सारे प्रेम-विवाहों में सम्बन्ध-विच्छेद नहीं होता और विवाहोपरान्त प्रेम समाप्त नहीं होता।" अनिमेष बोला।

"मैं अनिमेष से सहमत हूँ। क्योंकि प्रेम को प्रेम ही पूरा कर सकता है, न कि विवाह जैसी सामाजिक संस्थाएँ। प्रेम का सम्बन्ध भावनाओं से होता है लेकिन विवाह का सामाजिक सरोकारों से।" साकार बोला।

"और विवाह अलग-अलग स्थितियों पर निर्भर करता है, और हमारे भारतीय समाज में विवाह का आधार प्रेम तो कभी रहा ही नहीं।" अनिमेष बोला।

"वह प्रेम जो सामाजिक उत्तरदायित्वों से शून्य है, यथार्थ में वह प्रेम नहीं, केवल एक उच्छृंखल भावना है। आज भी हमारे समाज में जब किसी की जोड़ी की प्रशंसा की जाती है तो लोग यही कहते हैं कि सीता-राम की जोड़ी है, क्योंकि उनका प्रेम सामाजिक उत्तरदायित्वों को अपने में समेटे हुआ था।" विजय बोला।

"मैं तुम्हारी बात का विरोध नहीं करता विजय, किन्तु जितना सीता-राम का सच है उतना ही सच राधा-कृष्ण का भी है। बिना विवाह के यदि राधा-कृष्ण पूजे जा सकते हैं तो इस युग में प्रेम की परिणति विवाह हो, मैं ऐसा क्यों मान लूँ?" अनिमेष बोला।

"तो फिर ऐसे प्रेम का क्या किया जा सकता है? जब दोनों का अलग-अलग विवाह हो जाएगा, क्या तब भी उनका प्रेम बचा रह पाएगा? मुझे इसमें सन्देह है। अब वह ज़माना नहीं रहा कि कोई देवदास बनकर घूमे और कोई मीरा!" विजय बोला।

"भाई, तुमने तो सुना ही होगा वो अफ़साना, 'जिसे अंजाम तक लाना न हो मुमकिन, उसे एक ख़ूबसूरत मोड़ देकर छोड़ना अच्छा!' मेरा तो यही मानना है। इससे ज़्यादा प्रेम के बारे में मेरा कोई विचार नहीं है।" बिस्तर पर लेटते हुए भाष्कर बोला।

"लेकिन भाष्कर, अगर छोड़ना ही है तो फिर प्रेम किया ही क्यों ? प्रेम पकड़ने या फिर छोड़ने की विषयवस्तु नहीं है।" विजय ने कहा।

"मित्र, हर राहों की एक मंज़िल होती है, पर प्रेम ? प्रेम राह भी है और मंज़िल भी। रही विवाह की बात, तो वह अन्य बातों पर निर्भर करता है। कितना भी किसी से प्रेम कर लो, अगर अर्थ की समस्या है तो कोई भी लड़की का पिता अपनी लड़की का विवाह केवल प्रेम के आधार पर नहीं करेगा। अर्थ के आगे बाक़ी सारे आधार—जैसे जाति-पाँति, ऊँच-नीच—सब नगण्य हो जाते हैं। यही कटु सत्य है जीवन का। इसीलिए मैं यह कहना चाह रहा हूँ कि प्रेम की कोई परिणति नहीं होती। प्रेम को सफलता या असफलता से जोड़कर मत देखो। प्रेम केवल सुगन्धित पुष्प की कोमल पंखुड़ियों जैसा ही होता है, उसे वैसा ही रहने दो। उस पर विवाह का आवरण चढ़ाकर उसे मुरझाने मत दो!" अनिमेष बोला।

"तुम्हारे कहने का मतलब है कि जिससे प्रेम करो, उससे विवाह ही मत करो ? अन्यथा प्रेम के मुरझाने का डर होगा ?" विजय ने अनिमेष से पूछा।

"नहीं विजय, अनिमेष के कहने का मतलब है कि प्रेम को सफलता-असफलता जैसे पैमानों पर मत आँको। विवाह करो। ज़रूर करना चाहिए। उससे करो जिससे प्रेम है। यह और भी अच्छा है। लेकिन जिनका प्रेम विवाह की चौखट नहीं लाँघ पाया, उस प्रेम को भी स्वीकार करो और उसे असफल मत कहो।" साकार बोला।

"और रही साकार के 'एक साधे सब सधे' वाली बात तो उसका सीधा अभिप्राय अर्थ से है। जीवन में यदि अर्थ कमाने में सफल रहे तो जिससे प्रेम करते हो, उससे विवाह की सम्भावना बढ़ जाती है। बस, और कुछ नहीं!" अनिमेष बोला।

"तुम लोगों का यह प्रेम-पुराण बन्द होगा कि नहीं ? तब से प्रेम-प्रेम सुनते-सुनते कान पक गए हैं मेरे। जरा देखो, वे दोनों चिकन लेकर वापस लौटे कि नहीं ? अब मुझे भी भूख लग रही है।" भाष्कर बिस्तर पर से ही चिल्लाते हुए बोला।

सबकी हँसी छूट गई। तभी सुचित और अनिरुद्ध बाज़ार से वापस आए, लेकिन बातों का सिलसिला तब भी चलता रहा, और उधर विजय किचन में जाकर चिकन बनाता रहा।

"किस विषय पर बहसबाजी छिड़ी हुई है?" सुचित बिस्तर पर बैठते हुए बोला।

"कुछ नहीं यार! बस, प्रेम, प्रेम की परिणति और विवाह! आज इसी पर माहौल बना हुआ है।" भाष्कर आलस्य से बोला, मानो बहुत थका हुआ हो!

"मुझे भारतीय समाज में विवाह-संस्कार अभी तक समझ में नहीं आया। यहाँ विवाह शुरुआत से ही विरोधों से भरा हुआ होता है! हमारे पौराणिक ग्रन्थों में कन्यादान को 'महादान' बताया गया है। क्योंकि जिसे जन्म से पाल-पोसकर बड़ा किया गया हो, अचानक उसे ख़ुद से अलग करना ठीक ऐसा ही है, जैसे शरीर से

कोई अंग काटकर अलग करना!'' अनिरुद्ध भी बहस में शामिल होते हुए बोला। वैसे भी उसके पेट का प्रबन्ध हो चुका था।

''लेकिन भारतीय समाज के विवाह में आधार और प्राप्य में अन्तर होता है। फल और कर्म में भी बहुत अन्तर होता है। एक पिता अपनी पुत्री का कन्यादान यह सोचकर करता है कि उसकी पुत्री नये घर में अत्यन्त प्रसन्न रहेगी। उसे उस नये घर में इतना प्रेम मिलेगा कि वह अपने पिता के घर को भूल जाएगी। पर क्या ऐसा हमेशा हो पाता है? अगर नहीं, तो फिर क्यों?'' सुचित ने भी अपना ज्ञान बघारकर दिखाया कि भले ही वह भौतिक विज्ञान में शोध कर रहा हो, लेकिन इस विषय पर बात करने के लिए किसी डिग्री की आवश्यकता नहीं।

''अधिकतर मामलों में विवाहोपरान्त लड़की ख़ुश नहीं रह पाती। कई बार वह ऊपरी तौर पर नये परिवार में सम्मिलित दिखती है, पर आन्तरिक रूप से वह निराश ही रहती है। यह तो उसके संस्कारों की बेड़ियाँ हैं कि उसका यह अन्तर्मन कभी भी खुलकर बाहर नहीं आने पाता।'' अनिमेष बोला।

''मैं अनिमेष से पूरा सहमत हूँ। ऐसी परिस्थिति का कारण स्पष्ट है—ग़लत आधार का चुनाव। गेहूँ के बीज के आधार पर धान की फ़सल नहीं पैदा की जा सकती। अभी भी भारतीय समाज में विवाह का सबसे बड़ा या फिर मुख्य आधार 'अर्थ' ही होता है। लड़का नौकरी क्या करता है? कितना कमाता है? अगर लड़का नौकरी नहीं कर रहा होता तो उसके पारिवारिक सम्पत्ति को आधार मानकर देखा जाता है। जैसे लड़के का मकान कैसा है? उसकी ज़मीन-जायदाद कितनी है? बैंक-बैलेंस कितना है? और अगर ये सारी शर्तें आकांक्षाओं पर खरी उतरती हैं तो सबसे बाद में लड़के के परिवार का व्यवहार भी देख लिया जाता है।'' साकार बोला।

''तुम सही कह रहे हो साकार! सबको पता है कि विवाहोपरान्त एक पत्नी को अधिकतर समय अपने पति के साथ ही बिताना पड़ता है, किन्तु विवाह-पूर्व उस लड़के का व्यवहार लड़की के पिता के लिए विवाह का कोई आधार नहीं होता। वह अक्सर भूल जाते हैं कि यदि पति का व्यवहार ठीक नहीं रहा तो लाख सोने-चाँदी का महल हो, उनकी पुत्री ख़ुश नहीं रह पाएगी।'' अनिमेष बोला।

''सच्चाई तो यही है। अब भी ज़मीनी स्तर पर लड़के का व्यवहार, उसके बोल-विचार देखकर विवाह नहीं किए जाते; केवल उसकी जेब देखकर विवाह होता है। मैं मानता हूँ कि 'अर्थ' की ज़रूरत जीवन में होती है, लेकिन अर्थ सब कुछ पूरा नहीं कर सकता। अगर बाक़ी गुणों के पहले यदि इस गुण का मिलान हो तो फिर विवाह सफल ही होगा।'' सुचित बोला।

''विवाह लड़के से होना चाहिए न कि उसकी तनख्वाह से। तनख्वाह सिर्फ़ ज़रूरतें पूरी कर सकती है, ख़ुश नहीं रख पाएगी। ख़ुशी का दारोमदार लड़के पर

होता है। भारतीय समाज में अभी भी विवाह का आधार तनख्वाह ही है, यही कारण है कि दहेज जैसी समस्याएँ अभी तक बनी हुई हैं। दहेज-प्रथा के कई कारणों में से यह भी एक महत्त्वपूर्ण कारण है। अगर विवाह का आधार केवल लड़का होता तो इस समस्या में कमी तो आ ही गई होती।'' साकार ने अपना पक्ष रखा।

''तुम्हारी बात सही है। अभी भी दुलहन जब विदा करके घर लाई जाती है तो अगल-बगल के लोग यही देखते हैं कि वह अपने साथ क्या-क्या सामान लेकर आई है। यही मानसिकता है वर्तमान समाज की। लड़के या फिर लड़की, दोनों पक्षों में दोनों के व्यवहार से प्रतिष्ठा नहीं बढ़ती। एक तरफ़ लड़के की तनख्वाह से प्रतिष्ठा बनती है तो दूसरी तरफ़ लड़की की तरफ़ से आए सामान से। और जीवन भर भुगतते हैं केवल पति-पत्नी! अब इस पीढ़ी का जो होना था, वह हो चुका। बस, कोशिश यही रहे कि अपनी पीढ़ी में इन बातों को हम अमल में ले आएँ अन्यथा अभी की बात का कोई अर्थ नहीं रह जाएगा।'' अनिरुद्ध ने कहा।

''आजकल समस्या केवल विवाह तक ही सीमित नहीं रही, जीवन की जटिलताओं के बीच रिश्ते भी बहुत जटिल हो चुके हैं। आजकल लोगों को पैसा कमाने वाली बहुएँ भी चाहिए और साथ में यह उम्मीद भी रखेंगे कि वे उन सारे काम को करती जाएँ, जो पहले की बहुएँ किया करती थीं। बाहर का दृश्य पूरा बदल गया, पर पुरानी पीढ़ी ने अभी भी लाल रंग के चश्मे पहन रखे हैं जो उन्होंने बीसवीं सदी में पहन रखे थे। इसलिए उन्हें अभी तक सब कुछ केवल लाल ही दिखा करता है।'' सुचित बोला।

''मेरे हिसाब से समस्या केवल पुरानी सोच और नये मापदंड की है। पुरानी सोच से नये मापदंड नहीं समझे जा सकते। और नये मापदंडों पर पुरानी सोच नहीं परखी जा सकती।'' अनिमेष बोला।

''यह संक्रमण का दौर है मित्रो! सारी पीढ़ी इससे त्रस्त है। मेरा तो यही मानना है कि कोई भी निर्णय समयानुसार ही होना चाहिए। अपने समय से पहले या फिर आगे का निर्णय हमेशा तनाव को ही जन्म देता है। मुहम्मद तुगलक़ के बारे में तुम लोगों ने तो सुना ही होगा?'' साकार बोला।

''साकार, कितनी चतुराई से कहाँ की बातें खींचकर तुम इतिहास के पन्नों में ले आए! अब यहाँ बैठकर कोई तुमसे इतिहास नहीं सुनेगा। चिकन तैयार है, आओ, भोग लगाते हैं!'' विजय किचन से निकलते हुए साकार से बोला।

भोजन के उपरान्त सब एक साथ बैठकर सुचित के लैपटॉप पर बी.आर. चोपड़ा निर्मित 'महाभारत' देखने लगे। अक्सर ऐसे मौके पर सब तरह की बहस करने के बाद सबको 'महाभारत' धारावाहिक देखना तो अच्छा लगता ही था, बीच-बीच में धारावाहिक रोककर विभिन्न पात्रों की मनोदशा का वर्णन भी सबको बहुत भाया करता था।

अगली सुबह सब अपनी–अपनी जगह वापस लौट गए और कमरे में केवल साकार और अनिमेष रह गए। और फिर से आमने–सामने की दीवारों ने आपस में बात करनी शुरू कर दी थी।

दिल्ली : अप्रैल, 2011

''**बहुत** ही खराब मौसम है यहाँ। देखो, कूलर भी काम नहीं कर रहा। सोचो, अभी गर्मी का यह हाल है, तो जिस तरह प्रदूषण बढ़ रहा है, उस समय क्या होगा जब हम लोग दादा बन चुके होंगे?'' अनिमेष रूमाल से पसीना पोंछते हुए बोला।

साकार पहले तो थोड़ा मुस्कुराया और छत का पंखा चालू करने के बाद बोला, ''मुझे कुछ ख़ास गरमी तो नहीं लग रही है, देखो!''

अनिमेष साकार की बात से जल उठा और ग़ुस्से से बोला, ''भाई, तुम तो कमरे में ही बैठे थे, बाहर से तो मैं आ रहा हूँ—वह भी टीन के डिब्बों में सफ़र करके! और मैं तुम्हारी तरह अर्द्धनिर्वस्त्र भी नहीं हूँ। अब यह सब फालतू का ज्ञान बघारना छोड़ो। लोहे को लोहा ही काटता है। इस गर्मी को गर्म चाय काटकर रख देगी। एक चाय पिलाओ।''

''सीधे–सीधे बोल देते कि चाय पीने का मन है! इतनी लम्बी–लम्बी उपमाएँ छोड़ने का क्या मतलब है?'' साकार मुस्कुराते हुए बोला और किचन में चाय बनाने चला गया।

थोड़ी देर बाद साकार चाय बनाकर लाया और दोनों चाय की चुस्कियाँ लेने लगे।

''तो कितना प्रतिशत विषय का पूरा हो गया? सब कुछ सही दिशा में चल रहा है?'' साकार ने चाय की चुस्की लेते हुए पूछा।

''लगभग सब कुछ तो दुहरा ही चुका हूँ। रही बात एप्टीट्यूड और मैथ्स की, तो परीक्षा से कुछ दिन पहले विजय आकर मुझे पढ़ा देगा, जैसा मैंने उससे बोल रखा है।'' अनिमेष ने उत्तर दिया।

''इस बार तुम्हें प्रारम्भिक परीक्षा पास करनी ही होगी। हम लोग की जान–पहचान में और कोई भी इस वर्ष परीक्षा में भाग नहीं ले रहा। नया पाठ्यक्रम है, किसी को कुछ भी नहीं पता कि परीक्षा का प्रारूप कैसा होगा। और सारे कोचिंग्स संस्थान बस अनुमान ही लगा रहे हैं। लेकिन फिर भी, सब इसे तुम्हारे मन–मुताबिक़ ही बता रहे हैं। अब तुम्हें प्रारम्भिक परीक्षा में कोई दिक़्क़त नहीं होनी चाहिए। और किसी को हो न हो, मुझे तुम पर पूरा भरोसा है!'' साकार अनिमेष को देखते हुए बोला।

"धन्यवाद मित्र! मैं तुम्हारा भरोसा टूटने नहीं दूँगा। और बदले हुए पाठ्यक्रम ने वैसे भी मुझमें विश्वास भर दिया है। अच्छा साकार, एक बात बताओ, क्या तुम्हें पता है, मेरा भाग्य-विधाता कौन है?" अनिमेष ने पूछा।

"यह कैसा प्रश्न है? सबके भाग्य-विधाता शुरुआत में माता-पिता ही होते हैं, फिर वह स्वयं अपना भाग्य-विधाता बनता है। अब किसको कितना मिलता है, यह मुकद्दर की बात है!" साकार बोला।

"बात तो तुम्हारी बिलकुल सही है। और तुम्हारी आख़िरी लाइन पर एक शेर याद आ गया। बहुत पहले सुनी थी। कोई पुरानी फ़िल्म देखने के दौरान :

तकदीर बनाने वाले तूने कमी न की
अब किसको क्या मिला ये मुकद्दर की बात है।'

"पर इन सबसे इतर मेरा एक भाग्य-विधाता है, और वह है भारत! तुम्हें याद होगा, शायद मैं अक्सर तुमसे यही कहता रहता हूँ कि जब भी भारत जीतता है, मेरे जीवन में ज़रूर कुछ न कुछ अच्छा ही होता है। इस बार क्रिकेट विश्वकप में भारत बहुत अच्छा खेल रहा है। मुझे पूर्वाभास हो रहा है कि भारत यह विश्वकप ज़रूर जीतेगा और साथ ही जीतूँगा मैं भी!" अनिमेष ने अपने जीवन की सफलता और भारत की विश्वविजयिता को आपस में एकमय कर डाला था।

साकार तो पहले ख़ूब जोर से हँसा, फिर बोला, "भाई, अब फिर से अपने 'अनिमेष सिद्धान्त' मत सुनाना शुरू करो! जब देखो तब चालू हो जाते हो! वैसे तुम्हें कब से पूर्वाभास होने लगा? और रही भारत के विश्वकप जीतने की बात तो वह भारतीय क्रिकेट टीम के ऊपर निर्भर है। लेकिन तुम्हारी सफलता-असफलता किसी टीम पर नहीं, तुम्हारे ख़ुद के कन्धों पर है। इससे भाग नहीं सकते। खेल का परिणाम चाहे जो भी हो, लेकिन तुम्हें हर हाल में जीतना होगा।" साकार ने अनिमेष के क्रिकेट और उसके भाग्य के बीच पनपे अद्वैतवाद का खंडन कर डाला था।

"तुम चाहे जितनी भी बातें कर लो, उदाहरण दे लो, लेकिन सच्चाई नहीं बदलेगी। ऐसा अक्सर मेरे साथ हुआ है। जब भी भारतीय टीम जीतती है तो मैं भी जीता ही हूँ। और वैसे भी एक छोटा-सा अनुभव अक्सर बहुत बड़े-बड़े सिद्धांतों को पल भर में फेल कर देता है। मेरे सम्बन्ध में भी यही लागू होता है, ऐसा तुम्हें मानना ही पड़ेगा।" अनिमेष भी हार मानने वालों में से नहीं था।

"मैं तुम्हारी बातों से इनकार नहीं कर रहा। मेरे कहने का मतलब बस इतना ही है कि तुम्हें इस बार केवल जीतना ही है। बाक़ी किसी और की जीत से फिलहाल मुझे कोई सरोकार नहीं है। हम दोनों में से फिलहाल कोई एक तो सफल हो, वरना जब हारने की आदत पड़ जाएगी तो फिर जीतना बहुत ही मुश्किल, लगभग नामुमकिन हो जाएगा। अब हारते-हारते मैं थक चुका हूँ।" कहकर साकार गम्भीर हो गया।

अनिमेष ने साकार की पीठ थपथपाते हुए उसे सान्त्वना देने का प्रयास किया और बोला, "बात तो तुम्हारी बिलकुल सही है साकार! जीत का कोई विकल्प नहीं होता। और इस बार पूरी कोशिश है जीतने की। उम्मीद करता हूँ, इस बार किसी को निराश नहीं करूँगा।"

साकार मुस्कुराने लगा। सच कहा जाए तो तब तक के जीवन में दोनों के पास खोने के लिए भावनाओं के अतिरिक्त कुछ भी नहीं था। दोनों ही निम्न-मध्यवर्गीय परिवार से आते थे। हाँ, पाने के लिए बहुत कुछ था—अपनी पहचान, और अपनों की पहचान! तो क्यों न सब पाने की ही कोशिश की जाए? अभी नहीं तो कभी नहीं!

शाम के लगभग पाँच बजे जब दोनों चाय पी रहे थे, साकार का मोबाइल फ़ोन बजने लगा। साकार ने मेज़ पर से अपना मोबाइल फ़ोन उठाया तो उसका चेहरा खिल उठा।

"नमस्ते!" वही चिर-परिचित मधुर आवाज़।

"नमस्ते! क्या बात है? आख़िर आपको हमसे बात करने की फुरसत मिल ही गई?" साकार चुटकी लेते हुए बोला।

"आप भी न! अभी तक मैंने कुछ कहा भी नहीं और आपकी शिकायतों का पिटारा खुलना शुरू हो गया? आप भी कहीं रामकोला के भागवत कथा में शरीक तो नहीं हुए थे?" और फ़ोन के दूसरी तरफ़ हँसी की फुहार पड़ने लगी और साकार खिलखिला उठा।

"तुम्हारे कहने का मतलब क्या है? क्या मैं हमेशा शिकायत ही करता रहता हूँ या फिर एक ही शिकायत बार-बार दुहराता रहता हूँ?" साकार ने पूछा।

"मेरे कहने का कोई भी मतलब नहीं है। आप झूठ में ही हर बात का मतलब निकालने लगते हैं। जब पहले कम बोला करते थे, तो कभी-कभी बिलकुल भी नहीं बोलते थे, पर अब देख रही हूँ कि इधर आपके बोलों की संख्या में कुछ-कुछ भारत की जनसंख्या जैसी बढ़ोतरी हुई है। किसका असर पड़ गया है जनाब?" शुची ने भी चुटकी ली।

"अभी भी तो मैं सबसे इतनी बातें नहीं करता! बस, कुछ लोगों से ही बातें करता हूँ। अब वो कुछ लोग कौन हैं, आपको तो अच्छे से पता है। उन्हीं लोगों का असर समझ लीजिए।" साकार बोला।

"रहने दीजिए आप! अब ज़्यादा बनिए मत! मेरा इतना असर होता आपके ऊपर तो कई साल पहले ही असर दिख गया होता। असर किसी और का है!" शुची ने भी बात का रुख़ नहीं मोड़ा।

"हर रास्ते को मंज़िल तक पहुँचने में समय लगता है। क्या पता, अब जाकर आपका असर होना शुरू हो गया हो!" साकार ने अपनी बात रखी।

"अच्छा, अच्छा! अब छोड़िए भी! आपसे बातों में मैं कभी भी नहीं जीत सकती। मुझे आपसे...।"

साकार शुची की बात बीच में ही काटते हुए बोला, "तुमने कहा कि मुझसे जीत नहीं सकतीं? लेकिन मेरे मन से पूछो, मैं तुम्हें कभी हारने नहीं दूँगा।"

शुची थोड़ी देर शान्त रही और फिर बोली, "मुझे पता है। आप अगर नहीं भी बोलते तो भी मैं जान जाती। ज़रूरी नहीं कि हर बातों को शब्द मिले ही!" कहकर शुची ने एक ठंडी आह भरी और दुबारा बोली, "मैंने आपको एक ख़ुशख़बरी देने के लिए फ़ोन किया है।" कहकर वह दुबारा शान्त हो गई।

ख़ुशख़बरी? बेरोजगार युवक को यदि कोई लड़की फ़ोन पर शान्त होकर ख़ुशख़बरी देने की बातें करने लगे, जिससे वह प्रेम करता हो और प्रेम का प्रत्यक्ष इजहार भी न हुआ हो, और लड़की के ऊपर विवाह का दबाव भी हो तो फिर हृदय को तेज़ धड़कना ही पड़ता है। साकार भी तब तक बेरोजगार युवक था। वह शुची से प्रेम भी करता था। और तो और, उसने या शुची ने प्रत्यक्ष इसे कभी स्वीकार भी नहीं किया था। सब कुछ सम्भवत: अनबोले मन्द-मन्द चाल से चलता रहा था। साकार का हृदय भी तेज़ी से धड़कने लगा और वह शुची की बात की कोई भी प्रतिक्रिया नहीं दे पाया, बस, धीरे-धीरे साँस लेता रहा।

"क्या हुआ आपको? आप सुन भी रहे हैं?" शुची ने पूछा।

"बधाई हो! आपका विवाह तय हो गया न?" बहुत ही फीके अन्दाज में साकार बस इतना ही बोल पाया था।

दूसरी तरफ़ भी सन्नाटा पसर गया।

फिर कुछ देर बाद शुची ने ख़ुद ही बोलना शुरू किया, "अगर ऐसी कोई बात होती तो मैं फ़ोन पर नहीं, आपसे मिलकर बताती। घर से दबाव तो बहुत है पर मैंने साफ़-साफ़ बोल दिया है कि मैं अगले दो-तीन वर्षों तक इस बारे में कोई भी बात नहीं करना चाहती। इसलिए आजकल घर भी जाना थोड़ा कम कर दिया है , ताकि कोई अन्यथा ही इस मुद्दे को छेड़ने न लगे। नाते-रिश्तेदारों को और कोई काम भी तो नहीं होता!" थोड़ी देर चुप रहकर शुची फिर से बोली, "मैंने कोई और ख़ुशख़बरी सुनाने के लिए फ़ोन किया था आपको।"

"क्षमा करना शुची! बस, ऐसे ही बोल दिया था मैंने। बताओ, क्या ख़ुशख़बरी है?" साकार थोड़ा सकुचाते हुए बोला।

"छी:! यह क्या बात हुई? अब क्षमा माँगकर मुझे पाप का भागी न बनाइए! और आप बस यही सब सोचा करते हैं दिन भर? तब फिर पढ़ाई क्या करते होंगे? शुची इतनी महत्त्वपूर्ण नहीं होनी चाहिए कि उसकी वजह से आपके लक्ष्य में किसी भी तरीक़े की कोई बाधा आए!" इतना कहकर शुची सिसकने लगी।

"शुची, यह क्या? मैंने ऐसा क्या कह दिया जो तुम सिसकने लगीं? बड़ी हो गई हो और समझदार भी, अब सिसकना बन्द करो। और एक बात! यह बार-बार जो तुम कहती रहती हो न कि तुम इतनी महत्त्वपूर्ण नहीं हो, तो यह पूरी तरह से ग़लत है। तुम महत्त्वपूर्ण थीं और महत्त्वपूर्ण हो। आगे भी मेरे लिए महत्त्वपूर्ण रहोगी। और इसका पूरा विश्वास रखो कि तुम्हारी वजह से मेरी पढ़ाई पर कोई भी असर नहीं पड़ने दूँगा। वह अलग है, तुम अलग। अब बताओ, क्या ख़ुशख़बरी सुनाने वाली थीं?" साकार ने शुची को शान्त कराते हुए पूछा।

"आपने मेरा शोध-निबन्ध लिखवाने के लिए फ़ोन पर विषय को विश्लेषित करके जितना कुछ भी समझाया था, उसको अच्छी तरह समझकर ही शोध निबन्ध टाइप किया था मैंने। मुझे पूरे विश्वविद्यालय में इसके लिए प्रथम स्थान मिला है। मेरी प्रोफेसर यहाँ तक कह रही थीं कि विश्वविद्यालय में इससे पहले इस विषय पर इतना अच्छा शोध-निबन्ध किसी और ने नहीं लिखा था।" खुशी से शुची चहकने लगी।

"बहुत-बहुत बधाई हो! ऐसे ही नित नए कीर्तिमान स्थापित करती रहो, मेरी शुभकामनाएँ सदैव तुम्हारे साथ हैं। और हाँ, इसका सारा श्रेय आपकी लगन और प्रतिभा को जाता है। मेरा योगदान लगभग नगण्य है।" साकार बोला।

"बिलकुल नहीं! मुझसे बेहतर यह कोई नहीं जानता होगा कि इसका पूरा श्रेय आपको ही है। आपने फ़ोन पर ही सारे विषय को विश्लेषित करके इतने बढ़िया ढंग से समझाया था कि मेरे अनुकूल विषय न होने के बावजूद मैं इतना बढ़िया लिख पाई, और यहाँ मेरी रूम पार्टनर ने उसे पढ़ते ही बता दिया था कि यह मेरा नहीं, आपके दिमाग़ की उपज है। फिर कभी यह मत कहिएगा कि आपका योगदान नगण्य है।" शुची ने दृढ़ता से कहा।

"ठीक है, मान लिया, पर आपको तो यह मानना ही पड़ेगा कि गुरु चाहे कितने ही अच्छे क्यों न हों, शिष्य अगर प्रतिभाशाली नहीं है, तो गुरु का ज्ञान निरर्थक हो जाता है। उदाहरण के लिए महाभारत काल में गुरु द्रोण सबसे बड़े शस्त्र और शास्त्र विद्या के आचार्य माने गए। उन्होंने कौरवों और पांडवों को, अपितु सारे राजकुमारों को एक बराबर शिक्षा दी थी। लेकिन यह अर्जुन ही थे, जिन्होंने अपनी प्रतिभा और लगन से चिड़िया की केवल आँख देखी और उस काल के सबसे बड़े धनुर्धर बने। मैंने इसलिए कहा कि मेरा योगदान मात्र एक मार्गदर्शक का था, किन्तु उन रास्तों पर चलकर मंज़िल आपको प्राप्त करनी थी और आपने लक्ष्य पाकर ही दिखाया।" साकार भी दृढ़ स्वर में बोला।

"अच्छा, गुरुदेव जी, आपकी बातें शिरोधार्य! मैंने बात स्वीकार कर ली।" शुची मुस्कुराते हुए बोली।

"अच्छा, अब यह बताओ कि मुझे ट्रीट कब मिल रहा है? मुझे हरिद्वार आकर ट्रीट लेना है, या फिर आप दिल्ली आएँगी?" साकार उत्साहित होकर बोला।

"जब तक मैं नौकरी करके ख़ुद कमाने नहीं लगती, तक तक ट्रीट तो आपको ही देना पड़ेगा—भले ही सफलता मेरी हो!" शुची बोली।

"पर इसके लिए मैं हरिद्वार नहीं आ पाऊँगा, क्योंकि मेरी परीक्षा नज़दीक ही है। अगर तुम दिल्ली आ जातीं तो फिर ट्रीट मेरी तरफ़ से पक्का! और हाँ, भाष्कर को अपना लैपटॉप भी वापस चाहिए। उसे अपनी थीसिस टाइप करनी है। आते समय साथ में लेते आना।" साकार बोला।

"मुलाकात का अच्छा बहाना बनाया है आपने! मैं वैसे भी आपको यहाँ बुलाकर और परेशान नहीं करना चाहती थी और दिल्ली ही आना चाहती थी। अच्छा हुआ जो आपने ख़ुद ही कह दिया। मैं सुबह की बस पकड़कर आऊँगी और शाम की बस पकड़कर उसी दिन वापस लौट जाऊँगी! आप बस स्टेशन ही आ जाइएगा। साथ में बाहर कहीं लंच कर लेंगे, फिर आप लैपटॉप लेकर अपने रास्ते और मैं अपने।" शुची ने अपनी बातें ख़त्म कीं।

"मतलब तुम दिल्ली आओगी और बस स्टेशन से ही लौट जाओगी? यह कोई बात नहीं हुई! मैं बस स्टेशन लेने आऊँगा, पर आपको मेरे कमरे से होकर जाना होगा। मैं रोकूँगा नहीं। और वैसे भी कमरे पर मैं अकेला नहीं रहता, तो आपको डरने की भी ज़रूरत नहीं है।" साकार शरारती अन्दाज में बोला।

"आप तो ऐसे कह रहे हैं, जैसे आपके साथ अकेले मैंने समय व्यतीत किया ही न हो! लेकिन एक समस्या है। मैं दिल्ली आऊँगी, इस बारे में मैंने माँ को भी नहीं बताया है। और अगर आपके कमरे पर भले ही थोड़ी देर के लिए ही गई और किसी को पता चल गया तो सब लोग फिर से वही सारी बातें दुहराने लगेंगे। बस, इसीलिए थोड़ा डर लग रहा है।" शुची ने चिन्तित होकर कहा।

"तुम बेवजह डर रही हो शुची! किसी को कुछ भी पता नहीं चलेगा। और वैसे भी तुम्हें उसी दिन वापस लौट जाना है। अगर जरूरत पड़ी तो माँ को मैं फ़ोन करके बात कर लूँगा।" साकार ने शुची को समझाते हुए कहा।

"जब आप इतना कह रहे हैं तो ठीक है, लेकिन अभी मैंने कुछ भी निश्चित नहीं किया है। उसी दिन देख लेंगे।" और फिर नमस्ते कहकर शुची ने फ़ोन काट दिया।

साकार काफ़ी ख़ुश नज़र आ रहा था। उसने अनिमेष को शुची के दिल्ली आने के बारे में बताया। अनिमेष ने सोचा कि इसी बहाने साकार थोड़ा उत्साहित तो रहेगा। वैसे भी निराशा के बादल उत्साह की थोड़ी-सी हवा से ही इधर-उधर खिसक जाते हैं।

दो अप्रैल सन् दो हज़ार ग्यारह! इतिहास के पन्नों में सदा के लिए यह सुनहरे अक्षरों में अंकित हो गया था। इसी दिन भारतीय क्रिकेट टीम ने श्रीलंकाई क्रिकेट

टीम को हराकर लगभग अट्ठाइस वर्षों के बाद अपना दूसरा क्रिकेट विश्वकप जीता और बाक़ी भारतीयों के साथ ही साकार और अनिमेष भी इस अभूतपूर्व क्षण के गवाह बने।

दिल्ली में कुछ अलग ही उत्साह था उस शाम। सारी सड़कें ख़ाली। सबकी नज़रें अपने-अपने टेलीविजन की स्क्रीन पर जमी हुई थीं। और जब भारतीय कप्तान महेंद्र सिंह धोनी ने विजयी छक्का मारकर भारत को जीत दिलाई तो रात को लगभग सारे क्रिकेट प्रशंसक अपने-अपने घरों से बाहर निकलकर 'इंडिया-इंडिया' के नारे लगा रहे थे।

मुखर्जी नगर, गांधी विहार और सन्तनगर भी इससे अछूते नहीं रहे। उस रात साकार और अनिमेष गांधी विहार के अपने एक मित्र के यहाँ ही ठहर गए थे, जहाँ सब लोग रात को टेलीविज़न पर विश्वकप क्रिकेट के फाइनल मैच का लुत्फ़ उठा रहे थे।

अगली सुबह फ़ोन की आवाज़ से ही अनिमेष की आँखें खुल गईं। अनिमेष ने अपना फ़ोन उठाया तो देखा, उसका फ़ोन नहीं बल्कि साकार का फ़ोन बज रहा था। आदतन साकार सुबह की गहरी नींद में था इसलिए उसे पता ही नहीं चला। अनिमेष ने देखा कि फ़ोन शुची कर रही थी तो साकार को जगाकर उसे फ़ोन पकड़ा दिया।

''हैलो!'' साकार फ़ोन उठाकर अधजगी आवाज़ में बोला।

''नमस्ते! लग रहा है, रात को मिली जीत की ख़ुमारी अभी तक उतरी नहीं है!'' उधर से शुची बोली।

''ऐसा नहीं है शुची! बस, रात सोने में थोड़ी देर हो गई थी। बताओ, इतनी सुबह-सुबह तुमने कैसे याद कर लिया?'' साकार उसी अर्द्धनिद्रा में बोला।

''इतनी सुबह? आँखें खोलिए और देखिए, सुबह के नौ बज चुके हैं!'' शुची बोली।

''ठीक है। कभी-कभी हो जाती है उठने में देरी। और सुनाओ, तुम्हारे क्या हाल-चाल हैं?'' साकार अभी भी नींद में ही था।

''आप हैं कहाँ, पहले यह बताइए। आपको कुछ याद है भी या नहीं? मैं बस में बैठी हुई हूँ। आधे घंटे में बस अड्डे तक पहुँच जाऊँगी।'' शुची थोड़ा ग़ुस्सा होते हुए बोली।

यह सुनते ही जैसे साकार नींद से जाग उठा। कुछ दिन पहले ही शुची ने दिल्ली आने के कार्यक्रम के बारे में बताया था। वह कैसे भूल गया?

स्थिति को सँभालते हुए बोला, ''लग रहा है, रात की कम नींद ने मेरा दिमाग़ बोझिल कर दिया है, इसलिए अचानक से कुछ याद नहीं आया। तुम पहुँचो, मैं आधे घंटे के अन्दर ही बस अड्डे पहुँच जाऊँगा।''

साकार बिस्तर से उठा और मुँह-हाथ धोकर फटाफट तैयार हो गया।

"मैं बस अड्डे जा रहा हूँ। शुची को लेकर सीधे कमरे पर ही आऊँगा। तुम कमरे पर पहुँचो।" साकार अनिमेष को हिदायत देकर सीढ़ियों से नीचे उतर गया।

अनिमेष भी थोड़ी देर बाद वापस सन्तनगर अपने कमरे पर चला आया।

"**शुची!**" साकार लगभग दूर से ही चीखते हुए बोला, जब उसने शुची को बस से उतरते देखा।

शुची ने बस की सीढ़ियों से ही आवाज़ की दिशा में मुड़कर देखा तो उसने साकार को हाथ हिलाकर अभिवादन करते पाया। वह भी मुस्कुराकर हाथ हिलाते हुए साकार के पास आ गई।

"कैसी हो? सफ़र कैसा रहा?" साकार ने पूछा।

जवाब में शुची कुछ नहीं बोली, बस, मुस्कुराई और झुककर साकार के पाँव छू लिए।

साकार ने भी भाववश उसके सिर पर हाथ रख दिया।

"यहाँ भी? यहाँ बस अड्डे पर बहुत भीड़ है।" साकार मुस्कुराते हुए बोला।

"मुझे पता था कि आप टोकेंगे ज़रूर! भीड़ है तो क्या हुआ? यहाँ मुझे और आपको पहचानने वाला कोई भी तो नहीं है।" शुची भी मुस्कुराते हुए बोली।

साकार ने अपने पैंट की जेब में हाथ डाला और एक बड़ा-सा चॉकलेट निकालकर शुची की तरफ़ बढ़ाया।

शुची की आँखें ख़ुशी से चमक गईं।

"आप आज भी मेरे लिए चॉकलेट लाना नहीं भूले?" शुची बोली।

"तुम्हें तो पता है कि मेरे जीवन में आदतों का कोई विशेष स्थान नहीं रहा। बस, कुछ आदतें हैं, और यह भी उन्हीं में से एक है। मैं कैसे भूल सकता था?" साकार बोला।

"अगर भूल गए होते तो मैं आपको बताती।" शुची अँगुली दिखाते हुए साकार से बोली।

"अच्छा! वैसे क्या करतीं आप?" साकार ने शरारत से पूछा।

"अब आप तो ला ही चुके हैं। नहीं लाए होते तब बताती। अभी क्या बताऊँ?" और दोनों साथ-साथ हँसने लगे।

"अच्छा, अब आप यह बताइए कि हमें चलना कहाँ है? दूसरी बार हम आपके शहर में हैं, वह भी आपके ही साथ! सबसे पहले मुझे चाय या काफ़ी पीनी है।" बिना साकार के उत्तर की प्रतीक्षा किए ही शुची ने अपना फैसला सुना दिया।

वैसे साकार की इच्छा तो पहले कमरे पर चलने की थी, क्योंकि सुबह का नाश्ता और चाय का प्लान सब वहीं पर सोच रखा था। लेकिन अब शुची ने बोल

दिया था इसलिए बस अड्डे के पास ही एक टी-स्टाल पर उसने दो कप चाय का आर्डर दे दिया।

''कैसे हैं आप? कोई एक लड़की अकेले मीलों का सफ़र तय करके आपसे मिलने आई है और आप उसे बस अड्डे की चाय पिला रहे हैं!'' शुची ने शरारत-भरे लहजे में कहा।

''हाँ, बोल सकती हो। अगर लैपटॉप वापस न करना होता तो मेरे बुलाने पर भी तुम नहीं आई होतीं। अब पास में और कोई कैफे टाइप कुछ भी नहीं है जहाँ तुम्हें तुरन्त काफ़ी पिला सकूँ।'' साकार गम्भीर होकर बोला और जेब से पर्स निकालकर पैसे चायवाले को देने लगा।

''मैं तो हमेशा से तैयार बैठी थी, आपने ही कभी पूरे मन से बुलाया नहीं।'' शुची बोली।

''क्या कहा तुमने? मुझे कुछ सुनाई नहीं दिया! मेरा ध्यान अभी चायवाले पर था।'' साकार शुची को बुदबुदाते देखकर बोला।

पर सच तो यही था कि शुची हल्की आवाज़ में ही बोली थी ताकि वह आवाज़ साकार तक न पहुँचे। बस, कोई बहुत पुरानी भावना थी जो कहीं दबी हुई थी, मौका पाकर अनायास ही निकल गई।

''कुछ भी तो नहीं! मैंने कुछ भी नहीं बोला है। चलिए, अब चाय ख़त्म हो गई।'' और शुची ने लैपटॉप अपने कन्धे से लटका लिया।

एक नीले रंग का जीन्स, उस पर एक टॉप पहने हुए और अपने बालों को बस एक रबर बैंड से फँसाये हुए उस साधारण परिधान में भी शुची असाधारण लग रही थी। काफ़ी देर बाद साकार ने ध्यान दिया—न चेहरे पर कोई बनावटी आवरण, फिर भी शुची रति को मात दे रही थी। साकार की नज़रें टिक-सी गई थीं। शुची ने लाजवश अपनी नज़रें नीची कर लीं।

''लाओ, बैग मुझे दे दो! मेरे होते हुए आप भार उठाएँ, अच्छा नहीं लगता।'' साकार बोला।

शुची ने बिना कोई शब्द बोले ही बैग साकार को पकड़ा दिया।

दोनों कश्मीरी गेट मेट्रो से जी.टी.बी. नगर तक आए और उसके बाद शेयरिंग ऑटो में बैठकर सन्तनगर पहुँच गए।

कमरे पर पहुँचकर साकार ने दरवाज़े पर हल्की दस्तक दी।

अनिमेष गहरी नींद में सो रहा था। कल के रतजगे का परिणाम था। पर जब दस्तक बन्द नहीं हुई तो फिर उसे उठना ही पड़ा। और नींद में ही चलते-चलते अनिमेष ने दरवाज़ा खोला तो साकार और शुची को अपने सामने खड़े पाया। अनिमेष ने शुची का अभिवादन किया और क्षमा माँगकर पुनः अपने बिस्तर पर पसर गया।

अभी दोनों ठीक तरीक़े से बैठे भी नहीं थे कि आदतन अनिमेष ने साकार से चाय बनाने को बोला।

जब साकार चाय बनाने के लिए उठा तो शुची ने उसे रोक लिया और ख़ुद चाय बनाने लगी।

अनिमेष भी बिस्तर पर उठकर बैठ गया और साकार भी आकर उसके पास बैठ गया।

"साकार, यह बात बिलकुल अच्छी नहीं है! कोई पहली बार हम लोगों के कमरे पर आया है और तुम चाय बनवाने लगे?" शरारतन अनिमेष बोला।

"भाई, अब इस बात में मुझे मत घसीटो। मैं चाय बनाने के लिए उठा ही था कि शुची मुझे रोककर ज़बरदस्ती ख़ुद चाय बनाने लगी।" साकार अपना बचाव करते हुए बोला।

"देखो, और कुछ सीखो! ऐसी होती हैं भारतीय स्त्रियाँ! दूसरों का काम भी स्वयं करने लगती हैं!" फिर अनिमेष शुची से मुखातिब होते हुए बोला, "आपको पहली बार मौका मिला था हमारे साकार के हाथ की बनी चाय पीने का, आपको यह मौका गँवाना नहीं चाहिए था। वैसे दुबारा यह मौका मिले न मिले।"

शुची पहले तो अनिमेष की बात सुनकर थोड़ा मुस्कुराई, फिर बोली, "ज़रूरी नहीं कि दुबारा न मिले। वैसे 'हमारा साकार' सम्बोधन अच्छा था।"

"पर मुझे तो लगता है कि शब्द का ग़लत चुनाव किया है मैंने। अब साकार साहब हमारे कहाँ रहे?" बोलकर अनिमेष ने दोनों की तरफ़ बारी-बारी से देखा।

दोनों ने झेंपकर अपनी नज़रें नीची कर लीं।

चाय पीने के दौरान कोई कुछ भी नहीं बोला तो सबकी झिझक तोड़ने के लिए अनिमेष बोले बिना नहीं रह पाया, "वैसे 'सबके साकार' खाना भी अच्छा बना लेते हैं! आज इनके हाथ का खाना ज़रूर खाइएगा।"

अनिमेष की बात सुनकर दोनों फिर से मुस्कुराने लगे और बातों का पिटारा खुल गया। वैसे शुची को साकार ने पहले ही बता रखा था कि उसकी कोई बात अनिमेष से छिपी हुई नहीं थी, इसलिए अनिमेष की उपस्थिति में भी शुची बिलकुल झिझक नहीं रही थी।

थोड़ी देर बाद अनिमेष साकार से बोला, "साकार, मैं गांधी विहार जा रहा हूँ। आज अर्थशास्त्र विषय पर चर्चा करके ख़त्म करना है। शाम को आता हूँ, तो फिर बात होगी।" और थोड़ी देर बाद वह गांधी विहार के लिए निकल गया।

जब कोई दूर होता है, तो मन में हज़ारों सपने होते हैं, लाखों बातें होती हैं कहने के लिए। मन उछल-उछल पड़ता है एकान्त पाकर अपनी भावनाएँ व्यक्त करने के लिए। लेकिन जब वही व्यक्ति सामने बैठा हुआ हो और एकान्त भी हो, तो न जाने मन का पंछी क्यों घोंसले में दुबक जाता है! एकदम चुप होकर जैसे कि उसने उड़ना

सीखा ही न हो! ठीक ऐसा ही हाल था शुची और साकार का उस वक़्त। कहने के लिए हज़ारों बातें थीं दोनों के मन में लेकिन दोनों बैठे हुए थे एकदम चुपचाप, खामोश।

"आज कुछ ज़्यादा ही सकुचा रही हो तुम! कितनी देर हो गई बैठे-बैठे, लेकिन तुम एक शब्द भी नहीं बोलीं। मुझसे शरमाना कब से सीख लिया तुमने?" साकार चुप्पी तोड़ते हुए बोला।

जवाब में शुची ने अपनी नज़रें उठाकर साकार की ओर देखा और फिर नज़रें झुकाकर मुस्कुराने लगी, मानो एक ही झलक में उसने कई सदियों का दृश्य देख लिया हो!

निगाहें नीची किए हुए ही शुची बोली, "ऐसा कुछ नहीं है, और आपसे मैं कभी शरमाती नहीं हूँ। बस, पहली बार इस तरह मिल रही हूँ तो थोड़ा-सा अजीब लग रहा है। और कोई बात नहीं।"

"बात तो सही है। हमने कभी भी नहीं सोचा था कि दिल्ली के सन्तनगर के एक कमरे में हम-तुम अकेले कभी खामोश होकर बैठे रहेंगे। तुम्हें हमेशा सुनते रहने की आदत है, जब खामोश हो जाती हो तब मन जाने क्यों घबरा-सा जाता है।" साकार बोला।

"सुनिए, मैं रास्ते में थी तभी मम्मी का फ़ोन आ रहा था। मैंने उठाया नहीं। समझ में नहीं आ रहा था कि क्या बोलूँ? अब अगर थोड़ी देर और फ़ोन नहीं किया तो वह मेरी रूम-पार्टनर को फ़ोन करके पूछने लगेंगी।" शुची थोड़ी चिन्तित होकर बोली।

"हाँ, बात तो तुम्हारी बिलकुल सही है। माँ हैं। चिन्ता तो होगी ही। फ़ोन करके बात कर लेनी चाहिए।" साकार कुछ सोचते हुए बोला।

"लेकिन उनसे मैं कहूँगी क्या?" शुची ने पूछा।

"कह देना, मेरे पास आई हो और अगर ज़रूरत पड़ी तो मैं भी बात कर लूँगा। क्या ऐसा कहने में कोई दिक़्क़त है?" साकार बोला।

"नहीं, ऐसा कहने में कोई दिक़्क़त तो नहीं है, पर ऐसा करने से मेरे 'ना' का कारण वह पूरी तरह से आपको ही मान बैठेंगी। फिलहाल तो केवल सन्देह मात्र है। तब फिर आपसे ही पूछा जाएगा।" शुची अभी भी नीचे ही देख रही थी।

"तो तुम ऐसा करो कि उन्हें बोल दो कि किसी सहेली के पास आई हो। तुम्हारी रूम-पार्टनर भी साथ में है। और कल सुबह तुम दोनों वापस हॉस्टल लौटोगी।" साकार ने सुझाव दिया।

शुची ने थोड़ा चौंकते हुए साकार की ओर देखा और फिर बोली, "कल सुबह? पर मैं तो शाम को ही वापस जाने वाली थी और तय भी यही हुआ था?"

"तो कौन-सा व्यतीत समय है कि बदला नहीं जा पाएगा? अब कल सुबह तक आपको रोकने का मेरा आग्रह है।" शुची की आँखों में देखते हुए साकार उत्तर की प्रतीक्षा करने लगा।

आग्रह? विपरीत परिस्थितियों में इस शब्द के भाव कितने बदल जाते हैं! शुची कुछ यही सोचने लगी कि जब से उसने साकार को जाना है सिर्फ़ उसका आदेश ही माना है। यह पहली बार था कि साकार आग्रह कर रहा था। आग्रह का क्या उत्तर दे वह? यह तो साकार ने उसे कभी सिखलाया ही नहीं! मन की चहारदीवारी में क़ैद शुची को कैसे उसने चहारदीवारी की दीवारों को तोड़कर बाहर निकाला था! एक विश्वास जगाया था कि शुची, तुम अकेली नहीं हो, मैं हूँ न! मेरा विश्वास है तुम पर, और आख़िरी साँस तक रहेगा। बस, तुम क़दम बढ़ाती चली जाओ, सफलता तुम्हारे क़दम चूमती चली जाएगी। किन्तु आज? आज वही शख़्स मुझसे आग्रह कर रहा है, जिसके एक आदेश पर मैं पूरी न्यौछावर हो जाने को तैयार हूँ। नहीं, नहीं! शुची, तुम इतनी स्वार्थी नहीं हो सकतीं! इतनी प्रतीक्षा, इतना सब्र लेकर ख़ुद को सँभाला है तुमने। आज तुम इतना अधीर नहीं हो सकतीं। जिसको भावनाएँ केवल भटकाती हैं, उसे भावनाओं में बाँधकर क्या उसे उसके लक्ष्य से दूर करने की आत्मग्लानि कभी सह सकोगी तुम? सबका एक दिन होता है। तुम्हारा भी आएगा शुची! बस, प्रतीक्षा करनी होगी। जलना होगा इस आग में निरन्तर। तभी तो कुन्दन बनकर निखरेंगे दोनों!

"क्या हुआ? इतना क्या सोच रही हो तुम? अगर यहाँ रुकने में समस्या हो तो मुझसे बेझिझक कहकर मना कर सकती हो। मैं बुरा नहीं मानूँगा।" शुची को सोच में डूबी देखकर सहसा ही साकार बोल पड़ा था।

"कुछ नहीं, कुछ भी नहीं सोच रही थी। आज तक कभी ऐसा हुआ है कि आपने कुछ कहा हो और मैंने न माना हो? कोई समस्या नहीं है। मैं माँ को समझा लूँगी। और उनसे झूठ भी नहीं कहूँगी। साँच को आँच नहीं होता।" शुची दृढ़ता से बोली।

"फिर ठीक है, मुझे कोई एतराज नहीं है। पर सच बोलूँ तो जब तुम इतना निश्चय करके कुछ बोलती हो तो मुझे बहुत अच्छा लगता है। तुम्हारा ख़ुद पर विश्वास देखकर सीना चौड़ा हो उठता है मेरा।" साकार यह बोलकर मुस्कुराने लगा।

जवाब में शुची भी मुस्कुरा दी।

थोड़ी देर बाद शुची ने माँ को फ़ोन किया और सारी बातें बता दीं। बाद में साकार ने भी उनसे काफ़ी देर तक बातें कीं। वैसे साकार पर, उसकी क्षमता पर, शुची की माँ को पूर्ण विश्वास था।

"अब सुबह के नाश्ते का समय भी नहीं रहा! देखो, अचानक से वक़्त को मानो चार पहिये लग गए हों! भागता ही चला जा रहा है। और कभी-कभी तो चाहने पर भी वक़्त नहीं कट पाता।" साकार बोला।

"कुछ यही बात मेरे भी मन में चल रही थी। वैसे दोपहर के भोजन में आप क्या खाना चाहेंगे?" शुची ने पूछा।

"दोपहर का खाना? ऐसे एक कमरे में बन्द होकर पढ़ने वालों को बस दो जून का ही खाना नसीब होता है—सुबह और शाम। हमारी दोपहर तो कभी होती ही नहीं। वैसे तुम भूल रही हो कि यहाँ तुम मेहमान हो और मैं मेज़बान! चलो, आज तुम मेरे हाथ का स्वाद भी चख ही लो।" साकार मुस्कुराते हुए बोला।

"नहीं, यह बिलकुल अच्छा नहीं लगता कि मेरे रहते आप रसोइया बनें। आपके हाथ के स्वाद को तो पूरी उम्र पड़ी है। खाना मैं ही बनाऊँगी। और हाँ, ख़बरदार! जो कभी भी मुझे मेहमान कहा आपने। पराया-सा लगता है।" शुची बनावटी ग़ुस्से में बोली।

"खाना तो अभी मैं ही बनाऊँगा, शाम को तुम बना देना!" साकार आदेश के लहजे में बोला तो फिर विरोध का कोई प्रश्न ही नहीं उठता था, लेकिन मना करने के बावजूद शुची ने सारे बर्तन धो डाले।

भोजन के पश्चात दोनों पास-पास ही बिस्तर पर लेट गए और छत से लटके हुए पंखे को देखने लगे।

"आपको पता है, इस बार मेरे साथ एक अजीब-सा वाकया हुआ यूनिवर्सिटी में।" शुची पलटकर साकार को देखते हुए बोली।

"तुमने ऐसा कुछ भी मुझे बताया तो नहीं है।" साकार छत की ओर देखते हुए बोला।

"मेरी कक्षा में हम लोगों के साथ एक लड़का पढ़ता है वरुण नाम का। दिल्ली का ही रहने वाला है और उच्च मध्यवर्गीय परिवार से है।" कहकर शुची थोड़ी देर के लिए चुप होकर साकार की प्रतिक्रिया की प्रतीक्षा करने लगी।

जब साकार कुछ भी नहीं बोला तो शुची ने पुनः कहना जारी रखा :

"एक दिन उसने मेरे समक्ष विवाह के लिए प्रस्ताव रखा। शायद उसने अपने घरवालों को भी बता रखा था, क्योंकि एक दिन उसके माता-पिता कैम्पस में आए थे तो बाक़ी लोगों के अलावा मुझे बहुत ही विशेष तरीक़े से उनसे परिचय करवाया था वरुण ने।"

साकार ने करवट ली और शुची के चेहरे पर निगाहें जमा दीं।

"मैंने उसे पहली बार में ही मना कर दिया था। उसके बाद से वह मेरे हर क्रिया-कलाप में मेरा विरोध करता है। पढ़ने में काफ़ी अच्छा है। इस बार जब कक्षा में मेरा प्रथम स्थान आया तो सबसे कहने लगा कि अच्छे अंक प्राप्त करना ही समझदारी की निशानी नहीं होती। ज्ञान और अंक की कोई भी तुलना नहीं की जा सकती। मैंने भी ग़ुस्से में उससे बोल दिया कि मेरे एक परिचित हैं दिल्ली में। उनसे किसी भी विषय पर बात कर लेना, समझदार होने का घमंड पल भर में चूर-चूर हो जाएगा।" शुची ने अपनी बात ख़त्म की।

साकार ने ठंडी आह भरी और बोला, "उसने कुछ ग़लत तो नहीं कहा था शुची! ज्ञान और अंक की तुलना नहीं की जा सकती। मेरा इतना ज्ञान रखने का क्या फ़ायदा जब अंक ही कम रह जाते हैं? और मैं इस चहारदीवारी से बाहर नहीं निकल पाता।"

शुची मन-ही-मन तड़प उठी। उसे ऐसी कोई भी बात नहीं कहनी चाहिए थी जिससे साकार अपनी असफलता को याद करने लगे।

बात को सँभालने के प्रयास में वह बोली, "जब तक बादल होते हैं आसमान में सूरज दिखाई नहीं देता, पर बादलों के हटते ही सूरज का प्रकाश चारों ओर बिखरने लगता है। मेरे लिए आप सूरज ही हैं! बस, कुछ समय के लिए बादलों की ओट में हैं।"

साकार फीकी हँसी हँसकर रह गया। शुची उठकर बैठ गई और साकार का दाहिना हाथ अपने हाथों में लेकर खूब कसकर पकड़ लिया, मानो साकार कहीं भागने वाला हो और वह उसे कहीं नहीं जाने देना चाहती हो!

"आपको याद है, हम लोगों की पहली मुलाकात आजमगढ़ में? आप मँझले जीजा जी के साथ दीदी के विवाह के ठीक पहले हमारे घर आए थे। मैं कक्षा आठ में पढ़ रही थी उस समय। मँझले जीजा जी बहुत ही हँसमुख थे और बातूनी भी। हम सब बहनें घेरकर उनको छेड़ रहे थे और वह हम लोगों को छोटा बच्चा समझकर बातें करते जा रहे थे। आप भी उसी कमरे में उपस्थित थे उस समय—दीवार से सटे एक कुर्सी पर बैठे शान्त-चुपचाप। जब मैं सबके लिए चाय लाई तो मैंने आपको भी एक कप चाय दी। तब तक माँ आईं और मुझसे पूछा कि मुझे पता है कि आप कौन हैं? मैंने 'ना' में सिर हिलाया तब वह बोलीं कि जीजा जी के सबसे छोटे वाले भाई हैं और मैंने आपके पैर छूकर आशीर्वाद लिया था। उस समय आपके मन में क्या चल रहा था?" और शुची पुरानी बातें याद करके मुस्कुराने लगी।

साकार ने शुची की ओर देखा, फिर बोला, "उस समय मेरे मन में कुछ भी नहीं चल रहा था। मैं शुरू से ही एकदम चुपचाप रहने वाला लड़का था। बस, सबको मँझले भैया से बात करते हुए देख रहा था। चुप रहना और पढ़ना—बस, शुरू से ही यही दो आदतें थीं मेरी।"

"हाँ, मुझे अच्छे से पता है। जैसे ही मैंने आपको चाय देकर नमस्ते की, उसी समय आपने आदेश देकर कहा कि सामने वाली कुर्सी पर बैठो। और फिर शादी के माहौल वाले घर में ठीक उसी समय आपने मेरा इंटरव्यू लेना शुरू कर दिया था—किस क्लास में पढ़ती हो, विषय क्या-क्या हैं, गणित में कौन-कौन से अध्याय पढ़ रखी हो, आदि। मुझे शुरू में थोड़ा-थोड़ा डर लगा था आपसे।" शुची खिलखिलाते हुए बोली।

"मुझे जहाँ तक याद है, मैंने देखा, एक प्यारी-सी गुड़िया अपने हाथ में चाय का कप लिये एकदम मधुर आवाज़ में मुझसे बोली—चाय! कुछ अलग-सा

लगा था। क्या अलग लगा, पता नहीं, पर कुछ अलग था ज़रूर।'' साकार याद करते हुए बोला।

''अच्छा, इसीलिए आप मुझे बैठाकर इंटरव्यू के बहाने मुझसे बात करने लगे थे?'' शुची आँखों को बड़ी करते हुए बोली।

साकार ने जवाब में हँसते हुए 'हाँ' में सिर हिला दिया, और फिर दोनों हँस पड़े। दीवार घड़ी ने टन-टन-टन करते हुए तीन बजाए।

''दूसरी मुलाकात याद है तुम्हें, जब भैया की शादी के लगभग छह या आठ महीने बाद मैं फिर से मँझले भैया के साथ तुम्हारे घर पर आया था?'' साकार याद करते हुए बोला।

''याद कैसे नहीं रहेगा मुझको? कितना रुलाया था आपने मुझे उस दिन! बहुत जिद्दी और ग़ुस्सैल हुआ करते थे आप उन दिनों। आपको आए अभी आधा घंटा ही हुआ था कि मैं शाम के ट्यूशन के लिए बाहर जा रही थी। आपने मना किया था कि मत जाओ। लेकिन अगले दिन मेरा टेस्ट होना था तो मुझे जाना ही था। आपने ग़ुस्से से मेरा बैग छीनकर फेंक दिया और हाथ पकड़कर ज़बरदस्ती कुर्सी पर बिठा दिया और आप ख़ुद दरवाज़े पर खड़े हो गए थे ताकि मैं जा न सकूँ! मैं अगले दिन टेस्ट को याद करके रोने लगी थी। माँ से बोली और मँझले जीजा से भी, लेकिन आपको कुछ बोलने के बजाय सब मुझे ही समझाने लगे थे कि अगर आप नहीं चाहते हैं कि मैं जाऊँ, तो मुझे रुक जाना चाहिए, सिर्फ़ एक ही दिन की बात थी। मैं और भी रोने लगी थी।'' और शुची ने बच्चों सा रुआँसा चेहरा बना लिया।

''अरे रुलाया मैंने था तो चुप भी तो मैंने ही कराया था! और क्या आपका अगले दिन टेस्ट बेकार हुआ था?'' साकार ने पूछा।

''बड़े आए आप चुप कराने वाले! बहला-फुसलाकर चुप नहीं कराया था आपने, बाकायदा डाँटते हुए चुप कराया था। लेकिन हाँ, फिर ख़ुद ही अगले दो घंटे तक मुझे वही पढ़ाने लगे जिसका टेस्ट अगले दिन था।'' शुची सोचते हुए बोली।

''जरा याद करो, टेस्ट के बाद क्या हुआ था! तुम्हारा टेस्ट बहुत अच्छा हुआ था और तुम्हें पूरी कक्षा में सबसे ज़्यादा अंक मिले थे। जब तुम घर वापस आई थीं तो मुझे देखते ही दौड़ते हुए आकर सबके सामने मुझसे लिपट गई थीं और लोगों का मुँह खुला का खुला रह गया था।'' साकार मुस्कुराते हुए बोला।

शुची सिर नीचे करके मुस्कुराने लगी और वैसे ही बोली, ''तो मैं किसी और कारण से थोड़े ही लिपटी थी! बस, सबसे ज़्यादा अंक पाने की ख़ुशी थी जिसका कारण आप ही थे। बस, ज़्यादा उत्साह में ही! लेकिन जब सबकी उपस्थिति का ख़याल आया तो अलग भी तो हो गई थी!''

''हाँ! लेकिन उस दिन आपको लेकर सबने ख़ूब हँसी-ठिठोली की थी और पूरी शाम आप शरमाती हुई फिर रही थीं।'' इतना कहकर साकार हँसने लगा।

"और उसके बाद से आपके नाम पर मुझे परेशान करने का एक सिलसिला ही चल पड़ा और अभी तक बदस्तूर जारी है।" शुची और भी शरमाते हुए बोली।

"पर अब तो हम लोग बड़े हो गए हैं। अब तुम्हें बोलकर कोई परेशान तो नहीं करता होगा?" साकार ने पूछा।

"नहीं, अब सीधे-सीधे कोई कुछ भी नहीं कहता, पर हाँ, अप्रत्यक्ष रूप से कभी माँ तो कभी कोई और कुछ न कुछ तो कह ही देता है। खास कर तब जब मैं किसी भी रिश्ते में बँधने से मना कर रही होती हूँ।" शुची थोड़ा गम्भीर हो गई।

साकार ने अपना हाथ शुची के हाथों से बाहर निकाला और बिस्तर पर बैठ गया। एक नज़र उठाकर शुची को सिर से पैर तक देखा। शुची ने नज़रें मिलाईं। जाने क्या हुआ, और दोनों ने शरमाकर आँखें झुका लीं। साकार उठा और मेज़ पर रखी बोतल उठाकर पानी पीने लगा। उसने शुची से पूछा तो शुची ने 'ना' में सिर हिला दिया।

"तुम्हें पता है चकोर के बारे में? ऐसी कहावत है कि चकोर पूरी रात तनमन्यता से चाँद को निहारते हुए पुकारता रहता है। कई सदियाँ बीत गईं। चाँद उतरकर धरती पर नहीं आ सकता और चकोर के पंख इतने मजबूत नहीं कि वह उड़कर चाँद तक पहुँच सके। बस, दूर से देखते हुए ही वह अपने-आपको आत्म प्रवंचना देता रहता है कि चाँद उसके पास ही है।" साकार बोलकर शुची की ओर मुड़ा।

शुची अभी भी बिस्तर की चादर पर बने कत्थई फूलों को निहार रही थी और अपनी उँगलियों से उनमें रंग भरने का निरर्थक प्रयास कर रही थी।

साकार ने कहना जारी रखा, "अप्राप्य को प्राप्त करने में तीव्रता बहुत होती है। बस, कोशिश कर सकता हूँ। और वही करता भी हूँ।"

शुची सिर को ऊपर की ओर उठाकर साकार को देखते हुए बोली, "अप्राप्य? मुझे कभी लगा ही नहीं। कभी लेशमात्र का भी सन्देह नहीं हुआ। यदि आप कुछ भी प्राप्त करना चाहें और वह आपको प्राप्त न हो—बस, भटकाव न हो, प्राप्य-अप्राप्य में फिर क्योंकर इतना सन्देह?"

साकार शुची की बातों को सुनकर पहले तो थोड़ा मुस्कुराया, फिर बोला, "तुम्हें पता है शुची, मेरे एक मित्र हैं! उम्र में लगभग चार-पाँच वर्ष बड़े। वह अक्सर एक ही बात दुहराते रहते हैं। वह कहते हैं कि ईश्वर ने सबके लिए लक्ष्य पहले से ही तय कर रखा है। हमें क्या प्राप्त होना है, इसका निर्धारण भी हम नहीं कर सकते। बस, राहें मिल जाती हैं और हमें उन पर चलना होता है जिसे हम कर्म कहते हैं। लेकिन जब भी हम रास्ते से भटकने लगते हैं तो इसका अर्थ यह बिलकुल नहीं है कि ईश्वर द्वारा निर्धारित लक्ष्य तक हम नहीं पहुँच पाएँगे, बल्कि ईश्वर अनेक नये तरीक़े ढूँढ़ लेता है—हमें पुनः भटकाव से हटाकर ठीक उसी राह पर

लाने के लिए, जिस पर चलकर हमें उसके द्वारा निर्धारित लक्ष्य को प्राप्त करना है। कई बार उसका तरीक़ा आसान होता है और कई बार अत्यन्त कठिन।''

''इसका तो यह अर्थ हुआ कि आपके मित्र एक नियत भाग्यवादी हैं? होइहें वही जो राम रचि राखा...।'' शुची बोली।

''हाँ, ऐसा कह सकती हो तुम। किन्तु यह उनकी बातों का केवल एक ही पक्ष है। उनका कहने का यह भी अर्थ है कि प्रारब्ध भले ही निश्चित हो, लेकिन कर्म का महत्त्व कम नहीं होता है। निश्चित प्रारब्ध के लिए भी ईश्वर तुमसे निश्चित कर्म करवाकर ही रहेंगे। किन्तु कई बार मैं उनकी बातों से सहमत नहीं होता। कारण वही है कि जब हमें प्रारब्ध का पता ही नहीं तो यह कौन तय करेगा कि हम जो कर्म कर रहे थे, उससे उसी लक्ष्य तक पहुँचे हैं, जो हमारे प्रारब्ध में था? इसलिए मैं कर्मों का पुजारी हूँ—भाग्य और भटकाव का पुरजोर विरोधी!'' साकार ने अपनी बातें ख़त्म कीं।

''आपकी बात भी सही है। अज्ञात के प्रति जिज्ञासा होना स्वाभाविक ही है, पर भाग्य से पूरा विरोध भी नहीं होना चाहिए, ऐसा मेरा मानना है। क्योंकि विरोध के बाद जब वही भाग्य हमारे सामने आता है, तो हम कहीं-न-कहीं टूटने लगते हैं। इसीलिए बड़े-बड़े दार्शनिक भी लोगों को यही कहते रहते हैं कि वर्तमान में जिओ। फिर भाग्य से लड़ाई कैसी?'' शुची बोली।

''चलो, बहुत हो गई भाग्य और कर्म की बातें! एक कप चाय बनाओ, पीने का मन कर रहा है। पर मेरी वाली चाय बनाना जिसमें...''

''दूध कम हो, चीनी कम हो और चायपत्ती कुछ ज़्यादा। पता है मुझे!'' साकार की बात बीच में ही काटते हुए शुची बोली और बदले में साकार बिना मुस्कुराए नहीं रह सका।

और शुची किचन में जाकर चाय बनाने लगी। साकार फिर से बिस्तर पर लेट गया और अपनी आँखें मूँद लीं।

आज से कई साल पहले जब साकार अपने मँझले भैया के साथ जौनपुर में रहकर स्नातक किया करता था, ऐसे ही एक दिन :

''उठो भाई! एक बुरी ख़बर है। हम लोगों को अभी तुरन्त आजमगढ़ चलना पड़ेगा।'' साकार को जगाते हुए मँझले भैया बोले।

''क्या हुआ? कैसी बुरी ख़बर?'' साकार बिस्तर से उठते हुए बोला।

''अचानक से बड़े भैया के श्वसुर का स्वर्गवास हो गया। सारे लोग वहाँ पहुँच गए हैं। भाभी भी पहुँचने वाली हैं। अब जल्दी से तैयार हो जाओ!'' मँझले भैया बोले।

''नहीं भैया, मैं नहीं जाऊँगा। मैं आख़िर वहाँ जाकर क्या करूँगा? मुझे ऐसे माहौल में क्या बात करनी चाहिए, मुझे इतना भी नहीं पता। ऊपर से मैं इतना सामाजिक

भी नहीं हूँ। और सब लोग तो जा ही रहे हैं। आप अकेले ही चले जाइए।'' साकार बिस्तर पर बैठे-बैठे ही बोला।

''अरे पागल! समस्या सिर्फ़ इतनी ही नहीं है। शुची यह सब देखने-सुनने के बाद अपने होश गँवा बैठी है। न तो रो रही है और न ही उसके मुँह से किसी तरह की आवाज़ ही निकल रही है। बस, अपलक देखे ही जा रही है। सारे घरवाले और रिश्तेदार थक चुके हैं। पर वह वैसी की वैसी ही है। डॉक्टर को बुलाना पड़ा। डॉक्टर बोला है—अगर शाम तक शुची नहीं रोई तो मामला बहुत ही गम्भीर हो सकता है! उसे बहुत गहरा सदमा लगा है अपने पिता की आकस्मिक मृत्यु से। मेरे पास इसलिए फ़ोन आया था कि हम दोनों वहाँ चलें और ऐसा कुछ करें जिससे वह रो पड़े।'' मँझले भैया बोले।

साकार बिना कोई और प्रश्न किए तुरन्त तैयार हो गया।

जौनपुर से आजमगढ़ की दूरी यही कोई पैंसठ कि.मी. के आसपास थी। दोनों भाई मोटरसाइकिल से दो घंटे के भीतर ही आजमगढ़ पहुँच गए।

गलियारे से मुख्य दरवाज़ा खोलते ही सामने शुची के पिता जी का पार्थिव शरीर दिखाई दिया। पास-पड़ोस के बहुत सारे लोग वहाँ जमा थे जो अन्तिम यात्रा की तैयारी कर रहे थे। पार्थिव शरीर को प्रणाम करने के बाद सीढ़ियों से दोनों भाई ऊपर कमरे में आ गए जहाँ शुची की माँ, बुआ, मौसी और साकार की बड़ी भाभी पहले से ही मौजूद थीं। साकार ने इधर-उधर देखा, शुची एक कोने में आँखें खोले मूर्तिवत् बैठी हुई दिखी, जैसे उसमें कोई प्राण ही न हो! मँझले भैया शुची के पास जाकर उसको बुलवाने की कोशिश करने लगे पर असफल ही रहे। वापस आकर उन्होंने साकार से शुची के पास जाकर बात करने को कहा। साकार को कुछ भी समझ में नहीं आ रहा था कि जब सब कोशिश करके हार चुके हैं तो फिर उससे क्या हो पाएगा?

पर जब बड़ी भाभी ने कहा तो वह रुका नहीं और शुची के पास जाकर उसके कन्धे पर हाथ रखकर बोला, ''शुची! शुची!''

साकार ने बस दो ही बार शुची को पुकारा था, शुची ने चेहरा उठाकर साकार की ओर देखा और दहाड़ मारकर रोते हुए साकार से लिपट गई और काफ़ी देर तक रोती रही। साकार ने भी उसे अपने से अलग नहीं किया। बस, अपने हाथ से उसके सिर को सहलाता रहा। कमरे में खड़े सारे लोग बस देखते रह गए थे।

''**चाय।**'' शुची चाय का कप आगे बढ़ाते हुए बोली।

साकार एकदम चौंकता हुआ अपने स्वप्न से बाहर आया और निर्निमेष शुची की ओर देखने लगा।

''क्या हुआ आपको? आप कोई स्वप्न देख रहे थे क्या?'' शुची बरबस ही बोल पड़ी।

‘‘हाँ, शुची! तुम जब बोलीं तो मेरी तन्द्रा भंग हो गई। अरे, यह क्या, कचौड़ी भी? चाय के साथ कचौड़ी? इतनी मेहनत करने की क्या ज़रूरत थी?’’ साकार शान्त होकर बोला।

‘‘ज़रूरत थी तभी तो मैंने बनाया है। कभी-कभी तो मौका मिलता है, उस पर भी आप? ज़रूरत क्या थी मेहनत करने की!’’ शुची मुँह बनाते हुए साकार से बोली।

दोनों चाय पीने लगे और कचौड़ियों का स्वाद भी लेते रहे।

‘‘बताओ, अब क्या किया जाए? चाय ख़त्म हो गई और कचौड़ियाँ भी। मुझे पता नहीं, क्यों ऐसा लगने लगा है कि धीरे-धीरे तुम कम बातें करना सीख गई हो। है कि नहीं?’’ साकार ने पूछा।

शुची तो पहले हल्की-सी मुस्कुराई, फिर बोली, ‘‘रसायन विज्ञान में आपने पढ़ा ही होगा कि दो पदार्थों को साथ-साथ रख देने से उनके गुण-धर्म आपस में थोड़े से बदल जाते हैं। मैंने कम बोलना सीख लिया और आपने ज़्यादा।’’

‘‘हाँ, यह भी हो सकता है। पहले जीवन में मित्र नहीं थे, इसीलिए कभी बात करने की आवश्यकता ही नहीं पड़ी। जब से मित्र बन गए, तब से बातें भी बननी शुरू हो गईं।’’ इतना कहकर साकार कुछ देर चुपचाप रहा, फिर बोला, ‘‘शुची, एक बात पूछूँ तुमसे? सच-सच बताओगी?’’

शुची साकार की आँखों में आँखें डालते हुए बोली, ‘‘आज तक मैं आपसे कभी झूठ कह पाई हूँ? और कोई बात पूछने के लिए आप कब से मेरी आज्ञा लेने लग गए?’’

साकार अपनी मूर्खता पर हँस पड़ा। जिसने कभी भी उसके सामने अपने मन पर परदा नहीं किया और वह भी शुची से कभी परदा नहीं रख पाया, वहाँ झूठ की गुंजाइश भी भला कैसे हो सकती थी? साफ़ शीशे के दोनों ओर साफ़ ही दिखता है! एकदम सत्य।

फिर भी नादान-सा वह पूछ ही बैठा, ‘‘शुची! आख़िर तुम मुझ पर इतना भरोसा क्यों करती हो, जबकि धीरे-धीरे सबके भरोसे की डोर मुझसे छूटती जा रही है?’’

शुची थोड़ा गम्भीर होते हुए बोली, ‘‘भरोसा किसी पक्षी का नाम नहीं है कि उड़कर आई, किसी डाल पर बैठी और फिर फुर्र से उड़ गई किसी और डाल पर बैठने के लिए। कुछ बातों पर विश्वास होता है। अगर लेशमात्र भी सन्देह हो तो विश्वास अविश्वास में परिवर्तित हो जाता है। और विश्वास को अविश्वास में बदलने में सबसे बड़ा हाथ डर का ही होता है। हाँ, यह अलग बात है कि डर के अनेक रूप हो सकते हैं। बहुत पहले से जानती हूँ आपको। जो कहा, आपने वह करके दिखाया। इतने पड़ावों से गुज़रकर आपके ऊपर यह विश्वास बना है मेरा। अब मेरी साँस के साथ ही यह भरोसा टूट सकता है, उससे पहले नहीं।’’

साकार शुची को देखते हुए सोचने लगा कि क्या यह वही लड़की है, जिसमें बचपना, जिद्दीपन आदि कभी कूट-कूटकर भरे हुए थे? अब दार्शनिकों की तरह परिपक्व बातें करने लगी है! क्या केवल कुछ ही भावनाएँ इतनी मजबूत होती हैं कि व्यक्ति के व्यक्तित्व का कायाकल्प ही कर डालें? कहाँ वह अनमनाती, चंचल शुची और कहाँ अब दृढ़ चट्टान-सी बातें करती शुची। समय ने सबको बदल डाला है।

"चलो, कोई फ़िल्म देखते हैं।" साकार बोला और शुची ने आँखें बड़ी-बड़ी कर लीं।

साकार से रहा नहीं गया और वह हँस पड़ा। थोड़ी देर बाद बोला, "अरे कोई ऐसी-वैसी फ़िल्म नहीं है। मुझे पता है कि कुछ लोग सिनेमाघर से आधी फ़िल्म देख करके ही उठकर चले जाते हैं।"

"अच्छा, तो आप उस फ़िल्म की बात कर रहे हैं?" शुची थोड़ा शरमाते हुए बोली।

"जी हाँ। तुम्हें याद तो होगा ही, बिना किसी को बताए मैं आजमगढ़ चला आया था और तुम्हें फ़ोन करके ज़बरदस्ती बाहर बुला लिया था कि हम लोग साथ में फ़िल्म देखेंगे?" साकार बोला।

"अच्छी तरह से याद है मुझे। आपने फ़ोन पर आदेश जो सुना दिया! मानती नहीं तो क्या करती? कितना बहाना बनाना पड़ा था माँ से घर से बाहर निकलने के लिए!" शुची मुँह बनाते हुए बोली।

"क्या करता? तुमसे मिलने का मन किया तो चला आया था। उसी समय वहाँ सिनेमाघर में नई फ़िल्म 'मर्डर' लगी थी। सोचा, साथ में देख लेंगे और आपके जाने के थोड़ी देर बाद मैं भी घर पर आ जाऊँगा। पर तुम तो तुम हो! मारे ग़ुस्से के आधी फ़िल्म देख ही वापस लौट आईं और मेरी भी अधूरी ही रह गई।" साकार मुस्कुराते हुए बोला।

"आपको दिखाने के लिए वही एक फ़िल्म मिली थी न? मर्डर! कितने सारे उत्तेजक दृश्य थे उसमें! पहली बार आपके साथ कोई फ़िल्म देखने गई थी। अजीब-सा लगने लगा तो क्या करती मैं? बहुत ही ग़ुस्सा आया था मुझे आप पर उस समय।" शुची बोली।

"मैंने फ़िल्म देखने से पहले उसकी समीक्षा पढ़ रखी थी कि बहुत अच्छी फ़िल्म है तभी तो बुलाया था तुम्हें। कोई ऐसी-वैसी फ़िल्म थोड़े ही दिखाता। उसके बाद तुमने कभी वह फ़िल्म देखी या नहीं?" साकार ने पूछा।

"मुझे पता है, आप मुझे कोई ऐसी-वैसी फ़िल्म नहीं दिखाते। बस, फ़िल्म के कुछ दृश्यों से अपने-आपको असहज महसूस कर रही थी, इसलिए सिनेमाघर से फ़िल्म अधूरी छोड़कर चली आई थी। बाद में कुछ साल पहले लैपटॉप पर मैंने वही फ़िल्म देखी। अच्छी लगी। अच्छी पटकथा थी। वास्तविकता के काफ़ी क़रीब। उस

समय जीवन के उन सब पहलुओं से मैं अनभिज्ञ थी। न तो कहीं पढ़ा, न ही कहीं देखा था और न ही किसी ने बताया था। इसलिए वह मेरी स्वाभाविक प्रतिक्रिया थी। और उस समय इसी कारण मुझे फ़िल्म अश्लील भी लगी। लेकिन अब? जब फ़िल्मों से लेकर कहानियों, उपन्यासों आदि में भी इसकी चर्चा होने लगी है तो धीरे-धीरे मेरा नजरिया भी बदल गया।'' शुची ने विस्तार से उत्तर दिया।

''कमी तुम्हारी नहीं थी शुची, समाज की थी। उन रीतियों, क्रिया-कलापों के बारे में हमारे पुरातन ग्रन्थों में भी लिखा है। समाज के एक तबके ने नारी को दबाकर रखने की दृष्टि से उसे अश्लील करार दे दिया। और इसे छिपाकर, अज्ञानता में रखने की प्रवृत्ति ने ही युवकों में कितनी मानसिक कुंठा भर दी है! कितने अपराध पल रहे इसी अज्ञानता में!'' साकार बोला।

''आप सही कह रहे हैं। इसलिए आजकल विद्वानों के बीच यह चर्चा का विषय बना हुआ है कि सेक्स से जुड़ी शिक्षा किस उम्र से शुरू करनी चाहिए। मुझे तो लगता है कि अगर स्कूल में न सही तो कम-से-कम घर पर माता-पिता को अपने बच्चे को यह शिक्षा उनके शारीरिक परिवर्तन के साथ ही देनी चाहिए, ताकि उम्र के उस पड़ाव तक पहुँचते-पहुँचते वह सहज और सजग हो सके। और यौन-अपराधों में कमी लाने का केवल यही तरीक़ा कारगर हो सकता है। सिर्फ़ दंड से यह सम्भव नहीं।'' शुची ने अपना पक्ष रखा।

''तुम बिलकुल ठीक कहती हो शुची! अगर पिछले कई सालों की यौन-अपराधों की फेहरिस्त निकालें तो हमें यह साफ़-साफ़ दिखेगा कि ऐसे अपराध में भागीदारी कहीं अधिक लड़कों की होती है। कारण शायद यही है कि एक माँ अपनी बेटी को तो उसके शारीरिक परिवर्तन के साथ सजग करती रहती है...हाँ, यह अलग बात है कि उसमें भी अभी गुंजाइश बाक़ी है। लेकिन बेटों को शारीरिक परिवर्तन शुरू होने के बाद भी उसे कोई सजग नहीं करता। यहाँ तक कि कभी-कभी उसे अपनी भावनात्मक क्षुधा भी घर से बाहर जाकर ही शान्त करनी पड़ती है!'' साकार बोला।

''और किसी भी इंस्टीट्यूशनलाइज्ड नॉलेज के अभाव में किशोरों के पास सिर्फ़ अधकचरा ज्ञान से ही सीखना नसीब होता है और फिर वे ऐसे अपराधों की ओर मुड़ने लगते हैं।'' शुची ने बातें ख़त्म कीं।

''बिलकुल। समाज में फैले इस तरह के अपराध का असली कारण यही है। अपनी तरफ़ से तुम इस पर एक निबन्ध लिखना और जब भी तुम पत्रकार बनोगी तो इस विचार को ज़रूर उठाना। चलो, अब फ़िल्म देखते हैं। एक बहुत पुरानी हिन्दी की क्लासिक फ़िल्म है।'' साकार बोला।

''ठीक है, लगाइए। लैपटॉप मेज़ पर रखकर ही चलाइएगा, ताकि हम लोग बिस्तर पर बैठे-बैठे ही फ़िल्म देख सकें!'' शुची बोली।

साकार ने लैपटॉप का बैग उठाया और उसका चेन खोलकर लैपटॉप को बाहर निकाला। मेज़ पर रखकर एक बहुत ही पुरानी 'मधुमती' नाम की फ़िल्म चला दी, जिसमें दिलीप कुमार, वैजयन्ती माला और प्राण जैसे कलाकार थे।

"इतनी पुरानी फ़िल्म?" शुची ने चौंकते हुए पूछा।

"तो क्या हुआ? अपने समय की बेहतरीन फ़िल्मों में से एक है यह फ़िल्म, जिसमें एक से बढ़कर एक गाने हैं जो आज तक लोग गुनगुनाते रहते हैं।" साकार बोला।

"आपको गाना सुनने का शौक कब से लग गया?" शुची ने मुस्कुराते हुए पूछा।

"सारे गाने नहीं—बस, कुछ ख़ास गाने ही पसन्द हैं। अधिकतर तो ग़ज़लें ही सुनता हूँ मैं।" साकार बोला।

"तब तो आप जरूर किसी के प्रेम में गिरफ्त हो चुके हैं, ऐसा मेरी रूम-पार्टनर कहा करती है। वह कहती है कि जब कोई प्रेम में होता है तो उसे ग़ज़ल बहुत ही पसन्द आने लगती है।" शुची चहकते हुए बोली।

"कोई गिरफ्त में तब होता है जब उसे कोई पूरा पकड़ ले। न पूरा पकड़े और न ही जाने दे, ऐसे को कोई क्या कहे? इस बारे में भी अपनी रूम-पार्टनर से जरा पूछकर मुझे बताना!" साकार ने अर्थ-भरी नज़रों से शुची की ओर देखा।

शुची ने लाजवश बिना कुछ कहे अपनी नज़रें झुका लीं।

बस, एक कमरा था। मेज़ पर रखे हुए लैपटॉप में एक फ़िल्म चल रही थी। एक बिस्तर पर बैठे शुची और साकार। निगाहें लैपटॉप के पटल पर थी पर फ़िल्म की कहानी पर ध्यान किसी का भी नहीं था। थोड़ी देर बाद साकार को नींद आने लगी। वैसे भी पिछली रात को वह कम ही सो पाया था। वह बिस्तर पर पसर गया और शुची की गोद में सिर रखकर आँखें मूँद लीं।

शुची ने देखा और दोनों हाथों से साकार का सिर सहलाने लगी। साकार ने आँखें बन्द किए हुए ही अपना हाथ पीछे बढ़ाया और शुची के हाथ को अपने पास खींचकर उस पर अपने होंठ रख दिये। शुची ने अपने हाथ खींचे नहीं। जब साकार ने हाथ को ढीला छोड़ दिया तो शुची फिर से साकार का सिर सहलाने लगी। कुछ ही देर में साकार सो गया और लैपटॉप पर फ़िल्म वैसी ही चलती रही।

साकार को ऐसे निश्चिन्त सोता देखकर शुची का मन भर आया। जैसे कोई सदियों के बाद सोया हो! अचानक उसकी आँखों से दो आँसू साकार के माथे पर टपक पड़े। साकार थोड़ा क़समसाया। शुची ने अपना हाथ साकार के माथे पर रख दिया। कुछ देर बाद वह थोड़ा झुकी और साकार के माथे पर उसने अपने होंठ रख दिये। फ़िल्म चलती रही, और दोनों सो चुके थे।

लगभग एक घंटे के बाद दरवाज़े पर दस्तक हुई और शुची की नींद टूट गई। उसने अपने होंठ साकार के माथे से हटाए और साकार का सिर सहलाते हुए साकार को जगाने लगी।

"उठिए! कोई दरवाज़े पर दस्तक दे रहा है।" शुची बोली।

शुची की गोद से बिना सिर उठाये साकार ने अपनी आँखें खोलीं। थोड़ी देर शुची के चेहरे को निहारता रहा। फिर से दरवाज़े पर दस्तक हुई तो साकार को उठना ही पड़ा। उसने दरवाज़ा खोला तो सामने अनिमेष को खड़ा पाया।

"कहाँ थे साहब? इतनी देर लगती है दरवाज़ा खोलने में? अच्छा, आप दोनों फ़िल्म का लुत्फ़ उठा रहे थे? तभी दरवाज़े की दस्तक नहीं सुनाई दी।" अनिमेष लैपटॉप पर चल रही फ़िल्म को देखकर बोला।

जवाब में साकार बस मुस्कुराने लगा।

फिर रात्रि का भोजन शुची ने ही बनाया और काफ़ी देर तक सब बैठकर इधर-उधर की बात करते रहे।

चूँकि शुची का रुकने का पहले से कोई विचार नहीं था इसलिए वह कोई दूसरा कपड़ा लेकर नहीं आई थी। साकार ने उसे एक पाजामा और टी-शर्ट दे दिया, और वह बाथरूम जाकर कपड़े बदलकर आ गई। फिर शुची एक कमरे में एक बिस्तर पर सो गई और दूसरे में अनिमेष और साकार!

पर अनिमेष को छोड़कर कुछ लोग काफ़ी देर तक जगते रहने के लिए आज अभिशप्त थे।

आख़िर प्रेम का सबसे बड़ा मापदंड क्या हो सकता है? प्रेम की पराकाष्ठा क्या हो सकती है? यदि कोई किसी को प्रेम करता है तो उसके प्रेम का अन्तिम छोर क्या हो सकता है? प्रेम की आख़िरी उड़ान, जिसके आगे कोई और उड़ान बची ही न हो? प्रेम के अलग-अलग रूप नहीं—बस, प्रेम की उच्चतम सीमा?

स्त्री और पुरुष के प्रेम की उच्चतम कसौटियाँ अलग-अलग होती हैं। स्त्री के लिए प्रेम की उच्चतम कसौटी तब कही जा सकती है जब उसके अन्दर अपने प्रेमी के प्रति ममत्व का भाव आ जाए, अर्थात जो स्नेह, जो लगाव एक माँ अपने बच्चे से करती है, निःस्वार्थ, निरन्तर, जिसमें न बीते पल का एहसास होता है, न भविष्य की चिन्ता—होता है तो बस बच्चे के चेहरे पर वर्तमान में मुस्कान की चाहत! ठीक इसके विपरीत पुरुष के लिए प्रेम की उच्चतम कसौटी तब हो सकती है जब वह प्रेम में एक नन्हा-सा बच्चा हो जाए। वही बच्चा जो भगवान का रूप भी कहलाता है। जो बस वर्तमान में जीता है। भूख लगने पर रोता है। ख़ुश होने पर जी खोलकर हँसता है और माँ की छाती से लिपटकर दीन-दुनिया से बेख़बर हो सो जाता है! प्रेम की उच्चतम सीमा यही हो सकती है, कुछ और नहीं!

सुबह जब अनिमेष की नींद खुली तो आदतन उसने साकार को चाय बनाने के लिए बोला। साकार थोड़ी देर बाद चाय लिये लौटा और अनिमेष को एक कप पकड़ाकर दूसरा कप हाथ में लिये शुची को जगाने के लिए दूसरे कमरे में चला गया। चाय का कप मेज़ पर रखकर मच्छरदानी के अन्दर सो रही शुची को बस थोड़ी देर ऐसे ही निहारता रहा। श्वेत चेहरे पर बादलों-से बिखरे हुए बाल, मानो चाँद की चाँदनी को ढँकने की असफल कोशिश कर रहे हों। सर्दियों के मौसम में सरसों के पीले फूलों पर पड़ी ओस की बूँदों-सी ताजगी लिये हुए शुची साकार को दुनिया की सबसे अमूल्य धरोहर की तरह दिखाई दी। उसने मच्छरदानी निकाल दी और नीचे झुककर शुची के माथे पर अपने होंठ रखने से ख़ुद को नहीं रोक सका। शुची ने आँखें खोलीं, साकार की ओर देखा और फिर से आँखें मूँद लीं। साकार शुची के चेहरे से बालों को हटाने लगा तो शुची ने साकार के हाथ को पकड़ लिया और दूसरी करवट ले साकार की हथेली पर अपना चेहरा रखकर लेट गई।

दूसरे हाथ से साकार ने शुची के सिर को सहलाते हुए कहा, ''शुची, उठ जाओ, सुबह हो गई। मैं चाय बनाकर लाया हूँ। ठंडी हो जाएगी।''

शुची उठकर बैठ गई। साकार को देखकर मुस्कुराई और साकार ने उसे चाय का कप पकड़ा दिया।

बाद में नाश्ता भी शुची ने ही तैयार किया और सबके खा चुकने के बाद साकार शुची को बस अड्डे छोड़ने के लिए निकला।

जब दोनों बस अड्डे पहुँचे तो पता चला कि हरिद्वार जाने वाली बस अभी एक घंटे के बाद जाएगी। शुची को एक सीट पर बैठाकर साकार बस से नीचे उतर आया। जब वह थोड़ी देर बाद लौटा तो उसके हाथ में एक बोतल पानी और दूसरे में पॉलीथिन में कुछ फल थे।

''ये इतना सारा फल आप किसके लिए ले आए हैं?'' शुची ने चकित होकर पूछा।

''यहाँ इस बस में मेरा कोई और परिचित तो है नहीं! ज़ाहिर है कि सारे फ़ल मैं आपके लिए ही लेकर आया हूँ।'' साकार मुस्कुराते हुए बोला।

''पर इतना सारा फल? बहुत बदल गए हैं आप! दूसरों की कब से आप इतनी परवाह करना सीख गए?'' शुची ने पूछा।

''इतना सब अब मैं नहीं सोचता। शायद समय ने सिखा दिया हो!'' साकार ने छोटा-सा उत्तर दिया।

शुची मुस्कुराने लगी। धीरे-धीरे बस में और सवारियाँ आने लगीं, तब साकार शुची की सीट को छोड़कर खड़ा हो गया और शुची से पूछा, ''अब मुलाकात कब होगी?''

"क्यों? आप अगली मुलाकात के लिए इतने उत्सुक क्यों हैं? जब भाग्य में हो तब मिल ही जाएँगे।" शुची गम्भीर होते हुए बोली।

"ठीक है, भाग्य के सहारे ही मिलेंगे। लेकिन कम-से-कम फ़ोन पर बातें करते रहना कुछ-कुछ दिनों पर, आस बँधी रहती है।" इतना बोलकर साकार ने शुची की ओर देखा।

शुची ने एक झलक देखकर अपनी नज़रें नीची कर लीं। फिर वह अपनी सीट से उठी और मुड़कर साकार के पाँव छूते हुए बोली, "अब आप जाइए। बस चलने वाली है।"

"पहुँचकर फ़ोन ज़रूर करना!" साकार ने शुची के सिर पर हाथ रखते हुए कहा और फिर बस से नीचे उतर आया और बस आगे बढ़ गई।

पर आज साकार शान्त था। इलाहाबाद की तरह उसने अपना संयम नहीं खोया जब शुची ट्रेन में बैठकर चली गई थी और वह किंकर्तव्यविमूढ़ रेलवे स्टेशन पर बैठा रह गया था। शायद परिपक्वता इसे ही कहते हैं! लेकिन भावनाओं और परिपक्वता में छत्तीस का आँकड़ा होता है। जब भावनाओं का ज्वार उठता है तब परिपक्वता कहीं भी दिखाई नहीं देती। इसके विपरीत जब भावनाएँ शान्त होती हैं तो परिपक्वता प्रबल होकर अपना कार्य करने लगती है। साकार के साथ भी आज यही हो रहा था। भावनाओं से वह जितना दूर भागने की कोशिश करता था, वह उनमें और लिपटता चला जा रहा था। किन्तु आज उसकी भावनाएँ शान्त थीं। बस अड्डे से उसने इस महीने की 'प्रतियोगिता दर्पण' नामक पत्रिका ख़रीदी और वापस सन्तनगर आ गया।

उड़ चल हारिल लिये हाथ में
यही अकेला ओछा तिनका
उषा जाग उठी प्राची में
कैसी बाट, भरोसा किनका।

दिल्ली : अगस्त, 2011

अगस्त सन् दो हज़ार ग्यारह में पूरा देश 'जनलोकपाल बिल' के लिए संघर्ष कर रहा था। और 'अन्ना-आन्दोलन' अपने चरम् पर था, फिर मुखर्जी नगर और बाक़ी जगह में रहने वाले प्रशासनिक सेवा के अभ्यर्थी भी उससे अछूते कैसे रह सकते थे? जब गाँव में आग लगी हो, तो सारे लोगों को झोंपड़े से बाहर निकलना ही पड़ता है। सत्तर के दशक में 'जयप्रकाश आन्दोलन' के बाद स्वतंत्र भारत में यह अब तक का दूसरा सबसे बड़ा आन्दोलन था। भ्रष्टाचार, कालाधन और आर्थिक असमानता

जैसे अनेक सामाजिक मुद्दे थे जिसके खिलाफ धीरे-धीरे यह आन्दोलन शुरू हुआ था। भ्रष्टाचार-मुक्त भारत बनाने के लिए एक विकल्प के तौर पर क्या-क्या नई संस्थाएँ हो सकती हैं, पूरे देश में सिर्फ़ यही चर्चा का विषय बना हुआ था। और इन सारे समाधानों में से एक जनलोकपाल था, ऐसा कुछ एक वर्ग-विशेष का मानना था और उन्होंने ही यह आन्दोलन खड़ा किया था। जनलोकपाल एक ऐसे संस्थान का विचार था, जिसके लिए सरकार में शामिल सभी राजनीतिक पार्टियाँ एकमत नहीं थीं। हर कोने से विरोध का स्वर तीखा हो रहा था।

जब भ्रष्टाचार के मुद्दे पर कोई भी राजनीतिक पार्टी खुलकर किसी नए संस्था के बारे में बात नहीं कर रही थी, तो यह दारोमदार सिविल सोसाइटीज़ ने अपने कन्धों पर उठाया। यह वही सिविल सोसाइटी थी जिसने एक छोटे आन्दोलन के फलस्वरूप ही संसद को 'सूचना का क़ानून' बनाने के लिए बाध्य कर दिया था। उस छोटे से आन्दोलन का प्रभाव देखकर बहुत सारे लोग अब जनलोकपाल बिल के आन्दोलन से जुड़ने लगे थे। और जुड़ते भी क्यों न? देश की अधिकतर जनता कहीं-न-कहीं देश में व्याप्त भ्रष्टाचार से त्रस्त थी। राजनीति का परिवारीकरण जोरों से होता जा रहा था। कुछ ऐसा लग रहा था, जैसे राजतंत्र एक नये रूप में लौट रहा था जिसे परिवारतंत्र कह सकते हैं। और जनता को इससे निजात दिलाने वाला कोई भी नहीं दिख रहा था, क्योंकि कमोबेश सारे राजनीतिक दलों का स्वरूप लगभग एक ही जैसा था। ऐसे समय में जब सिविल सोसाइटीज़ ने 'जनलोकपाल' को एक विकल्प के रूप में प्रस्तुत किया तो पढ़ी-लिखी जनता, विशेषकर युवाओं ने इसे हाथों-हाथ लिया। पहली बार लगभग पूरा देश किसी क़ानून बनाने के मुद्दे पर एकजुट होता दिख रहा था।

देखा जाए तो भारत को एक युवा देश माना जाता है और इसका कारण है—भारत की पूरी जनसंख्या में युवाओं की संख्या सबसे ज़्यादा है। लेकिन इक्के-दुक्के को छोड़कर देश के मुद्दे पर कोई भी भागीदारी नहीं देना चाहता। सब बस अपनी नौकरी, रोटी पाने के पीछे ही लगे हुए हैं। जिस दिन देश के सारे युवा, विशेषकर स्नातक और परास्नातक में पढ़ रहे लोग स्वहित छोड़ एकजुट होकर किसी भी बदलाव की माँग शुरू कर देंगे, बदलाव अवश्य होगा। समस्या सिर्फ़ उनके राजनीतिक, आर्थिक और राष्ट्रीय बोध का है। कहीं-न-कहीं 'अर्थ' के अभाव में चेतना केवल डूबती ही चली गई है। थोड़े समय के लिए ही सही किन्तु इस आन्दोलन ने चेतना को जगाने का काम किया था। सत्तर के दशक के बाद जन्मे युवाओं के लिए यह एक कौतुक का विषय था, क्योंकि इससे पहले उन्होंने कभी भी कोई ऐसा देशव्यापी आन्दोलन देखा नहीं था।

ऐसे ही एक रोज जब 'अन्ना हज़ारे', जिनके नाम पर ही इस आन्दोलन का नाम पड़ा था, दिल्ली के रामलीला मैदान में आमरण अनशन पर बैठे हुए थे। अनिमेष

भी सन्तनगर के कमरे से बाहर निकलकर इस आन्दोलन का हिस्सा बनना चाहता था। अनिमेष ने सुबह का नाश्ता किया और थोड़ी देर आराम करने के बाद जब वह कपड़े पहनकर तैयार हो गया, तो अचानक से साकार बोला, ''तुम सुबह-सुबह कहाँ जाने की फिराक में हो?''

अनिमेष ने साकार की ओर पलटकर देखा और मुस्कुराकर बोला, ''देश को मेरी ज़रूरत है—बस, अपनी जिम्मेदारी पूरी करने जा रहा हूँ। मेरी मानो तो तुम भी तैयार हो जाओ। तुम साथ रहते हो तो सफ़र थोड़ा आसान हो जाता है।''

साकार अनिमेष की बात सुनकर हँसने लगा और थोड़ी देर बाद बोला, ''बात तो तुम्हारी सही है। देश को बदलने में जिम्मेदारी सबकी होनी चाहिए, खास कर युवाओं की। पर बदलाव का केवल एक आधार ही नहीं हो सकता। जिसे तुम आन्दोलन कह रहे हो, क्या पता, भविष्य में जनता पार्टी की भाँति वह भी राजनीतिक समीकरणों की उठापटक में एक सीमा में ही बँधा रह जाए।''

''तुम्हारी आशंका निर्मूल नहीं है साकार, लेकिन यह भी ज़रूरी नहीं कि यह केवल एक राजनीतिक हथकंडा मात्र होकर रह जाए। जैसे समाज साल-दर-साल नये आयाम ढूँढ़ता रहता है, ठीक वैसे ही राजनीति भी विकल्प ढूँढ़ती रहती है। फ़र्क़ बस चयन का है कि बेहतर विकल्प क्या हो सकता है। और अभी के भ्रष्टाचार के स्तर को देखें तो जनलोकपाल एक अच्छा विकल्प साबित हो सकता है!'' अनिमेष ने अपना पक्ष रखा।

साकार ने पानी की बोतल उठाकर अनिमेष की ओर बढ़ाया। अनिमेष ने 'ना' में सिर हिलाया तो साकार ने ढक्कन खोलकर दो घूँट पानी पिया और बोला, ''समस्या कभी विकल्पों की रही ही नहीं—चाहे वह एक व्यक्ति की बात हो या फिर पूरे देश की। समस्या हमेशा प्राथमिकताओं की रही है। क्या हमारी संस्थाएँ इतनी जीर्ण-शीर्ण हो चुकी हैं कि हमें एक नई संस्था की रचना करनी पड़े? मुझे बस यह प्राथमिकताओं का ही खेल दिखता है। जिस दिन सरकार पूरे मनोबल से भ्रष्टाचार मुक्त भारत को प्राथमिकता देना शुरू कर देगी, ठीक उसी दिन से भ्रष्टाचार का निवारण होना शुरू हो जाएगा। उदाहरण के तौर पर पोलियो उन्मूलन कार्यक्रम को देख सकते हो। और हाँ, तुम्हारी प्राथमिकता इस समय मुख्य परीक्षा की तैयारी करने की होनी चाहिए, क्योंकि प्रारम्भिक परीक्षा में तुम्हारा प्रयास बहुत ही अच्छा रहा है, उसमें तुम हर हाल में सफल हो जाओगे। मेरी समझ में एक प्रशासक बनकर तुम जितना सुधार कर पाओगे, वह एक आन्दोलन में शरीक होकर नहीं।''

अनिमेष मुस्कुराए बिना नहीं रह सका और बोला, ''साकार, कम-से-कम तुमसे तर्क में जीतना लगभग असम्भव ही है। महाभारत के बर्बरीक की तरह तुम्हारी तरकश के तीर भी कभी ख़त्म नहीं होते। लेकिन बात तो मेरी भी सही है। जब पुरानी

संस्थाओं को दीमक लग जाए और वह अन्दर से खोखली हो चुकी हों, तब नई संस्था, नये विकल्प की आवश्यकता तो पड़ती ही है।''

''पर जनलोकपाल ही क्यों? इसकी क्या गारंटी है कि यह विकल्प ख़ुद कलुषित नहीं होगा? वैसे भी पूरी शक्ति किसी एक के हाथ में दे देना हमेशा विध्वंस को ही निमंत्रण देता है। ज़रूरत है तो हमारी संस्थाओं को और मजबूत बनाने की। उन्हें स्वतंत्र रूप से कार्य करने की शक्ति प्रदान करने की। उदाहरण के तौर पर केन्द्रीय अन्वेषण ब्यूरो को स्वायत्तता क्यों प्रदान नहीं की जा सकती? अगर इसे एक स्वतंत्र नियामक बना सकें तो काफ़ी हद तक भ्रष्टाचार ख़त्म हो सकता है। फिर सरकार में रहने वाला भी भ्रष्टाचार करने से बचेगा। ऐसी अनेक संस्थाएँ हैं, जिन्हें स्वायत्तता प्रदान किए जाने की आवश्यकता है।''

''तुम्हारी इस बात से मैं पूर्णतः सहमत हूँ साकार, लेकिन जो कार्यक्रम में पहले है, उसे पहले ही किया जाना चाहिए। मैंने कभी कोई आन्दोलन नहीं देखा। कभी किसी आन्दोलन में भाग नहीं लिया। ठीक कुछ ऐसा ही हाल तुम्हारा भी है। अभी तक आन्दोलन के विभिन्न स्वरूपों को हम लोग केवल किताबों में ही पढ़ते आए हैं। पहली बार मौका मिला है तो कम-से-कम एक दिन के लिए चलकर हम लोगों को ज़रूर देखना चाहिए। वैसे भी कमरे में बैठे-बैठे जीवन एकरसता से भर चुका है।'' अनिमेष ने साकार से अपनी इच्छा जाहिर की।

अन्ततः साकार ने अनिमेष की बात मान ली और वह भी तैयार हो गया।

दोनों निकलने ही वाले थे कि अचानक साकार का फ़ोन बजने लगा। उसने फ़ोन जेब से बाहर निकाला तो देखा, शुची का फ़ोन था।

''नमस्ते! आपको पता है, अभी मैं कहाँ हूँ?'' उधर से शुची की खिली-खिली आवाज़ आई।

'' यह मुझे कैसे पता चलेगा? मैं कोई संजय थोड़े ही हूँ कि दिल्ली से हरिद्वार का दृश्य देख सकूँ! और वैसे इतना शोर कहाँ हो रहा है?'' साकार ने चिकोटी ली।

''ओहो, आप कटाक्ष भी करने लगे हैं! मैं यहाँ अन्ना-आन्दोलन के बीच में हूँ। उसी का ही शोर है। आप नहीं जा रहे हैं क्या?'' शुची ने पूछा।

''तुम तो जर्नलिस्ट बनने की पढ़ाई कर रही हो! ये मीडिया वाले कब से आन्दोलन में भाग लेने लगे? सबसे ज़्यादा तो जनता को यही बहकाते हैं।'' साकार बोला।

''आप फिर से शुरू हो गए! मुझे लगा कि आप ख़ुश होंगे इसीलिए आपको फ़ोन किया था मैंने। पहली बार इतनी उत्साहित और शान्त भीड़ देख रही हूँ। आपको भी जाना चाहिए।'' शुची ने सुझाव दिया।

''मेरा जाने का मन तो नहीं था, लेकिन मुझे ज़बरदस्ती ले जाया जा रहा है।'' साकार बोला।

“चलिए, अच्छा है, कम-से-कम कोई तो मिला, जो आपसे भी ज़बरदस्ती कुछ करवा लेता है! मैं अब फ़ोन रखती हूँ...काफ़ी आवाज़ें आ रही हैं, नमस्ते!” इतना कहकर शुची ने फ़ोन काट दिया।

अनिमेष और साकार सन्तनगर से निकलकर बाहर आ गए। रामलीला मैदान जाने वाली सड़क पर ट्रैफिक जाम था, इसलिए दोनों मॉडल टाउन के स्टेडियम में आ गए। वहाँ लोगों का हुजूम शान्त धरने पर बैठा था। दोनों ने देखा कि सड़क पर बहुत से लोग अपने-अपने घरों से खाने-पीने का सामान लेकर आए हुए थे और धरने पर आए हुए जुलूस को बाँट रहे थे। जो कुछ भी ला सका, अपनी क्षमता के अनुसार लेकर आया था। चारों ओर ‘इंकलाब-ज़िन्दाबाद’ के नारे लग रहे थे। सारे लोग उत्साह में भरे हुए थे, पर उस हुजूम की सबसे ख़ास बात यह थी कि उत्साह सन्तुलित था, वरना चारों ओर पुलिस बल भी लगा हुआ था किसी भी अनियंत्रित और अप्रिय घटना को रोकने के लिए। कुछ अलग ही भारत दिखा था उस दिन।

कुछ देर वहाँ बिताने के बाद शाम को दोनों वापस आ गए। अगल-बगल रहने वाले अन्य परीक्षार्थियों से भी इन दोनों की जनलोकपाल के मुद्दे पर काफ़ी रात तक बहस होती रही।

अगले दिन भी दोनों के जीवन में अन्ना-आन्दोलन ही छाया रहता अगर उस दिन प्रारम्भिक परीक्षा का परिणाम नहीं आ गया होता। अनिमेष और साकार की ख़ुशी का कोई ठिकाना नहीं रहा जब यह पता चला कि अनिमेष प्रारम्भिक परीक्षा में सफल हो गया था, और उसे नवम्बर माह में प्रशासनिक सेवा की मुख्य परीक्षा में भाग लेना था। अनिमेष का आन्दोलन परीक्षा परिणाम देखने के तुरन्त बाद से ही ख़त्म हो गया।

अनिमेष और साकार ने मिलकर अगले तीन महीने की समय-सारिणी बनाई कि अनिमेष को कैसे-कैसे सारे विषय दुहराने हैं, ताकि मुख्य परीक्षा से पहले कोई भी भाग छूटा न रह जाए।

फिर अगले तीन महीनों तक अनिमेष को कुछ भी होश नहीं रहा और साथ ही साकार को भी। जब अनिमेष को इतिहास में थोड़ी समस्या होने लगी तो साकार ने बोला कि मुख्य परीक्षा में इतिहास की परीक्षा से पहले चार दिनों का अन्तराल है, वह अनिमेष को उसी अन्तराल में पूरा इतिहास विषय अच्छे से पढ़ा देगा। और इस तरह साकार के मानसिक और मैत्रिक सहयोग से अनिमेष की मुख्य परीक्षा पूरी हो गई।

मुख्य परीक्षा के बाद ऐसे ही एक दिन कमरे में दोनों लेटे हुए थे। सर्दियों ने धीरे-धीरे जोर पकड़ना शुरू कर दिया था। और ऐसे मौसम में दिल्ली बहुत ही ख़ुशगवार हो जाया करती थी। न बिजली का कोई तनाव, न ही कूलर का शोर! सब कुछ बिलकुल शान्त—नितान्त शान्त!

अचानक सन्नाटे को चीरते हुए साकार बोला, "भाई, तुम्हारा चयन हो जाएगा तो तुम चले जाओगे, मैं फिर अकेला हो जाऊँगा!"

अनिमेष ने पलटकर साकार की ओर देखा और बोला, "जीवन अनिश्चितताओं से भरा हुआ है साकार! जहाँ कुछ निश्चित दिखने लगता है, अनिश्चितता का एक दाँव पूरा खेल बिगाड़ देता है। भगवान करे कि चयन हो जाए पहले! अभी भी बहुत समय बाक़ी है। अभी मुख्य परीक्षा का परिणाम आएगा। अगर उसमें सफल रहा तो साक्षात्कार। उसके बाद मुख्य परीक्षा और साक्षात्कार दोनों के अंकों को जोड़कर मेरिट बनेगी! और मेरिट के आधार पर ही सर्विस भी मिलेगा। कौन सा? यह समय ही तय करेगा। अगर पहली सर्विस मिल गई तब तो जाना तय है। नहीं तो पुन: अगले प्रयास में बैठना पड़ेगा। कुल मिलाकर, भविष्य की गोद में कई परतें हैं। अभी अनेक परतें खुलने बाक़ी हैं!"

साकार मुस्कुराने लगा और बोला, "चयन तो तुम्हारा इसी बार होगा, मुझे इसका पूरा यक़ीन है। और सर्विस भी पहली वाली ही मिलेगी। और अगले साल मई तक इस एकरसता को छोड़कर तुम किसी दूसरे जीवन में प्रवेश कर लोगे। तब तो मैं और भी अकेला महसूस करने लगूँगा। जब पहले अकेला हुआ करता था तब कुछ विशेष फ़र्क़ नहीं पड़ता था, पर अब आदत पड़ गई है तुम्हारे साथ की। जीवन पुन: अस्त-व्यस्त हो जाएगा।"

अनिमेष ने साकार का हाथ पकड़ लिया और बोला, "यार, तुम्हीं तो कहा करते थे कि रिश्तों में भौगोलिक दूरी का कोई महत्त्व नहीं होता है, महत्त्व केवल भावनाओं का होता है। दूर जाने का मतलब जीवन से दूर जाना नहीं होता। और वैसे शुची तो है ही! शायद पढ़ाई पूरी करने के बाद वह दिल्ली में ही किसी मीडिया समूह को चुन ले! फिर तो तुम्हें इतना अकेला नहीं लगेगा।"

"पता नहीं यार! पर जैसे-जैसे असफलता मिलती जाती है, ठीक उतने ही वेग से अपने-आपको सबसे अपरिचित सा पाने लगता हूँ। बहुत विश्वास है उसको मेरी क्षमता पर। अब डर-सा लगने लगा है, कहीं उसका विश्वास न टूट जाए!" साकार निराश होकर बोला।

"छी: ! इतनी निराशा की बातें तुम कैसे कर सकते हो साकार? दिल्ली आने के बाद मैं जितने भी लोगों से मिला हूँ, सबसे ज़्यादा योग्य मैंने तुम्हें ही पाया है। हर प्रारम्भिक परीक्षा तुम पास करते रहे हो, जिसमें मैं अभी तक असफल ही होता रहा था। पिछली बार बस थोड़े से ही मुख्य परीक्षा में चूक गए अन्यथा अभी तुम भारतीय प्रशासनिक सेवा का प्रशिक्षण ले रहे होते। और तुमने ही मुझे इस परीक्षा की दिशा दिखाई थी। रही शुची की बात, तो उसका विश्वास इतना सस्ता नहीं है कि तुम्हारी असफलता की चोट से वह टूट जाए! इतना तो मैं अच्छे से उसे जानता हूँ!" अनिमेष साकार को समझाते हुए बोला।

"बात केवल इतनी ही नहीं है अनिमेष! मुझे पता है कि उसका विश्वास अटल है मुझ पर, लेकिन उसके ऊपर भी तो कुछ सामाजिक जिम्मेदारियाँ हैं। वह कब तक उनसे दामन छुड़ा पाएगी?" साकार बोला।

"तुम शुची से एक बार साफ़-साफ़ बात क्यों नहीं करते? जब तुम्हारे अन्दर खोने का डर इस कदर बैठ गया है तो तुम्हें उससे सीधे-सीधे पूछना चाहिए। तुम्हारे प्रश्न करने पर वह असमंजस में पड़ सकती है पर तुम्हारा आदेश मानने से वह कभी भी पीछे नहीं हटेगी।" अनिमेष बोला।

"मैं क्या बातें करूँ शुची से और किस आधार पर? एक से बढ़कर एक रिश्ते ठुकराये हैं उसने। जब भी मैंने उससे अप्रत्यक्ष रूप से बातें करने की कोशिश की है, हर बार वह दूसरी बातों की ओर रुख मोड़ देती है। और बिना किसी आधार के प्रत्यक्ष पूछने का कोई अर्थ नहीं!" साकार पुरानी बातें सोचते हुए बोला।

"मैं तुम्हारी बात मानता हूँ कि शुची ने कभी भी खुल के स्वीकार नहीं किया कि वह तुमसे प्रेम करती है और तुम्हारे ही साथ भविष्य का स्वप्न भी सँजो कर रखती है। लेकिन साकार, हर जज्बात के शब्द नहीं होते!" अनिमेष ने साकार के सामने अपना पक्ष रखा।

"नहीं भाई, मुझे इसमें बिलकुल भी सन्देह नहीं है कि वह मुझसे प्रेम करती है। पर शायद डर मेरे ही अन्दर है। मैं निश्चित ही नहीं कर पाता हूँ कि वही मेरी जीवन संगिनी बनेगी या नहीं। अगर हृदय की गहराइयों में झाँककर देखोगे तो केवन शुची को ही पाओगे। उसके बिना मैं जीवन की कल्पना ही नहीं कर सकता। लेकिन क्या बाक़ी सबको मैं मना पाऊँगा, वह भी बिना किसी आधार के? दुनिया मेरी असफलता का सारा कारण शुची के माथे मढ़ देगी, जो कि मैं कभी नहीं चाहूँगा।" साकार निर्णायक स्वर में बोला।

"तुम आख़िर यह समझने की कोशिश क्यों नहीं करते कि कुछ ऐसा ही उधेड़बुन शुची के मन में भी चल रहा होगा? सबसे बड़ी बात यह कि वह तुमसे एक सामाजिक रिश्ते से भी जुड़ी हुई है। उसका शुरू से यही मानना रहा है कि अगर उससे एक भी ग़लती हो गई तो बहुत सारे रिश्ते खराब हो जाएँगे। तुम तो लड़के हो, लड़-झगड़कर निकल जाओगे, उसका क्या? वह एक विशुद्ध भारतीय लड़की है। इसलिए उसके ऊपर सामाजिक दबाव भी तुमसे कहीं अधिक है। जो आज तक तुम्हारी हर छोटी-छोटी बात मानती चली आई है, हर एक चीज़ का ख़याल रखती चली आई है, अगर वह बोलकर स्वीकार कर ले तो ख़ुद सबके दबाव में आने के बाद भी तुमसे अलग नहीं हो पाएगी। और वह हर बार बातों का रुख इसलिए बदलती है ताकि तुम उससे कुछ प्रत्यक्ष न कह पाओ, क्योंकि जानती है, वह तुम्हारी कोई भी बात टाल नहीं पाएगी—उचित या अनुचित। जिस आग में वर्षों से जलने का तुम दावा करते रहे हो, उसी आग में वह हर दिन झुलसी है।" अनिमेष थोड़ा ग़ुस्सा होते हुए बोला।

साकार कुछ भी नहीं बोल पाया। पहली बार तर्क में वह अनिमेष से मात खाता दिख रहा था।

अनिमेष ने थोड़ा पानी पिया और कहना जारी रखा, ''साकार! कई लोगों का जीवन तक पूरा हो जाता है लेकिन मानसिक तौर पर उनका ख़याल रखने वाला कोई नहीं मिल पाता—ऐसा साथी, जिससे वे अपनी भावनाओं से बेपर्दा हो सकें। तुमको पता है, अपने इस देश में कितने मनोरोगी घूम रहे हैं? और मनोचिकित्सक करता भी क्या है? सिर्फ़ अपने पेशेंट के मन की पूरी बात सुनता है, और आधा रोग वहीं ख़त्म हो जाता है। तुम बहुत ही भाग्यशाली रहे हो इस मामले में। तुम्हें पूरे समर्पण वाला कोई शख़्स इतनी कम उम्र में ही मिल गया जहाँ तुम, केवल 'तुम' बनकर रह सकते हो। कोई आवरण, कोई हृदय पर झूठा लिबास नहीं। क्षण भर में जो तुम्हारी सारी निराशा को छूमन्तर कर देता हो। उससे बेहतर जीवनसाथी मिलना लगभग कहीं भी असम्भव है।''

''मैं इससे इनकार नहीं कर रहा हूँ। उसे और उसके घर वालों को भी कहीं-न-कहीं मेरे इस भविष्य के स्वप्न के बारे में पता है, लेकिन स्वीकारोक्ति भी बहुत ज़रूरी होती है—सहारे के लिए!'' साकार ने अपना पक्ष रखा।

''कब तक केवल शब्दों के पीछे भागते रहोगे साकार? शब्द जीवन नहीं, जीवन से शब्द होते हैं। मैं कब तुमसे कह पाया कि तुम मेरे सबसे ख़ास मित्र हो? कभी ज़रूरत ही नहीं पड़ी। तुम समझ गए और मैं भी समझ गया। तुमने शुची को वह माहौल भी तो नहीं दिया है, जहाँ वह खुलकर इस विषय पर अपने विचार रख सके। ग़लती चाहे तुम्हारे कर्म का हो या फिर तुम्हारे प्रारब्ध का! और दोनों पक्षों से भी अक्सर उसने नकारात्मक बातें ही सुनी हैं—ख़ास करके अपनी माँ से, कि एक ही घर में दो बहनों का ब्याहना अच्छा नहीं होता। बड़ी भाभी भी कभी खुलकर कुछ नहीं बोलतीं, लेकिन उन्होंने अप्रत्यक्ष रूप से कहा भी है कि शुची एक जिद्दी लड़की है और तुम्हारे घर में उसका निबाह नहीं हो पाएगा। और तुम? तुम तो आज तक किसी के सामने यह स्वीकार तक नहीं कर पाए कि तुम्हें उससे प्रेम है। तुम थोड़ी-सी नकारात्मक बातें सुनने के बाद ही स्वीकार नहीं कर पाए और हार मानते रहे। वह तो तुमसे कहीं ज़्यादा सुनती रही है—कभी फैसलों के रूप में, कभी कोई बस उसे छेड़ने के लिए ही कह देता है। अगर तुम अपनी जगह सही हो तो फिर वह ग़लत कैसे हो सकती है? क्या यही प्राकृतिक न्याय का सिद्धान्त है कि एक ही पैमाने पर दो समान लोगों का अलग-अलग आकलन करो? यह तो कोई बात नहीं हुई!'' अनिमेष तैश में आकर बोला।

''तुम मेरे मित्र हो अनिमेष, लेकिन उसका इतना पक्ष क्यों ले रहे हो? तुम्हारे अनुसार मुझे क्या करना चाहिए?'' साकार भी तैश में बोला।

''पहली बात कि मैं किसी का भी पक्ष नहीं ले रहा, मैं तुम दोनों के बीच के पसरे बेज़ुबान प्रेम का पक्ष ले रहा हूँ क्योंकि मैं चाहता हूँ कि यह रिश्ता एक

सामाजिक परिणति तक पहुँचे। और कहीं-न-कहीं इसके पीछे मेरा अपना भावनात्मक स्वार्थ भी है। क्योंकि तुम्हें इस सन्दर्भ में वही प्रेम मिला है जो हमेशा से मैं अपने लिए चाहता रहा था, इसलिए जब भी कहीं मुझे ऐसा कुछ दिखता है तो मेरी पूरी प्रार्थना उसे सामाजिक मान्यता प्रदान करने की रही है।'' अनिमेष इतना बोलकर चुप हो गया।

''तुमने अभी भी मेरे प्रश्न का पूरा उत्तर नहीं दिया कि मुझे क्या करना चाहिए?'' साकार ने अपना प्रश्न दुहराया।

साकार ने दुबारा वही प्रश्न किया था जिसका कोई समुचित समाधान नहीं था। फिर भी अनिमेष कोशिश करते हुए बोला, ''तुम्हें उसे वह वातावरण प्रदान करना चाहिए जहाँ वह बिना किसी दबाव के स्वतंत्र रूप से अपने मन की इच्छा व्यक्त कर सके। और उसके केवल दो ही मार्ग हो सकते हैं—पहला तुम्हारी सफलता, ताकि उसका यह डर कि कहीं तुम्हारी असफलता उसके मत्थे न मढ़ दी जाए जिससे वह सबसे ज़्यादा डरती है। लेकिन इस कार्य में समय लग सकता है और तुम्हें तो पता ही है, उम्र का एक पड़ाव पूरा करने के बाद सामाजिक दबाव भी बहुत है शुची के ऊपर! और दूसरा—तुम्हें अपने घरवालों, ख़ास कर बड़े भैया और बड़ी भाभी से बात करके उन्हें अपने मन की बात बतानी होगी, साथ-ही-साथ तुम्हें यह भी विश्वास दिलाना होगा कि तुम्हारी असफलता और तुम्हारे प्रेम में कहीं कोई भी सम्बन्ध नहीं है। रही शुची की माँ की बात, तो तुम चाहोगे तो उन्हें भी मना सकते हो। थोड़ा कठिन है क्योंकि एक तो सामाजिक परिपाटी का दबाव और दूसरा यह कि शुची ने एक से एक सफल लड़कों के रिश्ते ठुकराए हैं, फिर एक बेरोजगार से विवाह? पचाना थोड़ा कठिन है, लेकिन असम्भव नहीं है।''

अनिमेष ने साकार को अपने हिसाब से दो समाधान बता दिये थे। अब साकार किस विकल्प का चुनाव करता है, इसे तो समय को ही तय करना था।

''दोनों ही मार्ग दुष्कर हैं। पहले में समय और भाग्य की मार, तो दूसरे में कई सारी महत्त्वाकांक्षाओं और पारिवारिक नियमों के टूटने की आशंका!'' साकार थोड़ा चिन्तित होते हुए बोला।

''किसी का व्यक्तित्व तोड़ने से कहीं बेहतर है पारिवारिक नियम और उसकी महत्त्वाकांक्षाएँ तोड़ना! तुम्हें भी पता है, अगर इस भावनात्मक रिश्ते को कोई सामाजिक जामा तुम नहीं पहना पाए, तो शुची तो टूटेगी ही, और साथ में टूटोगे तुम भी।'' अनिमेष बोला।

साकार ने एक ठंडी आह भरी।

अनिमेष ने पुनः बोलना जारी रखा, ''पिछले चार महीनों से हम लोग यह कमरा, यह क्षेत्र छोड़कर कहीं बाहर निकले ही नहीं। मैं भी घर जाने की सोच रहा हूँ, ताकि वापस आऊँ तो तरो-ताज़ा होकर पुनः पढ़ाई में जुट सकूँ। तुम ऐसा क्यों

नहीं करते कि तुम भी पाँच-दस दिनों के लिए घर हो आओ? थोड़ा रिफ्रेश महसूस करोगे। साथ ही मौका बनाकर अपना पक्ष घरवालों के सामने भी रख सकते हो!''

साकार ने सहमति में सिर हिलाया।

फिर अगले ही दिन दोनों दिल्ली से दूर अपने-अपने घर को निकल गए।

आज़मगढ़ : नवम्बर, 2011

शाम के चार बजे के आस-पास साकार अपने गाँव के घर पहुँचा। घर के बाहर ओसारे के आगे कुछ देर ऐसे ही खड़ा होकर घर को निहारता रहा। कभी जो एक आलीशान-सा घर हुआ करता था, वह अब धीरे-धीरे खँडहर में तब्दील हो रहा था। शायद महल विरासत के रूप में खँडहर छोड़ जाते हैं। महलों की विरासत होते हैं खँडहर! जगह-जगह दीवारों से उखड़कर पपड़ियाँ नीचे गिरी हुई थीं। शायद एक-दो वर्षों से घर की चूने से लिपाई-पुताई भी नहीं हुई थी। साकार ने चेहरा घुमाया और उसी गाँव में बने अन्य लोगों के घर देखने लगा। कितने आलीशान और चमक रहे थे उनके घर! लेकिन उसका घर?

ओसारे के दोनों ओर दो छोटे-छोटे कमरे बने हुए थे और उसके बीचोबीच पुराने जमाने का बना हुआ एक बड़ा-सा दरवाज़ा लगा हुआ था जो सीधे आँगन में खुलता था। आँगन के चारों ओर कमरे बने हुए थे। आँगन में टूटी-फूटी ईंटें बिछी हुई थीं। किसी भी कमरे की पुताई नहीं हुई थी और जगह-जगह से सीमेंट बाहर निकल जाने की वजह से दीवारों से ईंटें झाँकती हुई दिख रही थीं। आँगन के दाईं ओर कोने में लगा नल, जिससे टप-टप कर पानी टपक रहा था और पास ही बनी हुई टूटी-फूटी सीढ़ियाँ जो सीधे छत की ओर जाती थीं।

माँ को देखते ही साकार ने चरण छूकर प्रणाम किया। ढेर सारा प्रेम और आशीर्वाद उन्होंने पल भर में ही साकार पर न्यौछावर कर दिया।

''और बतावऽ बेटा, कइसन हउव?'' माँ ने पूछा।

साकार बोला, ''ठीक हई माई! बस, बहुत दिन होइ गईल रहे, एही नाते सोचलीं कि घरे होइ आई!''

''अच्छा कईलऽ बेटा। चलऽ ओहर बइठऽ! तोहार बड़की भाभी आवत होइहैं! छोटकी त अपने मइके गईल हई! हम तनी पूजा कई आई!'' इतना कहकर माँ बगल के कमरे में शाम की पूजा करने चली गईं।

गाँव की गँवही बोली की भी अपनी एक मिठास होती है। ऐसा नहीं था कि माँ को खड़ी बोली नहीं आती थी, वह तो खड़ी बोली फर्राटेदार बोला करती थीं,

पर घर के सदस्यों से अक्सर गँवही बोली में ही बात किया करती थीं। इससे अपनापन ज़्यादा लगता है न!

तब तक साकार को सामने से बड़ी भाभी आती दिखीं। साकार ने लपककर उनके पाँव छू लिये।

"और स्वार्थीमल! बहुत दिनों बाद दर्शन दिये और वह भी बिना बताए? आख़िर घर की याद आ ही गई!" बड़ी भाभी साकार को आशीर्वाद देती हुई बोलीं।

"मैं स्वार्थी कब से हो गया भाभी? स्वार्थी तो तब कहलाता जब कुछ केवल अपने लिए ही कर रहा होता।" साकार बोला।

"अपने लिए भी तुम कहाँ कुछ कर रहे हो? जल्दी से नौकरी पाकर दिल्ली छोड़ो! कब तक हम सारे लोग इस टूटते खँडहर में रहेंगे?" बड़ी भाभी मुस्कुराती हुई बोलीं।

"कोशिश तो कर ही रहा हूँ भाभी! बस, क़िस्मत साथ नहीं दे रही।" साकार थोड़ा गम्भीर होते हुए बोला।

"अच्छा, बाक़ी बातें बाद में करेंगे! पहले हाथ-मुँह धोकर तरोताज़ा हो जाओ, तब तक मैं चाय बनाकर ले आती हूँ।" इतना बोलकर बड़ी भाभी सीधे रसोई के अन्दर चली गईं।

एक दीवार से सटाकर कई सारे बर्तन एक क्रम में रखे हुए थे। दूसरी दीवार से सटाकर सारा राशन और तीन-चार टोकरियों में सब्ज़ियाँ रखी हुई थीं। सामने की दीवार से एक फुट छोड़कर मिट्टी के दो खानों का चूल्हा बना हुआ था और उसके बगल में रखी गई थीं ढेर सारी सूखी लकड़ियाँ। बड़ी भाभी ने सूखी लकड़ियाँ चूल्हे में डालीं और उस पर थोड़ा केरोसीन छिड़क माचिस से जलाया। लकड़ियाँ भकभकाकर जलने लगीं। धीरे-धीरे जब आँच तेज़ हो गई तब बड़ी भाभी ने एक पतीले में दूध और पानी मिलाकर चूल्हे के एक खाने पर रख दिया और साथ ही दूसरे खाने पर कड़ाही रखकर उसमें तेल डाल दिया। पहले पतीले में उन्होंने साकार की पसन्द के हिसाब से चायपत्ती ज़्यादा और चीनी कम डाली। पीढ़े से उठकर पीछे से उन्होंने एक डिब्बा उठाया, जिसमें आलू और चावल के घर में बने-सुखाए चिप्स रखे हुए थे। उन्होंने एक प्लेट में निकालकर डिब्बे को पुनः वापस उसके स्थान पर रख दिया। और प्लेट से सुखाए हुए चिप्स निकालकर कड़ाही में डाल तलने लगीं।

साकार जब हाथ-मुँह धोकर आया, वह बड़ी भाभी से बात करने के लिए सीधे रसोई की तरफ़ चला गया तो खिड़की से उसने पूरी रसोई धुएँ से भरी देखी। उसने देखा कि बड़ी भाभी पीढ़े पर बैठी हुई थोड़ी-थोड़ी देर पर धुएँ की वजह से अपनी आँखें मल रही थीं। खिड़की से धुएँ का एक झोंका आया और साकार की आँखें भी जलन से लाल हो गईं और आँखों से आँसू निकल आए।

केवल एक कप चाय बनाने के लिए भी बड़ी भाभी को कितनी मेहनत करनी पड़ती है! हर महीने जो भी पैसे उसे दिल्ली में रहकर पढ़ने के लिए दिये जाते हैं, अगर घर वाले चाहते तो उसके एक-चौथाई ख़र्च कर ही एक गैस चूल्हा और सिलेंडर ले सकते थे। कोई माने या न माने पर उसे यह अच्छी तरह से पता था कि उसके घर की आर्थिक प्रगति कहीं-न-कहीं उसकी वजह से ही रुकी हुई थी। घर के लोग जितना कमाते थे—पापा की पेंशन, बड़े भैया की तनख्वाह और मँझले भैया का वार्षिक मानदेय—इतना तो पर्याप्त था कि घर के सब सदस्य एक बेहतर जीवन जी सकें। लेकिन उन पैसों का एक नियमित हिस्सा हर माह साकार के पास भेज दिया जाता था, जिसकी वजह से ही यह सब अनियमितताएँ फैली हुई थीं और वह वर्षों से इसे देखने के अलावा कुछ भी नहीं कर सका था।

साकार इन्हीं सब बातों में उलझा हुआ था कि पीछे से बड़ी भाभी की आवाज़ आई, ''साकार, उधर कहाँ खड़े हो? इधर आकर बैठो! मम्मी भी इधर ही हैं।''

साकार उधर जाकर खाट पर बैठ गया और चिप्स-चाय का आनन्द लेने लगा। वैसे भी दिल्ली में घर के बनाये चिप्स मिलने से रहे।

''और तुम्हारे मित्र की परीक्षा कैसी हुई?'' बड़ी भाभी ने पूछा।

''बहुत अच्छी हुई है भाभी! ईश्वर ने चाहा तो अगले वर्ष उसका चयन हो जाएगा।'' साकार बोला।

''भगवान करे, जल्दी से हो! कम-से-कम तुम दोनों में से एक तो सफल हो फिलहाल! उसके घर की भी हालत हमीं लोगों जैसी है। वह भी अपने घर आया हुआ है क्या?'' बड़ी भाभी ने पूछा।

''हाँ, भाभी! मैं यहाँ आ गया और वह अपने घर निकल गया। वैसे भी उसकी मुख्य परीक्षा के दौरान हम दोनों ने रात और दिन नहीं देखा। बस, इसीलिए घर पर आ गए। सोचा, फिर से तरोताज़ा हो जाएँगे।...भाभी, आपसे कुछ बात कहनी थी, पर समझ में नहीं आ रहा कि कैसे कहूँ?'' साकार थोड़ा गम्भीर होकर बोला।

''सारी बातें तो तुम बहुत आसानी से कह लेते हो! अगर कहने में इतना झिझक रहे हो तो इसका सीधा यही अर्थ है कि बात कहीं-न-कहीं शुची से जुड़ी हुई है?'' बड़ी भाभी ने पहली बार में ही साकार के झिझकने का मतलब समझ लिया था।

साकार सिर झुकाये शान्त बैठा रहा, कुछ भी नहीं बोला।

उसको शान्त देखकर बड़ी भाभी पुनः बोलीं, ''तुम लोगों को क्या लगता है, कुछ बतलाओगे नहीं तो किसी को कुछ पता नहीं चलेगा? वह जो बार-बार एक से एक रिश्ते ठुकरा देती है, किसे नहीं पता कि किस वजह से ठुकराती है? मुझे नहीं पता कि तुम क्या कहने वाले हो, लेकिन एक बात ज़रूर कहूँगी कि शुची थोड़ी जिद्दी और महत्त्वाकांक्षी भी है। उसे लाकर इस खँडहर में रखने के बारे में सोचना भी मत। वह नहीं रह पाएगी। अभी समय है। पहले कुछ करने लगो, उसके

बाद ही इन सारी बातों के बारे में सोचना। वैसे भी जब तक तुम सफल नहीं होंगे, अगर शुची से इस विषय पर बात भी की जाए तो वह कुछ नहीं बोलेगी। ऊपर से मम्मी और उनका अपना राग—'एक घर में दो बहनें नहीं ब्याहनी चाहिए! अक्सर घर टूट जाते हैं'!''

साकार बस चुपचाप सुनता रहा, बोला कुछ भी नहीं। बस, खाट से उठकर पास रखी प्लास्टिक की कुर्सी पर जाकर बैठ गया।

उसको कुछ भी न बोलता देख बड़ी भाभी बोलीं, ''मैं यह सारी बातें केवल इसलिए कह रही हूँ क्योंकि मुझे सबकी महत्त्वाकांक्षाओं के बारे में पता है। लगभग तेरह वर्षों से इसी घर में हूँ। बहुत सारी असुविधाओं के बीच भी मैंने हमेशा कोशिश यही की है कि परिवार एक रहे और आगे बढ़े। कुछ नहीं तो तुम्हें अपने बड़े भैया की महत्त्वाकांक्षा के बारे में पता तो होगा ही। ऐसा नहीं है कि तुम कुछ कहोगे तो कोई भी विरोध करेगा, सब तुम्हारी बात मान लेंगे। लेकिन किसी से कुछ कहने से पहले यह तो जान लो कि सबके मन में क्या है?''

साकार ने एक ठंडी आह भरी और बोला, ''भाभी, क्या इस बारे में आपकी भैया से कभी कोई बात हुई है?''

''अक्सर, जब तुम्हारे भैया छुट्टी पर आते हैं, या फिर फ़ोन पर ही कई बार इस विषय पर बातें हुई हैं। उनका हमेशा यही कहना है कि पहले तुम सफल हो जाओ, उसके बाद ही इन सब विषय के बारे में सोचना। तुम्हारी ख़ुशी से बढ़कर किसी और के सपने नहीं हैं इस घर में! लेकिन स्वीकार तो दूसरे पक्ष वालों को भी करना है। हाँ, यह अलग बात है कि तुम्हारी पत्नी के रूप में शुची इस घर की पहली पसन्द कभी भी नहीं होगी।'' बड़ी भाभी बोलीं।

साकार ने आख़िरी वाक्य पर अपना चेहरा उठाकर बड़ी भाभी की ओर देखा और बात को बदलने की कोशिश करते हुए बोला, ''इस बार भैया कब छुट्टी पर आ रहे हैं?''

''देखो, कब तक आते हैं! कह रहे थे कि दो महीने बाद छुटटी के लिए आवेदन करेंगे। एक बात बोलूँ? पता तो तुम्हें भी है, पर मैं बोलना चाहती हूँ। कहते हैं कि जोड़ियाँ ईश्वर बनाता है। अगर तुम्हारा विवाह उसी के साथ लिखा है तो उसी से होगा। कोई चाहकर भी कुछ नहीं कर पाएगा। तुम बस ध्येय पर ध्यान दो। कभी-कभी लगता है कि तुम ख़ुद भी दुविधा में हो शुची को लेकर। अगर दुविधा नहीं होती तो बहुत पहले ही मुझसे कह चुके होते।'' बड़ी भाभी बोलीं।

''कुछ निश्चित नहीं कर पा रहा हूँ भाभी! एक मन चाहता है, दूसरा कहीं और भटकाता है। ऊपर से इतने वर्षों की असफलता! बस, उधेड़बुन में हूँ। मन एकाग्र नहीं हो पाता। घर इसलिए चला आया था, शायद कुछ शान्ति मिल सके।'' साकार गम्भीर होकर बोला।

“शान्ति किसी चिड़िया का नाम नहीं है कि वह अपने–आप उड़कर तुम्हारी डाल पर आ बैठेगी। शान्ति ढूँढ़नी पड़ती है। बहुत परिश्रम करना पड़ता है। और अन्त में व्यक्ति का भाग्य।” बड़ी भाभी बोलीं।

“पता है भाभी, कभी–कभी तो मुझे लगता है कि बचपन वाला विद्रोही स्वभाव अभी भी मेरे अन्दर है। कोई विरोध करता, तो सहज ही अपने मन का करने के लिए सबसे लड़ बैठता। पर जहाँ सब पहले से ही स्वीकार कर लेते हों, उस स्थिति से निपटना मुझे आता ही नहीं। शायद मेरा विद्रोही मन ही मेरा दुश्मन बन बैठा।” साकार बोला।

“मुझे यही लगता है कि समस्या बाहर की नहीं, तुम्हारे अन्दर की ही है। पेंडुलम की भाँति इधर–उधर डोल रहे हो। जब तक तुम ख़ुद कोई निर्णय नहीं लोगे, तब तक तुम्हें शान्ति नहीं मिल पाएगी। मैं तुम्हारी स्थिति को अच्छी तरह समझने का दावा तो नहीं करती पर इतना ज़रूर कहूँगी कि विवाह के बाद मैं भी कुछ–कुछ इसी मन:स्थिति से गुजरी थी। तब तुम्हारे बड़े भैया ने मुझे मेरी मन:स्थिति का दूसरा पक्ष दिखाया था। और यही कारण रहा कि बिलकुल विपरीत परिवेश में ब्याह होने के बाद भी मैं सब कुछ अच्छे से निभा ले गई। कुछ विशेष नहीं किया था मैंने। बस, समस्या को छोड़कर आगे नहीं बढ़ी। समस्या थी और मैंने उसे स्वीकार किया और फिर उसका निदान ढूँढ़ा। तुम्हारी अशान्ति का सबसे बड़ा कारण यही है कि तुम अभी तक इस बात को बस टालते ही रहे हो, कभी इसे एक समस्या के तौर पर नहीं देखा। जिस दिन इसे समस्या के तौर पर देखोगे, निर्णायक स्थिति तक पहुँच जाओगे।” बड़ी भाभी समझाते हुए बोलीं।

साकार ने एक लम्बी साँस भरी और बोला, “आप शायद सही कहती हैं भाभी! मैंने इसे समस्या के तौर पर कभी देखा ही नहीं, हमेशा इस पर निर्णय लेने से कतराता रहा। शायद अब समय आ गया है कि अब मुझे इस पर विचार करना ही चाहिए। कम–से–कम मेरी वजह से किसी और का जीवन तो अस्त–व्यस्त नहीं होगा।”

“तुम ऐसा कौन–सा निर्णय लेने वाले हो? किसी भी अन्तिम निर्णय तक पहुँचने से पहले सारी परिस्थितियों पर गौर कर लेना, साथ ही इतना ज़रूर याद रखना कि उस निर्णय से तुम मत टूटना, वरना यह घर टूट जाएगा। तुम प्रसन्न नहीं रहोगे तो बाक़ी लोग भी नहीं रह पाएँगे।” बड़ी भाभी गम्भीरता से बोलीं।

“अभी कुछ भी निश्चित नहीं किया है भाभी, पर अब करना ही पड़ेगा। मैं किसी भी परिस्थिति में यह घर नहीं टूटने दूँगा। लड़ाई मेरी अपनी है। मुझे अकेले ही लड़ना होगा, और मैं लड़ूँगा—बिना थके, बिना रुके!” साकार दृढ़ निश्चय से बोला।

“ठीक है, जैसा तुम उचित समझो। बताओ, रात में क्या खाना पसन्द करोगे?” बड़ी भाभी ने पूछा।

"आपको तो पता है भाभी, मेरी कोई विशेष रुचि नहीं है। मँझले भैया कब तक वापस आएँगे? चलिए, अब मैं रात को उनसे मिलता हूँ। मैं कुटी पर जा रहा हूँ। थोड़ी देर में वापस आऊँगा। वहाँ गए भी कई वर्ष हो गए हैं।" कहकर साकार कुर्सी से उठ गया।

मुख्य दरवाज़े से बाहर निकलकर साकार ने ओसारे से साइकिल उठाई और पैडल मारते हुए कुटी की ओर निकल गया, जिसके पास में ही एक मन्दिर बना हुआ था। वैसे तो साकार कुछ निश्चित करने गाँव आया था लेकिन उसकी दुविधाएँ और बढ़ गई थीं। अगर घर के किसी सदस्य ने उसके मन की भावों का अनादर किया होता तो उसके लिए निर्णय लेना आसान हो जाता, लेकिन उसे पता था कि लोगों का निर्णय उसकी ख़ुशी से अलग नहीं हो सकता। उसे ऐसा लगने लगा, जैसे वह न्याय की देवी के सामने बैठा हुआ है और देवी के हाथों में तराजू है, जिसके एक पलड़े पर शुची बैठी हुई है और दूसरे पर उसका पूरा घर। वह जितना ज़्यादा सोचता, उतनी ही अनेक परतें खुलती जाती थीं। लेकिन समाधान एक का भी नहीं मिलता था।

लगभग दस मिनट बाद ही वह मन्दिर के प्रांगण में पहुँच गया। सामने कुटी के अन्दर बाबा ज़मीन पर बिछी चटाई पर बैठे दिखे, जो उस मन्दिर के महन्त थे और सब उन्हें 'बाबा' ही कहकर पुकारा करते थे।

साकार ने साइकिल एक किनारे खड़ी कर दी और बाबा के पास जाकर उनके पाँव छू लिए। तर्क का पंडित पुनः भक्ति की चौखट पर आ खड़ा हुआ था। बाबा ने चेहरा उठाकर ऊपर देखा।

"ख़ुश रहो बच्चा! बहुत दिन बाद दिखाई दिये? और बताओ, कैसे हो? सब बढ़िया है न?" बाबा बोले।

"सब बढ़िया है बाबा! बस, परीक्षा ख़त्म हुई थी, मन नहीं लग रहा था इसलिए सोचा कि कुछ दिन घर हो आऊँ। बस, आ गया।" साकार बोला।

"अच्छा किए। मन को शान्ति घर पर ही मिला करती है, इसलिए ही घर को मन्दिर भी कहा जाता है। पर देखने से कुछ दुविधा में दिख रहे हो! आख़िर अशान्त क्यों हो इतना?" बाबा ने पूछा।

साकार ने चौंककर बाबा की ओर देखा, 'क्या मेरे चेहरे से ही मेरे मन की, अशान्ति झलकने लगी है? आख़िर बाबा ने कैसे जान लिया?'

"बस, थोड़ा परेशान हूँ बाबा! इतना परिश्रम करने के बाद भी हाथ में कुछ नहीं आ रहा।" साकार बोला।

"समस्या तुम्हारे ध्येय और माध्यम के बीच अस्पष्ट है। जिसे तुम ध्येय मानकर चल रहे हो, वह वास्तव में तुम्हारा माध्यम मात्र है। और जिसे माध्यम मानकर चल रहे हो, वही तुम्हारा ध्येय होना चाहिए। सोच बदलो, सफलता मिल जाएगी।"

बाबा ने अपने एक ही कथन से साकार की समस्या का निदान कर दिया था।

वैसे वह इन सब बातों में विश्वास नहीं करता था, लेकिन आज उसे अपने प्रश्न का उत्तर यहाँ से मिल गया था। साकार ने बाबा के पाँव छूए और वापस घर लौट आया।

घर पर दो दिन बिताने के बाद ही वह वापस दिल्ली अपने कमरे पर लौट आया था।

देहरादून/मसूरी : नवम्बर, 2012

''**शुची!** मैं परसों देहरादून आ रहा हूँ। तुमसे मिलने के बाद मैं अनिमेष से मिलने मसूरी उसकी अकादमी जाऊँगा।'' साकार ने शुची को फ़ोन करके कहा।

''यह तो बहुत अच्छी बात है! आप कब तक पहुँचेंगे?'' शुची ने पूछा।

''परसों यही कोई सुबह के दस बजे पहुँच जाऊँगा। क्यों, वह समय ठीक रहेगा न?'' साकार ने पूछा।

''उस दिन कोई छुट्टी तो नहीं है, पर मैं एडिटर सर से एक दिन की छुट्टी ले लूँगी।'' शुची चहकते हुए बोली।

''ठीक है, तो उस दिन मिलना तय रहा। मैं स्टेशन पहुँचकर तुमको फ़ोन करूँगा।'' साकार बोला।

''जैसा आप कहें। नमस्ते।'' और शुची ने फ़ोन काट दिया।

इसी वर्ष मई माह में अनिमेष का चयन भारतीय प्रशासनिक सेवा में हुआ था और सितम्बर माह से ही उसका प्रशिक्षण मसूरी स्थित 'लालबहादुर शास्त्री राष्ट्रीय प्रशासनिक अकादमी' में आरम्भ हो चुका था। लगभग उसी माह शुची का भी दो-वर्षीय जनसंचार से परास्नातक का पाठ्यक्रम पूरा हुआ था और उसके उपरान्त देहरादून में ही 'दैनिक जागरण' नामक समाचार-पत्र में जूनियर पत्रकार के रूप में उसने कार्यभार सँभाल लिया था। 'दैनिक जागरण' का कार्यालय देहरादून के पटेल नगर के औद्योगिक क्षेत्र में था, इसीलिए शुची ने उससे चार किलोमीटर दूर स्थित ठीक-ठाक और सुरक्षित क्षेत्र इन्दिरा नगर में एक फ्लैट किराये पर ले लिया था। इन्दिरा नगर से बस और रेलवे स्टेशन भी पास ही थे। कुल मिलाकर उसे इन्दिरा नगर का क्षेत्र बहुत पसन्द आया था। कुछ महीनों की तनख्वाह और कुछ घर के पैसे मिलाकर शुची ने अपने लिए एक स्कूटी भी ख़रीद ली थी, जिससे उसे कहीं भी आने-जाने की समस्या अब नहीं रही थी।

इधर दिल्ली में अनिमेष के प्रशिक्षण पर चले जाने से साकार बिलकुल अकेला पड़ गया था। हालाँकि बहुत सारे लड़कों ने उसके साथ रहकर तैयारी

करने के लिए निवेदन किया लेकिन साकार ने साफ़-साफ़ मना कर दिया था। उसका सीधे कहना था, उस कमरे को अनिमेष की आदत हो गई थी। उसका स्थान कोई और नहीं ले सकता।

धीरे-धीरे ही सही, पर साकार ने अपने अकेलेपन से समझौता कर लिया था। किसी और को साथी बनाने से बेहतर उसने पुस्तकों को ही अपने अकेलेपन का अपना मित्र बना लिया। इस बीच कुछ परीक्षाओं में वह असफल रहा और कुछ में सफल भी, लेकिन अन्तिम रूप से उसका चयन होना अभी भी बाक़ी था।

धीरे-धीरे उसके सारे परिचित कहीं-न-कहीं अपने दूसरे जीवन की शुरुआत कर चुके थे, लेकिन साकार को अभी वहीं का वहीं रहना था जब तक कि वह सफल न हो जाए। केवल प्रशासनिक सेवा से प्यार ही एकमात्र कारण अब नहीं रह गया था उसके अकेले एक कमरे में पड़े रहने का, बल्कि उसके पास किसी और क्षेत्र में जाने लायक न तो कोई डिग्री थी और न ही अनुभव। और इसलिए अपनी असफलता का कारण वह केवल अपने भाग्य को मान रहा था, क्योंकि उसने अपनी तरफ़ से कोई भी कसर नहीं छोड़ रखी थी।

ऐसे में एक दिन अनिमेष ने उसे फ़ोन किया :

''साकार! बहुत दिन हो गए मित्र, तुमसे मिले। कभी सोचा नहीं था कि जीवन में ऐसे भी पल आएँगे जब कुछ ख़ास लोगों से मिलने के लिए भी सोचना पड़ेगा।''

''ऐसे क्यों बोल रहे हो अनिमेष? हर चुनाव के दो पक्ष होते हैं—पॉजिटिव और नेगेटिव। नौकरी बहुत कुछ देती है तो साथ में बहुत कुछ छीन भी लेती है। इन सब चीज़ों से अनजान थोड़े ही हो! फिर भी वहाँ जीवन यहाँ की बेरोजगारी से बेहतर ही होगा!'' साकार बोला।

''तुम्हें क्या बताऊँ, कई बार मन करता है कि वापस आकर फिर से कुछ दिन उन्हीं गलियों में बिताऊँ—उसी 333 की चाय की दुकान पर, उन्हीं सारे मित्रों के साथ, ताकि काफ़ी कुछ भर लाऊँ अपने अन्दर, जिसकी गर्मी से मसूरी की ठंडी रातें आराम से काट सकूँ। लेकिन हर प्रशिक्षण का अपना नियम होता है। कितना भी माथा पटक लो, छुट्टी नहीं मिलेगी। तुम्हें याद है, पहले जब छुट्टी मारने का मन करता था तो बस किताबें बन्द और हम लोगों की छुट्टी हो जाती थी। पर अब? ज़िन्दगी ग़ुलाम हो गई यार!'' अनिमेष भावुक होकर बोला।

''बस, इतनी सी बात! ज़िन्दगी कोई ग़ुलाम-वुलाम नहीं हुई है। तुम्हें छुट्टी नहीं मिल सकती तो क्या हुआ, मेरे पास तो समय है। मैं ही आ जाता हूँ मसूरी। वैसे भी पिछले एक साल से दिल्ली छोड़कर कहीं गया नहीं। अकेले बैठे-बैठे थोड़ी ऊब भी होने लगी है। मैं भी मसूरी से थोड़ा प्राणवायु ग्रहण कर लूँ!'' साकार मुस्कुराते हुए बोला।

अनिमेष ख़ुशी से बोला, "यह तो बहुत अच्छी बात है साकार! बस, यह देखना कि यहाँ आने की वजह से पढ़ाई पर कोई असर न पड़े, क्योंकि वह ज़्यादा महत्त्वपूर्ण है। और शुची कहाँ है आजकल?"

"ऐसा कुछ भी नहीं होगा। अभी-अभी एक परीक्षा देकर आया हूँ। वैसे भी दो-तीन दिन तो पढ़ाई नहीं होने वाली।...शुची ठीक है। देहरादून में नौकरी कर रही है 'दैनिक जागरण' में। उसको भी फ़ोन करके बता देता हूँ। मैं उससे मिलते हुए मसूरी आऊँगा, यह ठीक रहेगा?" साकार ने पूछा।

"बिलकुल! मुझे क्या आपत्ति होगी? वैसे भी दो प्रेम करने वालों को एक निश्चित अन्तराल पर मिलना ही चाहिए वरना प्रेम धुँधला पड़ सकता है। अगर उसे कोई आपत्ति न हो तो उसे भी साथ लेते आना, रुकने का प्रबन्ध मैं कर दूँगा।" अनिमेष चुटकी लेते हुए बोला।

"तुम आज भी मेरी खिंचाई करने से बाज नहीं आते? चलो, अब मैं बाज़ार जा रहा हूँ सब्ज़ियाँ लाने। तुम्हारी तरह मुझे अब यहाँ कोई और बनाकर नहीं देने वाला!" इतना कहकर साकार ने फ़ोन काट दिया और बाज़ार की ओर निकल गया।

साकार पिछली बार जब घर से वापस लौटा था तो उसे अपने अन्दर बहुत कुछ टूटता-सा महसूस हुआ था। जब रात को वह सोने की कोशिश करता तो ऐसा लगता, जैसे कई सारी शख्सियतें उसके कमरे में आकार लेने लगी हैं—कभी बड़ी भाभी मिट्टी के चूल्हे पर खाना बनाती दिखतीं तो कभी शुची का मुस्कुराता चेहरा! कभी बड़े भैया सीमा पर गोलियाँ चलाते दिखते तो कभी ठिठोली करता अनिमेष! कभी दिल्ली की जगमगाती इमारतें दिखतीं तो कभी खँडहर हो चुका अपना घर! प्रत्येक बीतते दिन के साथ उन सबकी आकृतियाँ बड़ी और भयंकर होती जा रही थीं। हर कोई केवल अपनी बातें, अपना दर्द उसके ऊपर थोपना चाह रहा था। साकार प्रतिदिन उनकी बातें सुनने को विवश था। उसे रात में कब नींद आया करती, उसे ख़ुद नहीं पता था। बस, कुछ उत्तरदायित्वों का बोझ था जिसे वह बिना किसी तैयारी के खींचे जा रहा था। और इन सबका दबाव कहीं-न-कहीं साकार को ख़ुद में ही समेटे जा रहा था।

अगली रात लगभग दस बजे साकार टिकट लेकर दिल्ली रेलवे स्टेशन पर खड़ी मसूरी एक्सप्रेस में जाकर बैठ गया जो सुबह आठ बजे के आस-पास देहरादून पहुँचाती। वह खिड़की के पास ही बैठ गया और अँधेरे में छोटे-छोटे भागते दीपों की ओर देखता रहा। खिड़की से छनकर आती ठंडी हवा ने उसे कब सुला दिया, उसे पता ही नहीं चला।

ट्रेन थोड़ी देरी से चल रही थी। वह सुबह के नौ बजे देहरादून पहुँची। स्टेशन पर उतरकर उसने इधर-उधर देखा। छोटा-सा रेलवे स्टेशन था। जब उसकी जाँच-पड़ताल ख़त्म हुई तो उसने शुची को फ़ोन मिलाया।

''नमस्ते! आप पहुँच गए?'' शुची उधर से बोली।

''हाँ, शुची! आख़िरकार मैं तुम्हारे शहर आ ही गया। अब बताओ, मुझे कहाँ आना है?'' साकार ने पूछा।

''मैं क्षमा चाहती हूँ। किसी लेख के सम्बन्ध में सम्पादक सर ने सुबह मुझे ऑफ़िस बुला लिया था, अभी यहीं फँसी हुई हूँ। मुझे बस बीस मिनट का समय दीजिए, मैं स्टेशन आपको लेने आ जाऊँगी।'' शुची बोली।

''ठीक है, मैं स्टेशन पर ही तुम्हारी प्रतीक्षा करता हूँ।'' इतना कहकर साकार ने फ़ोन काट दिया।

साकार स्टेशन से बाहर निकल आया। बाईं तरफ़ एक टैक्सी स्टैंड बना हुआ था। उसने ध्यान से देखा तो पाया कि अधिकतर एम्बेसेडर कम्पनी की कारें थीं। उसने और दूर नज़र दौड़ाई तो दूर सामने विशालकाय पहाड़ दिखा। इस प्रकृति के भी कितने अलग-अलग रंग हैं! कहीं गहरी खाई तो कहीं गगन चूमते पहाड़! कहीं विशाल सागर तो कहीं मरुस्थल! इन्हीं सारी बातों को सोचता वह एक चाय की दुकान पर पहुँच गया और उसके सामने लगी बेंच पर बैठ चाय लेकर पीने लगा।

लगभग आधे घंटे के उपरान्त शुची स्कूटी से आती दिखी। चूँकि सुबह के समय वहाँ कुछ ख़ास भीड़ नहीं थी, इसी वजह से शुची ने साकार को आसानी से वहाँ बैठकर चाय पीते देख लिया था। उसने स्कूटी दुकान के सामने रोकी और उसे वहीं खड़ी कर दी।

साकार चाय पी चुका था। शुची को देखकर उसकी ओर आने लगा। पास पहुँच साकार को देख शुची थोड़ा मुस्कुराई और झुककर साकार के पाँव छू लिए। जवाब में साकार ने भी शुची के सिर पर अपने हाथ रख दिये!

साकार ने स्कूटी स्टार्ट की और शुची पीछे बैठकर रास्ता बताती रही। लगभग दस मिनट बाद दोनों उस घर के सामने खड़े थे जिसमें शुची ने फ्लैट ले रखा था। गेट खोलकर शुची ने स्कूटी अन्दर खड़ी कर दी और मकान-मालकिन को बुलाकर साकार से उनका परिचय करवाया, क्योंकि घर-रिश्तेदारों को छोड़कर किसी और लड़के का ऊपर जाना मना था। ऊपर कई और सारे फ्लैट्स बने हुए थे और उन सबमें भी कामकाजी लड़कियाँ ही रहती थीं।

शहर भले ही अपनी कद-काठी में बड़ा हो गया था, लेकिन वही शहर जो एक तरफ़ लड़कियों और लड़कों की बराबरी की वकालत किया करता था, वहीं दूसरी ओर समाज और संस्कृति के नाम पर लड़कियों से कई सारी शर्तों का निर्वहन भी करवाता था, और यह शहर उन्हीं में से एक था।

इतिहास गवाह रहा है कि चरित्र पर ताला मारकर कभी भी कोई उसे सुरक्षित नहीं रख पाया है। लेकिन समाज ने अपने इतिहास से सीखा ही कब था जो वह आज सीखता! और सच यही है कि कभी संस्कृति के नाम पर तो कभी सुरक्षा के नाम

पर केवल लड़कियों के ही पर कुतरे गए हैं। समाज ने कभी लड़कों पर अंकुश नहीं लगाया। हम मानें या न मानें परन्तु भारतीय समाज का एक रूप यह भी रहा है कि दुराचार करने वाला खुलेआम घूमता रहा है और जिस पर दुराचार हुआ, उसे अपनी नज़रें चुरानी पड़ी हैं, क्योंकि समाज ने अक्सर उन्हें ही दोषी ठहराया है।

थोड़ी देर बाद दोनों सीढ़ियों से ऊपर आए और शुची ने कमरे का दरवाज़ा खोला। साकार ने अन्दर जाकर देखा—दो छोटे-छोटे कमरे, एक छोटा-सा किचन, एक बाथरूम और एक छोटी-सी बालकनी थी। दोनों कमरों को बहुत ही व्यवस्थित ढंग से सजाया गया था, जिसमें शुची पहले से ही ख़ासी माहिर थी।

''आप बैठिए, मैं चाय बनाकर लाती हूँ।'' शुची बोली।

''अभी-अभी तो मैंने चाय पी थी स्टेशन पर!'' साकार मना करते हुए बोला।

''तो क्या हुआ? क्या इससे पहले आपने दो चाय नहीं पी? वैसे भी रेलवे स्टेशन की चाय कोई चाय होती है? न दूध का पता, न चीनी का स्वाद! मेरे हाथ की पीजिए, आनन्द मिलेगा!'' बोलकर शुची बिना साकार के उत्तर की प्रतीक्षा किए सीधे किचन में चली गई।

साकार ने कमरे में चारों ओर अपनी नज़रें दौड़ाईं। उत्तर दिशा की दीवार से सटाकर पूर्व-पश्चिम आसन में एक बेड बिछा हुआ था। बेड के ठीक सामने वाली दीवार पर शुची ने अपने हर परिचित की तस्वीर एक ख़ास क्रम में लगा रखी थी। साकार ने ध्यान से देखा तो पाया कि उसके घर के प्रत्येक सदस्य की तस्वीर थी सिवाय उसके। उसे थोड़ी-सी निराशा हुई। शायद शुची के पास उसकी कोई तस्वीर ही नहीं रही हो! वैसे भी वह तस्वीर लेने में झिझका करता था। यहाँ तक कि घर पर भी उसकी शायद ही कोई तस्वीर रही हो! दूसरे कमरे में एक साफ़ चादर डालकर एक लोहे का फोल्डिंग बेड बिछाया गया था और उसके बगल में एक कुर्सी और मेज़ जिस पर एक टेबल-लैंप रखा हुआ था। मेज़ के दोनों किनारों पर गमले में फेंगसुई पौधे लगाकर रखे गए थे। मेज़ के ठीक ऊपर एक ख़ाली फोटोफ्रेम टँगा हुआ था। ख़ाली फोटोफ्रेम? मेज़ पर समाचार-पत्र के कई सारे कटिंग्स रखे हुए थे, जिसे पेपर-वेट से दबाया गया था ताकि वे हवा से उड़ न जाएँ। बालकनी को खुलने वाले दरवाज़े की ऊपरी चौखट से लटकते हुए चाइम्स, जो हवा के हल्के-हल्के थपेड़े खाकर भी मधुर संगीत दिये जा रहे थे। इतना व्यवस्थित? अद्‌भुत!

''कहाँ आप छोटे-छोटे कमरों के विश्वभ्रमण पर निकले हैं? इधर आइए, चाय तैयार है।'' शुची ने पीछे से आवाज़ दी।

साकार मुस्कुराता हुआ वापस लौटकर शुची के पास आया और बोला, ''छोटे-छोटे कमरे? इसका कितना महत्त्व है, शायद तुम्हें नहीं पता। अभी तुम स्वतंत्र हो—स्वयं पर निर्भर! कुछ वर्ष पूर्व तुमने क्या ऐसा कुछ सोचा था?'' और जेब से निकालकर उसने शुची की ओर चॉकलेट बढ़ा दिये।

"नहीं, सोचा तो नहीं था। सपना आपने ही दिखाया था—बस, पूरा हो गया!" शुची चॉकलेट लेते हुए बोली।

"नहीं शुची, अभी सपना पूरा नहीं हुआ है, तुम्हें अभी और भी आगे बढ़ना है। इससे बड़े-बड़े मकान तुम्हारी प्रतीक्षा कर रहे हैं।" साकार थोड़ा गम्भीर होकर बोला।

"आपका आशीर्वाद रहा तो वह भी मिल जाएगा। कमरा कैसा लगा आपको?" शुची ने पूछा।

"सच बोलूँ तो कभी-कभी तो ऐसा लगता है, जैसे कि तुम कोई जादूगरनी हो! इन शुष्क दीवारों को छूकर तुमने इनमें प्राण फूँक डाले हैं, मानो अभी वे बोल उठेंगी!" साकार बोला।

"बस, रहने भी दीजिए! कुछ इतना भी व्यवस्थित मैंने नहीं किया है जितना श्रेय आप मुझे दे रहे हैं। पहले आप मुझे यह बताइए कि आप क्या खाना पसन्द करेंगे? इस बार तो आपको बताना ही होगा क्योंकि आप पहली बार स्वनिर्भर शुची के घर पधारे हैं!" शुची मुस्कुराती हुई बोली।

साकार भी मुस्कुराते हुए बोला, "स्वयं पर निर्भर शुची का घर! तब तो मुझे बताना ही पड़ेगा। ऐसा करो कि दाल, पुलाव और साथ में कोई हरी सब्ज़ी बना लो। पर अभी इतनी भूख नहीं है। बैठो, पहले थोड़ी देर बातें करते हैं। वैसे भी तुमसे मिले बहुत दिन हो गए थे।"

शुची ने सामने वाली कुर्सी अपने पास खींची और उस पर बैठते हुए बोली, "हाँ, यह तो है! पिछले साल जून माह में हम मिले थे जब मैं लैपटॉप वापस करने दिल्ली गई थी। पूरे डेढ़ साल हो चुके हैं बिना आपसे मिले, बिना आपको देखे। आप उधर अपनी पढ़ाई में व्यस्त थे और मैं अपनी नई-नई नौकरी से सामंजस्य बिठाने में। पहली नौकरी! नई नौकरी! नई जगह! बस, धीरे-धीरे व्यस्त रहने की कोशिश कर रही हूँ।"

साकार शुची के सामने आकर बिस्तर पर बैठ गया और बोला, "समय कितना जल्दी बीत जाता है शुची, पता ही नहीं चलता। तुम दिल्ली आई थीं, तो लग रहा है, जैसे अभी कल ही की तो बात है! कुछ इस तरह से ज़ेहन में यादें ताज़ा हैं! अच्छा, शुची, एक बात बताओ, क्या अकेले यहाँ अच्छा लगता है?"

शुची ने नज़रें उठाईं और साकार की ओर देखा, फिर गम्भीर होकर बोली, "यह प्रश्न आप पूछ रहे हैं? आपसे बेहतर कौन जान सकता है कि अकेले रहना कैसा लगता है? दिन भर तो काम में समय का कुछ पता ही नहीं चलता लेकिन ऑफ़िस से आने के बाद अकेलापन बहुत चुभने लगता है। जिन दीवारों को आपने कहा है न कि ये बोलती-सी दिखती हैं तो बस, मैं उस चुभन को दूर भगाने के लिए इन्हीं दीवारों से बातें करती रहती हूँ! पर कमबख्त ये सिर्फ़ सुनती ही रहती हैं, बोलतीं कुछ भी तो नहीं! कुछ भी नहीं!"

"क्या पता, दीवारों को भी एक चेहरा इतने ज़्यादा दिनों तक पसन्द नहीं आती हो! कम-से-कम मेरे कमरे की दीवारों को अब मैं पसन्द नहीं आ रहा।" साकार आँखें मूँदते हुए बोला मानो वह अपने कमरे की घूरती दीवारों को देख रहा हो!

"इतना अकेला होना भी अच्छा नहीं होता, पर क्या करें? काम है। करना तो पड़ेगा ही। अब हर जगह घरवाले तो नहीं रह सकते! और घर पर नौकरी तो नहीं मिल सकती!" शुची फीकी हँसी हँसती हुई बोली।

"एक बात मानोगी मेरी? अब विवाह कर लो। अकेलेपन की समस्या का निदान हो जाएगा।" साकार शान्त होकर बोला।

शुची ने चौंकते हुए साकार को देखा और थोड़ी देर बाद ग़ुस्से से बोली, "आप क्यों नहीं कर लेते विवाह? आप भी तो दिल्ली में अकेले ही हैं! बड़े आए मेरा विवाह कराने वाले! मुझे आपसे यह उम्मीद नहीं थी कि आप मुझसे किसी दिन ऐसा भी बोलेंगे। आज तक आपने मेरा हमेशा साथ दिया है, फिर आज क्यों मुकर रहे हैं?"

साकार को इसका बिलकुल भी आभास नहीं था कि शुची पर उसकी बात का ऐसा असर होगा। माहौल को सँभालने की कोशिश करते हुए वह बोला, "अरे, मैंने तो बस ऐसे ही कह दिया था! जीवन में कई पड़ाव आते हैं। एक पड़ाव पार करने के बाद दूसरा पड़ाव आता है। वैसे विवाह की यही उम्र होती है।"

"मुझे विवाह नहीं करना है—कभी भी नहीं करना है! जब मन करेगा तो ख़ुद ही सबसे कह दूँगी। घरवाले तो बार-बार कहते ही रहते हैं, कम-से-कम आप तो मत कहिए!" शुची बोली।

"तुम्हें क्या लगता है शुची, लोग मुझसे नहीं पूछते? सबको कहीं-न-कहीं यही लगता है कि तुम्हारे इनकार का इकलौता कारण मैं ही हूँ।" साकार को आज जाने क्या हो गया था! जो बात केवल लोग वर्षों से कहा करते थे, आज उसने भी वही बात एक साँस में ही कह डाली थी।

शुची सिर झुकाये चुपचाप फ़र्श को निहारती रही।

साकार बोलता गया, "यह ज़रूरी तो नहीं कि हर राह मंज़िल को ही पहुँचाए। कुछ आधे में ही बिखर जाती हैं। मैं भी एक ऐसा ही रास्ता हूँ—अभी भी अनेक उलझनों में उलझा हुआ! मंज़िल मिलेगी की नहीं, इसका कुछ भी नहीं पता। कम-से-कम तुम अपना जीवन तो मत बरबाद करो!"

शुची ने साकार की ओर एकटक देखते हुए कहा, "क्या केवल विवाह कर लेने मात्र से जीवन सँवर जाया करता है? यदि विवाह करके भी मैं अकेलेपन के घेरे में रही और ख़ुश भी न रह पाई, तो?"

साकार शुची को देखते हुए बोला, "शुची, एक दिन मेरे पास तुम्हारी माँ का फ़ोन आया था। प्रत्यक्ष रूप से न सही, किन्तु अप्रत्यक्ष ही उन्होंने सब कह डाला! जैसे मन में वर्षों से दबी हुई कोई भड़ास थी और उन्होंने सारा मुझ पर निकाल

डाला। इस रिश्ते की पवित्रता कोई नहीं समझ सकता शुची! इस रिश्ते को कोई पहचान नहीं मिल सकती। बेरोजगारों की शादियाँ नहीं हुआ करतीं, तुम आख़िर कब तक इस बात को नकारोगी? और वैसे भी वर्षों से तुम देख तो रही ही हो, इस प्रतीक्षा की कोई भी सीमा नहीं। रही विवाह के बाद तुम्हारी ख़ुशी की बात, तो अगर तुम चाहो तो सारा जहान प्रसन्न रह सकता है, इतनी क्षमता है तुम्हारे अन्दर।''

शुची ने मारे ग़ुस्से के चाय का कप ज़मीन पर पटक दिया। कप चन्न की आवाज़ के साथ ही टूटकर ज़मीन पर बिख़र गया। साकार केवल देखता ही रह गया। वह क्या प्रतिक्रिया दे, उसकी कुछ भी समझ में नहीं आया।

थोड़ी देर बाद शुची लगभग चीखते हुए बोली, ''आख़िर आप सब लोग मेरे ही पीछे क्यों पड़े हैं? मैं तो किसी के जीवन में हस्तक्षेप नहीं करती। क्या मैंने आपके ध्येय में कभी भी कोई बाधा पहुँचाने की कोशिश की है? फिर मेरी प्रतीक्षा पर प्रश्न क्यों? मैं और भी न जाने क्या-क्या करती हूँ! मेरा मन अभी विवाह के लिए नहीं तैयार है, सब इस बात को स्वीकार क्यों नहीं कर सकते? आप बुरा मत मानिए। आज तक आपने जो भी कहा है, मैंने हर बात मानी है आपकी, लेकिन सब कुछ जानते हुए भी कम-से-कम मेरे साथ इस तरह तो न करिए!''

शुची रोने लगी थी और साकार अवाक् खड़ा था। जब उसे कुछ भी समझ में नहीं आया तो आगे बढ़कर शुची का हाथ अपने हाथों में लेते हुए बोला, ''हम दोनों के मन की भावनाएँ एक-दूसरे से अनभिज्ञ नहीं हैं शुची, लेकिन क्या हमें ऐसा कोई निर्णय लेना चाहिए जो दोनों के घरवालों को पसन्द न हो? और इस एक रिश्ते से कितने और रिश्तों पर प्रश्नचिह्न लग जाएगा। यह एक दिन का साथ नहीं, जीवन भर की बात है, और हमें रहना भी सबके साथ ही है। सबकी भावनाओं को आहत करके क्या हम ख़ुश रह पाएँगे? तुम्हें मेरे घर की हर एक स्थिति का पता है। कितनी मुश्किल से सब मुझे दिल्ली भेजकर पढ़ा रहे हैं! मुझे लेकर सबने कितने सारे सपने सँजोये हैं! अपनी एक भावना से क्या सबका मन तोड़ दूँ? क्या तुम यही चाहती हो?''

''नहीं!'' शुची शान्त होते हुए बोली।

''तुम्हें भी अच्छे से पता है कि तुम्हारे लिए मैं तुम्हारी माँ की पहली पसन्द नहीं हूँ। अगर मैं आज सफल होता तो बात कुछ और होती। कब तक मैं और तुम अपने वर्तमान से भागेंगे? जो रिश्ते तुम्हारे लिए अभी आ रहे हैं, एक उम्र ढलने के बाद वैसे रिश्ते फिर नहीं आएँगे।'' साकार एक ठंडी आह भरते हुए बोला।

''मैं विवाह करने से नहीं डरती, लेकिन एक-दो वर्ष और रुकने में हर्ज ही क्या है?'' शुची बोली।

''एक-दो वर्ष में कोई स्थिति बदल जाएगी अगर तुम ऐसा सोचती हो तो तुम पूरी तरह से ग़लत हो। सब अपनी जगह अडिग हैं और आगे भी रहेंगे। यहाँ भावनाओं का कोई मूल्य नहीं। हम दोनों का साथ सबके रहते कभी भी नहीं हो

सकता। मैं तुम पर किसी भी तरीक़े का दबाव नहीं डाल रहा, पर इतना ज़रूर कहूँगा, मेरी बात पर शान्त होकर एक बार मेरे नज़रिए से ज़रूर सोचना!'' साकार बोला।

''मैं खाना तैयार करती हूँ।'' इतना कहकर शुची ने अपना हाथ छुड़ाया और किचन में चली गई।

ऐसा नहीं था कि साकार ने कोई अन्तिम निर्णय लेने के बाद शुची से ये बातें कही हों, लेकिन पिछले वर्ष घर पर बड़ी भाभी से हुई बात के बाद इस विषय पर उसका मन न जाने क्यों धीरे-धीरे शुष्क होता चला गया था! और आज उस शुष्कता की बस एक झलक ही दिखी थी। अगर अभी तक साकार सफल होता तो शायद एक बार सबको मनाने की, अपने मन की इच्छा बताने की कोशिश अवश्य करता! पर एक तो असफलता और दूसरा, खँडहर जैसे हो चुके घर ने उसके होंठ पूरे सिल दिये थे। वह करता भी तो क्या? अक्सर असफलता ने आरजुओं का दामन ही कुचला है। पर ये सारी बातें कहते हुए उसे इतनी पीड़ा तो महसूस हुई ही थी, जैसे कि वह अपने शरीर से कोई महत्त्वपूर्ण अंग निकालकर बाहर फेंकने जा रहा हो! एक अंग का न होना, तिस पर रिसते घावों का दर्द! उसने अपने मन की पीड़ा अपने ही अन्दर कैसे दबाकर रखी थी, साकार को भी इसका आभास नहीं था। और शुची की पीड़ा देख वह छटपटा ही तो उठा था।

शुची ने ऑफ़िस से आज पूरे दिन की छुट्टी ले रखी थी। उसने सोचा था कि साकार के साथ वह कहीं बाहर घूमकर आएगी। ज़्यादा कुछ नहीं तो पहाड़ की ढलान तक पैदल ही दोनों जाकर वापस लौट आए होते! पर अब? जैसे सारी इच्छाएँ अचानक से शून्य हो गई हों! न कुछ बोलने का मन, न कुछ करने का!

भोजन के उपरान्त भी दोनों शान्त ही बैठे हुए थे। साकार कुर्सी पर बैठकर शून्य में बस ताकता रहा और उसी कुर्सी के सहारे शुची ज़मीन पर बैठी हुई साकार के पैंट पर आड़ी-तिरछी रेखाएँ खींचती रही मानो वह अपना भविष्य लिखने की कोशिश कर रही हो!

थोड़ी देर बाद साकार ने फ़ोन करके टैक्सी बुलाई और जब जाने को हुआ तो अचानक से शुची ने पूछा, ''आज के बाद आपसे भेंट कब होगी? क्या मसूरी से वापस लौटते समय आप फिर से मिलेंगे?''

''नहीं शुची! मसूरी से वापस लौटते समय सीधे निकल जाऊँगा। दुबारा इधर बिना किसी काम के आने से रहा। चाहो तो कुछ दिनों के लिए मम्मी को बुला लो। तुम्हें थोड़ा अच्छा लगेगा। वैसे भी पिछले दो-तीन वर्षों से तुम उनसे दूर ही रही हो। तुम यहाँ अकेली हो और वह वहाँ अकेली, ठीक है?'' साकार बोला।

''ठीक है, मैं माँ को यहाँ बुला लूँगी। अगले वर्ष दिल्ली में जुलाई के बाद किसी भी समय एक समाचार-पत्र में मेरा साक्षात्कार होना है। अगर आपको बुलाऊँगी तो क्या आप... ?'' शुची ने प्रश्न अधूरा ही छोड़ दिया।

साकार ने बेबस होकर शुची की ओर देखा और बोला, "कैसी बात करती हो शुची! क्यों नहीं आऊँगा? मैं बिलकुल आऊँगा। फिर कभी भी इस तरह की बातें अपने मन में मत लाना। तुम्हें जब भी ज़रूरत होगी, सबसे पहले मुझे ही सामने पाओगी।"

शुची कुछ नहीं बोली, बस एक फ़ीकी हँसी हँसकर रह गई। फिर शुची ने झुककर साकार के पाँव छूए। साकार ने उसके सिर पर अपना हाथ रखा और भारी मन से जाकर टैक्सी में बैठ गया।

शुची टैक्सी को तब तक निहारती रही जब तक कि वह आँखों से ओझल नहीं हो गई।

"**चाहे** तुम कितने ही कारण क्यों न गिना दो साकार, पर मुझे यही लगता है कि तुमने कुछ सही नहीं किया। मैंने तुमसे हमेशा धैर्य की ही उम्मीद रखी थी।" अनिमेष थोड़ा गम्भीर होते हुए बोला।

साकार पिछली शाम को ही मसूरी अनिमेष की अकादमी पहुँच गया था। देहरादून से मसूरी की दूरी कोई ख़ास नहीं है। यही कोई तैंतीस से चौंतीस किलोमीटर, बस! लेकिन रास्ता पहाड़ी और घुमावदार होने की वजह से लगभग एक घंटे का समय तो लग ही जाता है। पर साकार को इससे कुछ ज़्यादा समय लगा। अक्सर घुमावदार रास्तों पर उसे चक्कर आने लगते थे, और कभी-कभी तो उसे मितली भी करनी पड़ती थी। उसने बीच-बीच में कई जगहों पर टैक्सी रुकवाई ताकि वह उतरकर कुछ देर खुली हवा में साँस ले सके और उसका सर चकराना थोड़ा नियंत्रित हो जाए।

मसूरी तक पहुँचते-पहुँचते टैक्सी वाला भी ग़ुस्सा हो गया और साकार से बोला कि जब उसे इतनी समस्या होती है पहाड़ी रास्तों पर तो उसे आना ही नहीं चाहिए था। बदले में साकार केवल मुस्कुरा भर दिया।

अनिमेष ने अकादमी के अन्दर ही उसके रुकने का प्रबन्ध कर दिया था।

संयोग से आज रविवार था, इसलिए आज सरकारी छुट्टी होने की वजह से अनिमेष का कोई भी प्रशिक्षण नहीं था। इसलिए सुबह नाश्ता करने के उपरान्त दोनों सीधे अकादमी से एक किलोमीटर दूर स्थित कम्पनी बाग़ में आ गए थे। नवम्बर महीने के आख़िरी दिनों में कम्पनी बाग़ में भाँति-भाँति और अनेक रंगों के फूल खिले हुए थे। कम्पनी बाग़ के अन्दर ही एक कृत्रिम झील भी था जिसमें पर्यटक नौका-विहार का आनन्द ले रहे थे। देश-विदेश से आए हुए अनेक सैलानी इधर-उधर प्रकृति की ख़ूबसूरती का आनन्द उठा रहे थे और साथ में यहाँ से लौटकर यादों को सँजोने के लिए तस्वीरें भी निकालते जा रहे थे। वैसे सर्दियों की शुरुआत में सैलानियों की संख्या काफ़ी कम हुआ करती थी, क्योंकि मसूरी गर्मियों में भारत के

सबसे अच्छे पर्यटन–स्थलों में से एक था। मसूरी में तो लगभग बारहों महीने ठंड का ही मौसम हुआ करता था, लेकिन दिसम्बर महीने में ठंड अपना चरम रूप दिखाने लगती थी। साकार और अनिमेष बाग़ में एक पेड़ के नीचे बने हुए लकड़ी के बेंच पर बैठे हुए थे।

''अनिमेष, मुझे भी इस बात का एहसास है कि मैंने सही नहीं किया है। लेकिन मेरे दृष्टिकोण को अगर जानने की कोशिश करोगे तो मुझे ग़लत भी नहीं पाओगे। आख़िर कब तक शुची मेरे लिए बैठकर प्रतीक्षा करती रहेगी?'' साकार अनिमेष को समझाते हुए बोला।

''तुमने तो दर्शनशास्त्र पढ़ा है? अस्तित्ववाद के बारे में अच्छे से पढ़ा होगा तुमने? और किसी विशेष चर्चा के दौरान तुमने ही कहा था कि आधुनिक दर्शन में वास्तविकता के सबसे क़रीब वही विचार हैं कि कैसे एक ग़लत चुनाव जीवन को अप्रामाणिक बना देता है। सब कुछ जानते–समझते हुए भी आख़िर तुम ऐसा कैसे कर सकते हो? मैं नहीं चाहता कि कुछ सालों बाद मुझे एक अलग साकार मिले—वह नहीं, जिससे मेरी मित्रता हुई थी, जिसके साथ मैंने अपने संघर्ष साझा किए थे और जिसके कारण मैं आज यहाँ तक पहुँच पाया हूँ। तुम बार–बार यह भूले जा रहे हो कि तुम्हारे इस निर्णय से न केवल शुची को बल्कि मुझे भी उतना ही दुःख पहुँचा है। आगे की कल्पना करके मैं काँप उठा हूँ। तुम्हें टूटते हुए मैं नहीं देख पाऊँगा। बाद में जीवन भर की घुटन से अभी की प्रतीक्षा लाख गुनी बेहतर है साकार! मुझे नहीं लगता कि बातें केवल प्रतीक्षा की ही हैं। मुझे असली कारण बताओ!'' अनिमेष ने पूछा।

''व्यक्तिगत असफलता और बेरोजगारी से बड़ा और क्या कारण हो सकता है? ऊपर से मुझे लगता है कि इस रिश्ते से दोनों परिवार वालों को कोई भी प्रसन्नता नहीं होगी। रही मेरे टूटने की बात तो तुम हो सँभालने के लिए!'' साकार नीचे घास को देखते हुए बोला।

'' वह तो मैं रहूँगा ही, पर व्यक्तिगत असफलता और बेरोजगारी? यह कोई नया तो नहीं है। आज नहीं तो कल इसे सफलता में बदलना ही है। मुझे नहीं लगता कि तुम्हारी बातों के पीछे यह तात्कालिक कारण रहा होगा। और रही बात दोनों परिवारों की प्रसन्नता की, तो इसका क्या भरोसा है कि सफलता पाने के बाद जिससे भी तुम्हारा विवाह होगा, उससे तुम्हारे घरवाले ख़ुश रहेंगे? ये सारी बातें, ये सारे कारण बचकानी से लगते हैं। सही कारण तो यह है कि दुविधा में तुम हो। कमज़ोर तुम निकले, जो निश्चय नहीं कर पा रहे।'' अनिमेष ने थोड़ा सख़्त लहजे में कहा।

साकार अनिमेष को देखते हुए तैश में बोला, ''तो क्या तुम भी यही चाहते हो कि अपनी एक ख़ुशी के लिए मैं सारे लोगों के अरमानों का गला घोंट दूँ?''

''मैंने ऐसा कब कहा साकार? अगर मुझे यही कहना होता तो कई वर्ष पूर्व बोल चुका होता जब मैं तुम्हारे साथ रहा करता था। किन्तु, मेरा हमेशा से यही मानना रहा है कि जब तक तुम ख़ुश नहीं रहोगे तब तक चाहकर भी अपनों को सच्ची ख़ुशी नहीं दे सकोगे। मैं पुन: वही बात दुहराता हूँ—आज नहीं तो कल तुम सफल अवश्य होगे। और तुम्हारी सफलता सबके विचार बदल देगी। अभी तक सबने केवल असफल, बेरोजगार साकार और खँडहर जैसे घर को देखा है। जिस दिन इस रंग का चश्मा निकालकर खुली आँखों से अगले पाँच वर्ष बाद का आकलन करेंगे तो उन्हें यह रिश्ता स्वीकार करने में कोई हर्ज नहीं होगा। बाक़ी लोग दूरदर्शी न सही, पर तुमसे तो दूरदर्शिता की अपेक्षा मैं रखता ही हूँ। एक बात मैं और स्पष्ट कर दूँ कि जहाँ तक मैं तुमको समझ पाया हूँ, यदि तुम्हारी सफलता के बाद शुची तुम्हारे आस-पास नहीं रही तो तुम्हें सफलता का एहसास भी नहीं होगा। उस पीड़ा को झेल नहीं पाओगे। यदि तुम चाहो तो मैं सबसे बातें करने को तैयार हूँ। और मुझे इसका पूरा विश्वास है कि सबको मैं तुम्हारे रिश्ते का वह पक्ष दिखा सकता हूँ, जिसके बारे में तुमने आज तक किसी से कुछ भी नहीं कहा है। यहाँ तक कि अपने-आपसे भी नहीं।'' अनिमेष काफ़ी सोच-समझकर बोला।

''नहीं अनिमेष! मुझे नहीं लगता कि बातों से कोई भी फ़ायदा होने वाला है। मैं नहीं चाहता कि मेरे ध्येय के पीछे शुची का बहुमूल्य जीवन भी बरबाद हो जाए। मेरा तो बरबाद हो ही रहा है। बाक़ी भाग्य में जो भी बदा हो!'' साकार एक लम्बी साँस लेकर बोला।

अनिमेष बेंच से उठकर खड़ा हो गया और बोला, ''फिर इस विषय पर बात करने का कोई अर्थ नहीं है। अगर तुमने अपनी राह का चुनाव कर ही लिया है तो बाद में पश्चात्ताप मत करना। पर इतना ज़रूर याद रखना कि जीवनपर्यंत किसी की आत्मा का बोझ तुम्हारे ऊपर ही रहेगा। ढोना पड़ेगा तुम्हें। बच नहीं पाओगे। मैंने तो हमेशा से तुम्हें नायक ही समझा था लेकिन तुम भी भगोड़े ही साबित हुए। अपने परिवार के लोगों का एक सामाजिक दृष्टिकोण बदलने में अक्षम देश का भाग्य कैसे लिख सकेगा?''

साकार दूसरी ओर देखते हुए बोला, ''वो देख रहे हो न बादलों को, पहाड़ों से टकराकर बरस जाएँगे। फिर से उनका एक नया अस्तित्व बनेगा। फिर से टकराएँगे और चूर-चूर हो जाएँगे। बादलों का अपना कोई भाग्य नहीं होता अनिमेष!''

अनिमेष ने साकार की ओर देखा लेकिन कुछ नहीं बोला।

कम्पनी बाग़ से निकल दोनों लैंडोर तक टहलते हुए गए और शाम की चाय से पहले अकादमी वापस लौट आए।

शाम की चाय पीने के बाद साकार ने अनिमेष से इजाज़त ली। अनिमेष ने फ़ोन करके एक टैक्सी बुलाया जिसमें बैठकर साकार देहरादून तक गया। घुमावदार

रास्तों की वजह से उसे कई जगह रुकना पड़ा। जब मन अस्वस्थ था तो तन स्वस्थ कैसे रहता?

उसका मन एक बार शुची से जाते समय मिलने का किया। उसने फ़ोन करने के लिए जेब से फ़ोन निकाला लेकिन उसे अपना स्वास्थ्य ठीक नहीं लगा। फिर कुछ सोचकर वापस अपनी जेब में रख लिया। और आगे बिना कुछ सोचे-समझे रेलवे स्टेशन पहुँचकर दिल्ली जाने वाली ट्रेन में बैठ गया।

दिल्ली : अगस्त, 2013

देहरादून से आने के बाद से साकार थोड़ा उखड़ा-उखड़ा-सा रहने लगा था। दिन भर कमरे में ही पड़ा रहता। किसी से बात भी नहीं करता था। यहाँ तक कि घर पर भी उसकी बातें काफ़ी कम हो गई थीं। इसी बीच शुची ने उसे कई बार फ़ोन किया लेकिन साकार ने उससे बात नहीं की। यहाँ तक कि पलटकर शुची के मैसेज का जवाब तक नहीं दिया। बस, वह अपने-आपको अपनी सारी पुस्तकों में डुबो देना चाहता था ताकि बाहर की दुनिया उसे नज़र ही न आए। न खाने का समय, न सोने की इच्छा! जब तक जगा रहता, बस, पढ़ता ही रहता।

इसी बीच उसने दो-तीन परीक्षाएँ भी दीं जो काफ़ी अच्छी गईं। लेकिन पंछी कितनी दूर क्यों न निकल जाए, शाम होते ही उसे अपने घोंसले में आना ही पड़ता है। साकार पंछी ही तो था जो अपनी वास्तविकता से काफ़ी दूर निकल गया था।

एक दिन ऐसे ही जब रात्रि के भोजन के बाद पढ़ने की तैयारी कर रहा था कि अचानक से बारिश शुरू हो गई। मानसून के मौसम में बरसात का होना कोई असामान्य बात नहीं थी। असामान्य था तो उसके इलाके के बिजली के ट्रांसफार्मर का जल जाना। सर्वत्र अँधेरा छा गया। उसने इमरजेंसी लाइट ऑन करनी चाही तो पाया कि वह पहले से ही डिस्चार्ज थी। और यह संयोग ही था कि उसके कमरे में कोई मोमबत्ती भी नहीं थी। बारिश की वजह से बाज़ार की सारी दुकानें बन्द हो चुकी थीं, इसलिए आज उसे अँधेरे में ही रहना था—बिना किसी पुस्तक के। धीरे-धीरे बादलों की गड़गड़ाहट के साथ बिजलियाँ भी चमक रही थीं। बारिश तो सामान्य थी लेकिन साकार को न जाने क्यों भयावह लगा। वह डरकर बिस्तर के एक कोने में सिकुड़कर बैठ गया। तभी उसका मोबाइल बजा। देखा तो शुची का फ़ोन था। किसी और समय शुची का फ़ोन आया होता तो वह नहीं उठाता, पर आज उसे फ़ोन उठाना ही पड़ा।

''नमस्ते!'' फ़ोन के दूसरी तरफ़ से शुची बोली।

वही चिरपरिचित अपनी–सी आवाज़, जिसे वह हर क्षण सुनना चाहता था, पर आज महीनों बाद सुन रहा था। साकार जड़–सा हो गया। उसके मुँह से आवाज़ तक नहीं निकली।

"क्या हुआ है आपको? क्या आप आज भी मुझसे बात नहीं करेंगे?" दूसरी ओर से आवाज़ आई।

"मुझे कुछ नहीं हुआ है शुची! बस, आजकल पढ़ाई में काफ़ी व्यस्त हूँ, इसलिए बात नहीं कर पाता हूँ।" साकार शान्त स्वर में बोला।

"आप इससे पहले भी व्यस्त हुआ करते थे। पहले तो आपने कभी ऐसा नहीं किया था। क्या मुझसे कोई ग़लती हो गई है जो मुझे नहीं करनी चाहिए थी?" शुची ने पूछा।

"नहीं शुची, तुमसे कोई भी ग़लती नहीं हुई है। मैं केवल अपनी परिस्थितियों से परेशान हूँ। ख़ैर, छोड़ो, यह बताओ कि कैसे याद किया?" साकार बोला।

"कैसे याद किया? कब नहीं याद किया? पिछले छह महीने से ज़्यादा का समय बीत गया बिना आपसे कोई बात हुए। और आप पूछ रहे हैं कि कैसे याद किया?" शुची थोड़ी उखड़ी–सी बोली।

साकार कुछ भी नहीं बोला। उसके पास बोलने लायक कुछ रह भी नहीं गया था। उसका पूरा मन–मस्तिष्क शून्य हो चुका था। जिन प्रश्नों से वह भागता रहा था, उसका उत्तर भला वह कैसे दे सकता था?

शुची बोलती गई, "कल मेरा साक्षात्कार है दिल्ली के 'पायोनियर' मीडिया समूह में। कल ही वह अन्तिम चयन का परिणाम भी बता देंगे। क्या हम मिल सकते हैं?"

"कैसी बातें करती हो शुची? मैं साकार ही हूँ! इतनी बड़ी ख़ुशी की बात है और मैं नहीं मिलूँगा? बोलो, कब और कहाँ आना है?" साकार थोड़ा उत्साहित होते हुए बोला मानो बादलों के झुंड से सूरज फिर से निकलने लगा हो!

शुची ने कल के आने के बारे में विस्तार से साकार को बताकर फ़ोन काट दिया।

पिछले छह–सात महीने से साकार के चेहरे पर जो उदासी छाई हुई थी, शुची से मिलने के अवसर ने उसे धो डाला था। उसने अपने मन को बहुत ही कठोर बना डाला था, लेकिन इतना कठोर नहीं बना सका था कि शुची उसे मिलने की इच्छा जाहिर करे और वह मना कर सके! बाहर बारिश अभी भी हो रही थी! बादल अभी भी गरज रहे थे। बिजलियाँ अभी भी चमक रही थीं, लेकिन साकार का मन? कम–से–कम अभी शान्त था। थोड़ी देर बाद वह सो गया।

दूसरे दिन साकार शुची के बताए समय के अनुसार लगभग ग्यारह बजे के आस–पास मंडी हाउस मेट्रो स्टेशन पहुँचा। 'द पायोनियर' मैगजीन का ऑफ़िस उसके आस–पास ही था। थोड़ी ही प्रतीक्षा के बाद शुची आती दिखाई दी। वह साकार को देखकर मुस्कुराई और पास आकर उसके पाँव छू लिये।

"मेरा चयन हो गया!" शुची कृतज्ञता से बोली।

साकार ख़ुश होते हुए बोला, "यह तो बहुत ही अच्छी बात है। बहुत-बहुत बधाई हो! बस, ऐसे ही आगे बढ़ती रहो! मैं तुमसे बहुत ही प्रसन्न हूँ।" साकार मुस्कुराते हुए बोला और जेब से निकालकर दो चॉकलेट शुची की ओर बढ़ा दिये।

"इस सबके लिए सारा श्रेय आपको ही जाता है। अब मुझे दिल्ली में ही रहना होगा। उसके लिए मुझे एक आशियाना भी ढूँढ़ना होगा।" शुची चॉकलेट लेते हुए बोली।

"शुभ कार्य में विलम्ब क्यों? आज ही ढूँढ़ते हैं! किस क्षेत्र में रहना पसन्द करोगी?" साकार उत्साहित होते हुए बोला।

"जहाँ भी सुरक्षित रह सकूँ। मुझे लगता है, नोएडा ठीक रहेगा। और आपके यहाँ से दूर पड़ेगा तो आपको भी कोई दिक़्क़त नहीं होगी। मेरी छाया से भी दूर!" न चाहते हुए मन की बात शुची की जुबान पर आ ही गई।

साकार ने निगाहें उठाकर शुची की ओर देखा—उफ, वही आँखें! जो भी देख ले, वह उलझकर रह जाए! छह-सात महीनों में भी शुची तनिक नहीं बदली थी। पहले से भी अधिक सुन्दर और सौम्य दिख रही थी। नहीं, नहीं, अपने ऊपर नियंत्रण रखना ही होगा, नहीं तो पिछले कुछ महीनों का किया-धरा सब बेकार हो जाएगा।

उसने अपनी नज़रें नीची कर लीं और बोला, "ऐसी बात नहीं है शुची! तुम मुझसे कभी दूर हो ही नहीं सकतीं। चलो, नोएडा ही चलते हैं। तुम्हारा घर मेट्रो स्टेशन के पास ही ढूँढ़ना पड़ेगा, जहाँ से तुम्हें आने-जाने में कोई तकलीफ़ न हो।"

दोनों मेट्रो पकड़कर नोएडा आ गए। पहले एक रेस्टोरेंट में जाकर दोनों ने दोपहर का भोजन किया। उसके बाद प्रॉपर्टी डीलर्स से मिलते हुए कई सारे फ्लैट्स देख डाले। कई घंटों की मशक्कत के बाद शुची को एक फ्लैट पसन्द आया तो अगले माह का अग्रिम किराया देकर रेंट अग्रीमेंट बनवा लिया। यह सब करते-करते शाम के पाँच बज गए।

"अब शाम हो गई है। अब कहीं जाने का समय नहीं है। ऐसा करो, मेरे साथ मेरे कमरे पर ही चलो। रात वहीं रुक जाओ। सुबह आराम से निकल जाना।" साकार थोड़ा चिन्तित होते हुए बोला।

शुची ने सहमति में सिर हिलाया और साकार के साथ ही सन्तनगर आ गई।

कमरे पर पहुँचकर साकार ने दरवाज़े पर लगा ताला खोला। बिना कुछ बोले शुची सीधे किचन में चली गई और चाय बनाकर ले आई। और दोनों चाय पीने लगे।

''ऐसा करते हैं, रात का खाना बाहर से ही मँगा लेते हैं। दोनों थके हुए हैं। अब इस समय ख़ुद खाना बनाने का कोई मतलब नहीं।'' साकार ने सुझाव दिया।

''नहीं, मुझे इतनी भी थकान नहीं हुई है। आप क्या खाएँगे? मैं बना रही हूँ।'' शुची बोली।

''जो भी तुम बनाना चाहो! जो भी किचन में उपलब्ध हो!'' साकार बोला।

साकार ने दाढ़ी बढ़ा रखी थी। कपड़े भी उसके अस्त-व्यस्त ही थे। और कमरा ऐसा फैला हुआ था, जैसे भूतों का बसेरा हो! जब दो साल पहले वह इसी कमरे में आई थी तो सब कुछ कितना व्यवस्थित था! और अब? शुची की आँखों में आँसू आ गए। साकार से बचाकर उसने आँसू पोंछ डाले। जब मन अव्यवस्थित हो तो फिर कमरा कैसे व्यवस्थित रह सकता है?

साकार तब तक नहाने के लिए बाथरूम जा चुका था।

शुची ने पहले कमरा साफ़ किया। बिस्तर को तरीक़े से बिछाया। मेज़ पर उल्टी-पुल्टी रखी किताबों को सजाकर रखा और इधर-उधर फेंके कपड़ों में से साफ़ कपड़े निकालकर तह करके अलमारी में रखती चली गई। बाक़ी गन्दे कपड़ों को एक बाल्टी में डालकर रख दिया।

किचन में जाकर देखा, तो वह पूरा गन्दा पड़ा हुआ था। पूरे किचन को रगड़-रगड़ के साफ़ किया, फिर सारे बर्तन धोए। उसके बाद सब्ज़ियाँ निकालकर काटने लगी।

साकार नहाकर आया तो कमरा देख सकपका गया। उसे पहले तो ऐसा लगा जैसे किसी और के कमरे में आ गया हो!

किचन के अन्दर शुची को सब्ज़ी काटते देखकर बोला, ''इतनी मेहनत करने की क्या ज़रूरत थी शुची? वैसे भी पूरा दिन भाग-दौड़ की वजह से थक रही हो!''

शुची ने पीछे मुड़कर देखा और मुस्कुराते हुए बोली, ''कुछ भी तो मेहनत नहीं की है मैंने। पहली बार इस कमरे में जब आई थी तो जैसा कमरा दिखा था, वैसा ही करने की कोशिश की है, बस! और कुछ नहीं।''

''पहले यहाँ इनसान रहा करते थे, आजकल यहाँ एक भूत का निवास है।'' साकार ने न चाहते हुए भी आख़िर कटाक्ष कर ही दिया।

शुची कुछ नहीं बोली—बस, चुपचाप सब्ज़ियाँ काटती रही।

साकार भी शान्त होकर कुर्सी पर बैठ समाचार-पत्र देखता रहा। पढ़ तो वह पा नहीं रहा था।

यह वही दोनों थे, जब भी मिलते थे, एक जीवन्तता झलका करती थी। पर साकार के देहरादून से आने के बाद सब कुछ बदल चुका था। पहले दोनों दूर होकर भी पास हुआ करते थे, लेकिन आज इतने पास होकर भी दूर! ग़लती किसकी थी, इसका निर्णय भी समय को ही करना था।

जब खाना बन गया तो शुची बाल्टी उठाकर बाथरूम की ओर जाने लगी।

साकार को देख शुची बोली, "खाना बन गया है, मैं नहाकर आती हूँ। बारिश के दिनों में दिल्ली में उमस कितनी बढ़ जाती है!"

दोनों के बीच पसरे सन्नाटे को ख़त्म करने की चाह से साकार ने मज़ाक़ में ही बोला, "शुची, कपड़े पहनकर तो नहाओगी नहीं, निकालकर जाओ!"

शुची ने आश्चर्यचकित होकर साकार की ओर देखा और बोली, "आपने यह बात मज़ाक़ में कही या... ?"

शुची की बात काटते हुए साकार बोल पड़ा, "तुम्हें क्या लगता है?"

"मुझे क्या लगता है, कैसा लगता है, इसकी परवाह किसे है? लेकिन मैं आपको याद दिलाना चाहती हूँ कि आज तक मैंने आपकी कोई बात नहीं टाली है। अगर यह मज़ाक़ नहीं था तो मुझे आपकी यह आज्ञा मानने में भी तनिक झिझक नहीं होगी।" शुची की बातों से पूरा समर्पण झलक रहा था।

साकार घबरा गया। तुरन्त बोला, "नहीं शुची, मैंने केवल मज़ाक़ किया था। आजकल मेरे मुँह से मज़ाक़ भी कटाक्ष बनकर निकल रहा है।" और उसने अपनी नज़रें नीचे झुका लीं।

शुची ने सबसे पहले साकार के कपड़े रगड़-रगड़ के धोए और उन्हें खँगालकर तारों पर फैला आई। थोड़ी देर बाद वह नहाकर, कपड़े बदलकर कमरे में वापस आई। साकार ने शुची की ओर देखा—गीले बालों से टप-टप पानी टपक रहा था जबकि उसे एक तौलिए में लपेटकर रखा था शुची ने। उसे शुची एक देवी की तरह नज़र आई जो अभी-अभी उसके सारे सन्ताप हरने पृथ्वी पर अवतरित हुई थी। उसने अपना चेहरा दूसरी ओर घुमा लिया। वह पुनः उस मँझधार में नहीं फँसना चाह रहा था।

थोड़ी देर बाद शुची ने पुराना अख़बार नीचे बिछाकर उस पर खाना लगाया और दोनों चुपचाप खाने लगे।

खाना खा लेने के बाद शुची ने साकार के मना करने के बावजूद सारे बर्तनों को धोकर रख दिया। उसके बाद वह कमरे में आई और कुर्सी खींचकर साकार के पास ही बैठ गई।

थोड़ी देर साकार को निहारती रही और बोली, "आपने पिछले छह-सात महीने में मुझसे बात क्यों नहीं की? न तो मेरा फ़ोन ही उठाया और न ही मेरे किसी मैसेज का उत्तर दिया!"

साकार ने नज़रें ऊपर कर शुची की ओर देखा और फिर दूसरी ओर देखते हुए बोला, "तुमको बताया तो था कि पढ़ाई में व्यस्त हो जाने की वजह से बात नहीं कर पाया।"

"मेरी आँखों में देखकर यही बात बोलिए! जितना आप मुझे जानते हैं उतना मैं भी आपको समझती हूँ। जब आपने मुझसे झूठ कभी नहीं बोला तो फिर आज क्यों बोल रहे हैं?" शुची थोड़ा भावुक होते हुए बोली।

"मैं करता भी तो क्या करता शुची? जिन राहों की कोई मंज़िल नहीं और जिस पर चलने से केवल दुःख ही मिले, उन राहों पर चलने से बचना चाहिए।" साकार तेज़ आवाज़ में बोला।

"मैं तो आपसे ऐसी किसी राह पर चलने के लिए कभी भी नहीं बोली, लेकिन जिसके लिए वो राहें ही मंज़िल हों, वह क्या करे? आप न केवल मुझे उन राहों से अलग करना चाह रहे हैं, बल्कि किसी और राह पर धकेल भी रहे हैं।" शुची सिसकते हुए बोली।

"मेरी परिस्थिति को समझो शुची! मेरा ध्येय मेरी चाहत से कहीं बड़ा है।" साकार ने शुची को समझाने की कोशिश की।

"मैं कब से आपके ध्येय में बाधा बन गई? मेरे लिए तो आपका ध्येय ईश्वर की प्रार्थना से भी बढ़कर रहा है। मैंने तो आपसे कभी कुछ माँगा ही नहीं, उल्टे आपका ही हर कहा माना है!" शुची बोली।

"तुम्हारे इसी समर्पण से ही तो घबराहट होती है मुझे। मुझे परवाह है तुम्हारी। जब तक एक भाव से नहीं निकलोगी, दूसरी भाव को जगह कहाँ दे पाओगी?" साकार शान्ति से बोला।

"सीधे-सीधे क्यों नहीं कहते कि आप मुझसे पीछा छुड़ाना चाह रहे हैं? मैंने आपको किसी बन्धन में नहीं बाँध रखा है, फिर मुझे मेरी जैसी क्यों नहीं रहने देना चाहते? क्यों मुझे किसी और बन्धन में बँधवाना चाहते हैं?" शुची रोते हुए बोली।

"इन सारे प्रश्नों का कोई उत्तर नहीं है मेरे पास। बस, तुम्हें हमेशा प्रसन्न देखना चाहता हूँ।" साकार बोला।

"मैं प्रसन्न हूँ। मैं जैसी हूँ, अपनी जगह ठीक हूँ, फिर क्यों आपने मुझसे कहा कि मुझे विवाह कर लेना चाहिए? मैंने आपसे कभी यह तो नहीं कहा कि मैं आपसे विवाह करना चाहती हूँ! जब आपको पता है कि शुची आपकी कोई भी बात नहीं टालती तो फिर आपने ऐसा क्यों कहा? किसी का गला दबाकर आप उसे कैसे ख़ुश रख सकते हैं?" शुची और जोर से रोती हुई बोली।

"शुची, अपनी आँखें पोंछो। मैं तुम्हें रोते हुए नहीं देख सकता। क्या ईश्वर ने हम दोनों को इसलिए मिलाया था कि हम दोनों के आचरण से पूरे घरवाले दुखी हो जाएँ? कितना भरोसा है सबका मेरे ऊपर! तुम क्या चाहती हो, उस भरोसे पर प्रश्नचिन्ह लग जाए? मैंने कभी भी तुमसे इस तरह का वायदा भी तो नहीं किया!" साकार गम्भीर होकर बोला।

''अपनी चाहत को आप अपने पास रखिए। क्या मुझे नहीं पता कि आपके मन में मेरे लिए क्या है? वर्षों से इस आग में झुलस रही हूँ। एक बार भी आपने मुझसे पूछा कि मैं क्या चाहती हूँ? मैं जानती हूँ, आपके लिए मैं आपके घरवालों की पहली पसन्द नहीं हूँ, लेकिन आप तो मना सकते थे सबको! आज तक घरवालों ने आपकी कोई बात नहीं टाली फिर इस बात को क्यों टालते? लेकिन आपने कभी स्वीकार ही नहीं किया, उल्टे मुझसे कहलवाने की प्रतीक्षा करते रहे। मेरी भी तो कुछ सामाजिक बेड़ियाँ हैं!'' शुची रोती रही और कहती चली गई। शायद आज मन की सारी भड़ास निकाल देना चाहती थी।

''मुझे सब पता है शुची! लेकिन मान लो, मैं तुमसे विवाह भी कर लूँ और सबको ख़ुश न रख पाऊँ तो यह तो हमारे रिश्ते की हार होगी! और जिन लोगों ने इतनी कठिनाई से मुझे पढ़ाने का, कुछ कर दिखाने का अवसर दिया है, मैं उन्हें अप्रसन्न करने को सपने में भी नहीं सोच सकता।'' साकार बोला।

''मैंने आपसे विवाह के लिए नहीं कहा, लेकिन मुझे एक-दो साल प्रतीक्षा क्यों नहीं कर लेने देते?'' शुची भीगी आँखों से देखते हुए बोली।

''क्योंकि प्रतीक्षा से किसी के मन की अन्दरूनी भावनाएँ नहीं बदलने वाली! और कब तक प्रतीक्षा करोगी? दो साल बाद भी परिस्थितियाँ वैसी ही रहेंगी। अगर मैं तब तक भी सफल नहीं हो पाया तो? अभी उम्र है तो तुम्हारे पास अच्छे रिश्ते आ रहे हैं। एक उम्र के बाद रिश्ते भी कम मिलेंगे। उस परिस्थिति में हम लोग क्या करेंगे? यही सब सोचकर मैं ठीक से पढ़ नहीं पाता, सो नहीं पाता। सारा दिन तुम्हारा चेहरा मेरी आँखों के सामने घूमता रहता है। हर बार मुझे अपराध-बोध होता है। जिस शुची को हमेशा मुस्कुराते देखने की प्रार्थना किया करता हूँ, उसी का जीवन मेरी वजह से बरबाद हो रहा है। यह दो तरफ़ा युद्ध मैं नहीं लड़ सकता!'' साकार हताश होकर बोला।

''आप क्या चाहते हैं फिर? मुझसे सीधे-सीधे भी कह सकते हैं। अभी तक आपकी कोई बात नहीं टाली तो आगे भी नहीं टालूँगी।'' शुची पूर्ण समर्पण के साथ बोली।

''तो तुम विवाह कर लो! जो भी अच्छा रिश्ता आता है घर पर, उन्हीं में से कोई पसन्द करके विवाह कर लो!'' साकार दूसरी ओर देखते हुए बोला।

शुची ने भरी आँखों से साकार की ओर देखा और एक लम्बी साँस खींचते हुए बोली, ''आपको शायद याद हो न हो, कुछ साल पहले मैंने आपसे कहा था कि आपके ध्येय में जिस दिन मैं बाधा बनने लगूँगी, तुरन्त आपसे बहुत दूर चली जाऊँगी—अपनी इच्छा के विरुद्ध भी। जितना भी दर्द हो, सब सहन कर लूँगी लेकिन आपके मार्ग में नहीं आऊँगी। अगर मेरे विवाह कर लेने से आपको अपना ध्येय पाने में आसानी होगी तो मैं वह भी कर लूँगी। लेकिन उसमें मेरी कोई पसन्द

नहीं होगी। अन्तिम पसन्द आपकी ही होगी। स्वीकार है तो बताइए?'' शुची सिसकते हुए बोली।

''ठीक है, मुझे स्वीकार है। आपकी माँ को जो भी रिश्ता पसन्द आ जाए, समझ लेना, मेरी भी उसमें सहमति है।'' साकार शुची को देखते हुए बोला।

''आप तो यहाँ भी बचना चाहते हैं मुझसे! किन्तु जैसा मेरा भाग्य! कम-से-कम अब से कभी मुझसे बातें करना बन्द नहीं करिएगा!'' शुची रोते हुए बोली।

साकार ने शुची के कन्धे पर हाथ रखा तो वह और तेज़ी से रोने लगी। साकार ने उसका हाथ पकड़ा और उसके आँसू पोंछ डाले, लेकिन शुची के आँसू बन्द नहीं हुए, वे बरसते ही रहे और आख़िरकार शुची साकार से लिपट पड़ी।

दिल्ली : दिसम्बर, 2013

साकार ने शुची से कह तो दिया था कि वह उससे बात करना नहीं छोड़ेगा, लेकिन अपनी बातों को वह निभा नहीं पाया। कई बार बिस्तर पर ऐसे ही पड़े-पड़े जाने क्या सोचा करता! उसे कभी लगता, जैसे उसने अपनी कमजोरी की वजह से अपनी और शुची, दोनों की इच्छाओं का गला घोंट डाला है।

मन भले ही अस्त-व्यस्त हो गया था, लेकिन उसने कमरे को अस्त-व्यस्त नहीं होने दिया। उसने कमरे को ठीक वैसे ही रखा था, जैसा शुची उसे छोड़कर गई थी। सुबह उठकर कमरों की सफ़ाई करता, पोंछा लगाता, सलीके से बिस्तर बिछाता। कई बार उस जगह को बड़ी देर तक निहारता रहता जहाँ बैठकर रोई थी शुची—उसकी शुची! नहीं, उसकी शुची कैसे? परिस्थितियों के अधीन होकर ही तो उसने शुची को अपने जीवन से निकाला था। 'शुची, हो सके तो मुझे क्षमा करना! जीवन सिर्फ़ भावों से नहीं चलता। मैं भी अपवाद नहीं हूँ।'

शुची के दिल्ली में होने के बावजूद वह उससे कभी नहीं मिला। भावनाओं के उद्वेग में कई बार वह मंडी हाउस मेट्रो स्टेशन तक तो गया, पर शुची को फ़ोन करके मिलने के लिए नहीं बुलाया। बस, चुपचाप वापस लौट आया।

'किन सारी बातों में मन घूमने लगा है आजकल? नहीं साकार! तुम भावना का शिकार नहीं हो सकते। भावनाएँ केवल भटकाती ही हैं!' उसे केवल अपना टूटा-खँडहर जैसा घर याद रह गया था, बस!

एक दिन सुबह जब नाश्ते के बाद वह पढ़ाई कर रहा था कि उसका फ़ोन बजा। साकार ने फ़ोन उठाकर देखा तो पाया कि शुची का फ़ोन था। उसने नहीं उठाया! दो-तीन बार लगातार फ़ोन बजने पर भी उसने नहीं उठाया। तभी एक मैसेज आया। मैसेज शुची का ही था :

'नमस्ते! मैं हमेशा के लिए दिल्ली छोड़कर जा रही हूँ। शाम को मेरी ट्रेन है। दिल्ली रेलवे स्टेशन से। अगर आप समय निकाल सकें तो मिलना चाहूँगी।'

साकार जड़-सा हो गया। जाने क्यों सब कुछ धुँधला-धुँधला-सा दिखने लगा। हाथ उठाकर आँखों को मलना चाहा तो पाया कि वह तो आँसुओं से भीगी पड़ी थीं। उसने अपने आँसू पोंछे, और थोड़ी देर बाद शुची को फ़ोन किया।

''नमस्ते!'' दूसरी ओर से शुची की शान्त आवाज़ आई।

''क्यों ? तुम दिल्ली छोड़कर क्यों जा रही हो ?'' साकार ने अधीरता से पूछा।

''आज नहीं तो कल, दिल्ली को तो छोड़ना ही था। यहाँ जीवन-भर बसने के लिए तो नहीं आई थी! बस, जीवन का एक पड़ाव था, जो अब पूरा हो गया।'' शुची शान्ति से बोली।

''लेकिन अभी क्यों? अचानक? अभी तुम्हें नौकरी किए छह महीने भी पूरे नहीं हुए!'' साकार ने परेशान होकर पूछा।

''मेरी रात नौ बजे की ट्रेन है। आप सात बजे के आस-पास स्टेशन आ जाइएगा, वहीं मिलकर बताऊँगी।'' शुची बोली।

''लेकिन? ठीक है, जैसा तुम कहो।'' बोलकर साकार ने फ़ोन काट दिया।

थोड़ा हैरान था वह। अचानक से ऐसा क्या हो गया कि शुची दिल्ली छोड़कर जा रही है? पिछले दो महीनों में घरवालों से बात करते समय भी उसने शुची के बारे में कोई चर्चा नहीं छेड़ी थी और घरवालों ने भी उससे शुची के बारे में कोई बात नहीं की थी। साकार पूरा दिन परेशान रहा। दिन भर वह कुछ भी नहीं पढ़ पाया। बस, इधर-उधर की बातें ही सोचता रहा और जल्दी से शाम होने की प्रतीक्षा करने लगा। लेकिन शाम जल्दी कैसे हो सकती थी? समय तो अपनी ही गति से चलेगा। और जब कोई प्रतीक्षा करने लगता है तो समय की चाल वैसे भी धीमी प्रतीत होने लगती है। उसने सोचा कि घर पर फ़ोन करके शुची के इस निर्णय के बारे में जानने का प्रयास करे, पर साकार यह भी नहीं कर पाया। बस, संज्ञा-शून्य होकर कमरे में ही इधर-उधर टहलता रहा।

साकार सात बजे से पहले ही रेलवे स्टेशन पहुँच गया था। उसने एक बार शुची को फ़ोन करने के बारे में सोचा, लेकिन फिर वह सात बजने का इंतजार करने लगा। उसका मन आज जितना बेचैन था, बाहर से उतना ही झलक भी रहा था। जब उसे कुछ नहीं सूझा तो पास के एक टी-स्टाल से उसने एक चाय ली और पीने लगा।

थोड़ी देर बाद ही शुची का फ़ोन आया।

''नमस्ते! आप कहाँ पर हैं?'' शुची ने धीमी आवाज़ में पूछा।

''मैं वेटिंग रूम के सामने खड़ा हूँ, आप अभी कहाँ हैं?'' साकार बोला।

"ठीक है, आप वहीं रहिए, मैं आती हूँ।" इतना बोलकर शुची ने फ़ोन काट दिया।

थोड़ी देर बाद साकार को शुची दिखाई दी। वह एक बड़ा-सा बैग घसीटकर ला रही थी और कन्धों पर एक छोटा-सा बैग टाँग रखा था। साकार उसके पास पहुँचा और अपनी जेब से निकालकर चॉकलेट शुची की ओर बढ़ाया। शुची के चेहरे पर एक फीकी मुस्कान बिखर गई और उसने झुककर साकार के पाँव छू लिये। फिर दोनों वेंटिग रूम में जाकर बैठ गए।

साकार ने अब जाकर ध्यान दिया, चाँद को ग्रहण लग चुका था। आँखों के नीचे काले घेरे उग चुके थे। चेहरे की आभा धुँधली-सी पड़ गई थी, मानो शुची वर्षों से बीमार रही हो! साकार का मन जाने कैसा हो आया।

"अब बताओ मुझे, दिल्ली छोड़कर क्यों जा रही हो? और इतनी बीमार-सी क्यों दिख रही हो? तबियत अच्छी नहीं है क्या?" साकार ने पूछा।

शुची ने एक नज़र साकार की ओर डाली, फिर नज़रें झुकाकर फ़ीकी हँसी हँसते हुए एकदम शान्त स्वर में बोली, "कुछ नहीं! बस, मुझे सुखरोग हो गया है। इनसान जब अधिक सुखी हो जाता है तो यह बीमारी हो जाती है। मुझे पहले चाय पीनी है!"

साकार चाय लेकर आया और दोनों चाय पीने लगे।

"बस, दिल्ली का प्रवास ख़त्म हो गया, इसीलिए जा रही हूँ।" शुची बोली।

"दिल्ली का प्रवास? तो क्या तुम अपनी नौकरी भी छोड़कर जा रही हो?" साकार ने थोड़ा परेशान होते हुए पूछा।

"हाँ, आज ही इस्तीफा दिया है मैंने। अगर आवश्यकता महसूस हुई तो चार-पाँच महीने के बाद किसी और शहर में नौकरी कर लूँगी।" शुची बोली।

"क्या मेरी वजह से?" साकार ने शुची की ओर देखते हुए धीरे से पूछा।

शुची ने आँखें उठाकर साकार की ओर देखा। उन आँखों में न प्यार था, न तड़प थी, न ही वैर—सब कुछ शान्त था। जैसे झमाझम बारिश के बाद सब कुछ शान्त और स्पष्ट हो जाता है! शुची कुछ नहीं बोली। अपने बैग से एक तस्वीर निकाली और साकार की ओर बढ़ा दी।

साकार ने असमंजस में उस तस्वीर पर एक नज़र डाली। एक लड़के की तस्वीर थी। साकार कभी तस्वीर देखता, कभी शुची को। उसने तस्वीर के बारे में नहीं पूछा।

"कब है?" उसने सीधा सवाल पूछा।

"अगले महीने के अन्दर ही। आप आज नहीं पूछेंगे कि लड़का क्या करता है? कैसा है? घर-परिवार कैसा है? मेरे हर निर्णय से पहले आप पूछा करते थे।" शुची थोड़ी तेज़ आवाज़ में बोली।

"नहीं शुची, तस्वीर देखने से तो अच्छा लग रहा है। बाक़ी आपके घरवालों का चुनाव बुरा तो नहीं होगा। वह तुम्हें ख़ुश रखेगा।" साकार बोला।

"हाँ, अगर मैं रह पाई तो!" शुची की आँखें डबडबा गईं।

साकार बगलें झाँकने लगा।

"आप आएँगे?" शुची ने भर्राई आवाज़ में पूछा।

"नहीं शुची, मैं नहीं आ पाऊँगा। मेरी परीक्षाएँ हैं इसी माह में।" साकार बोला।

"क्या अब भी आपको स्वीकार करने में डर लगता है? वह क्यों नहीं कहते, जो मन में है? क्यों नहीं कहते कि शुची, मैं तुम्हें किसी और के साथ जाते नहीं देख सकता? वर्षों पहले एक विवाह में किसी से बात करने पर मुझे थप्पड़ जड़ दिया था आपने, अब तो मैं किसी और के साथ किसी नई दुनिया में हमेशा के लिए जा रही हूँ। आज कहाँ है आपका हाथ? आज क्यों नहीं थप्पड़ मारते आप?" शुची रोते हुए बोली।

"यह बचकानी हरकतें बन्द करो, और अपने आँसू पोंछो। लोग देख रहे हैं।" साकार बोला।

शुची आँसू पोंछकर शान्त होते हुए बोली, "क्या मेरे इस महत्त्वपूर्ण क़दम पर आज आप कुछ भी नहीं कहेंगे?"

साकार ने शुची की ओर देखा और उसका हाथ अपने हाथों में लिये बोला, "कहते हैं कि पुरुष के दो जन्म होते हैं—एक माँ के गर्भ से और दूसरा, विवाह के बाद, क्योंकि दोनों ही परिस्थितियों में वह कुछ नये रिश्ते बनाता है। लेकिन इसके विपरीत एक स्त्री के तीन जन्म होते हैं—माँ के गर्भ से, विवाह के बाद, और जब वह ख़ुद माँ बनती है। इसलिए स्त्रियाँ ज़्यादा पवित्र और धात्री मानी जाती हैं! तुम्हारा दूसरा जन्म होने वाला है। बहुत सारे नये रिश्ते पल भर में बन जाएँगे। मुझे तुम पर पूरा विश्वास है—जहाँ भी जाओगी, उस घर को प्रकाश से भर दोगी। बस, सारी पुरानी बातों को छोड़कर नये जीवन में प्रवेश करो। जब तक पुराना पथ नहीं त्यागोगी, तब तक नये पथ पर अग्रसित नहीं हो पाओगी।"

शुची चुपचाप साकार की ओर देखते हुए उसकी बातें सुनती रही।

"अभी तक के जीवन की एक-एक याद मेरे पास अमूल्य धरोहर के रूप में रहेगी। मैं तुम्हें विश्वास दिलाना चाहता हूँ कि मैं उस धरोहर को कलुषित नहीं होने दूँगा।" साकार ने अपनी बातें ख़त्म कीं। उसकी भी आँखें भर आई थीं।

इस बीच लगभग पौने नौ बज चुके थे। शुची की ट्रेन प्लेटफार्म पर लग चुकी थी। साकार ने शुची का सामान उठाया और उसका सीट नम्बर पूछकर उस कोच की ओर बढ़ चला। शुची को बैठाकर जब वह वापस लौटने को हुआ तो शुची ने झुककर उसके पाँव छुए। उसकी आँखें आँसुओं से भरी हुई थीं।

साकार का गला रुँध आया। उसने शुची के सिर पर हमेशा की तरह अपना हाथ रखा और बस, इतना ही कह पाया, ''सदा प्रसन्न रहो!'' और बिना विलम्ब किए ट्रेन से बाहर निकल आया।

ट्रेन सरकना शुरू की, और शुची खिड़की से उसे तब तक निहारती रही जब तक आँखों की सीमा नहीं ख़त्म हो गई।

आज़मगढ़ : दिसम्बर, 2013

''**दीदी!** आप फिर से एक बार सोच लीजिए। जो करने जा रही हैं, वह क्या सही है?'' दीप्ति ने शुची से पूछा।

''अब सोचने-समझने की क्षमता नहीं बची है दीप्ति! सही-ग़लत का निर्णय अब समय ही करेगा।'' शुची पथराई आँखों से देखते हुए बोली।

एक समय के बाद आँसू भी सूख जाते हैं, हार जाते हैं। शुची के आँसू भी सूख चुके थे।

''लेकिन अभी भी देर नहीं हुई है। लड़कर हार जाना तो समझ में आता है, किन्तु बिना लड़े, बिना कुछ कहे हार मान जाना कहाँ की बुद्धिमानी है? अगर तुम नहीं कह सकतीं तो मैं ही सबसे कह देती हूँ।'' दीप्ति बोली।

''ख़बरदार, जो किसी से एक शब्द भी कहा इस बारे में! जो बातें मैं भूलने की कोशिश कर रही हूँ, तुम वही बार-बार याद दिलाने की क्यों कोशिश कर रही हो?'' शुची ग़ुस्से में बोली।

''पर...''

''पर-वर कुछ नहीं! चल, क़सम खा मेरी! ऐसे नहीं! सिर पर हाथ रखकर कि इस बारे में न तो आज, न तो कभी भविष्य में किसी से जिक्र करेगी? अगर कभी क़सम तोड़ी तो समझ लेना, तुम्हारी कोई बहन थी ही नहीं!'' दीप्ति का हाथ अपने सिर पर रखती हुई शुची बोली।

''ठीक है। अब आप यही चाहती हैं तो यही सही, लेकिन इतना तो ज़रूर बोल देती हूँ—ऐसे त्याग-व्याग से जीवन में कुछ भी हासिल नहीं होता। अगर वह आपकी जगह होते तो क्या वह भी ऐसा ही करते?'' दीप्ति भी ग़ुस्से से बोली।

''इन सारी बातों का अब कोई फायदा नहीं दीप्ति! तुमसे भी तो मैंने एक बार कहा ही था कि जिस दिन मैं उनके ध्येय के बीच बाधा बन जाऊँगी, उनसे बहुत दूर चली जाऊँगी। जाने-अनजाने में मैं बाधा तो बन ही गई थी। मुझे दूर तो जाना ही होगा। उनका ध्येय मेरे प्रेम से कहीं बड़ा है दीप्ति!'' शुची बोली।

तभी शुची की माँ कमरे में आईं, और उनके साथ दो-तीन लड़के भी आए। वह बोलीं, "रवि! इस अलमारी का सारा सामान निकालकर तुम लोग बगल वाले कमरे में रख दो। इसमें मिठाइयाँ रखवानी हैं। और दोनों पलंग निकलवाकर नीचे बिछवा दो और इस पूरे कमरे में दरियाँ बिछाकर गद्दे लगवा दो। सारी महिलाएँ रात में इसी कमरे में सो जाएँगी। ठंड का मौसम है, किसी को कोई दिक़्क़त भी नहीं होगी।"

शुची की ओर देखते हुए माँ बोलीं, "शुची! तुम दोनों यहाँ क्या कर रही हो? उस कमरे में चलो! वहाँ मेहँदी के कार्यक्रम की तैयारी चल रही है।" इतना बोलकर वह कमरे से बाहर निकल आईं।

तीनों लड़के बारी-बारी से अलमारी का सामान निकालकर बाहर ले जाने लगे। यह वही कमरा था जो शुची को बहुत प्रिय था। और उसे अब यह कमरा छोड़कर जाना था। इस कमरे से उसकी ढेर सारी यादें जुड़ी हुई थीं। कभी साकार से इसी कमरे में वह कहना चाहती थी कि उसके जीवन के लिए कम-से-कम एक का होना ज़रूरी है—साकार या फिर यह कमरा। अब दोनों छूट रहे थे।

अचानक शुची चीखते हुए बोली, "ख़बरदार, जो उस बक्से को किसी ने हाथ भी लगाया तो! हाथ तोड़कर रख दूँगी!" और आगे बढ़कर छोटा, सुन्दर और घनाकार बक्सा लड़के के हाथ से छीनकर अपने हाथ में ले लिया।

"दीदी, आपको क्या हो गया है? ऐसा क्या ख़जाना है इस बक्से में, जो आप इतने जोर से चिल्लाईं? बाहर के लोग क्या सोचेंगे?" दीप्ति शुची से बोली।

"देखना चाहती हो? बोलो, जानना चाहती हो, क्या है इस बक्से में?" लगभग चीखते हुए शुची ने बक्से को फ़र्श पर पटक दिया। बक्से का ढक्कन चोट से ही खुल गया, और कई सारे चॉकलेट के रैपर्स उसमें से निकलकर फ़र्श पर बिख़र गए।

दिल्ली : अप्रैल, 2014

कहते हैं कि विनाश में ही सृजन के बीज छुपे होते हैं। साकार भी उसी बीज को ढूँढ़ने की कोशिश कर रहा था। उसने अपने ही हाथों अपनी मूर्ति खंडित कर डाली थी। शुची के विवाह को लगभग चार महीने हो चुके थे—न तो साकार ने शुची की कोई ख़बर ली, न ही शुची ने कभी उसे याद किया, जैसे शान्त जल को देखकर यह नहीं कहा जा सकता कि इस शान्ति से पहले किसी पत्थर से इन लहरों में हिलोरें भी उठी होंगी। साकार भी शान्त हो गया था। किन्तु क्या पता, वह तूफान से पहले आनेवाली खामोशी हो! दोनों कहीं-न-कहीं सामाजिक बन्धनों की कुंठा तले दबे रहे और प्रत्येक क्षण अपनी भावनाओं को कुचलते रहे थे। ऐसा नहीं था कि सब कुछ केवल

अनबोला ही था, अनकहा ही था। पहले-पहल जब शुची को अपनी भावनाओं का आभास हुआ तो साकार ने उसे अपने ध्येय के पत्थर से दबाना चाहा। एक समय ऐसा भी आया कि 'भावनाएँ केवल भटकाती ही हैं' का पुजारी ख़ुद भावनाओं में इतना डूब गया था कि हर पल शुची की छाँव ढूँढ़ा करता था। तब शुची ने उसकी भावनाओं को नियंत्रित करने की कोशिश की, क्योंकि वह पहले ही स्वीकार कर चुकी थी कि साकार का ध्येय उसके प्रेम से कहीं ज़्यादा महत्त्वपूर्ण है। फिर एक ऐसा भी क्षण आया जब दोनों की भावनाएँ खुलकर सामने आईं लेकिन साकार समाज और परिवार का हवाला देकर अपनी आत्मा से अलग हो गया। आत्मा ? हाँ, शुची उसकी आत्मा ही तो थी कि वह इतने अंधड़ों के बीच भी टिमटिमाकर जलता रहा था। और अपने ही हाथों अपनी आत्मा को अलग कर डाला था। केवल मशीन बनकर रह गया था। वह समय से उठता, समय से पढ़ता, समय से खाता, समय से सोता, और मशीनों की भाँति यही कर्म हर दिन दुहराए जा रहा था। इसी बीच उसने दो-तीन परीक्षाओं में साक्षात्कार भी दे डाले थे, लेकिन वह इस कदर अपने प्रारब्ध से निराश हो चुका था कि उसने उनका परिणाम तक जानने की कोशिश नहीं की थी। यहाँ तक कि उसने बाहरी दुनिया से अपना पूरा रिश्ता तक तोड़ डाल था। न कभी किसी से मिलता, न ही कभी किसी से फ़ोन पर बातें करता, केवल अनिमेष ही एक ऐसा शख़्स था, जिससे वह दूरी नहीं बना पाया। पर वह भी उससे हज़ारों मील दूर बैठा अपनी नौकरी और नई जगह से सामंजस्य बिठाने में व्यस्त था।

शुची की सारी धरोहर साकार ने अपने मन के किसी अँधेरे कमरे में दफ़न कर डाली थी। लेकिन उसी क़ब्र से कभी-कभी कुछ पन्ने उड़-उड़कर उसके सामने आ जाया करते थे तो बहुत ही परेशान हो उठता था। दिल्ली का वह कमरा जहाँ कुछ पल उसने शुची के साथ बिताए थे, बार-बार उसे बिच्छुओं की तरह डँसने लगा। सारी साफ़-सफ़ाई, सारी व्यवस्थाएँ उसे शुची की याद दिलातीं। उसने बिस्तर उठाकर एक कोने में फेंक दिया। सारे गन्दे कपड़े फ़र्श पर फैला दिये और किचन के सारे बर्तनों को उलट-पुलट के इधर-उधर कर डाला। तब जाकर उसे कुछ चैन मिला। वह जल्दी से जल्दी उस कमरे को छोड़कर भाग जाना चाहता था। और इसलिए उसने अगले दिन से ही कहीं और कमरा ढूँढ़ने का मन बना लिया।

ऐसे ही एक दिन दोपहर का खाना खाकर वह लेटा हुआ छत को घूर रहा था कि अचानक उसका फ़ोन बजा। फ़ोन शुची का था। शुची के बिना उसका जीवन इस कदर ख़ाली हो चुका था कि उसने बिना कोई देर किए तुरन्त फ़ोन उठाया और 'शुची-शुची' पुकारता रहा, लेकिन उधर से कोई कुछ भी नहीं बोला, और फ़ोन काट दिया गया। उसने दो-तीन बार फ़ोन मिलाया, लेकिन शुची ने फ़ोन नहीं उठाया। थोड़ी देर बाद फ़ोन पर एक मैसेज आया। मैसेज शुची का ही था। उसने मैसेज पढ़ा :

'आपने मेरे साथ अच्छा नहीं किया! आप चाहते तो मुझे रोक सकते थे!'

बस, इतना ही सन्देश था।

वह पुनः शुची को फ़ोन करने लगा, लेकिन शुची ने फ़ोन नहीं उठाया। वह बहुत परेशान हो गया। वह कमरा उसे काटने को दौड़ने लगा। उसने कपड़े पहने और कमरे में ताला लगाकर वहाँ से भाग आया। ऑटो पकड़कर सीधे मुखर्जी नगर पहुँचा। बत्रा सिनेमाघर पहुँचकर एक शाम की टिकट ली। फ़िल्म कौन-सी थी, उसने देखा ही नहीं। उसे कोई फ़र्क़ भी नहीं पड़ता था। उसे सिनेमाघर के पास दो-तीन परिचित चेहरे भी दिखे, पर वह उनके पास नहीं गया। उनसे बचकर वह दूसरी तरफ़ चला गया। थोड़ी देर बाद समय पर वह सिनेमाघर के अन्दर पहुँचा। फ़िल्म शुरू हो चुकी थी। कोई प्रेम कहानी थी। थोड़ी देर बाद ही परेशान होकर वह सिनेमाघर से बाहर निकल आया और ऐसे ही सड़क पर टहलने लगा। फिर कुछ देर बाद ऑटो लिया और वापस अपने कमरे में आ फर्श पर पसर गया। उसने रात को कुछ भी नहीं खाया। न जाने कब तक वह पागलों की तरह जागता रहा!

सुबह दरवाज़े पर दस्तक हुई तो उसकी नींद खुली। वह फर्श पर पड़े-पड़े ही सो गया था। उसने जूते भी नहीं निकाले थे। शरीर के पोर-पोर में दर्द हो रहा था। दरवाज़े पर फिर से दस्तक हुई। उसने घड़ी की ओर देखा तो सुबह के दस बज चुके थे। किसी तरह उठकर वह दरवाज़े के पास गया। उसने दरवाज़ा खोला। सामने डाकिया खड़ा था। डाकिए ने लिफ़ाफ़ा साकार के हाथ में पकड़ा दिया। साकार ने हस्ताक्षर करके दरवाज़े को बन्द कर दिया।

आयोग से कोई पत्र आया था। उसने लिफ़ाफा खोला और पत्र पढ़ने लगा। पत्र उसके हाथ से छूटकर फ़र्श पर आ गिरा और वह वहीं फ़र्श पर बैठकर फ़फ़क-फ़फ़क कर रो पड़ा। उसका चयन हो चुका था।

✪✪✪